W0071890

Écuries, anciennes Écuries du Roi

Wolfgang Schlüter

ANMUT UND GNADE

DIE ANDERE BIBLIOTHEK

*Begründet
von Hans Magnus Enzensberger*

WOLFGANG SCHLÜTER

ANMUT
UND GNADE

ROMAN

Eichborn Verlag
Frankfurt am Main
2007

ISBN 3-8218-4584-8
Copyright © Eichborn AG
Frankfurt am Main, 2007

Pour Katrin

»... denn der Zustand des Zweifelns ist ein
zu harter für meine Seele, und wenn meine Vernunft
hin und her schwankt, so kann mein Glaube nicht
lange in der Schwebe bleiben und entscheidet sich
ohne sie; und schließlich zieht mich auch die Vorliebe
für tausend Dinge nach der tröstlichsten Seite hin
und wirft das Gewicht der Hoffnung in die Waagschale der Vernunft.« —ROUSSEAU.

»Un nuage, conduit par des Aquilons, traverse
le théâtre.« —RAMEAU, Platée.

7

Prologue

LE LEVER

Ouverture

AÉROPORT CHARLES
DE GAULLE, 2.7.2003.

Volez, Amours, volez, volez!
Would Mr. Wim van Daelen and Mrs. Martha Willcox please proceed to the departure gate; your aircraft is ready for boarding. Mr. van Daelen and Mrs. Willcox, please.

Vole, Amour, assure ta gloire, enchaîne nos cœurs pour jamais!

Air France Flight Nr 129 to Geneva Departure Time 13:35 delayed 2 hrs. Ihren Paß, bitte. Merci beaucoup, Monsieur. Spezialgepäck bitte dort hinten am Sonderabfertigungsschalter. Möchten Sie am Gang oder am Fenster sitzen? Wieviel Stück Handgepäck haben Sie? Bon voyage, Madame. Next, please. Ticket und Paß, bitte. Möchten Sie am Gang oder am Fenster sitzen? Air France is apologising for the delay of its departure flight one-two-nine to Geneva due to technical problems; passengers are requested to check the actual boarding time from the monitors in the departure lounge.

Volez, Amours, traversez les plus vastes mers!

Nein, Ihr Spezialgepäck bitte am Sonderabfertigungsschalter dort drüben. Next, please. Would Mrs. Yoko Kitazato please come to the information desk in the departure

hall; Mrs. Kitazato, please. Wieviel Stück Handgepäck
haben Sie? Boarding is at Gate B 59.

Next, please. Und Clare Potter — oder war es Hélène
Sauvé, oder Else van Zuiderma? — schob ihr Gepäck in
der Warteschlange vor dem Check-in-Schalter mit dem
Fuß um eine Position weiter und wandte sich zu ihrem
Geliebten an ihrer Seite, legte ihm einen Arm über die
Schulter und küßte ihn auf die Wange. Der lächelte,
schloß sie in die Arme, stieß dabei mit dem Fuß, unacht-
sam, gegen den Cellokasten, den er neben sich abgesetzt
hatte, und — »Vorsicht, paß doch auf!« — erschrak leicht.
Beide sahen, daß vor der Sonderabfertigung die Instrumentenkoffer der Kollegen bereits zu einem kleinen Gebirge aus schwarzen Frachtstücken unterschiedlichster
Gestalt aufgetürmt waren: rechteckige Kästen, in deren
Innerem sich eine Flöte, eine Oboe oder ein Fagott dem
Samt einschmiegte; kieloben geschwungene, Bootsrümp-
fen ähnliche Streicherkoffer; hemisphärische Pauken-
futterale; Kästen für Horn und Trompete; sie alle warnend
gekennzeichnet von Aufklebern, die — up ↑ down ↓ — zu
korrekter Lagerung und — fragile! — zu Vorsicht und Be-
hutsamkeit bei der Handhabung mahnten; und fast
schien es, als hätte aus diesem Koffergebirge ein ent-
ferntes Summen und Murren, ein Schallen oder Rumoren einem jeden ans Gehör dringen können, der nur nah
genug herangetreten wäre, um an die geheimnisvollen
Behälter sein Ohr zu legen und hineinzulauschen ins
Innere der großen und kleinen schwarzen Särge.

»Kann ich mir sicher sein, daß Sie nicht eine Armbrust
in Ihrem Geigenkasten tragen?« fragte, avec honneurs,
der Offizier, der in einer Gruppe uniformierter Militärs
hinter ihnen in der Warteschlange stand und zuvor schon
hin und wieder der Dame vor ihm verstohlen auf Arm und
Brust gespäht hatte. »Nun, ich will doch hoffen, daß
sich kein Kriegswerkzeug darin befindet, Monsieur Mars«,
gab diese komplimentierend zur Antwort. »Aber viel-

leicht doch eine Waffe?« gab der Soldat charmant zurück. »Denn was unterschiede eine Geige mit Bogen von einem Bogen mit Pfeilen? Lancez vos traits, Amours! Nicht nur Bellona ist in solchem Wettstreit armiert. Wie steht es um Ihre geflügelten Genien? Lancez vos feux vainqueurs, triomphez, Amours!« — »Und wer, Monsieur Officier, ist am Ende der Sieger?« — Jäh erloschen mit dem Lächeln des Uniformierten auch seine Honneurs. »Das, Mademoiselle, entscheiden die Opfer.«

Check-in is closing now. Und zwei Stunden später schwenkte die mit den blauweißroten Wappenfarben der Grande Nation am Leitwerk bemalte Boeing 737, nachdem die Fluggäste mit den Sicherheitsvorkehrungen bekanntgemacht und zum Abschalten elektronischer Geräte, zum Anschnallen und zum Senkrechtstellen der Rückenlehnen aufgefordert worden waren, mit röhrenden Triebwerken vom Rollfeld auf die Startbahn, wo, sobald sie die Gerade erreicht, ihre Bremsen gelockert wurden und die Maschine mit ungeheurem Schub, der die Passagiere in ihre Sitze preßte, sich beschleunigend gegen die Luft stemmte, bis diese mit ihrem Druck unter die Tragflächen das Flugzeug so anhob, daß es in spitzem Winkel von der Bahn sich aufreckte, das Fahrgestell vom Grund sich löste und sechs Besatzungsmitglieder mit neunundachtzig Reisenden, darunter fünf Offiziere und ein über dreißigköpfiges Kammerorchester, befreit von aller Erdenschwere, eleviert, in den heiteren Sommerhimmel über Paris sich schwangen.

Volez, Amours, portez vos armes et vos fers sur le plus éloigné rivage!

Und es war zu der Zeit, da aus dem Cockpit der Flugkapitän über Lautsprecher die Passagiere begrüßte und eine Außentemperatur von −49°C sowie das Erreichen einer Flughöhe von 33.000 Fuß meldete, daß die Verliebten ihre Köpfe aneinander schmiegten, die Augen schlossen und bei den Händen sich faßten.

Volez, traversez les plus vastes mers, Amours!

Als am gleichen Tag der Winzer Pierre Batout, 63, gegen 16:28 Uhr ca. 15 km südöstlich von Dijon am Hang seines Weinbergs den Blick zum Himmel richtete, weil er aus großer Höhe ein donnerähnliches, scharf aufplatzendes Grollen vernommen hatte, das zum wolkenlos blauen, vollkommen ungewittrigen Firmament so gar nicht hatte passen wollen, gewahrte er, wie er den bald darauf herbeigerasten Rettungskräften, Löschmannschaften, Fernsehreportern und Polizisten schilderte, die zwischen rauchenden Wracktrümmern und verkohlten Leichen herumirrten, etwas Erhabenes, das ihm nichts von den Ursachen dessen verriet, was er sah, nichts vom Leck der Hydraulik, nichts vom Brand und der nachfolgenden Explosion der Triebwerke, sondern etwas, das ihm statt dessen, wie er sich ausdrückte, sowohl »Schrecken wie Ehrfurcht« einflößte »gleich einem feu d'artifice«, eine grellblendend aufpuffende Wolke aus gleißend metallischem Staub, Myriaden aufblitzender Punkte und glühender Partikel, einen »Sternentanz«, schwebend und sprühend, zerstiebend und stäubend, dann allgemach sinkend zum Grund. Als sich Batout zuletzt noch (zweifellos eher unter Schock denn im Vollbesitz seiner Urteilskraft) zu der Äußerung verstieg, die Katastrophe sei »zwar ein grauenvoller, aber doch eigentlich ein schöner, jedenfalls sublimer« Anblick gewesen, verfügten die TV-Sendeanstalten die Tilgung dieses Satzes aus ihrem Interview und meldeten aus dem Studio statt dessen, das Unglück habe 95 Menschenleben gefordert; Überlebende habe es nicht gegeben; nach der Black box der Air-France-Maschine, die bereits auf dem Landeanflug nach Genf sich befunden, werde noch gesucht; ob technisches oder menschliches Versagen vorliege, könne zur Stunde niemand beurteilen.

13

PARIS, 1733.

Im Dämmer des Kabinetts, durchstrahlt von einem frühen Sonnenpfeil aus dem Oberlicht der Kuppellaterne, streifen sich zwei wachsbleiche, beringte Hände die Spitzenkrausen der Hemdärmel zurück. Das Puderkabinett im Haus des Generalsteuerpächters an der Rue de Richelieu ist ein niederes, mit Steinfliesen ausgelegtes Gelaß von achteckigem Grundriß, eine karge Kammer, blaßgelb getüncht, ohne Wandbehang, ohne Tapisserien; die einzige Tür schließt dicht im Rahmen.

Zum Schutz vor dem stäubenden Pulver trägt Monsieur Le Riche de la Pouplinière eine schwarze Jacke über der Kleidung und eine Ledermaske vor Augen, Mund und Nase. An seinen vorgereckten Armen öffnen sich die Hände eingewölbt zum Empfangen, auf daß der Laquais, der ihm gefolgt ist, nun vor ihn trete und sie vorsichtig fülle mit dem weißen zimmtduftenden Puder aus dem Topf. Monsieur trägt eine silbergraue Perücke mit Röllchen, welche glatt dem Kopf anliegen und die man hier »Taubenflügel« nennt; sie ist außerordentlich empfindlich, kunstvoll frisiert à la Catogan und schürzt sich im Nacken zu einem schwarzen, gummierten, mit einer Schleife versehenen Crapaud.

»Ist er d'accord, Jean, daß der Staub die Seele des Lichts sey?« So fragt es hinter der Maske gedämpft, doch mit heller Stimme; aber es ist eher eine Bemerkung denn eine Frage, die da, beiläufig hingeworfen, mit Näseln erwidert wird vom Livrierten: »Monsieur Saint-Pierre wenigstens glaubt, daß die Perückenmacherei etwas höchst Unsicheres bleibt, solange die Natur uns mit Haar versorgt.«

Pouplinière lacht einmal kurz und trocken auf; dann gibt er, mit einem Rucken des Kopfes, das Zeichen, ihm die Hände zu füllen, und Jean taucht bedächtig die Cuillère in den Topf, um aus ihr achtsam das staubfeine Pulver rieseln zu lassen in die ihm fordernd dargereichten, zu Schalen gewölbten Handteller. Dann tritt er einen Schritt zurück.

Voilà: Leichthin-souverän, tagtäglich geübt, aus zurückgeschlagenen Spitzenärmeln die Schleuderbewegung der Hände, zur Zimmerdecke empor, auf daß der weiße Puder in der Luft sich gleichmäßig verteile und niedersenke aufs Haupt wie schwerelos flockender Schnee. Elegant und verächtlich ineins diese Geste, wegwerfend, doch auch dem weißen Taubenpaar gleich, wenn es klatschend aufflattert mit Gurren; die Finger gesträubt wie Gefieder. Und Myriaden aufblitzender Punkte und glühnder Partikel im Lichtpfeil des Sonnenbalkens aus der Laterne: Ein Sternentanz, schwebend und sprühend, umpuffend und -stäubend, dann allgemach sinkend auf zwei reglos stehende Männer im Raum, ein *feu d'artifice*, das zart auf dem Kopf sich verteilt, das künstliche Haar bedeckt, es schützt und ihm Schimmer verleiht und Duft, so fängt die schöne Morgenfrühe an in Paris.

2. *Bild*

NACHTEXPRESS
MÜNCHEN–PARIS, 2003.

Es war wohl meine alte, unüberwindliche Flugangst gewesen, die mich bewogen hatte, die Fahrt nach Frankreich lieber mit der Eisenbahn zu unternehmen. Im Schlafwagen des Nachtexpreßzugs nach Paris hatte ich mir ein Separatcoupé zweiter Klasse reserviert, in dem ich schon bald nach der Abfahrt in München mich zu Bett legte und vom sachten Rütteln und Schaukeln des

Wagon-lit und vom Schurren der Achsen, welches eher nach einem gedämpften Rauschen als nach jenem harschen oder gar kreischenden Schleifen klang, das die Reibung von Stahl auf Stahl hätte erwarten lassen, rasch in Schlummer gewiegt zu werden hoffte. Die Musiker, die sich nicht »Orchester« nennen wollten, sondern in gut egalitärer Gesinnung als »Ensemble« sich verstanden, und ihr künstlerischer Leiter (der sich ungern »Dirigent« rufen ließ, vielmehr jeden grantig anfuhr, der sich vermaß, ihn als »Maestro« ansprechen zu wollen) hatten das Flugzeug vorgezogen; sie würden mit einer Air-France-Maschine am kommenden Vormittag auf dem Charles de Gaulle-Flughafen landen, während der Aufnahmestab in seinem mit Kabeln, Mischpulten, Mikrophonen und Lautsprechern bis unters Dach beladenen Kleinbus wohl schon im erstbesten Stau auf der Autobahn festsaß.

Ich fand kaum Schlaf in dieser Nacht. Konzertreisen sind nichts für schwache Nerven. In Passau war Mihoku Fukoda ins Krankenhaus eingeliefert worden und mußte den Rest der Tournee quittieren. In Regensburg hatte sich herausgestellt, daß Hélène ihre Stimmen zum Charpentier daheimgelassen hatte. In Nürnberg war ein Satz Darmsaiten für Jannekes Viola nicht aufzutreiben gewesen. Auf dem Bahntransport wurde der Koffer von Trevors Violone beschädigt. In München waren die falschen Hotelzimmer reserviert und die Pressekritiken unfreundlich gewesen, und am Abend gickste das 2. Horn beim Sammartini nicht bloß — das passiert ja ständig, gehört geradezu zum Spiel —, sondern patzte gleich zweimal derart, auch bei der Wiederholung, daß es, wie hinterher alle fanden, eine Schande gewesen sei. In Innsbruck hatten wir erfahren, daß die Bank Austria ihre Sponsorengelder kürzen werde, und in Bregenz ließ man uns wissen, daß wir unsere beiden Cembali selber zu stimmen hätten, da kein Stimmer rechtzeitig aufzutreiben sei.

Erlkönig hatte, wie man so sagt, mit den Zähnen ge-
knirscht. Mit einer Grantigkeit, wie sie nur dem Nieder-
österreicher, dem gebürtigen Kremser eigen sein kann,
hatte er, der ›künstlerische Leiter‹, der sich seinen Kose-
namen mit Locken und Drohen schon früh erworben, bei
den Proben die Musiker bedacht. Schon seine Begrüßung
»Guten Morgen. Na, diesmal ausgeschlafen? Fertig eingestimmt? Haare gekämmt? Zähne geputzt?« war eine
liebenswerte Gemeinheit gewesen. Aber gewiß, für lie-
benswert gilt er ihnen ja immer, komme was da wolle. Sie
fürchten ihn, sie verehren ihn, sie vergöttern selbst den
Zynismus, mit dem er sie oft genug beschenkt. Sie sonnen sich in der Ungunst des Meisters, da sie in ihr nichts
als das Reversbild seiner Gunst erkennen. Dankbar genießen sie die Lust der Unterwerfung, und schadlos für
die Demütigung halten sie sich mit Witzen und kleinen
Rache- und Sabotageakten erst dann, wenn ein ahnungs-
loser Gastdirigent für Entlastung sorgt, indem er die
Zügel schleifen läßt. »Es ist eine Gnade, unter einem Genie wie Christoph Erlmayr spielen zu dürfen«, versicherte
mir einmal, treuherzig nickend, Yoko Kitazato, eines dieser schrecklich verzichtbereiten, auf Leistung gedrillten
und unterwerfungswilligen Geigenpüppchen, die Nippon
in Scharen nach Europa schickt, wo sie uns mit Lächeln
und ausdruckslosen Augen hinter randlosen Brillen an
das gemahnen, was einmal unsere ureigene ›preußische‹
Disziplin gewesen ist.

Nun, die Stimmung blieb gereizt; Paris mußte die
Scharte auswetzen. Das ›Projekt‹ sollte das bislang ehr-
geizigste in der Geschichte des Ensembles sein. Alle
sprachen nur von »dem Projekt«, als müßten sie vermeiden, die Sache beim Namen zu nennen, um sie nicht
zu gefährden. Und wer weiß, ob nicht auch sie es war,
die mir den Schlaf raubte unter der mit schneeweißem,
viel zu steifem Leinen bezogenen, viel zu leichten Decke
meiner Schlafkoje. Als der Zug bei Kehl mit langanhal-

tendem metallischem Dröhnen über die Rheinbrücke rasselte und im Ost der Himmel mit dem ersten Morgenrot sich färbte, hielt es mich nicht länger. Ich stand auf, kleidete mich an und bat den Schlafwagenschaffner, die Betten zurückzuklappen, mit wenigen Handgriffen mirakulös zu verwandeln in ein Compartement aus grünen Plüschsitzen, auf denen ich es mir für den Rest der Fahrt behaglich zu machen gedachte.

In Straßburg machte der Zug halt; dicht drängten sich auf dem Perron die aus- und einsteigenden Fahrgäste. Meine Abteiltür wurde aufgerissen; ein kleiner, etwas korpulenter Herr trat ein, verneigte sich artig und fragte, in einem Französisch mit elsässischem Akzent, ob ein Sitzplatz noch frei sei. Ich bejahte, so widerstrebend, wie wohl ein jeder zögert, der die Kontemplation des Reisens, das Träumen und In-sich-Hineinlauschen jener Intimität vorzieht, die zu Körpernähe und Gespräch weniger einlädt als — oft genug — nötigt. Der gedrungene Herr dankte »ergebenst«, schob eine Aktentasche, sein einziges Gepäckstück, mit asthmatischem Schnaufen ins Gepäcknetz und ließ sich mit einem erleichterten Ächzen in den Sitz am Fenster fallen, den ich ihm freigeräumt hatte. Seinen Hut, eine mattschwarz glänzende Melone, wie sie Wiener Fiaker zu tragen pflegen, behielt er auf dem Kopf. Dieser wurde von einem blauschwarzen Backenbart à la Offenbach umkräuselt, der seine großen, olivdunklen Augen unter buschigen Brauen aus aufmerksamen Zügen, einer Miene, in der Entschlossenheit mit einer gewissen Belustigung sich paarte, so markant wie freundlich hervorstrahlen ließ. Gekleidet war der Herr in einen grauen abgeschabten Zweireiher mit aprikosenfarbener Weste, aus der er nun, schwer atmend, ein Zigarrenetui zog, es aufklappte, mir ein Zigarillo bot, das ich dankend annahm, und dann sich selbst ein solches mit einem Feuerzeug, das er, gleichfalls schnaufend, aus einer anderen

Westentasche gefischt, entzündete, nachdem er zuerst mir Feuer gereicht hatte.

Unterdes hatte der Zug Straßburg verlassen und sich durch die frühsommerlich belaubten Hänge der Vogesen geschlängelt, um sodann, in weiterhin gemächlichem Tempo, über Nancy, Bar le Duc und Vitry dem Tal der Marne zu folgen. Eine ganze Weile saßen wir schweigend nebeneinander: ich, die Schläfe müd ans Fenster zum Gang gelehnt — mein Reisegefährte auf der Sitzkante vorgeneigt und mit zur Seite geschraubtem Oberkörper der Landschaft hinter dem Waggonfenster zugewandt, über der die Morgensonne stand, so daß ich von seinen Zügen nurmehr das Profil wahrnehmen konnte mit dem blauschwarz gekräuselten Bart unter der Melone, den zum Rauchen genüßlich gespitzten Lippen, den zwinkernd verkniffenen Augen im blendenden Widerschein der Frühe.

Als müßte er einem schwergefaßten Entschluß folgen, wandte er sich schließlich mit Seufzen um und richtete das Wort an mich. »Ah, la douce France. Nicht wahr, Monsieur, ein Land, so süß, daß es dem Fra Angelico gefallen müßte.« Ich antwortete hierauf nichts; zum einen, weil mir patriotische Schwärmereien à la française ein Klischee zu bedienen schienen, von dem ich nicht glaubte, daß es außerhalb vergilbter Feuilletons noch ein wirkliches Leben führen könne; zum anderen, weil es mir eher der typische Beginn eines Selbstgesprächs dünkte, denn den Anfang eines Dialogs bedeuten wollte. Ich nickte nur höflich, und mein Gegenüber fuhr fort: »Man muß sich wundern, daß man nicht Engel über den Rasen gehen sieht auf betauten Zehen.«

»Ich sehe, Sie sind ein homme de lettres«, entgegnete ich mit anerkennendem Nicken und gab mir Mühe, jedem Anflug von Ironie zu wehren. »Mais oui, merci, Monsieur«, gab der kleine Dicke ungeniert zurück und setzte hinzu: »Haben Sie vorhin auf dem Bahnsteig die ultramarinblauen Planken gesehen, auf denen mit großen, ganz klaren, weißen Antiqua-Versalien der Name der Station Cachemaille aufgemalt war? Wie unverdorben sind diese Lettern! Nicht wahr, es ist noch die gleiche Schrift wie in der Epigraphik der Römer. Schön!«

Ich wagte nicht, ihn auf die digitalen Zeichen der elektronisch blinkenden Anzeigetafeln jenes Bahnhofs aufmerksam zu machen, den der Zug soeben in scharfem Tempo passierte. Es konnte kein Zweifel mehr bestehen, daß mein Gegenüber ein passionierter Schwärmer war, ein Augenmensch, begeistert und empfindsam. »Haben Sie gesehen, wie die Baumreihen hier rechtwinklige Ordnungen machen? Man begreift, daß dies ein Land ist, das die klassische Norm liebt. Man sieht die Uferbäume und sieht die Baumzeilen zwischen den Wasen; man versteht, daß hier ein Land ist, das die antikische Klarheit der Grenzen pflegt und das lateinische Gleichmaß der Einteilungen. Schauen Sie: die Pappelreihe hier! Schon vorbei. Diese Bäume folgen dem Rhythmus antikisierender Versmaße. Sie kennen Racine? Corneille?«

Ich mußte, der Ehrlichkeit halber, verneinen. Und hätte allzugern nur hinzugesetzt, daß Frankreich mir bislang eher als Hort absichtsvoll drastischer Normverstöße erschienen sei, einer gewollt antiklassischen, ja geradezu krassen Regellosigkeit. Hätte ich an die Wasserspeier von Notre-Dame, an die grotesken Irregularitäten eines Berlioz, an den Naturalismus Meyerbeers, an die Phantastik eines Victor Hugo oder Gérard de Nerval, an das Neobarock eines Rodin erinnern sollen? Wozu? Nur zu deutlich war doch, daß mein Gegenüber keinen Dialog suchte, sondern einer Soliloquy sich hingeben wünschte. Weder hatte er der Höflichkeit Genüge getan, sich mit Namen vorzustellen, noch an mich im Laufe der Stunden, die wir nun schon nebeneinander saßen, auch nur eine Frage gerichtet, die so etwas wie Neugier oder Interesse hätte bekunden können. Aber vielleicht war das auch gut so. Was hätte ich ihm von mir schon zu sagen gewußt? Daß ich Walter Mardtner hieße und vor dreiundvierzig Jahren in Karlsruhe geboren sei? Wen könnte das interessieren? Daß ich als Pressereferent, Notenwart, ›Mädchen-für-Alles‹ und Sekretär des ELE, eines Kammerorchesters, das sich »Ensemble Les Encyclopédistes« nannte und am Stammsitz seines Fördervereins im niederösterreichischen St. Pölten residierte, zum Zweck einer Plattenaufnahme und anschließenden Aufführung einer Rameau-Oper nach Paris unterwegs sei? Ja, wäre der freundliche Dicke am Fenster kein Augen-, sondern ein Ohrenmensch gewesen — man verzeihe, daß ich die Menschen grob in diese Gattungen unterteile —, ich hätte ihm natürlich erklären können: daß wir ein aus Deutschland, Österreich, Frankreich, Belgien und Holland, England und Japan bunt zusammengewürfelter Haufe seien, gut dreißig Musiker, mehr Frauen als Männer, alle jung, gutaussehend, erfolgreich, ehrgeizig, hochmotiviert und -spezialisiert, ausgebildet bei den anerkannten Meistern ihres Fachs, bei Brüggen und Kuijken, Gardiner und Hogwood, Leonhardt und Harnoncourt und wie sie alle hießen. Daß viele selber schon Lehrkräfte an Akademien und Konservatorien seien. Daß wir auf allen großen Festivals gastierten, Toulon, Schleswig-Holstein, Styriarte, Salzburg, Berlin, Luzern, Köln und dergleichen. Daß unser Dirigent Christoph Erlmayr mit Locken und Drohen sich den Spitznamen ›Erlkönig‹ erworben habe und daß es, wie grantig er sich auch gebärde, schwerfalle, ihn seiner immensen Sachkenntnis und Hingabe wegen nicht zu lieben. Daß es sich bei den Musikern nicht, wie immer wieder gedankenlos repetiert werde, um ein »Barockorchester« handele, was immer überhaupt unter einem solchen zu verstehen sei, sofern man nicht das Spiel mit Holzschlegeln, ventillosen Hörnern und Trompeten, enger Mensur, Darmsaiten und herabgestimmtem

Kammerton unter solchen Begriff zwänge, sondern um ein Ensemble, das in variabler Besetzung auch Musik des neunzehnten und zwanzigsten Jahrhunderts im Repertoire habe und gelegentlich sogar Aufträge an zeitgenössische Komponisten vergebe. Daß das Ensemble sich jährlich in Österreich erst zu Vorproben versammele, dann für vier Monate daheim oder auf Auslands-Tournee konzertiere, und danach für den Rest des Jahres sich wieder in alle Himmelsrichtungen zerstreue, wo ein jeder seiner sonstigen Profession nachgehe.

All dies lag abrufbereit mir im Kopf, als mein bärtiger Schwärmer am Fenster des Waggons, nachdem er sich erneut ein Zigarillo angezündet, ausrief: »So sehen Sie doch: der Mäander der Marne! Als ein Zierband liegt er in der grünen Flur, wie ruhig, wie ruhig! Hellgrün sind die Wiesen, nur eben mit einem Hauch von Rosa bezogen; das Rosa kommt von den Blumen, es kommt aber auch von der Süßigkeit der Sonne Frankreichs. Alles ist ruhig; es ist ein elyseisches Wesen und Weben in dieser waagerecht hingestreckten Weidelandschaft. Das ganze Wesen draußen hat etwas von holländischem Phlegma — nur daß hier alles süßer ist, inniger, rosiger, leichter auch, geistiger — Symbol eines mehr formalen, ja schon paradiesisch verklärten Zustandes. Sehen Sie nur: der Himmel! Er ist aus zartestem Rosa und Fliederlila und Vergißmeinnichtblau ineins gewoben. Und schauen Sie nur, wie schön die Büsche am Ufer und die Bäume über den Wiesenflächen sich nun verschatten.«

Man verstehe mich nicht falsch. Unsympathisch war mir diese Emphase keineswegs. Ich war ja nicht unvertraut mit der Liebe unserer Landesnachbarn zum Symbolismus, zur Metapher, zur bilderreichen Übersetzung, zum farbkräftigen Changieren, Irisieren und geistvollen In-der-Schwebe-Halten des sprachlichen Ausdrucks. Man lese nur ihre Feuilletons, von den Zeiten eines Balzac und Flaubert bis heute. Wenn mir dennoch unbehaglich zumute war, dann nur deswegen, weil mich die Worte meines Reisegefährten eher zitiert als originär anmuteten; und: weil ich durch sie jäh meiner Andersartigkeit, meiner Fremdheit erinnert wurde. Das war mir peinlich. Darauf war ich nicht gefaßt gewesen. Schließlich war dies nicht meine erste Auslandsreise. Stets hatte ich mich weniger als Deutschen, lieber als Europäer angesehen. Dieser Herr nun aber stauchte mich gleichsam zurück in eine Nationalität, die ich schon vor langem überwunden geglaubt hatte, in etwas Phantasieresistentes, Nüchternes, Steifleinenes, in eine unangenehm geradlinige Seelensturheit, für die ich mich schämte. Zwar hätte auch ich schwärmen können: über all das tiefempfunden *Gehörte*, das mein Leben bisher bereichert hatte; indes, wie schwer bietet sich diese *innere* Welt der Beschreibung dar — verglichen mit dem sichtbar Vorfindlichen, an dem mein Gegenüber sich berauschte! Und hätte dieses Reich der Innerlichkeit, mein Terrain, nicht unweigerlich, vice versa, seinen Spott auf das Klischee provoziert? —: »Le Waldsterben« et »la deutsche Innerlichkeit«: voilà, da haben wir's. Nur, bitte, nicht mit mir!

Dennoch wollte ich nicht als mürrischer Stoffel erscheinen, sondern war ehrlich gewillt, mich anstecken zu lassen von soviel Augenlust. Also wandte auch ich mich gegen das Fenster und spähte zwinkernd hinaus. Der Zug hatte nun wieder mächtig an Fahrt gewonnen und jagte, nachdem er in frecher Eile Vichy Célestins passiert hatte, auf gutgefederten Rädern, frivol schaukelnd, durch Wiesen-, Hecken- und Weidegründe seinem Ziel entgegen. Auf einer staubigen Pappelchaussee glaubte ich, für einen ganz kurzen Moment nur, einen sonderbar altfränkisch gekleideten und frisierten Herrn mit einem Schmetterlingsnetz und einer Botanisiertrommel des Weges schlendern zu sehen, aber das Bild schoß allzu jäh vorüber, als daß ich es länger hätte in Augenschein nehmen können. »Très joli vraiment!« —: So wollte ich meinem Sitznachbarn rechtgeben. Hätte ich es mir doch verkniffen!

»So. Sehr hübsch«, äffte er mich — wenn auch ohne Schärfe — nach. »Bitte ergebenst, Monsieur! Joli? Nicht beau? Bedenken Sie! Das Hübsche kann nur *gefallen;* wo aber Regelmaß waltet, herrscht Schönheit, und die *bewundern* wir. Oder möchten Sie eine Tragédie ›joli‹ nennen? Hübsche Dinge mag der Geist hervorbringen, aber schöne bedürfen der *Seele.* Sie kennen Diderot?« — Ich mußte erneut verneinen — »Der sagt: Wer von einer schönen Sache sagt, sie sei schön, erbringt keinen überzeugenden Beweis für Scharfsinn. Wer aber sagt, sie sei hübsch, ist entweder ein Tor oder versteht von ihr nichts; so wie es bei Boileau heißt ›Ich finde, Corneille ist mitunter hübsch‹.«

Ich war beschämt, nahm aber mit Erleichterung wahr, daß mein Reisegefährte eher belustigt denn verärgert schien. Dies gab mir Mut, meinen guten deutschen Schopenhauer ins Feld zu führen, der zwar zugestanden habe, daß Berge, Pflanzen, Luft und dergleichen freilich bisweilen schön anzusehen seien — aber es zu *sein,* sei denn doch ein ander Ding; und der darum knarzend die Frage nachgeschoben: Ob denn die Welt ein Guckkasten sei?

»Wer sie zu einem solchen macht, muß ihr darum nicht Gewalt oder Unrecht antun, Monsieur, auch wenn ich zuzugeben bereit bin, daß ein Blick, mit wieviel Wärme er auch auf sie gerichtet sein mag, von ihr doch leicht als Kälte empfunden wird«, entgegnete der kleine Herr, der sich immer noch nicht mit Namen mir vorgestellt hatte, statt dessen seine Replik nun aber mit einem nachdrücklich ausgepafften Schwall Tabakrauchs akzentuierte, als sollte dieser in der Luft ein Ausrufezeichen formen. Aller Genuß verwandelt sich ihm in Rhetorik, dachte ich mir und verlor die Lust an weiteren Spitzfindigkeiten. Ich erhob mich, um mich zu strecken, mir etwas Bewegung zu verschaffen und sodann in den

Wagon-restaurant zu schlendern, wo ich mich an einem Kaffee & Croissant zu stärken gedachte. Der Form halber fragte ich, ob er mich begleiten wolle, aber zu meiner Erleichterung winkte er ab:»Non, merci beaucoup, Monsieur. Wie Sie an meiner Figur sofort erkannt haben, leide ich nicht an Auszehrung. Bon appétit!« Ich öffnete die Abteiltür, trat auf den Gang, und sah noch vor dem Schließen der Tür, wie er mir lächelnd nachwinkte.

Als ich anderthalb Stunden später das Coupé wieder betrat, befand sich der Zug schon auf den unablässig sich verzweigenden Gleisen der Banlieues von Paris und wechselte langsam von Weiche zu Weiche, ruckend und schwankend, seine Spur. Lampenmasten, Güterwaggons und endlose Zeilen von Hochhäusern und Wohnblocks glitten hinterm Fenster unverschattet im bleichenden Brand der frühen Nachmittagssonne vorüber. Mein Coupé-Genosse stand schon, die Aktentasche in der Hand, ausgehbereit vor seinem Sitz. »Au revoir, Monsieur«, sagte er und reichte mir zum Abschied lächelnd seine Visitenkarte, die ich dankend nahm und sogleich las. MOSHE GRÜNSPAN, *Libraire & Bouquiniste* lauteten sein Stand und Name, und Quai d'Orsay 26 war seine Anschrift. »Eine edle Adresse«, meinte ich lobend anmerken zu müssen und schämte mich sogleich wieder meiner Ungeschliffenheit. »Wo der Weltgeist weht, mag es mitunter tatsächlich vornehm zugehen, so sehr uns dies erstaunt«, gab Grünspan, unverwandt lächelnd, mit quasi entschuldigendem Achselzucken, zurück. »Wenn Sie ein Antiquariat haben, muß ich Sie unbedingt einmal aufsuchen«, setzte ich hinzu, und er erwiderte:»Das weiß ich bereits. Natürlich werden Sie mich aufsuchen. Wie sollte es anders sein?«

Und mit diesen Worten schritt er hinaus auf den Gang, ich folgte ihm nach, und die Lautsprecherdurchsage verkündete, daß der Zug die Endstation Gare de l'Est jetzt erreiche.

3. Bild
VERSAILLES, 1675.

Krieg mit England; Krieg gegen Holland; auch das savoyardische Mittelmeer färbt sich vom Blut der Seekanonaden. Bellona wütet; rot glüht der Helm des zürnenden Mars und die Sonne raucht schweflicht im Qualm der Haubitzen und Musketen, der von den Schlachtfeldern aufsteigt so weit der Horizont reicht. Die Rage auf den Champs de Bataille beschleunigt die Abreise des Königs. Zwar führt er einen Eroberungskrieg; er soll aber auch wie ein Kind beleidigt gegreint haben, *man mache, daß der Krieg verziehe, er incommodirt mich;* und dabei habe er, heißt es, mit der Hand sich trauernd die Augen verschattet. Und sei doch wieder, so raunt man, *très absorbé* von neuen Amouren. Jean Devin citirt aus *cinq lettres,* die er von seinem Urgroßoncle Jacques du Tour geerbt, einem Zeitgenossen Lullys. Ach, wie ungetreu, flatterhaft der König sei! »Zwar præferirt er jetzt das friedliche Glück der Indifférence, ohne Freud', ohne Leid; und die Königin, die er allnächtlich beehrt, freut sich zu wissen, daß die Montespan aus dem Rennen ist.« Doch flüstere man bei Hof, hinter vorgehaltener Hand, vom Kummer des Königs: hélas, und die Vallière im Konvent, aus Liebesgram? Und murmele, gedämpfter noch, von der Witwe Scarron, der einzigen, die Ludwigs Inconduite tadeln könne: hélas, und diese erhält zum Geschenk die Ländereien von Maintenon?

Und auch davon berichtet du Tour am 4ème Fevrier 1675, und nur citirt sei es hier nach der Handschrift des Jean Devin: In der Hofkapelle spreche man von nichts anderem als dem Entwurf für ein neues Orchestre, das im Klang unerhört kompakt sein soll, schroff und dunkel, doch kraftvoll tönend, das sey Lullys Vision. Wie die Dinge stehen, werde es sich zum *goût français* besser schicken als alle andern; der capable Charpentier sage nur Gutes darüber. Allein Dumont und Robert, die alten Notenfederfüchse, wollten nichts davon hören, erst recht nichts von den neuen Composizionen, die LULLY zur Gloire gereichen. Jene Graubärte, die noch im stile antico plärren lassen, im Kirchenton, Kontrapunkt in ausgezehrten Motetten, dieweil LULLY Fresken malt, von Dichtung spricht, von Drama und Architektur!

Man muß diesen Altmeistern etwas zugute halten. Sie haben es noch erlebt, wie die erste wälsche Operntruppe am Hof gastirte mit Strozzis La Finta Pazza, 1645 war das. Eine Revue, ein Cabaret, ein Varieté ist das gewesen, ein Circus. Der erste Akt dieser Maskerade wurde von einem Tanz von Affen und Bären, der zweite von Straußen, der dritte von Papageien geschlossen. Für ennuyante Airs sollten die Ausstattung, die Effecte der Machinerie und das Ballett entschädigen; dieses vor allem. Im Tanz inscenirt sich der Hof; auch der König tanzt. Den Beschluß muß immer eine Chaconne machen, bei der Höchstderselbe huldreich und grazil voranzuschreiten geruht. Wie schmeichelt ihm stets der Applaus — doch wie kindisch war jene erste Opéra in Frankreich, una pazzia italiana, so grauste es den Graubärten, der Himmel bewahre uns vor solcher ausländischen Nouveauté bei Hofe, kindisch und uncultivirt.

Tempora mutantur — Männern von Genie immer huldreich gewogen, geruhe der König sich um alles zu sorgen, was seinem Hof zur Zierde gereicht, und lasse es sich nicht nehmen, die Décors für die Façade von Versailles höchstselbst zu inspiciren oder sich die Skizzen zu einer Résurrection von Le Brun zeigen zu lassen, auf der Höchstderselbe in effigie zu sehen sein werde. Von der neuen Musique, Tedeums, Motetten, Ballets, Opéras sei er *très encharmé*, und im Gezänk zwischen den Graubärten und LULLY nehme er für diesen Partei und bewundere die

Beauté, die Strukturen, Proportionen und, über allem, die besondere Manier, in welcher LULLY jedes Détail mit dem Ganzen verknüpfe.

Monsieur Quinault entwerfe das Dessin zu fünf großen Sujets, die sich zur Tragödie schicken; man werde sie dem König vorlegen, daß er eins davon auswähle. Dann werde man diesen Entwurf LULLY vorlegen, der, nachdem er ihn in Augenschein genommen, Tänze, Divertissements und gesungene Airs à sa fantaisie zubereiten wolle.

Und Jean Devin fährt fort zu berichten, auf daß die Nachwelt lese; wir citiren ihn nur. Die Opéra *Theseus* habe bei Hof großen Eindruck gemacht; und seitdem spreche man hier nur noch von der nächsten, deren Sujet der König auswähle und die man im Januar zu St. Germain geben werde. Es sei die 4te Opéra, die in Frankreich auf die Bühne komme, nach *Cadmus*, *Alceste* und *Theseus.* Für das Drama componire LULLY auf die Worte von Quinault. Allein bei den Divertissements sei es, au contraire, Quinault, der ihnen seine Verse anmesse. Dergestalt teilten sich die beiden illustren Männer die Gloire des Projekts. Zum Modell diene ihnen nichts Geringeres als die Tragödie der griechischen Antike. Deren Wahrhaftigkeit des Gefühls sei es, nach der sie mit ihrer Arbeit trachteten. Was, hingegen, ließe sich der italiänischen Oper entnehmen — wenn nicht eine Handvoll Hübschheiten nur? Eigentlich dürften die Graubärte beruhigt sein.

Gewiß ist: Sie neiden LULLY das Privileg, das er vor drei Jahren dem Perrin abgeschwatzt hat, neiden ihm Glanz, Erfolg, Einfluß und Macht als Inspizient der Musique und Sekretär des Königs. Und dann ist er auch noch ein gebürtiger Florentiner, ein Immigré. Der Gralshüter unserer französischen Opéra ein hergelaufener Italiäner, man bedenke dieses! Der sich, man weiß gar nicht wie, beim König hat lieb Kind machen können, mit schmeichelnder Geigenmusique *pour la Chambre du Roi* ebenso wie mit Kabalen und Listen, frech und verschlagen, nach

oben katzbuckelnd, nach unten tretend; eine Bedienten-
natur, hart, niedrig, gemein; ein tuscanischer Birbante, ein
Parvenu; ein Sodomit obendrein. Und Devin berichtet
nach du Tours Briefen, LULLY werde von Zeitgenossen
als ein kleiner Mann geschildert von üblen Zügen und
vernachlässigtem Äußeren, was schon deshalb kaum sein
kann, weil nur ein prächtiges Gewand, mindestens eine
Rhingrave-Hose mit Pourpoint und Perruque ein Entréebillet zum Hof sein konnte. Und er habe kleine, roth-
geränderte Augen gehabt, »die man zuerst kaum finden
konnte«, die aber in düsterem Feuer glühten und Funken von Geist und Bosheit sprühten. Im Gesicht habe er
aber auch Spaßhaftigkeit und über die ganze Figur etwas
Bizarres gehabt, das eine stete Unruhe verbreitet habe.
Er sei ein irrlichterndes Genie gewesen.

4. Bild

PARIS, 1733.

Babette Mangot blinzelt in die Sonne, räkelt und streckt
sich. Noch sind die Gardinen nicht aufgezogen, wallen nur leicht, durchscheinend vor dem Fenster, doch
die Sonne blendet bereits. Soll sie nach Sophie rufen?
Aber ihre Schwester steht schon am Küchenkamin, hat
das Feuer bereitet und schabt den Kakaolaib an einer
flachen Reibe ab. Die Unze Chocoladenpulver, die sie
dabei gewinnt, mischt sie mit zwei Messerspitzen gesieb-
ten Zimmtpulvers und zwei Eßlöffeln Puderzucker. Mit
einem frischen Dotter und Eiweiß giebt sie die Mischung
in ein kupfernes Kännchen und verrührt sie mit einem
Quirl, bis das Ganze wie flüssiger Honig ausschaut.
Unterdes ist auf dem Feuer die Milch kochend auf-
geschäumt; Sophie nimmt geschwind den Topf vom Herd
und gießt die Milch in die Chocoladenkanne, stellt diese

aufs Feuer und verrührt alles noch einmal resolut mit wirbelndem Quirlstab zwischen den Handflächen.

Während sie darauf wartet, daß das Getränk aufsiede, streicht sie sich die blauweiß gestreifte Schürze glatt und richtet sich die Haube auf dem Kopf. Schon brodelt die Chocolade im Kännchen; rasch nimmt sie's vom Feuer, streift mit einer Gabel die Haut ab und gibt dem Sud einen Löffel Orangenblütenwasser bei, in dem ein Tropfen Ambraessenz aufgelöst ist.

Auf einem Tablett, ergänzt um eine Porcellanschale, einen Teller mit einem Wecken und un peu du beurre, trägt Sophie, gesenkten Kopfes, die Chocolade hinüber in die Chambre, wo sie das Tablett vor ihrer Schwester, die sich im Bett aufgelehnt, behutsam absetzt. »Merci, chère Sophie«, sagt diese. »Weißt du was, mache dir eine Schale Café und gehe hernach zu unserer Schwester in die Rue de Richelieu. Vielleicht braucht Marie-Louise deine Hülfe. Es mögte auch seyn, daß unser Herr Schwager deines Sukkurses bedürfte. Du weißt, er tappt wie ein träumender Riese durch die Welt und verwendet seinen scharfen Verstand nicht auf die Dinge des täglichen Lebens — die nimmt ihm Marie-Louise schon ab, die Gute —, sondern nur auf seine Wissenschaft von der Musique. Ich glaube, er könnte sich nicht einmal die Schnallen seiner Schuhe selber schließen.«

»Da tut Ihr ihm unrecht, gute Babette. Was die Leute so reden. Aber gewiß, wenn einer so ganz in seinen Angelegenheiten aufgeht mit großem Ernst und Verschwiegenheit, sich nicht unter die Menschen mischt, Invitationen zum Grand Diner ausschlägt, die grande Parure meidet, lieber spottet als plaudert, ja — das mögte schon ein Anlaß seyn zu törichtem Klatsch. Aber wir Schwestern haben unseren M:r Rameau doch recht lieb, nicht wahr, chère sœur, vielleicht gerade weilen er uns so fremd ist und rätselhaft. Im übrigen wird er itzt ohnehin nicht zu sprechen seyn, da er jezo gewiß auf dem Lever weilt.

Ihr wißt doch, daß M:me Pouplinière jeden Morgen schlag eilf Uhr zum Lever bittet.«

»Nun so gehe denn wenigstens zu unserer Putzmacherin in die Rue Vermeille und frage, ob die Bänder für unsere Hauben schon gemacht sind.«

Divertissement

FÊTE CHAMPÊTRE.

Der König sterbe! Es ist beschlossen. Es gibt keinen anderen Weg. In Fontainebleau und Versailles praßt der Hofadel, und in der Dauphiné schreien die Kinder nach Brot. Der Luxus ernährt hundert Menschen in der Stadt und läßt hunderttausend auf dem Land umkommen. In der Vendée soll ein Tagelöhnerpaar, vom Hunger verrückt geworden, sein Neugeborenes verzehrt haben. Schande auf Frankreich, Schmach auf seinen höchsten Herrscher von Gottes Gnaden. Nicht nur Halbpächter und Handlanger können das Geld fürs Getreide und Brennholz nicht mehr zahlen. Selbst die laboureurs, diese coqs du village, stöhnen unter der Abgabenlast. Der Zehnte, Wege- und Brückengelder, Steuern auf Alkohol und Wein, Steuern auf Salz, Grund- und Kopfsteuern, taille personelle und taille réelle: alles wird fortlaufend erhöht. Die Stadt preßt das Land aus, der Adel den Bürger, der König den Adel. Verschwendung ruiniert den Hof, mit Kleiderluxus, Spiel, Empfängen, Festen, Schauspielen, Jagden, Opernmusique, Feuerwerk. Der Bauer haßt den Provinzadel, und dieser vegetiert in seinen zerfallenen Chateaux. Die Ämter in Justiz und Verwaltung sind käuflich, ihre Träger unfähig und korrupt bis in die Knochen, die Provinzialstände machtlos. Die Bevölkerung wächst täglich um Tausende, aber im Durchschnitt wird ein Mensch nur 27 Jahre alt. Den Tagelöhnern im Faubourg St. Germain, den Gärtnern, Laufburschen, Holz- und Wasserträgern, den Gagne-deniers, Dienern, Köchen, Kutschern, allen, allen garrottiert sie den Hals: die Hausse, die Preistreiberei, die Geldentwertung, die fiskalische Abschnürung. Mein Cousin Roger aus Montpellier hat sich heute am Querbalken über der Tenne erhängt. Er konnte sein Elend nicht mehr ertragen. Die Bauern ächzen unter den Schindereien und Mißbräuchen, den Spann- und Frondiensten. Lest nur diesen Erlaß: ›Zur Herstellung der Logen im neuen Opéra=Hauß dahier, sind allda 14 Linden=Dohlen verkauft worden. Wann nun zu deren baldigen anhero Transportirung eine Frohn=Fuhr mit 4 Stücken bespannt, erforderlich, daß wird Königl. Cammer=Collegium gnädigst geruhen, hierumfalls das hierzu erforderliche Frohn=Patent baldigst ergehen zu lassen, damit von dort aus die Beyfuhr schleunigst anhero geschehen möge.‹ Auch für die Corrée des grands Chemins müssen sie Erde karren und Steine und Kies, für den großen Wegebau, der doch gleich wieder zuschanden wird unter dem Heerwurm, der übers Land sich wälzt, plündert und marodiert, und zu dessen Einquartierung der Bauer auch noch verpflichtet ist. Und das ist nun unser Âge d'Or unter Louis Quinze! So kann es nicht weitergehen. Dies Blatt muß sich wenden. Alsdenn sprecht: Wenn ein Zahn fault oder ein Baum morsch ist: Was reißt man dann heraus: die Krone oder die Wurzel? Die Wurzel natürlich. Das erste, oberste aller Übel, die prima causa aller Verderbnis. Es muß geschehen. Einer muß es ja tun. Wenn kein anderer es tut, muß ich es tun. Ich weiß auch schon, wie. Der König sterbe. Das ist gewiß.

5. Bild

PARIS, 2003.

Nach einer traumlos durchschlafenen Nacht im Hôtel *Fleur de Lys* in der Rue Gay Lussac, unweit des Jardin du Luxembourg und des Panthéon, hatte mich der telephonische Weckruf des Concierge aus dem Bett gescheucht. »Il est sept heures et quart, bonjour, Monsieur.« Ich war ans Fenster getappt, hatte die Gardinen beiseitegezogen und mich fürs erste, ohne noch recht zu klarem Denken befähigt zu sein, des Wetters versichert, genauer gesagt: des Lichts an diesem Tage. Hitze- oder Kältegrade sind mir stets eher gleichgültig gewesen; aber an der Art, wie die Welt *beleuchtet* wird, mit welchem Ausdruck nach dem Erwachen, in einem Zustand also, in dem die Wahrnehmung so empfindlich ist wie das Silberjodid einer Daguerrotypie, das Integral ihrer Umrisse, Farben und Formen dem Empfinden sich darbietet, habe ich immer schon, und untrüglich, voraussehen, besser: vorausspüren können, in welcher Stimmung die Ereignisse des ganzen Tages sich gestalten würden.

Zu diesem Zweck also hatte ich mich weit aus dem Fenster gelehnt, um den Blick so ungehindert wie möglich schweifen zu lassen: vom ebenmäßig perlgrau bedeckten Himmel, der sich über den angewölbten oder à la Mansard umbrochenen, bleigrauen Schiefer- und Blechdächern der Nachbargebäude mit ihren unzähligen verrußten Kaminröhren spannte, bis hinunter zum schwarzblau und regennaß glimmernden Asphalt und zu der Markise, die unter dem Balkongitterband der 1. Etage, veilchenblau und quittengelb gestreift, über einem Café im Erdgeschoß des Hotels ausgebreitet war. Der Nieselregen, der sich bereits verzogen, hatte sie durchnäßt; nun tropfte es aus ihr aufs Trottoir hinunter; weich, mild, feucht atmete sich die Luft; und um das Gebrüll der Fahrzeuge, das von der

33

Straße emporschwoll, zu dämpfen, hatte ich das Fenster gleich wieder schließen wollen, was mir aber, da es sich um ein modernes, mithin zum Klemmen prädestiniertes, wenn nicht ausschließlich zu diesem Zweck konstruiertes Kippfenster in einem modernen, mithin vorzeitig schäbig gewordenen Hotel handelte, nur mit Mühe gelungen war.

Genug. Ich wußte Bescheid. Dies würde ein unaufgeregt nüchterner, sozusagen professionell gedämpfter Arbeitstag werden, empfindungsarm, doch nicht unangenehm.

Ich hatte mich rasch angekleidet, mein Handy auf SMS-Botschaften überprüft und war mit dem Lift hinunter ins Parterre gefahren, wo ich mir beim petit déjeuner anhand meines Notebooks noch einmal einzuprägen gedachte, was heute auf der Agenda stand. Und während ich eine Madeleine in den Kaffee tauchte, den mir der Garçon aufgetischt, memorierte ich: 8 Uhr bis 10 Uhr: Aufbau und Montage; 11^h bis 13^h: erste Orchesterprobe; 13^h bis 14^h Pause; 14^h bis 16^h: zweite Orchesterprobe, parallel dazu, in einem Nebenraum, Korrepetition mit Vokalsolisten; sodann erster kompletter Durchlauf (Instrumentalstücke I), anschließend Abhören und Korrekturen. 19^h: Daily Briefing (an dem nur ich, Henrike Zilberstijn, unsere 1. Konzertmeisterin, Erlmayr und der Aufnahmestab teilnehmen würden); für die übrigen: Dining und — mutmaßlich — Clubbing, das rechte Mittel, die enorme Anspannung, die das Tagwerk abverlangen würde, aus allen Gliedern zu schütteln.

Mit Bangen nahm ich wahr, wie eng terminiert unser Projekt war. Binnen einer Woche sollten *Les Indes Galantes* ›im Kasten‹ sein, wie die Techniker es nennen. Und sowohl Aufnahmeleiter Will Cunningham, ein Brite, wie Tonmeister Ron Stewart aus den USA waren gefürchtet für ihre Pedanterie und ihren Perfektionismus: Kein falsches Tonstäubchen würden sie durchgehen lassen, kein

Patzer würde ihren Luchsohren entgehen. Nach der Aufnahme würden sogleich die Choreographie- und Regie-Proben folgen im Théâtre National de l'Opéra, der neuen Bastille-Oper. In 14 Tagen wäre schon Generalprobe, am Tag darauf Premiere. Das war knapp, verdammt knapp — auch wenn die Vorbereitungen der Aufführung schon weiter gediehen waren, als den Musikern wahrscheinlich bewußt war. Gewiß waren die Bühnenmodelle von Kim Lee Pok (Seoul) schon in der Schreinerei und die Figurinen von Suzan Pollok (Philadelphia) bereits in der Schneiderwerkstatt; und so gewiß der Chor schon jetzt durch seinen tüchtigen Maître Damien Moreaux bestens einstudiert war und das Ballett unter seiner Choreographin Delphine Charbonnier bereits fleißig seine Gavotten, Rigaudons und Bourrées übte, so verbindlich auch durften die Absprachen Erlmayrs mit dem Regisseur Danny Tannenbaum (Tel Aviv) gelten — hoffentlich! Man konnte nie wissen. Die aufwendige Produktion einer französischen Barockoper mit Choristen, Tänzern, Orchester, Instrumental- und Vokalsolisten und Heerscharen von Assistenten hinter den Kulissen gleicht dem Versuch, aus Spielkarten den Eiffelturm nachzubauen, das heißt ein schwankes Mobile aus Egozentrizitäten ebenso beständig in Gleichgewicht, Einklang und Koordination zu halten, wie es fortwährend sein Äquilibrium verlagert. Geplatzte Premieren, Vertragsbrüche oder -auflösungen von heute auf morgen, Eitelkeiten, gekränkte Indispositionen, technische Pannen wie unvermutete »unüberbrückbare Auffassungsdifferenzen« waren mir nicht fremd. Ein leichtes Schwindelgefühl ergriff mich; es war Zeit, zu gehen.

Das Aufnahmestudio befand sich am Boulevard Saint-Michel in der Salle Olympique, einem türmchenbekrönten Bau aus der Belle Époque, der zunächst als Tanz- und Offizierskasino gedient hatte, sodann bis 1960 als Spielsalon geführt worden war, schließlich jahrelang ungenutzt und vom Einsturz bedroht blieb, bis die Firma

Polysound, die unsere Aufnahme vornehmen sollte, das marode Gemäuer per Zufall entdeckt und in der Folgezeit, seiner trefflichen Akustik wegen, als Tonstudio genutzt hatte. Es lag nicht fern; ich brauchte kein Taxi zu nehmen, nicht einmal einen Schirm; das nasse Perlgrau des Himmels hatte sich in ein transluzentes Silbergrau ausgedünnt; gut möglich, daß die Sonne bald durchbräche.

Ich überquerte die Straße vor dem Hotel, indem ich in einem Moment, der mir sicher dünkte, behende zwischen die Fahrzeuge sprang und in Zickzacksprüngen durch den hupenden, zwischen Stockung und Beschleunigung regellos wechselnden Verkehr tänzelte; auf dem gegenüberliegenden, platanenbestandenen Trottoir setzte ich meinen Weg entlang den gelbgrau berußten und verstaubten Sandsteinfassaden fort, die von den Schaufenstern der Tabakläden, Parfümerien, Boulangerien und Patisserien durchbrochen oder von mattgoldenen Schildern besetzt waren, auf denen die Namen von Anwaltssozietäten oder Firmenbureaus in Antiqua-Versalien vornehm eingraviert standen. Hausensteins Beobachtung, Paris sei eine einzige ungeheure Grisaille, ein unendliches Grau-in-Grau-Gemälde, ging mir gerade durch den Sinn, als ich auch schon vor dem Portal der Salle Olympique stand und zu meiner Beruhigung gewahrte, daß der Kleinbus der Aufnahme-Crew bereits am Seiteneingang geparkt war und entladen schien.

Mit raschen Schritten nahm ich die Treppenstufen im Vestibül, dessen altrosa-graue Tapetenreste und Kandelabergerippe von jenen besseren Tagen zeugten, die es einst gesehen haben mochte, und betrat die Studio-Halle, bahnte mir einen Weg durchs Gewirr der abgestellten Aluminiumkoffer, der Kabel, Mikrophongalgen, schallreflektierenden Stellwände und Paravents aus Preßspan, sah, daß die Balkone und umlaufenden Galerien bereits mit Tuchbahnen zur Halldämpfung verhängt waren, er-

blickte durch eine halbgeöffnete Tür das große Misch-
pult, die zwei angekabelten Aufnahmegeräte und einen
geöffneten Regler-Koffer, und begrüßte Cunningham, der
in mürrischer Konzentration unter einem elektrostati-
schen Kopfhörer vor den Geräten saß und sich mit Bleistift Notizen machte in der, zwecks leichteren Umblät-
terns ringgebundenen, Partitur. »Morning, Will. Schon
eingemessen?« — »Yea. Balance is okay.«

Ein erster Stein fiel mir vom Herzen. Kein Autobahn-
stau hatte unseren Terminplan schon ab ovo durchein-
andergewürfelt, auch keine Flugverspätung. Trevor Jones
war bereits dabei, seinen Violone aus dem Futteral zu
schälen. Guy van der Zwart und Anton Mitterer befeuch-
teten schon mit den Lippen das Doppelrohrblatt ihrer
Fagotte. Mark Arkenside klopfte, das rechte Ohr auf ein
Timpano gelegt, mit dem Schlegel behutsam prüfend aufs
Paukenfell. Peer ter Linden schraubte sich seine Traversière zusammen. Janneke van t' Hoog spannte ihren Brat-
schenbogen. Eleanor Winterbottom zog die Stimmwirbel
ihrer Geige nach. Iain Blair hatte sein Naturhorn auf-
gestützt, probte das Stopfen des Schalltrichters, wölbte,
kräuselte und befeuchtete sich die Lippen. Hélène Sauvé
schrummte und säbelte bereits mit Ingrimm auf den
Saiten ihres Kontrabasses. Klaus Demuth saß, die Violine
im Schoß aufgerichtet und das Kinn auf die Schnecke
gestemmt, und spähte nachdenklich in seine Noten. Yoko
Kitazato putzte sich die Brille und strich sich das Haar
hinter die Ohren. Cathrin Moore, Else van Zuiderma und
Luc Puissot standen rauchend im Gespräch beieinander
am Fenster. Zwei weitere Fagottisten, Wim van Daelen
und Jacques Ravoux, nahmen ihre Plätze ein. Auch Gillian Steele und Erwin Volkert setzten sich, während Brigitte Glantschnigg ihre Trompete dem roten Sammt des
Instrumentenkoffers entnahm und Dominique Callot mit
ihrer Oboe erneut das a' (392 Hz) gab zum Einstimmen.
Schließlich schlenderten auch Martha Willcox, Riko Ki-

mura, Clare Potter, Marijke Beukelaer und Alan Clarke
herbei, die einen lachend, die anderen gähnend, und nahmen Platz, gefolgt vom Nachzügler Duncan Peacock, der
ein Violoncell trug und sich sodann umständlich daran-
machte, dessen Stachel im passenden Abstand auf dem
Parkett zu fixieren.

Vom 2. Cembalo, ganz zur Linken, mischte Nick Wilson
die Übungsgriffe seines bezifferten Basses klirrend dem
anschwellenden quintigen Einstimmgeflirr der Streicher
ein, das sich um den Zentralton A kräuselte und den Saal
in ein vibrantes, dissonant wohlklingendes, aus Zufall
und Notwendigkeit gewobenes, wie um eine imaginäre
Rotationsachse statisch bewegtes Klangfeld tauchte. Ich
wußte, daß es im Konzertsaal Sonderlinge gibt, die nichts
lieber vernehmen als dieses Einstimmen des Orchesters,
das mit auf- und niedergeschwirrten Skalen sich an-
wärmt, weil sie aus ihm ein großes Versprechen hören,
eine Verheißung, die größer sein mag als ihre Einlösung;
vielleicht auch, weil in jenem *Avant-que* jeder Musiker
noch ganz er selbst und allein sein darf mit seinem Instrument — denn mag auch Schumann im Orchester eine
»Republik« sich erhofft haben, so ist es doch in Wahrheit, wenn es schließlich spielt, ein Kollektiv, eine Armee,
zumindest eine Heereskompanie, der ein Feldherr be-
fiehlt, und all ihre Disziplin und Perfektion hat darum
auch einen Anflug von Gewalt, von Überwältigung, wenn
nicht Terreur.

Über die Manuale des 1. Cembalos beugten sich derweil
noch, mit dem Stimmschlüssel Saiten nachziehend, ein
mir unbekannter Stimmer und Yoshiko Tawada, unsere
1. Continuo-Spielerin, Erlmayrs zweite Hand — und Geliebte, wie jeder wußte; sie reisten stets zusammen und
bewohnten ein gemeinsames Hotelzimmer. Für einen
Moment wandte Joschi (wie wir alle sie nannten) sich um
und zeigte uns ihr kreisrundes Gesicht mit dem Buddha-
Lächeln, einem Lächeln von Lippen, die wie der Halb-

mond einer rotlackierten Dschunke geschwungen waren, ein Gesicht, das bei jedem ihrer resoluten, unfehlbaren Griffe auf der Kielfeder-Tastatur wie in grenzenlos freudigem Erstaunen über das in den Noten Erblickte aufzuckte, die Augen hinter der randlosen Brille kurz aufriß, die Brauen hob und, anders kann ich es nicht ausdrücken, *aufleuchtete* so wie eine jener von Kerzen durchleuchteten, lächelnden Vollmond-Laternen, mit denen wir im Herbst der Kinderzeit dahingingen. Volkert und Janneke kolportierten, Erlmayr habe gesagt: »Ich bin Pessimist und ein glücklicher Mensch.«

Henrike Zilberstijn war kein glücklicher Mensch. Auch sie hatte Platz genommen, blickte streng wie stets unter ihrem kurzgeschorenen, fuchsroten Haar aus einem vierkant-derben Sommersprossengesicht in die Runde und brachte mit nervösem Kopfschütteln ihre großen kreolischen Ohrreifen zu unhörbarem Klimpern, Ringe, die sie sich einst durch die perforierten Ohren gebohrt, um Erlmayr zu gefallen, ein Schmuck, der ihm nur die Bemerkung entlockt hatte: »Henrike, deine Flinserl machen beim Spielen so ein schönes col legno an der Geige; den Bartók hätts gfreut.« Sarkasmen solcher Art ließ sie sich seit Jahren bieten, klaglos, in stumm verbittertem Trotz. Sie war eine brillante Violinistin, ehrgeizig, von verbissenem Fleiß, Meisterschülerin Gidon Kremers, Trägerin des Großen Mozarteum-Preises, Gründungsmitglied unseres Ensembles und, wie alle wußten, verliebt in Erlkönig, der gleichfalls darum wußte und die nahezu hündische Hörigkeit seiner Konzertmeisterin dazu nutzte, ihr mit Locken und Drohen Höchstleistungen abzupressen. Jetzt warf sie einen giftigen Blick hinüber zu ihrer Rivalin am Clavecin, die weiterhin über die Manuale zu den Metallstiften sich beugte, an denen die Saiten aufgezogen waren und denen der Helfer mit unverwandt behutsamem Hin- und Herdrehen des Stimmstocks die rechte Tonhöhe zu geben suchte — eine mühsame, geist- und nervtötende

Arbeit, da solch ein Korpus aus Fichte, Zypresse oder Mahagoni, anders als der Stahlrahmen eines Flügels, immerfort bei der kleinsten Änderung von Temperatur und Luftfeuchtigkeit sich verzieht.

Ich habe dieses Instrument nie wirklich gemocht. Gewiß, wenn ein Poet wie Ruggero Gerlin mit zartem Rubato Couperin zelebriert, oder ein schottischer Berserker wie George Malcolm in die Tasten seines Goff-Harpsichord schlägt, das wie eine kleine Orgel mit Pedalen, Schwellern, Dämpfern und zahllosen Registerzügen noch aus den zähledernsten Generalbaß-Piècen Funken schlagen läßt, dann imponiert mir das zwar. Aber froh war ich dann doch, daß kein solches Nähmaschinen-Gerassel den Haydn unseres Ensembles durchklirrte, da Erlmayr — ex cathedra, wie stets — dekretiert hatte: »Nein. Des brauchts net. Dafür gibt es keinen Beleg in den Handschriften. Schauts euch amal die Autographen an. Die Baßstimme ist nirgendwo beziffert. In keiner Partitur. Die haben nur Kontrabaß und Fagott gespielt. Stimmt, ganz zuletzt, in London, hat Haydn vom Clavier aus dirigiert. Aber in Eszterháza allerweil nur an der Geige.«

Mein Vater hatte ein Cembalo besessen, ein kleines zirpendes, einmanualiges Wittmayer-Spinett. Er liebte das Instrument von ganzem Herzen. Jeden zweiten Nachmittag saß er mit dem Stimmstock davor und ließ die Saiten auf- und niederjaulen, bis sie die richtige Temperatur hatten. Ich entsinne mich, entnervt, gelangweilt und eifersüchtig auf das Instrument dabeigesessen zu sein. In einen Sessel gefläzt, vom Wunsch getrieben, der Vater möchte mit ähnlicher Hingabe sich mir widmen, übertönte ich das Stimmen mit meinem Quäken, Pfeifen, Summen und Plärren. Eines Tages verlor mein Vater die Nerven. In verzweifeltem Ärger schleuderte er den schweren, aus Holz und Eisen gedrechselten Stimmstock nach mir. Er verfehlte mich um Haaresbreite. Hätte das Gerät mich getroffen, hätte es im Gesicht schlimme Verletzungen angerichtet. Erschrocken über sich selbst, hatte er sich entschuldigt, und ich, gleichfalls zutiefst erschrokken, mich getrollt. Er lebt schon lange nicht mehr. Niemals zuvor oder später hatte er so die Beherrschung verloren. Heute bin ich voll Mitleids mit ihm. Kinder können von monströser Egozentrik sein, und Menschen mit feinem Gehör, mit Ohren, die zu schließen ihnen verwehrt ist, befinden sich, nach außen unsichtbar und unhörbar, in einem permanenten Belagerungs-, wenn nicht Kriegszustand, daher sie nach moralischem Normalmaß gar nicht gemessen werden dürfen.

Unterdes hatten Männer das Dirigierpodium für Erlmayr herbeigetragen, das Telefon an ihm befestigt, das den Kontakt mit dem Aufnahmestab herstellen sollte, und während sie noch mit Klebeband das Kabelgewirr auf dem Parkett vor dem Verrutschen sicherten, kam aus dem Studiolautsprecher die Stimme Cunninghams. »We've decided to start off in a couple of minutes; first take: up to bar two-two-seven.« Gleich darauf ließ sich aus dem Lautsprecher Erlmayr vernehmen. »Cabin Crew: five minutes to take-off!«

Alle Musiker hatten nun Platz genommen, stimmten nach, blätterten in den Noten, strichen sich durchs Haar, rückten sich die Brille zurecht, lockerten sich das Handgelenk, tappten mit den Sohlen. Mundstücke wurden noch einmal adjustiert, Stimmwirbel nachgezogen, Finger über Klappen und Schallöcher gewieselt, Bögen mit Kolophonium eingerieben. Nur eines war anders als sonst. Niemand rückte nervös seinen Stuhl zurecht vor seinem Pult. Nur die Cembalisten, das Blech und das Schlagzeug saßen auf Stühlen oder Hockern: Timpani, Trombe und Cornu auf der äußersten Rechten; Nicks Cembalo mit Hélènes Baß – das Continuo fürs Tutti – ganz zur Linken. Genau in der Mitte, vor Erlmayrs Pult, im rechten Winkel zur Front, teilte Joschis Cembalo mit Trevors Violone (:das Continuo für die Rezitative der Sänger) das Ensemble in zwei Gruppen. Die rechte Partei bildeten Sitzbänke jeweils vor und hinter einem Liniennotenpult, auf denen die Streicher sich gegenübersaßen wie Domestiken an einer Speisetafel. Zur Linken saßen sich an einem ebenso langen Notentisch die Bläser, Flûte traversière, Hautbois und Fagott gegenüber, die letzteren je vierfach besetzt. Ein frappierender Anblick. Die alte distribution de l'orchestre, par exemple de Dresde sour la direction de S:r Hasse, die traditionelle Sitzordnung im Dix-Huitième, in fast allen Opernhäusern Europas. War dergleichen schon jemals rekonstruiert worden in unserer Zeit?

»Lests das amal nach, oder schauts euch an in den zeitgenössischen Quellen, zum Beispiel im Dictionnaire vom Rousseau«, hatte Erlmayr geworben. Die Skepsis war eine beträchtliche gewesen. »Twill make a shitty pingpongsound«, hatte Cunningham gemurrt, doch Erlmayr hatte ihm entgegnet: »Na gehts! Mit eurem Computer-Mischpult rührt ihr den Klang doch eh hernach zu einer Sauce zusammen.« Auch die Musiker fürchteten um den Verlust von Koordination und Klang-Homogenität. Doch Erlmayr ließ sich sein Experiment nicht ausreden. »Das warn gewiefte Praktiker damals. Die wern sich scho was gedacht haben dabei. Davon können wir nur lernen. Vor allem auch später vor der Bühne im Graben, bei der Aufführung. Im übrigen machen wir hier kein Museum. Der Rameau war ein Moderner, ein Experimentator, der hat ganz neue wilde Bläserfarben in den Orchestersatz gebracht. Und dafür ist unsere antiphonarische Sitzordnung ideal, ihr werdts sehn. Das soll ja bei ihm eben nicht homogen tönen, kein Klangkontinuum sein, sondern ein buntes, scharfgewürztes Menü aus Kontrasten.«

L'État c'est moi. Deus ex cathedra; sein Wille geschehe. Nicht, daß solche Entschlüsse par l'ordre du roi umstandslos ins Werk gesetzt wurden. Diskutiert durfte werden. Klingen wurden gekreuzt. Aber am Ende setzte Erlkönig sich fast immer durch, weil ihm aus seinem

immensen Wissen stets noch ein Argument in die Hand
fiel, wenn der Gegner schon mit leeren Händen dasaß.
Und auch dafür, daß sich hinterher zumeist erwies, er
sei, wieder einmal, im Recht gewesen, wurde er von den
Musikern geliebt.

Jetzt schob er sich langsam, gesenkten Kopfs, doch mit
wachsamem Blick, durchs Gewirr der Kabel und Mikro-
phone. Er war 61 Jahre alt. Wie immer bei Proben, trug
er eine schlotternde Leinenhose und ein kariertes Flanellhemd, vor dem die Lesebrille an einem Bändel bau-
melte wie vor der Brust einer überaus seriösen Buch-
händlerin. Er war von mittelgroßer, kräftiger Statur; das
gelichtete Haupthaar klebte nurmehr in einzelnen Sträh-
nen auf einem Kopf mit charakteristisch österreichischen
Gesichtszügen: Ein Mund, der ebenso gern sprechen wie
speisen und trinken mochte; volle, doch etwas schlak-
kernde, traurige Wangen, die Wangen eines Kellners oder
Hofrats, aus denen eine markante aristokratische Nase
ragte; eine hohe gedankenvolle Stirn, darunter helle,
geistsprühende, gefühlvolle Augen, die — Folge einer
Basedowschen Krankheit? — zum Hervorquellen neigten,
wasserhelle Quell- oder Glubschaugen, die Erlmayr, der
ohne Stab dirigierte, bedrohlich zu weiten verstand und
mit solchem Augenrollen das Signal für angespannteste
Wachsamkeit und Intensität gab.

Neulinge hatten sich an manches zu gewöhnen: Unge-
achtet ihrer Nationalität sprach Erlmayr fast nur Deutsch
bei den Proben; sein Englisch, wenn er es denn sprach,
war — wohlwollend gesagt — originell. Daß die Instrumentalisten, Choristen und Solo-Sänger Deutsch wenn schon
nicht sprachen, so doch verstanden, wurde vorausgesetzt.
Das Kollektiv wurde geduzt — einzelne Musiker wurden
gesiezt, aber nur, wenn sie nicht Deutsch sprachen. Sonst
wurden auch sie geduzt. Beim Einsatz pflegte Erlmayr
scharf einzuatmen mit einer Art Zischen, ähnlich dem
Fauchen eines Tigers vor dem Sprung durch den bren-

nenden Reifen, das Cunningham einmal veranlaßt hatte, zu seufzen:»Sorry, Chris, your hissing is too loud. May we repeat the first bars?«, woraufhin der Dirigent vorgeschlagen hatte:»Wenn mein His zu laut ist, mach ichs halt enharmonisch zu C, dann is' scho recht.«

Auch seine Zeichengebung — von Schlagtechnik im akademischen Sinn konnte ohnehin nicht die Rede sein — war gewöhnungsbedürftig. Mitunter machte er, zur Akzentuierung eines Marcato, einen jähen Schritt vorwärts in eine Instrumentalistengruppe hinein und stach mit den Zeigefingern beider Hände vor ihren Augen in die Luft, als wäre es ihm darum zu tun, einen Gegner zu durchbohren, eine Indolenz-Blase aufzustechen oder wenigstens einen Pfeil abzuschießen ins Gefüge der klingenden Textur. Nur den Neuling konnte dies erschrecken.

Spielanweisungen in den Stimmen galt oft sein verzweifelter Hohn. »Musikwissenschaftler! Deppate Herausgeber!« pflegte er dann zu ätzen. »Machen Bögen und Fingersätze wie im neunzehnten Jahrhundert. Können die keine Autographen lesen? Streichts das weg!«

Und auch daran hatten alle sich gewöhnt: Daß er, nachdem er befohlen, das Dirigierpodium abzuräumen — »Das Klumpat brauch i net« —, sich nun lächelnd allen, Männern und Frauen, zuwandte und grüßte:»Guten Morgen, meine Herren.« War es nicht erstaunlich, daß noch keine Dame je darüber sich gekränkt erzeigt hatte? Die weibliche Majorität im Ensemble, deren Privatleben gewiß nicht selten feministisch bewegt sein mochte, hatte mit solcher Begrüßung längst sich abgefunden.

Das Podium war abgeräumt; Erlmayr blätterte noch eine Weile versonnen in der Dirigierpartitur und blickte dann amüsiert in die Runde. »Na, wie gfalln euch die Tischerl? Fertig getafelt? Alle satt und zufrieden? Gut, fang ma an. Ouvertüre, bis zum Doppelstrich. Darf ich bitten.« Das rote Warnlämpchen sprang an; eine Bratschistin war, nervös, noch am Stricheln über die Saiten. »Sie,

Ruhe da! Schluß, Schluß, Schluß, Schluß! Jetzt ist Aufnahme! Ihr habts Zeit genug vorher. Wann i kumm, ist
fertig eingstimmt! Also bitte!« Eine Violinistin konnte
sich des Gähnens nicht enthalten und vergaß, die Hand
vor den Mund zu halten. Erlmayr wandte sich ihr zu und
sagte:»Gute Goldkronen hams da. I wär ja lieber Dentist
gworden; so hats halt bloß zum Musiker gereicht, ich
hoffe, ihr könnts mir verzeihn. Also fang ma in Gottes-
namen an, ja?«

6. Bild

VERSAILLES, 1675.

Imaginirt euch ein Theater mit Machinen, Tänzen und
obligater Musique, fährt Jean Devin fort und citirt
aus den lettres, die von seinem Urgroßoheim auf ihn
gekommen: Das Bühnenbild im Prolog zeigt den Palast
des Gottes der Zeit; dieser ist von den zwölf Stunden
des Tages und den zwölf Stunden der Nacht umgeben.
Es singen *le Temps et le Chœur des Heures.* Was folgt, ist
Histoire, ein Drama, das man von Zeit zu Zeit zugunsten
eines Divertissements verläßt, einer flüchtig-vergäng-
lichen Landschaft, die mal reizend, mal erschrecklich auf-
scheint.

Unterdes sey der König, von Gloire umglänzt, ein-
getroffen, um sich vom Tod Marschall Turennes an der
elsässischen Front berichten zu lassen, und du Tour raunt
von gedämpften Gerüchten bei Hof wie in der Stadt.
»Die Vallière hat bei den Karmeliterinnen im Juni ihre
Profeß abgelegt; der ganze Hof wollte Zeuge dieses Opfers
seyn. Die Königin erst recht. Die Höflinge haben über
der Opferung des theuren Unschuldslamms Thränen vergossen. Ludwig hat erst nach seiner Rückkehr davon
erfahren und, royal, jegliche Rührung cachirt.« Der Hohn

45

läßt sich kaum überlesen. Liebe wie Kunst und Musique: Alles bey Hofe wird *Politique.*

Es heißt, man spreche schon viel vom Prolog zur neuen Opéra, in dem nur Götter aufträten, um Ludwigs Siegen in der Franche-Comté zu huldigen. Zum Ausgleich für diesen gewichtigen Prolog habe LULLY dem Quinault das Concept zu einer langen Schlußscene vorgelegt, aus der Menschen erneut verbannt wären, und die dergestalt das Œuvre wieder ins Æquilibrium bringe. Im Drama selbst seien die Götter bloß Spectateurs der Scene. Also nur Zuschauer der Katastrophe — und da sie Götter seien, blieben sie ungerührt wie in der Tragödie der Griechen.

LULLY beteuere, während der dramatischen Hauptaktion auf Chœur und Orchestre verzichten zu können zugunsten der Kontrastwirkung in den Divertissements, wo es ein regelrechtes *Débauchement* aus Licht-Effecten, Interludien und Verwandlungen geben könnte: Zuerst kömmt MERCURIUS aus den Wolcken. Das Theatrum verwandelt sich sodann in einen lustigen Garten. Hierauf verändert sich das Theatrum in einen Wald. Nach diesem verwandelt sich die Schaubühne in eine Einöde oder Landschaft, in deren Vertiefung das Meer sich erzeiget; eine Wasser-Göttin fährt auf einer Muschel über das Meer. Hierauf verwandelt sich das Theatrum in einen Saal und danach in einen anderen, magnifiquenteren Saal. Sodann præsentirt sich das Theatrum in einem trüben Gewölck, in welchem sich hernachmals PHOEBUS auf einem Wagen erzeigt, wonach sich das Gewölcke allgemählich verzieht und ein heiterer Himmel und Gewölcke sich præsentiret.

Das Drama dagegen trage sich in mezzotinto zu, ohne Effecte für die Sänger, ohne grands Airs, dafür mit Arietten und Récitatifs, immer mit Basso Continuo, der die Fundamentschritte setze zur Déclamation der Sänger-Schauspieler.

Und wir erfahren, daß der König beruhigt scheine, nachdem die Gerüchte verstummt seien und die Mäuler

46

nicht mehr schmähten: ›Turennes Tod: Das war der Zorn Gottes auf jene Frauen, die den König zur Sünde verführt‹. Und schon erwäge Ludwig seine nächste Campagne; und um seinen Héros anzufeuern, daß er den Feind schlage, möchte der Hof Höchstdemselben ein Spectacle bieten, das seiner Gloire würdig sei. Sogar Wagen und Pferde werde man auf die Bühne bringen können, da man denen letztern die Augen bedeckt, und Beutel unter den Schweifen anbringt.

Das ist die neue Opéra, zu der jezt die Proben abgehalten werden. Alle Ballets in den Divertissements sind von Beauchamps, der schon diejenigen aus *Theseus* arrangirt hat. Die Acteurs studiren bereits ihre Rollen ein, und die Chöre und das neue Orchestre werden sich auch bald an die Arbeit machen.

Quinault hat LULLY in einer Pause aus den Büchern teutscher Opéras vorgelesen mit Titeln wie *Etearchus, Argenore, Die beglückte Schäferin Belinde* oder *Die vom* PLUTO *geraubte* PROSERPINA. Beide haben sich ausgeschüttet vor Lachen. LULLY soll geschmäht haben: Seht die dickwanstigen Teutschen, pedantisch und blœde. Hört nur:

Erster Auftritt. Das *Theatrum* ist geöffnet / und *Pluto* kommt vom Wasser auf einer *Machine,* und tritt auf das *Theatrum.* PLUTO, STYX.

Plut. Auf! Auf! Ihr Höllen=Geister /
    Seht euren Gott erstaunend an.
    Wie? was? wer hat mir denn gethan?
    Ich bin gantz ausser mir.
Styx. Mein Herr! Wie ist euch denn /
    Ich glaube schier /
    Der kleine Schalck hat euch
    Aus seiner Mutter Schooß so hart getroffen /
    Daß ihr vor Schmertzen Euch nicht mehr besinnt?
Plut. Cupido ach! O! Göttin *Venus* du
    Hast nunmehr deinen Zweck erreichet.

Una porcheria tedesca, doch sonst? Lully tobt, raast, flucht — auf alle. Jeder will brilliren — doch es gibt nichts zu brilliren in seiner neuen Opéra. Alles ist gestaltet, abgezählt und ausgemessen, damit das Drama voranschreite, ohne Spannungseinbuße, unerbittlich, folgerichtig und ernst.

Diesem Sänger falle es ein, *Ornements* beizufügen, das Tempo zu verschleppen und, um länger aufzutreten und so dem Publikum Applaudissements abzuschmeicheln, eine Aria, die Lully schlicht, knapp und natürlich gewollt, zu verlängern. Jener Tänzer bitte unter Tränen um ein überflüssiges Encore. Violinen wollten da spielen, wo Lully Flöten verlangt. Oder sie strichen ein ätherisches Timbre, wo ein struppichtes gefordert sey, etc. etc.

Jeder lese aus dem Werk, was er zuvor hineingelegt. Lully verteidige seine Arbeit. Man sage, der König erkenne im Helden sein Ebenbild; es heißt auch, Kybele erinnere stark an die Königin, und Sangaride gleiche der Madame de Maintenon, die den König enragirte, als sie den Duc de B*** ehelichen wollte.

Und Jean Devin fährt fort zu berichten, auf daß wir Nachgeborenen lesen; wir citiren nur, wir können nicht wissen, ob sein Urgroßoncle wahr spricht, wenn er ergänzt, beinahe habe er der Duetten vergessen: Sie kämen überall vor, auch in den Récitatifs; dieser neue, stupende Effect sei über das ganze Stück aufs artigste verteilt.

Noch befinden sich im Ballett nicht Tänzerinnen, sondern berockte, geschminkte, gepuderte Knaben — an denen Lully in den Pausen sich ergetzt. Die Choreographie wird nicht Tanzmeistern überlassen. Lully selber lehrt seine Schauspieler, wie sie eintreten und gehen sollen, und wie sie ihren Gebärden und Bewegungen den gehörigen Anstand zu geben haben. Er tanzt ihnen selbst vor. Frägt einer, wie exactement er über die Bühne schreiten solle, gibt ihm Lully die Antwort: Zu Fuß! Bei den Proben tritt er nahe vor sie hin und hält sich die Hand über die Augen, um seiner Kurzsichtigkeit nachzuhelfen und ja nichts zu übersehen. Wenn im Orchestre auch nur einer patzt, hört er es heraus und sagt: Das waren Sie! So steht es nicht in Ihrem Parte!

Er ist heftig und tyrannisch. Spielt ein Violinist falsch, so kann es geschehen, daß er wütend auf ihn zurennt, ihm das Instrument aus den Händen reißt und ihm auf dem Rücken zerschlägt. Dem Ensemble den Rücken zugekehrt, vis-à-vis du Roi, dirigirt er mit einem mannshohen, schweren, auf den Boden geklopften Taktstock aus Ebenholz mit vergoldetem Knauf und eisernem Dorn, dessen Pochen, bisweilen lauter als die Musique, von allen verflucht wird, nur nicht von ihm. Er steht da wie ein Löwe, wie ein Feldherr in der Schlacht. Er trägt eine schwarze Allongeperücke, schwarze Schleifenschuhe, ein offenes, sich nach oben verkürzendes Wams mit geschlitzten Ärmeln, eine Rhingrave-Hose, die wie ein Weiber-Unterrock gebauscht und gepufft ist, aus grüngold changirender Seide, versteift und metallisé wie Chintz, und schwingt und klopft unbeirrt seinen Stock.

Es heißt, der König habe 75.000 Livres für das Spectacle der Staatsschatulle entnommen, und niemand wage laut zu äußern, was alle befürchten: daß die Kriege und der Bau von Versailles die Financen des Reichs ruiniren. Auch von der gnadenlosen Verfolgung der Jansenisten werde jetzt geraunt.

7. Bild
PARIS, 1733.

Beim Putzmacher in der Rue Vermeille schellt die Glocke über der Tür, da Sophie Mangot eintritt. »Demoiselle wünschen?« frägt der Ladengehülfe und verneigt sich mit Lächeln. Sophie geht, begleitet vom knisternden Rauschen ihres Kleides, gesenkten Blicks

an ihm vorbei, um mit rasch gehobenem Kopf sich um-
zublicken im Clair-obscur der Regale, Vitrinen, Auslagetische, Dosen, Kästchen und Kartons, und sie ist sogleich
wie berauscht vom Lavendelduft, von Gerüchen nach
Bitterorange, pfeffrigem Holz und Süßmandelöl, den
Düften von Granatäpfeln, Vanille, Jasmin, Ambra, Leder
und Zedernholz. Sie frägt, ob die Bänder für die Hauben
schon gemacht seien, und der Commis eilt ins Hinterzimmer, den Maître zu fragen. So hat sie eine kurze Weile
Zeit, mit den Fingern zu tasten, zu streifen über Kunstblumen, von Nonnen gefertigt in den Klöstern Italiens,
über Rüschen, Spitzenborten und Volants, oder flüchtig,
mit den Fingerspitzen nur, zu wühlen in Kistchen voller
Bänder, Schleifen, künstlicher Federn, Tressen, Litzen,
Fächer und Handschuhe, kurkumagelb, kobaltgrün,
nachtblau, zinnoberrot, fliederlila, schminkweiß oder
rußschwarz, ach, sie kann sich nicht sattsehen, nicht satt-
fingern an all den schönen Zierlichkeiten.

Staub webt und glüht tanzend im Sonnenlicht, das durch
die Schaufenster hereinstrahlt. Sophies Blick schweift
über Dosen aus Elfenbein, Schatullen voll Schönheitspflästerchen in Gestalt kleiner Sonnen, Monde, Sterne,
Herzen, Amoretten, über die Culotte und die Solitaire
für den Herrn, über die Engageantes, das Négligé und
den Pompadour für die Dame, über delikate Ranken-
und Streublümchenmuster und zarteste Pastelltöne von
Seidenstoffen, deren Namen so bizarr sind, daß es zum
Lachen reizt. Rinnstein. Londoner Rauch. Nönnchen-
bauch. Affenschwanz. Vergifteter Affe. Sterbender Affe.
Wer darauf wohl gekommen sein mag und warum.

Ihr Auge verweilt auf einer maisgelben Bergère; wie
gern trüge sie selbst einmal solch einen Strohhut im
Schäferspiel. In diesem Moment tritt der Maître aus dem
Hinterzimmer; seine Perücke ist verrutscht, wie immer,
und hinterm Ohr steckt ihm der Crayon. Er händigt

Sophie das Gewünschte aus und empfiehlt sich ihrer Frau Schwester: Votre Serviteur, Demoiselle. Der Commis öffnet ihr die Tür, verneigt sich und überreicht ihr, noch ehe sie hinausgeht, ein Lavendelsträußchen, »mit Empfehlungen des Hauses«.

Beschwingt tritt Sophie auf die Straße und rafft sofort den Fischbeinrock, denn die Straßen in Paris sind ein Pfuhl aus Kot, Kadavern und Abfällen im Dunst von Gerbereien und Seifensiedereien; wer immer es sich leisten kann, läßt sich für ein paar Sous in einer Sänfte oder Chaise à porteur tragen, sofern er nicht ohnehin gleich nach dem Fiacre ruft. Sophie aber trägt in der Linken das Sträußchen und die Bänder, während sie sich beim Gehen mit der Rechten den Rock rafft, was den Herren auf der Straße gefällt. Herren wie Damen schätzen ja die Perfection des Andeutens im galanten Spiel der Liebe. Die Damen kultivieren eine besondere Kunst, eine eigentümliche Art des Gehens, bei dem der Reifrock so auf und nieder schwingt, daß nicht nur der Fuß, sondern auch der Ansatz des Beines und der spitzenbesetzte Unterrock zum Vorschein kommt. Dieser darf, ja, soll beim Gehen, Treppensteigen oder Hinsetzen sichtbar werden. Der Herr, der beim Pfänderspiel oder Blindekuh ein Strumpfband gewinnt, hegt ein kostbares Pfand der Liebe. Und erst der Schuh! Ist er nicht gleichsam ein zarter Stengel, auf dem die Gestalt glockenartig sich zu entfalten scheint, ein Stengel, der mit jedem Schritt aufschießt aus Erde und Schlamm, aus dem Dreck der Straße? So wäre der Straßenkot die Grundierung des Bildes, der Bildhintergrund, ohne den das Kunstwerk des Körpers und seiner Kleidung nicht sich malen könnte, und die unerhörte Verfeinerung des Gemäldes bedürfte geradezu der Grobheit von Schmutz und Gefahr, so wie Orchideen am schönsten blühn auf einem Haufen von Mist. Ja, diese gefährliche, gefährdete Schönheit, die unerhörte Verfeinerung, mit der Liebe und Genuß sich feiern in der Régence, die

Erotik von Bein, Fuß und Schuhwerk, die Sprache des Fächers, die Inscenirung der Grande Parure, der auserlesene Geschmack, das Detailraffinement, die kostbare Ausstattung, die Complexion von Grazie, Charme und Esprit: Sie wären nicht — ohne den trüben Abyss der Verwesung, aus dessen Schwerkraft sie sich entreißen in unerhörter Anstrengung, um desto eclatanter zu ihm zurück zu gravitiren.

Sophie passiert das Haus de la Pouplinières mit seinen prächtigen Stukkaturen und Balkonen, in dem ihre Schwester Marie-Louise mit ihrem Gatten, dem Tonsetzer M:r Rameau, Quartier hatte nehmen dürfen; sie überlegt, ob sie auf einen Sprung Visite machen soll. Doch dann schlendert sie fürder; es mögte ja doch seyn, daß M:r ungehalten wäre ob der Störung. Er tritt ihr vors innere Auge so, wie sie ihn zuletzt sah: hart, ernst und verschlossen im Reden; ein großgewachsener, storchendürrer Mann, die hohe Stirne unter der Perücke mit vielen Falten gefurcht in weitem Bogen von Schläfe zu Schläfe, einem Arc de deuil et de triomphe, in dem die Augen ruhen wie Sarkophage unterm müden Bahrtuch der Lider, die Wangen zu tiefen Gruben eingesunken im überschmalen Gesicht, die Lippen wie eingefroren in lächelndem Spott: eine Maske, aus Sorge und Discrétion, aus angespanntester Aufmerksamkeit und einer Güte des Empfindens, die sich versachlicht hat so vollkommen, wie nur bei Musikern es möglich ist.

Sie gelangt auf den Fischmarkt, wo die Händler von den Buden ihr zurufen. Huîtres fraîches, huîtres fraîches du bord de mer! Moules fraîches et blanches comme de lis! Clovisses fraîches, grosses clovisses fraîches! Harengs frais, harengs frais et gros! Carrelet, maquereau, aiglefin frais! Raie fraîche! Sophie zählt die Sous in ihrer Börse und seufzt. Ach wie teuer ist alles geworden. Um sich des lästigen Fischgeruchs zu erwehren, schnuppert sie an ihrem Lavendelsträußchen — und schreckt zurück. Was hat ihr da in die Nase gestochen? Ein zusammengerolltes Blättchen Papier, zwischen den Stengeln gut versteckt: Was ist das? Ein Billet-doux?

Hastig entrollt sie das Blatt. Mit Mühe, da sie des Lesens und Schreibens nur in Maßen kundig ist, entziffert sie die winzige Antiqua — knüllt den Zeddel erschrocken zusammen und wirft das Bällchen unauffällig unter einen Brettertisch, auf dem Makrelen, Kabeljau und Heringe in Bottichen ausgebreitet sind. Nein, das ist kein Süßbriefchen gewesen, sondern im Gegenteil etwas ganz Häßliches, Gemeines, an das kein guter Bürger denken sollte und doch bisweilen denkt, ein Pamphlet, eine der Hetz- und Flugschriften, die in immer größerer Zahl in Paris einfallen wie die Heuschrecken der Apokalypse und deren Herstellung, Verbreitung oder Besitz mit Kerker geahndet wird; schon der bloße Verdacht kann genügen für einen lettre de cachet, und die Tiefen der Bastille sind unauslotbar; Sophie überläuft es kalt. Ein Aufruf an die Bürger von Paris ist das gewesen, ja an den Dritten Stand des ganzen Reichs. Er hat das Ende der Monarchie gefordert, die Abschaffung des Adels und seiner Steuerprivilegien, das Ende von Korruption, Mätressenwirtschaft, Teuerung und Ausblutung der Provinzen; hat Elend, Hunger, Mißwirtschaft beklagt, den Luxus, die Prasserei und Verschwendung des hohen Klerus gegeißelt, den Machthunger und die Geldgier der kriegslüsternen Officirskaste; hat Sittenverfall und wachsende Criminalität an den Pranger gestellt und, zum Beschluß, dem König die Schuld an allem gegeben. Der König sterbe! hat zuletzt da gestanden und ist, im Kursivdruck, mit *Abbé Démartins* gezeichnet gewesen: ein Pseudonym zweifellos.

Sophie beschleunigt ihre Schritte und blickt sich, wiederholt, furchtsam um. Erleichtert erreicht sie die Wohnung ihrer Schwester Babette, die nur nach den Putzwaren frägt. Daß Sophie ihrer chère sœur Babette niedere Dienste verrichtet wie eine Magd oder Zofe, beklagt sie nicht. Noch kein einziges Mal hat sie darüber geklagt. Warum auch? Sie ist die jüngste der drei Schwestern. Also ist es recht so, wie es ist, und soll nur so bleiben, solange sie noch keinen Mann gefunden.

Unterdes schlägt in der Rue de Richelieu, Grundstücksnummer 59, die Repetieruhr auf dem Kaminsims elf. Jean drückt mit der weiß behandschuhten Rechten die vergoldete Klinke nieder und öffnet die Tür zur Antechambre. Mit einem genäselten »Madame bittet zum Lever« läßt der Lakai die wartenden Herren eintreten. Ohne ihren Vorzimmer-Discours zu unterbrechen, erheben sich diese; einer reibt sich die Hände; ein anderer verschränkt sie hinter dem Rücken; ein dritter trägt sie gefaltet auf dem Embonpoint; so schreiten sie voran, und unter ihren Sohlen knarrt das Parkett.

Thérèse le Riche de la Pouplinière, geborene Deshayes, sitzt im Frühstücksboudoir mit dem Rücken zur Spiegelkommode und nimmt die Honneurs der Eintretenden entgegen, während ein Kammermädchen ihr noch mit der Brennschere das Haar lockt, bis es zu einem Chignon aufgetürmt und mit Bändern und Federn verziert werden kann. Auf der Kommode hinter ihr stehen eine Schale Café, Flakons, Zerstäuber, Puderdöschen, Kämme aus Elfenbein und Horn, eine mit japonischem Seidenlack glasierte Schmuckschatulle und eine mit einer Leda-und-Schwan-Szene bemalte Schatulle voller Mouchons, von denen eins bereits ihrer linken Wange und eins ihrer Oberlippe appretirt ist zur Interpunktion der Sprache ihres Gesichts. Abbé Crapeaux hat Depardieu, dem Gartenbaumeister, beim gestrigen Lever zugeflüstert: Soll ich Ihnen sagen, Verehrter, worin die Sinnlichkeit der Schönheitspflästerchen besteht? In ihrer Nähe zum Schmutz. Sie erinnern an schwarze Furunkel, an Warzen und Aussatz. Also an Krankheit, Unreinheit, Verderbtheit, an Sünde, und was lockt uns mehr als diese?

Die Farbe ihres Haars, das soeben am Hinterkopf zu einem Knoten aufgeschlagen wird, ist ein kalkiges Weißgrau. Die Wangen sind mit Rouge überhöht; ansonsten soll ihre Haut so blaß sein wie nur möglich. Madame Deshayes ist 28 Jahre alt. Um die Haut dünn und durchsichtig erscheinen zu lassen, hat sie sich die Adern blau nachgezogen. Die Farbe des Alters ist zur Farbe der Mode geworden. Monsieur hat sie einmal gefragt, warum es ihr darum zu tun sei, den Gegensatz zwischen Jugend und Alter zu nivelliren, und sie hat ihm, mit einem spöttischen Patsch des Fächers auf seine Wange, geantwortet: Cher Monsieur! Wenn ihr Mannsbilder euch effeminirt, wenn ihr mit euren glockenförmigen wespentailligen Röcken und zarten Schühchen, euren Tüchlein und Schmucksteinen die Différence der Geschlechter aufhebt, dann dürfen wir Frauenzimmer dafür eben andere Antinomien zur Deckung bringen.

Thérèse ist eine kluge, gebildete, scharfzüngige Frau, schön, kokett, selbstbewußt — und viel musikalischer als ihr Gatte. Der hat sein Privatorchester im Grunde nur installirt, um seiner Gattin zu imponiren und ihr Plaisir zu bereiten. Rameau wohnt in seinem Haus und bezieht seinen Unterhalt von ihm. Dafür dirigirt er das Orchestre, und Madame studirt bei ihm Clavier, Harmonie, Kontrapunkt.

Der Sprache ihres Gesichtes und ihrer Stimme correspondirt die Sprache ihres Fächers. So reizend läßt sie ihn gewandt auf ihrer Wange, auf ihrer Brust spielen! So vortrefflich drückt sein Klingeln und Klappern ihren Zorn aus! So trefflich bestätigt sein Hin und Her gleich einem Taubenflügel Vergnügen und Befriedigung! Jetzt, da die Herren Honneurs machen, verbirgt sie hinterm Pfauenrad ihres Fächers mit dem Mund zugleich auch ihr Amusement.

Das allerdings beruht auf Gegenseitigkeit. Dem feisten Abbé Crapeaux, dem die Backen schlackern im geröteten

Gesicht, lispelt der Gartenbaumeister zu, in London über-
trumpften die Ladies bereits die Haartracht der Pariser
Damen mit Schiffen aus Stroh, ganzen Koggen oder Fre-
gatten aus Pappmaché, die mit Bändern und Wimpeln
der Coiffure aufgesteckt würden, *une vue formidable.* Der
Tanzmeister nippt dazu kichernd an einer Schale Chocolade. Er ist ein zwergenhaft schmächtiger Italiener namens Bonini mit der Kleidung eines Gecken, der Stimme
einer Ziege und spärlich über den ganzen Kopf verteilten
Lockenwicklern. Den Zopf à l'enfant frisirt, den Rock in
Farben à la Watteau, meckert er zum Schlürfen der Chocolade still in sich hinein, während der Abbé unwillig
dessen Tanzmeistergeige, die er als Pygmäenfiedel zu verhöhnen liebt, unterm Stuhl mit dem Fuß beiseite zu
schieben trachtet und Depardieu, der Gartenbaumeister,
nach einer passenden Gelegenheit sucht, mit dem Plan
zur neuen Anlage des Birnbaumspaliers zugleich seine
offenstehenden Rechnungen bei Madame ergebenst zu
deponiren.

Das Gespräch der Herren springt von den neuesten
Sociétés de pensée über die bedauerlichen Ernteausfälle
in den Provinzen zur Förderung der schönen Künste
durch M:me Pompadour. Mätressenwirtschaft sei das
eine, legt Crapeaux dar; das andere sei einer Maîtresse
Bildung, der man getrost mehr Einfluß auf den König
wünschen könne. Im übrigen: Habe jene nicht unlängst
den Robignac, einen erfolglosen Caféhausliteraten, der
wegen eines Pasquills inhaftiert worden, qua zärtlicher
Fürsprache auf dem royalen Beilager, befreien können
aus seinem Verlies? — was den Eingekerkerten in Wut
statt Dankbarkeit versetzt habe, da seine Bücher ohne
das erhoffte Märtyrersigill nun nicht den Sücceß haben
würden, den der unschuldig Schmachtende ihnen sonst
zweifellos verschafft hätte. Auch sein Verleger sei nicht
amusirt und nur mit Mühe davon abzuhalten gewesen,
Robignac zurück in die Bastille zu schicken. Che pazzia!

kicherts aus dem Ziegenantlitz Boninis, indes Madame ihren Ennui nur mühsam zu zügeln versteht hinterm Fächer. »Wird Rameau nicht erscheinen?« frägt sie beiläufig das Kammermädchen, das knicksend antwortet: »Er wird gewiß gleich kommen, Madame.«

Der Gartenbaumeister, seine Schale Café absetzend, greift schon nach seinen Rechnungen, um sie aus der Rocktasche zu ziehen, als der Abbé, dessen Baßstimme tönt, als sei sie in Bratenfett eher getaucht denn in Salböl, das Gespräch auf die bevorstehende Premiere der Opéra M:r Rameaus lenkt. Er wird es nicht leicht haben in der Académie Royale, tönt es aus ihm; *Hippolyte et Aricie* ist zwar un sujet sublime, aber es ist ja bekannt, wie mächtig LULLYS Vorbild jeden neuen Versuch in dem Genre zu überschatten droht; immerhin ist der Monsieur Musikmeister, wenn ich mich nicht irre, schon fünfzig Jahre alt und hat sich noch nie auf die Bretter der Bühne gewagt. Was ist er denn? Ein Organiste aus der Provinz. Was hat er bis anjetzt geschrieben? Vor eilf Jahren eine Harmonielehre, die kein Mensch versteht, ein paar Claviersächelchen, und in den Jahren, da er in Dijon war, einige geistliche Figuralmusique, soweit ich weiß. Für den goût parisien sollte er das Drama im Motettenstyl bringen, dann wird ihm der Sücceß sicher seyn, schließt Crapeaux mit dröhnendem Lachen, und der Italiäner fügt bei: Vielleicht schließt er die Oper nicht mit einer Chaconne, sondern einem fugirten Salve Regina? Oder einer Clavecin-Pièce? Wir sollten ihn protegiren.

Während die Herren noch lachen, öffnet sich zwischen den rocaillenbesetzten Tapisserien eine Tür; ernst und hager tritt ein Herr ein, verneigt sich stumm. Thérèse läßt den Fächer sinken und reicht ihm lächelnd die Hand. »Guten Morgen, Monsieur. Sie kommen doch, bitte, zum Salon heute abend um fünf Uhr? M:r Voltaire wird uns ebenfalls mit seiner Visite beehren. Wollte er Ihnen nicht ein Buch schreiben für eine Tragédie-lyrique? War es

nicht ›Samson‹? Er schätzt Sie extraordinairement. Womöglich mehr als ich? Wehe! Ma jalousie me ronge!«
»Madame sind zu gütig«, murmelt der Begrüßte. Er hält
ihre Hand bei den Fingerspitzen und verneigt sich noch
einmal. Er weiß, daß sie eine wichtige Verbündete ist,
und er ahnt, daß sie es auch dann bleibt, wenn ihr Gatte,
der Generalsteuerpächter le Riche de la Pouplinière,
längst ins Lager des Gegners übergelaufen sein wird.
»Madame erinnern sich nicht, was aus ›Samson‹ wurde?
Die Oper wurde ihres biblischen Sujets wegen verboten,
das Buch nie veröffentlicht.« — »Und Ihre Musik dazu,
Monsieur?« — »Die verwende ich anderswo; Madame
können unbesorgt sein.«

Haben Sie Rameaus Traité de l'Harmonie denn gelesen? fragt unterdes Depardieu den Abbé. Der flüstert
ihm zu: Gelesen schon, aber kaum verstanden. Sein Styl
ist obscure. Offenbar ist es ihm darum zu tun, die Logik
und Mechanik der harmonischen Gesetzmäßigkeiten aus
ihren natürlichen, sozusagen mathematischen Grundlagen abzuleiten, was unserem cartesianischen Zeitalter
freilich höchst convenable ist und sich mit dem deutschen Herrn Leibniz glänzend verträgt — aber ob ein von
Menschen Gewirktes, in der Geschichte sich Verändern-
des wirklich auf ein Naturgegebenes zurückgeführt werden kann? Das weiß unser aufgeklärter Herr Geometer
allein, wie? Was meinen Sie, Tanzmeisterchen? fragt er,
und legt seine schwere, beringte Pranke dem schmäch-
tigen Italiäner auf die Schulter.

Bonini, geschmeichelt, doch verkrümmt unterm Druck
der lastenden Hand, frägt schüchtern retour: Muß ich
denn die Harmonielehre verstehen, um seine Musik verstehen zu können? — Crapeaux wispert ihm ins Ohr: Keineswegs — aber mit Sicherheit werden Sie in der Musik
unseres savant musicien die passendsten Belege finden
für seine Theo-, Verzeihung, fast hätt ich Theodizee gesagt; Theorie wollt ich sagen. Eins rechtfertigt sich durchs

andere. Eine geschickte Legitimationsstrategie, n'est-ce pas?

Schreiben Sie doch ein Pamphlet, Abbé, eine Polemik, warum nicht ein Pasquill? schlägt der Tanzmeister kichernd vor, doch Crapeaux, seine Hand zurückziehend, entgegnet ihm brüsk: Mais non! Certainement non! Warum ich? Das haben andere schon besorgt — denken Sie an die Controverse mit Montéclair — und werden andere weiter besorgen. Man wird wider ihn streiten, ah oui! — Castel, der Jesuitenpater, spitzt sicher schon die Federn —, aber in ihm auch einen mindestens ebenso streitbaren, zähen und geistvollen Contrahenten finden; meine Wette darauf!

8. Bild

SALLE OLYMPIQUE, 2003.

Ich hatte mir in einiger Entfernung, vis-à-vis dem Ensemble, einen Stuhl gesucht, auf dem ich die Proben verfolgen wollte. Cunningham war das nicht recht gewesen; er befürchtete Störgeräusche und wollte mich in den Aufnahmeraum nötigen, wo ich qua Lautsprecher und Video-Monitor das Ganze ebensogut würde verfolgen können; doch ich hatte darauf beharrt, daß die leibhafte Nähe des Geschehens mir zum Eindruck unerläßlich sei; im übrigen würden seine Richtmikrophone Hintergrundgeräusche wohl ohnehin nicht registrieren. Darauf hatte mir Will versichert: Von wegen! Ich möge meinen Schallplatten nur einmal genau zulauschen: Er selbst kenne zahllose Aufnahmen, die zur Musik auch das Vorüberrasseln schwerer Lastkraftwagen oder das Gebrumm von Propellerflugzeugen, die über das Studio hinweggeflogen seien, unüberhörbar verzeichnet hätten, wie auch die Donnerschläge eines Gewitters, sinnigerweise zur Sturmszene einer Einspielung der Pastorale; auch gebe es da zum Beispiel Brahms-Aufnahmen Furtwänglers aus der Zeit der Berliner Luftbrücke, denen das bedrohliche Grollen der im Minutenabstand landenden und startenden Rosinenbomber eine ganz besondere Aura verleihe, einen Äther, aufgestiegen aus Not und Trotz, Katastrophe und Heroismus, ähnlich jenen Live-Aufzeichnungen aus dem ungeheizten Titania-Palast im ausgebombten Berlin, da ein in Mäntel und Fäustlinge gemummtes Winterpublikum Salven von Husten, ganze Husten-Breitseiten abgefeuert habe wider den Beethoven im Orchester, ein krächzendes Gebell aus hungernden Leibern und ausgemergelten Brustkörben, »it's truly impressive«.

Ich hatte erwidert, daß ich gern das Meine beitrüge zu solcher Aura, und mit diesem Argument am Ende mich durchgesetzt. Ein Bein über das andere geschlagen, die Partitur auf den Knien, saß ich in einem dunklen Eck des Saals und freute mich, als das rote Warnlicht ansprang und aus dem Lautsprecher die Aufforderung kam »Alright, Chris, go on; play away the overture!« Erlmayr hob die Arme, blickte augenrollend noch einmal nach rechts und links und gab mit fauchendem Atem und einem halben Schritt vorwärts den Einsatz zum punktierten Thema der Ouvertüre in G-Dur, die er bis zum Doppelstrich durchschlug. Danach kreuzte er die Arme — mit einem Taktstock hätte er abgeklopft — und sagte:

»Ja, das ist schon fast perfekt. Sehr schön. Und wenn ihr jetzt noch den Takt haltet und sauber intoniert, wirds richtig schön. Machmers nochamal, bis zum Wiederholungszeichen, darf ich bitten. Drei — vier: —«

»Halt, Stop.« Einige Musiker spielten noch ein paar Takte weiter ins Leere. »Bitte scheuchts mich jetzt nicht aus meinem Arbeitstempo heraus. Also. Ich weiß, ihr könnts nicht leiden, wenn ein Dirigent Vorträge hält, statt knappe Anweisungen zu geben. Kein Orchestermusiker mag so ein Gschichterln-Erzähln. Ich könnts jetzt so machen wie der Knappertsbusch einst, und sagen: Meine Herren, Sie kennen die Noten, ich kenne sie auch, also brauchen wir gar nicht erst zu proben. Statt dessen. Ein paar Worte. Rameaus Tempobezeichnung ist *lent*, der Rhythmus ist punktiert, und auf dem Konservatorium habts ihr gelernt, das sei der traditionelle Ouvertüren-Typus, wie er von Lully auf seine europäischen Kollegen gekommen ist, so als feierliches Schreiten mit absolutistischer Würde, und so habt ihrs auf der Akademie gespielt. Bitte, vergeßts das augenblicklich. Und übersetzt das *lent* und das dann folgende *vite* nicht als Vortragsanweisung, etwa wie ›erst largo, dann presto spielen!‹. Sondern als Kennzeichnung einer Bewegungsproportion. Wenn der Rameau etwa *gai* schreibt, bestimmt er ja auch nicht die *Ausführung*. Sondern. Er *benennt* den *Charakter* des Stücks. Das heißt. Wir haben zunächst ein Schreiten, ja, aber ein geschwindes, eleviertes Schreiten, bei dem die Perücke stäuben muß! Und danach, quasi allabreve, das *lent* weiter im *vite*, als beschwingte, aber auf keinen Fall überhetzt abgespulte Bewegung. Lola rennt — ihr trabts höchstens! Ich will dieses Tempo ganz rational dividiert haben. Zu Beginn also nicht steifen Pomp, sondern angespannte Energie! Louis Quinze, nicht Quatorze! Nochamal, bittschön. Pscht! — Drei — vier: —«

»Halt, halt. Violinen: was machts ihr da? Kein Staccato! Habts ihr Keile oder Punkte über den Notenköpfen? Nein. Also. Ihr sollts weder stakkatiern noch Legato machen. Deutlich absetzen, und trotzdem gebunden. Wie, das ist unmöglich? Der Harnoncourt hat mal gesagt, Unmöglichkeiten sind die schönsten Möglichkeiten. Also. — Bässe: Immer wenn ihr auf die Eins kommt, nehmt den Ton ein bisserl zurück. Laßts euch da nicht hineinplumpsen wie in ein Fauteuil, sonst habt ihr zuwenig Energie zum Auftakt. Beim Fis habts ihr Abstrich; reißts das mit dem Bogen scharf an, ganz kurz, dann habt ihr noch genug Bogen für die weiteren zwei Viertel. — Oboen: ihr seids colla parte; macht ein Crescendo auf dem langen E, dann schärft ihr den Geigenton so an, wie man ein Rasiermesser mit dem Abziehriemen schärft. — Fagott: ihr bockt mir zu hölzern, das muß weicher sein, singen sollts ihr alle! Beim Schreiten mitsingen! Noch amal, eins, zwei, drei, vier, fünf, fünfter Takt vor Buchstabe B: —«

»Nein. Nein. Bittschön, vielleicht hab ich mich noch nicht klar genug ausgedrückt. Wir spielen hier keine Barockoper. Das sind seculi passati. Der *Standard* und *Le Soir* und *Le Monde* haben zwar Artikel gebracht, in denen sie behaupten, wir üben eine Barockoper von Rameau. Das ist Unsinn. Das hat der Walter nicht optimal kommuniziert.« — Ich duckte mich unwillkürlich tiefer in meinen Stuhl. — »Der Rameau steht irgendwo auf einem einsamen Hochplateau, von dem er links aufs Barock zurückschaut, und gradaus auf die Régence obi, und rechts auf die kommende Moderne, auf Gluck und Mozart, ja ganz am Horizont in der Ferne sogar auf Beethoven und Berlioz. Seine Ouvertüren haben oft noch den Umriß Lullys, werden aber für jede Oper neu und individuell konzipiert. Und die *Galanten Indien* sind ja eher eine Nummernrevue als eine Oper. Ein tönender Bilderbogen, ein Spectacle, eine Montage von Attraktionen. Opéra-ballet, nicht Tragédie en musique! Ihr spielt mir das immer noch zu grob und zu laut. Stellts euch vor, ihr lauft im Donaubad aufs Zehn-Meter-Brett, um ins Wasser zu springen. Was passiert, wenn ihr zu kräftig auftretet? Das Brett schnellt sofort zurück und wirft euch viel zu früh ober. Euer *lent* muß ein elastisches Anlaufnehmen sein, und ich will darin dieses Springende, Hüpfende haben, das jemand hat, wenn er sich freut. Weil er gleich eine tolle Geschichte erzählen wird. Oder erzählt bekommt. Also. Markiert die Schwerpunkte immer ausbalanciert im Zusammenhang der ganzen melodischen Linie. Haltet den Ton schlank, geschmeidig, beweglich; kein Ton darf klingen wie der nächstfolgende oder der vorangegangene. Dynamik und Agogik sind ineinander. Bittschön, es klingt wie die sprichwörtliche Quadratur des Kreises, aber ich möcht von euch wirklich das Lebendige, Unvoraussagbare, diese rasch umschlagende Kleingliedrigkeit der Affekte, die ins Bizarre geht, ineins haben mit dieser Clarté, diesem rational Disziplinierten, das Frankreichs Dix-Huitième auszeichnet. Wir spieln jetzt nochamal das ganze *lent* bis zu Ende durch, bitte. Das ganze *lent*, mit beiden Wiederholungen. Also: Dáa, dadám dám dáaa / Dadam dáa dadámdam damdam dámda — Ihr könnts ja mitsingen beim Spieln, etwa so: Quel plaisir pour moi / quand je bois le vin de mon voisin, undsoweiter. Also: —«

»Sehr schön. Das ist schon fast ganz perfekt. Nur bitte, machts eurem Namen ›Les Encyclopédistes‹ ein bisserl mehr Ehre. Das kommt mir alles jetzt zu glatt und gefällig. Ein bisserl aufsässig und arrogant darfs scho klingen, wie sagt man im Englischen?« — Zuruf: Aloof? — »Ja, aloof, aber nicht haughty. Aufrechter Gang! Die Aufklärung freut sich wie ein Kind, das heut in den Prater darf, und ist ganz stolz drauf. Sie möchte nicht belehren, sondern Belehrung stiften durch Unterhaltung, durch Schönheit, Reiz und Rührung. Oboen: schärferer Ton! Ihr müßts das Timbre so färben, wie einer das Gespräch würzt mit gallischem Witz. Streicher: ihr habts in Takt 1 und 3, jeweils auf der Eins, ein punktiertes Viertel, erst auf G, dann auf A. Wie man das spielt, habts ihr auf dem Konservatorium gelernt. Vergeßts das. Ich hab gar nichts dagegen, wenn ihr doppelt punktiert, um den Rhythmus zu akzentuieren. Hauptsache, ihr zieht den Ton nicht mit dem Bogen gleichmäßig durch, sondern geht ein bisserl runter. Ihr seht, ich laß euch alle Freiheiten, ich bin kein Diktator. Machts, was ihr wollt, ich hör bloß zu. Spielts Kammermusik, i bin net do. Wir sind hier nicht in Cleveland oder Boston; ihr seids kein Perfektionsautomat. Ich möchte, daß ihr mitdenkt, mitfühlt, daß ihr nicht in eure

Stimme stiert, sondern aufeinander horcht. Wenn ihr das tut, kann jeder selbst entscheiden, ob er besser Aufstrich oder Abstrich macht. Nur so entsteht ein aufgelockertes, lebendiges Gewebe von Stimmen. Gut. Machma weiter mit dem *vite*. Erstmal bis Doppelstrich, mit Wiederholung. Alors: Drei, Vier, Eins —«

»Halt. Merkts ihr denn nicht, daß ihr mit jedem Takt schneller werdet? Noch amal, von Anfang an: —«

»Stop, nein. Nein. Nein. Was spielts ihr da? Wettrennen St. Pölten gegen Vereinsmannschaft Krems? *Vite* heißt lebendig, lebhaft, ja, wie sagts ihr auf Englisch?« — Zuruf: Sprite? — »Sprite, ja bitte. High spirits! Das ist kein italienisches Vivace! Körperschwung mit Redeschwung, aber nicht zentrifugal, sondern mit Contenance. Streicher: machts ihr den Anfang mal allein. Bis Buchstabe B. Bitte mal ohne Bläser. Nur Streicher: Drei, Vier, eins: —«

»Schön. Also. Was habts ihr da? Ein Thema aus Skalen und Septimsprüngen, die in der Antwort zu Oktavsprüngen werden. Aufgelockerter Satz, Fugato mit Zwischenspieltakten der Bläser. Das ist noch keine Programmouvertüre! Da schaut noch der Lully hinterm Vorhang hervor, versteckt sich aber gleich wieder, und aus den Soffitten lugt die welsche Komödie; doch die Musik will offenbar mehr als nur einstimmen auf eine exotische Comédie. Ich sags nochamal: Sie ist zu diszipliniert und zu diskursiv, um bloß unterhalten zu wolln. Sie ist nie ohne Esprit. Sie kehrt sich ans ideale Publikum und hält ihm den Spiegel vor. Sie artikuliert das Gespräch im Publikum avant l'œuvre. Sie geht von G nach D nach G, schließt in e-moll, hat a-moll in der Mitte, geht über D wieder nach G. Sie läßt im Diskurs argumentiern, nämlich in Antithesen: Ihr habts ja gehört, wie das Thema in der Umkehrung als Kontrasubjekt auftritt und Widerspruch anmeldet. Also. Ihr seids jetzt das Publikum. Ihr spielt euch selbst. Bevor der Vorhang aufgeht, diskurriert ihr über die Oper. Avec esprit, sofern euch das möglich ist. Alors, enfants de la patrie! Nochamal von Anfang an. Ja, mit Bläsern. Drei-vier-eins: —«

»Schon sehr schön so. Fagott: Ihr habts zwei Takte Solo, das sind die einzigen unbegleiteten Takte im Stück. Bitte vermeidet jede Burleske; ihr wißts ja, daß der Rameau den Charakter des Fagotts enorm erweitert hat; er hats besonders geliebt und deswegen nie ridikül gemacht. Spielts das *fort*, aber so *doux* wie möglich. Streicher: bei den Septim- und Oktavsprüngen nicht holzen! Kratzen dürft ihr, aber nicht holzen; spielts am Frosch, von mir aus froschissimo; meinetwegen machts Springbogen, bis der Bogen wegfliegt und ihr nachgreifen müßt; ich weiß, ich weiß, ihr seids Profis und laßt euch von niemandem was vormachen. Ich mein ja bloß. Wenn ich der Toscanini wär, würd ich mein Staberl am Pult zerhaun, aber ich bin ja nur so ein armes Häferl, das ein paar Ratschläge gibt. Oboen und Fagott: Ihr seids mir zu schwach in den zweimal zwei Zwischenspieltakten. Die haben ja nicht teil an der Abhandlung des Themas im Gespräch. Statt dessen unterbrecht ihr den Diskurs mit einer aufgeregten Fanfare: Achtung, gleich geht der Vorhang hoch, dann kriegt ihr was geboten, daß euch Hören und Sehen vergeht! Spielts das, als wärt ihr Trompeten. So wie in Bayreuth vom Balkon: Schluß mit Jause, gleich gehts weiter mit Siegfried. Tutti: Ihr habts auf der Schlußnote den langen Pralltriller. Der klingt mir zu vernuschelt. Ihr müßts euch da das Fell ausschütteln, daß die Töne nur so wegspritzen! Ihr seids ein Hunderl, das sich erstmal kräftig schüttelt, wenns nach dem Schwimmen aus dem Wasser kommt. So ein großer, zottiger —« — Zuruf: Golden Retriever? — »Ja, Golden Retriever, oder Angorakatze, ist ja wurscht. Ich hab vorhin gesagt: Rede- und Körperschwung. Soll heißen. Im Schwung nähert sich bei Rameau die Klangrede der Körperlichkeit an, dem Tänzerischen. Der Tanz vermittelt zwischen Sprache und Körper.

Deswegen ist es so wichtig, daß ihr nie ohne Balance und Elégance spielt, nie ungelenk, schwerfällig, eckig. Alles muß aus extrem lockerem Handgelenk kommen. As if you had no Handgelenk at all, sondern statt dessen ein — wie soll ich sagen. Kugellager, oder so. Und wenns in den Noten mal die Vortragsanweisung *tendre* gibt, dann muß das wirklich so zart sein wie Staub von Schmetterlingsflügeln. Dann muß das Kolophonium vom Bogenhaar stäuben und duften wie Ambra und Veilchen. Bon?«

Das Telefon aus dem Aufnahmeraum — bei Musikern heißt es »aus der Technik« — schnarrte leise. Erlmayr sprach eine Weile hinein; das Orchester nutzte die Unterbrechung zum Nachstimmen; einige Instrumentalisten machten sich mit Bleistift Notizen in ihren Stimmen. Dann meldete sich Cunningham aus dem Lautsprecher. »Right, folks; let's stop here.« Und Erlmayr ergänzte: »Wir machen 15 Minuten Zigarettenpause. Danach einen ersten vollständigen Durchgang. Bis morgen abend müssen wir die ›symphonies‹ im Kasten haben, das heißt die Tanzsätze und die illustrativen Orchesterstücke; übermorgen fangen wir mit den Sängern an; die Chorsachen machmer an den letzten zwei Tagen. Danke, meine Herren. Wir heben die Tafel auf.«

Er zwinkerte Yoshiko zu, die sich vom Hocker erhob und mit ihm hinausging, ohne den Blick zu gewahren, mit dem Marijke sie kurz durchbohrte, bevor auch sie aufstand und mit den Kollegen aus der Sitzbank sich zwängte. Das Gespräch der Musiker kreiste augenblicks um die Sitzordnung; zwei Parteien bildeten sich, von denen die eine die antiphonarische Wirkung als kontrastiv und Transparenz wie Deutlichkeit fördernd anzuerkennen bereit war, während die andere sie weiterhin als homogenitätsfeindlich schalt. Ich mischte mich nicht ein in den Streit, sondern hielt mich a parte. Ich war nicht ›vom Bau‹, meine Meinung zählte hier nicht; undenkbar, daß jemand mich gefragt hätte, was ich von dem Experiment hielte — obwohl ich doch im Parkett gesessen und für ein imaginäres Publikum, stellvertretend, hätte Auskunft geben können. Aber jeder wußte: Ich hatte in Gießen Betriebswirtschaft studiert, mir autodidaktisch ein bißchen das Partiturlesen beigebracht — und das wars denn schon. Praxis, Theorie und Ästhetik der Musik waren mir ein Zauberreich, ein Sperrgebiet, zu dem nur Auserwählte Zugang hatten, so wie ja auch nur Ärzte Zutritt haben durften zum Operationssaal (den der Engländer sinnreich *theatre* nennt). Zur Inkompetenz, die mich von den Musikern schied, gesellte sich das Alter: Ich nahm die Arbeit leichter und dafür das Leben schwer – bei ihnen war es andersherum — und wahrscheinlich richtiger so. In ihrer Mischung aus jugendlicher Alberei ›nach Dienst‹ und sehr ernsthafter, sehr erwachsener (vielleicht etwas *zu* erwachsener, forciert kühler) Professionalität beim Arbeiten würden mir unsere Musiker immer fremd bleiben. Nicht, daß mir nicht alle freundlich gesonnen wären; ein Gespräch mit dem einen oder anderen ergab sich immer wieder mal; wir wechselten Anekdoten, Witze, Small talk; meine berufsbedingte Neutralität lud sogar dazu ein, mir, wenn auch selten, das Herz auszuschütten, Kummer oder Ärger anzuvertrauen — aber eine gute, tiefe Freundschaft hatte sich mit keinem aus dem Ensemble bisher ergeben wollen. Es zu vermissen, hatte ich nie zugelassen. Wir waren »Profis«, wir machten hier »unsern Job«, ça suffit.

Da alles nach Plan lief und meine Anwesenheit nicht gefordert war, beschloß ich, die Pause um einiges auszudehnen und zu einem Gang durch die frische Luft zu nutzen. Wie erhofft, hatte die perlmuttgraue Wolkendecke sich unterdes geteilt und über dem nördlichen Horizont einen breiten Streifen transparenten Azurs freigegeben, in dem nurmehr vereinzelte Schäfchenwolken träge und blendend weiß über den Dächern der Stadt dahintrieben. Ein leichter, angenehmer Nordwind war aufgekommen. Ich trat aus der Salle Olympique, wandte mich nach rechts, überquerte vor der École des Mines den Boulevard Saint-Michel und gelangte in den Jardin du Luxembourg, wo ich mich auf einer Parkbank niederließ, um eine Zigarette zu rauchen. Als ich in der Brusttasche meines Jacketts nach der Schachtel angelte, geriet mir das Visitenkärtchen Grünspans zwischen die Finger. Ich zog es hervor, betrachtete es kurz und entschied dann, es nicht aufzubewahren. Was sollte ich damit. Meine Zeit in Paris war zu knapp bemessen, mein Terminkalender zu voll, als daß ich meinem Steckenpferd mit Antiquariatsbesuchen würde frönen können. Wieviele solcher unnützen Kärtchen bewahrte ich daheim in Karlsruhe in einer Teebüchse auf! Zeugnisse flüchtiger Bekanntschaften, verpaßter Gelegenheiten, gescheiterter Möglichkeiten, fragmentierter Vorsätze; Dokumente eines virtuellen Lebens, einer Anderswelt; Partezettel vom Scheideweg, verwehte Namen und Adressen, die sich lasen wie Grabinschriften. Ich knüllte die Karte zusammen und schnipste das Bällchen in den Abfallkorb, der neben der Bank stand.

Es muß kurz nach diesem Moment gewesen sein, daß ich in der Ferne, hinter den mit Levkojen und Stiefmütterchen akkurat bepflanzten Rabatten, für einen kurzen Augenblick nur, einen sonderbar altfränkisch gekleideten und frisierten Herrn mit Schmetterlingsnetz und Botanisiertrommel vorbeigehen sah, den ich vor kurzem schon einmal gewahrt zu haben glaubte, ohne mich entsinnen zu können, wann und wo genau. Mit nachdenklich gesenktem Kopf und zögerlichem Schritt, als spräche er mit sich selbst, ging er an einer Buchsbaumhecke entlang, bis er vor dem Eingang eines Spaliers sich zur Seite wandte und meinem Blick unversehens entschwand. Rasch erhob ich mich von der Bank und ging ein paar Schritte, um ihm nachzuspähen, schirmte mir auch die Augen mit der Hand gegen die Himmelshelle; aber er war wie verschluckt vom üppigen Grün des Spaliers, von Flie-

der und Taxus, und ich mußte mich fragen, ob ich nicht
ein Opfer meiner Einbildungskraft geworden sei.

Das Merkwürdige an der Gestalt hatte darin bestanden,
daß sie nicht selber räumlich im Raum verkörpert, sondern dem Raum als etwas Flächiges eingeschoben gewirkt
hatte gleich einem Schattenriß aus Papier, der aber nicht
schwarz, sondern von Hand in alten Farben koloriert war.
Ich kann auch heute noch nicht sagen, was mich zu
diesem seltsamen Eindruck hatte nötigen wollen. Alles,
woran ich mich erinnere, ist, daß ich eine ganze Weile
verblüfft vor der Parkbank stand, die Aussichtslosigkeit
des Unterfangens einsah, dem rätselhaften Unbekannten
etwa hinterherzulaufen, und am Ende mich zum Rück-
weg entschloß, um in der Salle Olympique den Fortgang
unseres ›Projekts‹ nicht zu versäumen.

9. Bild

VERSAILLES, 1675.

Euterpen und Fortunen sey Dank! Die Proben seien
abgeschlossen, berichtet Jean Devin anhand der
Briefe seines Urgroßoncles tempore Ludovici XIV, und
die neue Opéra werde fortlaufend gegeben. »LULLY hat
ihr seine ganze Aufmerksamkeit angedeihen lassen, und
es mangelt an nichts.« Die Musiker der Chambre, der
Chapelle und der Écurie spielten mit, selbst die Pagen.
Jeder, der bei Hof nur den Mund aufmachen und die
Beine bewegen könne, sei requirirt worden. Ob Devin
wahr spricht? Wie können wirs wissen? Gern glauben
wir ihm.

Berein habe die schönste Décoration entworfen, die
man sich nur vorstellen könne. Von Acte zu Acte ziehe
das Décor den centralperspectivischen Bühnenraum zusammen – und wieder auseinander als ein Telescop: von

der gebürgigen Landschaft zum Palais bis hin zum Altar-im-Palais und dann wieder zum Palais bis zur Paysage. Proscenium und Kulissen haben den besten Handwerkern im Reich ihre Pracht zu verdanken, Malern und Stukkateuren, Kupferstechern, Goldschmieden, Uhrmachern, Möbelschreinern — wer aber war Jean Devin? Schwante ihm irgendwann, daß es sein Schicksal sein würde, als Verfasser von Aufzeichnungen zu gelten, von denen niemand sagen kann, ob es sie tatsächlich gibt — ob sie ein Duplikat ihrer selbst, ein Plagiat oder gar nur eine Mystification sind? Müßte man es dann nicht Roheit nennen, hierüber *par tout prix* Gewißheit oder wenigstens den *Glauben* an eine solche Gewißheit geben zu wollen?

Bei Hof sei ein Brief der Madame de Maintenon von Hand zu Hand gegangen, heißt es in Jacques du Tours letztem Lettre. Jener Brief habe weidlich amusirt. Er rüge den König dafür, daß er sich für solche Spectacles mehr engagire als seinem Alter schicklich sei. Wahr sei, daß man Höchstdenselben noch nie so aufmerksam für die Arbeit der Musiker gesehen habe; der Hof sage schon jetzt, das neue Werk werde die Königsoper *par excellence* sein.

Man müsse zugeben: Alles an ihr sei vollkommen. Die Effecte kämen kraftvoll über die Rampe ohne das mindeste tædium. Das sommeil-Divertissement mit Flauto dolce und gedämpften Violinen im Centrum des Werks sei die *pièce maîtresse*. Doch auch die übrigen Divertissements — etwa für Sangar, den Flußgott — seien meisterhaft; wir sollten nur das in seiner Schlichtheit ergreifende Portrait des Helden im ersten Acte hören oder das Duett der Liebenden, »je jure, je promets«, in dem ihre Stimmen sich ineinanderrankten, und die Scene ihres Gerichts in Acte 5, wenn die Stimmen, unauflöslich verschmolzen, ihre in Erbarmungslosigkeit vereinten Henker zu erweichen suchten.

Nach der Uraufführung, heißt es, sey ein *feu d'artifice* angezündet worden, welches unter anderm den Namen des durchleuchtigsten Königs in brennenden Flammen gezeigt. Nach demselben wurde das gantze Opern=Hauß mit viel tausend Lichtern illuminirt, und auff dem Theatro eine figurirte Tafel in Form eines **L** von 356 Couverts zugerüstet, welche mit 63 Speisen und unter proprem Confect servirt worden. In dem par Terre war noch eine Tafel von 120 Couverts vor die übrige Chevaliers und Officirs. Während der Tafel geschahe auf dem Theatro ein trefflicher Aufzug. Es tratten einige Personen auf, welche die vier Theile der Welt vorstelleten: Diese überreichten hierbey die kostbarste Geschenke. Am folgenden Abend führte man eine wälsche Opéra auff, *Polyxena e Aristarcho*. Die Königl. Herrschaften begaben sich zu diesem Ende in 16 neuen kostbaren Staats=Wägen in die Écurie und speißten alldorten während der Opéra in der Loge. Diese italiänische Opéra fiel gegen die von Lully so ab, daß der König geäußert haben soll, *man mache, daß die Makkaronis sich verziehen.* Nachgehends deckte man in dem großen Saal die Marschalls= und Officirs=Tafeln von 78 Couverts mit vier und dreißig Speisen.

Und Devin ergänzt: Un plaisir nouvel des Königs ist jetzt die Jagd, und zwar auf dem Rasen der Jardins du Roy. Ein Livrierter hält ihm die Flinte; in zwanzig Schritt Distance rennt ein Bediensteter in Hasen- oder Rehbock-Kostüm vorbei. Wird dieser getroffen, was häufig geschieht, da ein Lademeister beim Zielen hilft, eilt einer der Leibärzte des Königs sogleich zu Hülfe. »Das ist amusanter als alle Maîtressen.« Außerdem trage man die Perücken nun à la longue, das sei jetzt herrschende Façon.

Der Bericht bricht mit den Sätzen ab: »Heute hat sich der Hof nach Saint-Germain gedrängt, um den Tod des Atys und der Sangaride zu beweinen. Senecas Schatten wehet überall in dem düstern Spectacle.«

Lully wird sich bei einem Dirigat seines Tedeums den Eisensporn seines Taktstocks so heftig durchs Maroquinleder in den linken Fuß rammen, daß die Wunde, statt zu heilen, eitert und erst der Fuß, dann das Bein brandig wird. Bevor er stirbt, läßt er sich selbst eine Kapelle und ein Marmordenkmal errichten. Bei seinem Tod hinterläßt er ein Vermögen von 630.000 Livres. Seine Tragédies lyriques kanonisieren die Gattungsnorm und bilden für über hundert Jahre das Zentralrepertoire der französischen Oper. Treppenhäuser in Versailles, Gartenrabatten, -wege, -alleen und geschnittene Hecken werden als Bühne angelegt: mit Hintergrundprospect, Zentralperspektive und Symmetrie zur Repräsentation hierarchischen Zeremoniells. Mit dem äußeren Schloßhof als Zuschauerraum und dem inneren Hof als Bühne wird der gesamte Schloßgrundriß operntheatralisch. Omnipotenz und Sakralität des absolutistischen Herrschers können hier inszeniert werden in einem Entscheidungsraum, wo zwischen Schuld und Unschuld, zwischen Lohn und Strafe, die Gnade spricht als letzte Instanz eines Wunderbaren.

Première Entrée
LE SYMBOLE

1. Bild

DAS ALTE EUROPA.

Die Stille überall in Europa, vor hundertfünfzig, zweihundert, dreihundert Jahren.

Kein Laut dringt in unser Ohr, der nicht sei es Natur-
laut wäre, sei's Handwerksgeräusch.

Kein Gedröhn von Motoren wird laut in Näh' oder
Ferne, kein Rasseln eiserner Räder auf Schienen, kein
Grollen und Brummen vom Fahrzeug, kein Kreischen
elektrisch betriebnen Geräts, kein Geheul von Maschi-
nen, kein Ton auch aus Lautsprechern.

Auf dem Land hörn wir rufen die Gans, die Kuh, das
Schwein, den Esel, das Schaf, mal ferner, mal nah; vielleicht noch das Schlagen des Dreschflegels, das Dengeln
von Sensen, und aux champs den Ruf der Faucheurs.

In der Stadt hörn wir Rumpeln und Rasseln von Karren, Peitschengeknall, das Klappern von Hufen auf stei-
nernem Pflaster, das auf ungepflasterten Wegen sich
dämpft zu erdigem Schmatzen; ansonsten noch Hammer-
schläge aus Werkstätten, ratschende Sägen, Gepolter von
Eisen, Stein, Holz.

Darüber hinaus nur Stimmen: von Mensch oder Tier.

Und als Rahmen, Kulisse, Prospect und Proszenium
Rauschen von Laubwerk, Plätschern von Wasser, Sausen,

mitunter Geheul auch, von Wind, und, seltener, Donner im Sturm.

Und so maln wir uns aus, wie es auf uns wirkte, in Sinnen und Nerven wie dann auch im Herz, wenn irgendwo fern oder nah, in solch lebenslanger Stille, nur ein Akkord angeschlagen würde, ein Gesang angestimmt; gar nicht zu reden von Großer Musik in solch Großer Stille.

2. Bild

PARIS, 2003.

Ich hatte sehr schlecht geschlafen. Lange vor dem Weckruf des Concierge, wohl zwischen 5 und 6 Uhr früh, hatte die Pariser Müllabfuhr mit dem lärmenden Gerumpel der zu leerenden Abfallcontainer, dem Gebrüll, mit dem die municipalen Angestellten sich verständigten, und der bis in mein Bett hinein spürbaren Vibration ihrer im Leerlauf wummernden Transportfahrzeuge mich aus den Träumen gerissen. Zuvor waren die halbe Nacht hindurch unter meinem Hotelfenster Feuerwehr- und Polizeiwagen mit Blaulicht und hysterischem Sirenengejaul vorbeigerast; am Frühstückstisch hörte ich dann von meinem Garçon, der aus Haiti immigriert war und sich von den Küchenmädchen Napoléon-Aristide rufen ließ, es habe Unruhen gegeben in den Banlieues, wo die jugendlichen Söhne maghrebinischer Einwanderer Autos in Brand gesteckt und mit der Polizei sich Straßenschlachten geliefert hätten. Warum, fragte ich ihn. Sie sind unzufrieden, gab er zur Antwort. Womit, fragte ich. »Mit dem Bestehenden; und wenn Sie mich fragen: Recht haben sie! Das Ganze ist falsch; da ist nichts mehr zu retten«, murrte er, und räumte den Tisch mit großartiger Gebärde ab, ohne seinen Fatalismus weiters zu begründen.

Die Proben und Aufnahmen am Vortag waren termingerecht und zu Erlmayrs und Cunninghams Zufriedenheit abgeschlossen worden. Wie erwartet, hatten sich die Musiker, nachdem sie ihre Instrumente und Noten im Hotel untergebracht, mit einem kurzen Abendimbiß begnügt und waren sodann, bis auf wenige Ruhebedürftige, mit dem unverwüstlichen Elan der Jugend in mehreren Gruppen losgezogen, um eine Diskothek im IX. Arrondissement namens ›Club Martinique‹ aufzusuchen, die, wie man ihnen empfohlen, die besten Drinks und DJs böte, die man sich nach solcher Tagesanspannung nur wünschen könne.

Ich hatte mich lieber mit Anton Mitterer, einem Fagottisten aus Innsbruck, den ich gut leiden konnte, und der Oxforder Geigerin Eleanor Winterbottom, einer schweigsam verhärmten, liebenswürdigen Frau, die ich nie anders als in graubraunen, unförmig langen, selbstgestrickten Wollpullovern gesehen, zu einem petit diner in eine Brasserie begeben, wo ich erfuhr, daß der Streit unter den Musikern über die Sitzordnung zu eskalieren drohe. »Es geht schon gar nicht mehr nur darum«, erläuterte mir Mitterer in seinem kehligen Tiroler Akzent, »sondern um Grundsätzliches: um Sachkompetenz, Hierarchie, Mitbestimmung.« — »It's always difficult to solve a dispute concerning abstract conceptions«, warf Eleanor mit ausdrucksloser Gelassenheit ein, und fügte bei, was als Kriterium allein doch zähle, seien praktische Erwägungen. Zum einen müsse ein Dirigent von allen Musikern gleich gut zu sehen sein. Zum anderen dürften chorisch besetzte Stimmen im Ensemble aus Gründen der Synchronität räumlich nicht zu weit separiert sein. Alles weitere betreffe eher Psychologie als Musik und sei der Realisierung des Projekts nicht förderlich. Solchem unerschütterlichen angelsächsischen Pragmatismus konnte ich nur beipflichten und der Hoffnung Ausdruck geben, das ästhetische Resultat möchte am Ende für sich sprechen und nicht sachfremden Insinuationen, mithin einer captatio malevolentiæ Raum geben, die dem Geiste unseres ›Projekts‹ mindestens hinderlich sei.

Die Abendkonferenz, die mich zur Anwesenheit verpflichtet hatte, war von Erlmayr dazu ausersehen worden, für die Vorstellung des Pressebulletins, die heute vormittag vor geladenen Gästen diverser Blätter stattfinden sollte, mich eindringlich zu ›briefen‹, wie's der Jargon nennt. Er selbst werde zu dieser Zeit Probe halten; es werde allein an mir sein, das Projekt den Journalisten korrekt vorzustellen und zu erläutern. Ich glaubte mich mit seinen Intentionen hinlänglich vertraut, ihm dies zusichern zu können. Das Pressegespräch war für halb zehn angesetzt und sollte in einem Seitensaal des Foyers der Salle Olympique stattfinden.

Ich brach vom Frühstückstisch zeitig auf, eilte zum Studio, warf einen prüfenden Blick hinauf zur grauen, regenschwangeren Wolkendecke am Himmel und war beim Eintreffen erleichtert, zu sehen, daß Tonmeister Ron Stewart mir im Saal ein Tischchen mit Lampe, Mikrophon und Lautsprecher arrangiert hatte. Excellent. Ich würde nicht brüllen müssen. Ein gutes Dutzend französischer Kritiker und Kulturkorrespondenten niederländischer, britischer und deutscher Blätter, Notizblöcke und DAT-Recorder auf den Knien, hatte sich bereits auf den Stuhlreihen vor den verschlissenen Tapetenresten des ungeheizten Saals niedergelassen und blätterte im Bulletin, das am Eingang bereitgelegen; einige kannte ich persönlich, etwa Debuchet von Le Monde, Umbach vom Spiegel, Koch von der FAZ, Necker von France-Soir; wir schüttelten uns knapp die Hände, dann setzte ich mich an den Tisch, richtete ein paar Begrüßungsworte an die Anwesenden und bat um ihre Fragen. Ja, bitte?

»Herr Mardtner, stimmt das Gerücht, daß Präsident Chirac die Opernpremiere mit seiner Anwesenheit beehren will?«

»Nicht daß ich wüßte. Zu diesem Termin hat Monsieur le Président im Elysée-Palast wahrscheinlich Dringlicheres zu erledigen. Ja, Michèle?«

»Walter, uns ist zu Ohren gekommen, daß es im Ensemble ernsthafte Zerwürfnisse gibt, ja, richtige Aufstände, um nicht zu sagen eine Meuterei, die die Fortsetzung der Arbeit in Frage stellt. Können Sie das bestätigen?«

»Nein, kann ich nicht. Vielleicht wenden Sie sich bei einem Interesse für Zwist und Intrigen besser an Familie Wagner in Bayreuth; Kollege Umbach kennt sich da aus. Ja, bitte?«

»Walter, kannst du uns schon etwas über das Bühnenbild und über Tannenbaums Regie-Konzept verraten?«

»Zu meinem Bedauern nein. Herr Tannenbaum und Herr Erlmayr haben sich ein striktes Stillschweigen gegenüber der Presse ausbedungen.« Daß sich dieses Stillschweigen auch auf mich und die Musiker erstreckte, verriet ich nicht. Ich gehörte auch nicht zu denen, die bestimmten favorisierten Kollegen ›après‹, ›beim Wein unter vier Augen‹, Interna ausplaudern, um sich auf diesem Weg ein Privileg auf Informationen einzutauschen.

Murren und Tuscheln wurde laut. Eine britische Kollegin fragte:»Herr Mardtner, stimmt es, daß sowohl Rémy Martin als auch Peugeot ihre Sponsorengelder gestrichen haben?«

»Unser Projekt wird von Institutionen und Persönlichkeiten des öffentlichen Lebens gefördert, die treu zu ihren Zusagen stehen. France Télécom und Banque Suisse haben ihre Sponsorenvereinbarung erst unlängst erneuert. Außerdem gibt es, wie Sie wissen, einen Kooperationsvertrag mit Radio-Télévision France. Haben Sie vielleicht auch Fragen zur Musik?«

Nein, ich war weder ungeduldig noch gereizt. Ich kannte ja meine Pappenheimer. Kluge, gebildete, musikalische Menschen sind unter ihnen. Aber heißt es vom Rezensenten in der Encyclopédie nicht, es falle ihm leichter, über ein gutes Buch zu berichten, als eine gute Zeile zu schreiben? Dabei könnten Musikjournalisten fast immer besser schreiben, als sie es tatsächlich tun. Mangel an Akkuratesse und Reflexion, schlechter Stil, Oberflächlichkeit und schlampige Recherche sind selten das Resultat geringer Metierbeherrschung, sondern fast immer das Ergebnis von Termindruck, schlechter Bezahlung, Anpassungszwängen oder gar massiver Nötigung durch Chefredaktionen und Führungsetagen. Dort, in den Chefetagen, nicht auf dem Schreibtisch des Kritikers ist es, wo die Linien des Unversöhnlichen, nämlich des Shareholder-Value und des autonomen Geistes, sich schneiden, und die Schnittmenge bezeichnet, im ›Kompromiß‹, die Depravation des Geistes selber. Kaum ein Rezensent, der so schreiben darf, wie er könnte, wenn man ihm nicht dreinredete; kaum auch einer, der nicht immer wieder die Artikel, die er abgeliefert, massiv gekürzt, sinnentstellt und umformuliert, im Druck kaum mehr wiedererkennte. Kritik, die den Namen verdiente, wird ihm ausgetrieben von Anfang an. Seine Domäne wird das Periphere und Akzidentelle. Klischeebildung, Effekthascherei, Vergröberung und Simplifizierung sind der Preis, den er dafür zu zahlen hat, daß man ihn nicht feuert, wenn der Absatz stagniert. Daß unterm Damoklesschwert der Rendite-Erwartung, der Inserenten- und Abonnentenstatistik so mancher freie oder angestellte Redakteur solche Heteronomie verinnerlicht und in vorauseilendem Gehorsam zur eigenen Sache macht, erhellt die Zwänge nur um so schlagender. Am Ende wird sein Zynismus habituell, und seine Resignation wie sein Hohn auf die eigenen Produktionsbedingungen wandeln sich zum Hohn auf die Sache, um deretwillen er einst zu schreiben begann.

Claude Necker meldete sich. Ja, bitte?

»Walter, ist es richtig, daß ihr die Barockoper in historischer Sitzordnung spielt?«

»Das ist richtig, Claude. Wir machen aber keine barocke ›Oper‹. Zum einen fällt es gattungstypologisch schwer, Rameaus Opéra-Ballet in eine Reihe zu stellen mit Frei-schütz, Figaro oder Tristan. Zum anderen ist fraglich, ob der kunsthistorische Stilbegriff Barock in der Musik überhaupt greift. Du weißt, schon Blume und Sachs hat-ten damit ihre liebe Mühe. Was immer sich mit dem Wort verbindet, Vanitas und Leichenkult, Antithetik zwischen carpe diem und memento mori, Allegoresen, Illusionis-mus, Monumentalperspektivik, Parallelismen und Sym-metrik, Kartusche oder Volute — all das findet in der Ge-neralbaßmusik eigentlich kein rechtes Äquivalent. Auch wenn wir die Kategorie des ›Wunderbaren‹, die in Tragé-die, Ballet, Pastoral und Comédie gleichermaßen waltet, aus der katholischen Heilslehre und das Barock insge-samt aus der Gegenreformation ableiten, gewinnen wir zwar eine ideengeschichtliche Konstruktion, aber für den Begriff Barockmusik noch kein Sachfundament. Davon abgesehen: Ein Rokoko gab es in Frankreich sehr wohl — aber was wir hierzulande Barock nennen *könnten,* galt ja wohl, zumindest im eigenen Selbstverständnis, als Klassi-zismus aus dem Geist der Antike, oder?«

Necker nickte. Offenbar wollte er auf etwas anderes heraus. »Wäre es, wenn ihr schon historistisch rekonstru-iert, dann nicht konsequent, wenn Erlmayr dem Publi-kum zugewandt, das heißt mit dem Rücken zur Bühne den Takt mit schwerem Stock klopfte?«

»Das war Lullys Praxis aus Gründen des Hofprotokolls, Claude. Wie es 1735, unter Louis XV, zur Zeit der ›Indes Galantes‹ Usus war, wissen wir nicht genau. Einerseits war das Schlagen, Klopfen, Stampfen in Europa weit ver-breitet. Fast zur gleichen Zeit beklagt ja auch Mattheson in Hamburg das unnütze Geprügel, Gehämmer und Ge-töse. Aber die historischen Quellen sind widersprüch-lich. Rousseau schimpft auf die Praxis, Grétry verteidigt solch ein durchdringendes Signalement dann als notwendig, wenn in der Kulisse große Chöre singen und womöglich dazu noch auf der Vorderbühne getanzt wird. Er sagt aber auch, der Stock, der die Musiker dirigiere, erniedrige sie zugleich, und räumt ein, daß das Ganze unangenehm anzuhören sei. Dann wieder gibt es zeitgenössische Kupfer oder Gemälde, etwa von Saint-Aubin, auf denen zu sehen ist, daß 1761 im Palais Royal ein Dirigent mit modernem kleinem Taktstock und Blick zur Bühne agiert. Also das ist alles nicht so eindeutig. Auf jeden Fall können wir annehmen, daß sich die Opernpraxis, so erzkonservativ sie in Frankreich einerseits war, vom vierzehnten auf den fünfzehnten Ludwig andererseits nicht nur protokollarisch erheblich gewandelt hat. Vergessen wir nicht: Lullys Opern wurden maßgeblich vom Hof initiiert; Versailles behauptete das Geschmacksmonopol. Jetzt aber sind wir in Paris, unter städtischem Adel und Bürgern, die sich einmischen, unter Literaten, Bankiers, Intellektuellen, bildenden Künstlern, Kaufleuten und Beamten.«

»Bon, Walter; ich habe ja nur den Eindruck, daß ihr mit eurer historistischen Rekonstruktion ein wenig wahllos verfahrt, je nach Goût und Laune; das hat etwas Eklektizistisches.«

Necker war ein schlauer Hund. Hatte er sich einmal in einen Gedanken verbissen, lockerte er den Biß nicht so schnell. Ich mochte ihn. Mit ihm ließ sich streiten: über Gehalte — nicht über ihre Verpackung. »Wahllos dürfen wir nicht sein, Claude: Von den *Indes* gibt es fünfzehn verschiedene Fassungen; da gilt es zu wählen. Wir sind auch keine Historisten — auch wenn das immer wieder repetiert wird, was die Behauptung nicht wahrer macht. Im Gegenteil, wir wollen den Staub von den Werken blasen und sie in ihrer *Modernität* wiederbeleben. Dafür bedienen wir uns aber nicht aller, sondern nur derjenigen historischen Verfahrensweisen, die diesen Aspekt betonen. Ein Beispiel: Wir wissen, daß seinerzeit die Mittelstimmen unterbesetzt waren, so daß Baß und Diskant überwogen und dem Timbre eine ziemlich hohle, scharfe Kontur gaben. Der gerühmten clarté korrespondierte damals immer wieder die Klage über die Kälte des Klangs, etwa über den schrillen Effekt der Flageolets. Das wollen wir nun nicht, denn aller harmonische Reichtum trägt sich in den Mittelstimmen zu. Aber unsere Sitzordnung spaltet den Klang auf und gibt ihm etwas von dem Krassen und Bunten zurück, das sich zum Flickenteppichhaften der Werkdramaturgie nicht übel schickt. Man könnte ja sagen: Das Werk selber sei ein einziges Flickwerk — freilich das kunstvollste, das sich denken läßt. Unsere räumliche Separierung akzentuiert die Finessen der Instrumentation. Wenn, sagen wir, die Traversière mit Streichern eine Ariette begleitet, wird sie nicht vom Integral des Ensembles gedeckt, sondern aus dem Klangkontinuum abgespalten und als Farbe individualisiert.« —

»Schon recht, aber sind es nicht gerade die unerhört neuen Klangmischungen, die Rameaus Instrumentierungskunst bezeugen?« — »Mischungen ja, aber nicht *Verschmelzungen*, Claude. Die Rede ist bei ihm ausdrücklich vom ›contrepoint des timbres‹, und deshalb —«

Doch wie es schien, hatten Neckers Kollegen das Interesse an der Sache schon weitgehend verloren. Ihr Scharren, Tuscheln, Hüsteln und Rascheln war lauter geworden und wies auf eine Ungeduld hin, der ich ein Ende machte, indem ich für die Aufmerksamkeit der Gäste dankte und allen einen guten Heimweg wünschte.

Die Stuhlreihen lichteten sich rasch. Während die Journalisten sich zum Ausgang drängten, schüttelte ich Koch und Debuchet zum Abschied die Hände und war soeben in ein Gespräch mit einer Kollegin vom Wiener Standard vertieft, als ich, gleichsam im äußersten Augenwinkel nur, gewahrte, wie einer der zuletzt sich entfernenden Besucher an Kleidung und Gebaren von allen übrigen aufs eigentümlichste sich sonderte. Worin genau er

sich von den anderen eigentlich unterschied, war mir
unmöglich zu erkennen — zu flüchtig war mein Eindruck;
zu flüssig auch (anders kann ich es nicht bezeichnen) war
er um die Ecke geglitten und ins Düster des Foyers ent-
schwunden fast so, wie ein Blatt Papier, durchweicht, auf
unsichtbarem Wasser ein Gefälle hinab gesogen wird.
Meine vage Impression einer ganz und gar aus der Mode
gekommenen Bekleidung, einer silbergrauen Perücke und
einer Botanisiertrommel, die der Unbekannte — absurd
genug auf unserer Veranstaltung — über der Schulter
getragen, genügte freilich, mich aller Verbindlichkeit zu
entkleiden, die Wiener Kollegin mitten in ihrem Satz unhöflich stehenzulassen und mich mit geradezu panischer
Vehemenz dem Unbekannten auf die Fersen zu setzen.
Ich stürmte dem Ausgang zu, rempelte, mich fahrig entschuldigend, einige Kollegen zur Seite, rannte hinaus,
erst ins Foyer, dann auf die Straße, spähte in alle Richtungen, sah links wie rechts nur die üblichen Fahrzeuge
und Passanten, hastete wieder hinein, durchmaß mit
Blicken, unter Keuchen, die dämmernden Perspektiv-
fluchten der Flure und Treppenaufgänge — und wußte
doch allerweil ganz zuinnerst, wie sinnlos es sei, einem
Phantom nachzujagen, das offenkundig nirgendwo sonst
seine Stätte hatte als in meiner Einbildung. Die altertüm-
liche Parure, die seltsam papierene Flächigkeit sowie die
fließende, gewissermaßen verschwimmende Bewegungs-
weise jener sonderbaren Gestalt wollten doch eher der
Projektion eines Inwendigen auf den Schirm meiner
Wahrnehmung gleichen denn einem auswendig Wirk-
lichen, das aus dem Kontinuum der Objektwelt meiner
Netzhaut sich eingeschrieben hätte. Wovon ließ sich hier
reden? Von einem Menschen — oder von einem *phainomenon?* Verstört hielt ich inne. Aus dem Probensaal im
Oberstock hörte ich Fetzen von Musik, zerrissene Schleier
von Klängen, Schlieren von Tönen, die sich durch die

trüben Gänge dieses maroden Bauwerks wanden, schemenhaft fast wie das soeben Imaginierte, *inwendig* Gesehene — ja, aber wo, wenn nicht inwendig, nehmen wir wahr, was wir Welt nennen? Ist denn ›Sein‹ nicht selber nur ein Wahrgenommenwerden? War ich nur übermüdet, überreizt? Oder schon krank?

Konzertreisen sind nichts für schwache Nerven: Dies habe ich wohl schon gesagt. Ich zwang mich dazu, mich zu beruhigen, und beschloß, nach Abschluß des Projekts um ein paar Tage Urlaub zu ersuchen. Schön, ja. Dies würde guttun, unbedingt! Getröstet von dem Gedanken, betrat ich den Probensaal und tappte auf Zehenspitzen zu meinem Stuhl, um Erlmayrs Arbeit weiter zu verfolgen.

Divertissement
EINE UNTERWELT.

Hier is die Hölle, da oben der Himmel. Dort, im Lüsterglanz, in Logen und Parkett, herrscht das Ergötzen; hier, in der Unterwelt, Plage und Müh. Wenigstens is es hier kühl — auf der Oberbühne schuften und schwitzen sich die Camarades in der Stickluft halb zu Tode. Die stehn an der Soffittenmaschine und trinken Wasser gleich kübelweise. Bon — dafür haben sie auf dem Schnürboden nich die Ratten wie wir hier in der Tiefe; die werden hier so groß wie Katzen, ungelogen!

Warum sind Sie heruntergestiegen zu uns, Herr? Ja, an Ihren Händen sieht man doch gleich, daß Sie einer sind. Weiße, weiche, schmale, beringte Finger; die Tintenflecke zeigen: Sie schreiben. Nein, ich will garnich wissen, was. Die Agenten des Königs sind überall. Auch bei uns is alles Auge und Ohr. Oder sind Sie Orphée? Mit Eurydice können wir nich dienen. Ihre Hände gefallen mir nich, Ihr Blick auch nich; nichts für ungut, Herr.

Schaun Sie sich mal *meine* Hände an. Risse, Schwielen, Blasen, Hornhaut. So sehn Hände aus nach sechsundsechzig Jahren Schieben, Drehen und Ziehen. Wenns mit Flaschenzug is oder mit Gegengewichten, wie an der Versenkung, dann gehts ja noch. Aber rollen Sie mal die Kulissen in den Freifahrten hin und her: das geht in die Muskeln, sage ich Ihnen. ›Freifahrten‹? Nennt man die Führungsschlitze im Bühnenboden, in denen die Räder der Kulissen rollen. Wollen Sie mal meinen Biceps sehn? Nein? — Copains! Kommt doch mal her! Ein Herr will euch sprechen. Keine Ahnung, was er will.

So, dann macht mal schön Kratzfuß. Das da is Pluto. Das da Charon. Der da heißt Cerberus. Nennen uns so nach denen da oben. Pluto heißt eigentlich Hugo und war früher an den Seilzügen in der Oberbühne. Hat die Wellen und Umlenkrollen bedient an der Wolken- und Flugmaschine, wissen Sie. Wenn Jupiter oder Merkur oder einer von denen so rauf- oder runterschwebt in einem Korb, der von Wolken umhüllt ist. Da is dann der Pluto am Zugseil, zwischen der zweiten und dritten Kulissengasse. Einmal hat er den, wer wars? Ariel? Richtig, den Ariel aus Versehen so' runterkrachen lassen, daß der sich den Knöchel gebrochen hat. Seitdem is Pluto zu uns in die Unterbühne strafversetzt und macht jetzt die Wellenmaschine. Sehen Sie da hinten die acht horizontalen spiralförmigen Rollen? Wenn man die gleichzeitig dreht und dazwischen ein Schiffchen durchzieht, siehts aus, wie wenn sich ungestüm das Meer bewegt, rollend in schäumenden Wellen. Warum zur Strafe? Weil er hier nich mehr 15 Sous verdient wie oben, sondern bloß noch 11, ein Dreckslohn, wenn man Frau und Kinder hat.

Cerberus heißt eigentlich Hector und dreht mit am Gangspill. Ja, Herr, wie auf'm Schiff. Nur, daß es nich die Ankerkette aufzieht, sondern die Kulissenseile. Geht gut in die Schultermuskeln. Und in die Oberarme. Dem seinen Biceps sollten Sie sehn. Andere Bühnen haben

statt so einem Gangspill einen zentralen Wellbaum.
Nennt sich Königswelle. Hatten wir früher in London.

Ja, das haben Sie natürlich gleich gehört an meinem
Akzent. Hier nennen sie mich Styx, oben Omely. Früher,
daheim hieß ich O'Malley. Warum immigré? Will ich nich
ausführlich erzählen. Spielschulden; und dann hab ich
mal einem Captain in Bristol eins auf die Mütze gegeben,
weil der mit meinem Mädchen rumgemacht hat — ich also
nichts wie ab nach Dover und im Packetboot rüber-
gemacht, das war vor vierzig Jahren schon. Hier will
mir keiner was; hab mein Auskommen; nur alle paar Jahre
mal geh ich rauf nach Calais und stell mich ans Ufer und
guck so über den Kanal, ob ich nich drüben die Kreide-
felsen sehn kann, und wenn dann so der Abendstern
überm Meer steht, dann denk ich, der is der Stern meiner
Heimat, und dann wünsch ich ihr alles Gute und geh
wieder zurück nach Paris. Und wenn der Cerberus nich
gerade am Kulissenantrieb mitschiebt, schmiert er die
Führungen ein. Muß man öfter mal machen, mit Öl und
Graphit, damits nich quietscht zur Musik. Die Wellen-
lager kleiden wir mit Speckschwarten aus. Stinkt übel, is
aber das beste Gleitmittel; lockt allerdings die Ratten an.
Die nagen dann an den Zugseilen, und am Ende kracht
wieder der Flugkorb runter mit dem Ariel drin oder dem
Merkur.

Cerberus bedient auch die Regenmaschine. Dann muß
er schnell raufrennen auf den Schnürboden und in den
Holzschacht Erbsen schütten. In dem stecken so ein-
wärtsgebogene Blechlamellen, und das prasselt dann ganz
prächtig, wenn das Zeug runterrieselt bis zur Unterbühne. Ja klar, einen Donnerschacht gibts da oben auch.
Der heißt bei uns Einschlagskasten. Durch den lassen wir
große Holzwürfel runterpoltern fünfundzwanzig Meter
tief bis in die Unterbühne, das grollt nich übel. Woanders
haben sie Stahlkugeln. In London hatten wir dafür einen
großen Resonanzkasten aus Holz, über dem zwei massige

hölzerne Zahnräder an einem Göpel hin- und hergerollt wurden, das hat auch nich schlecht gewummert, war aber 'ne üble Maloche.

Wie das so war, früher, in London? Warum wolln Sie das wissen? Is schon so lange her; ein ganz junger Hering war ich damals, nein, Matthew Locke hab ich nich mehr erlebt, Purcell schon noch. Aber Restoration-Charles war ja verrückt nach allem, was irgendwie aus Frankreich kam. Und wie warn die Menschen froh, als nach Cromwell endlich wieder die Theater aufmachten, ich kann Ihnen sagen! Davon hat mir mein Vater noch erzählt. Unser Geheimdienst hat Betterton nach Paris geschickt, damit der die französische Bühnenmechanik ausspioniert. And my God, wie is Pelham Humfrey zurückgekehrt von seinem Pariser Musikstudium! An absolute Monsieur, as full of form and confidence and vanity, and disparages everything and everybody's skill but his own, und über die King's Musick hat er nur gelacht, über Blagrave und die andern: that they cannot keep time nor tune, nor understand anything, und wie Grebus, the Frenchman, the King's master of the musick, how he understands nothing, nor can play any instrument, and so cannot compose, na undsoweiter.

Tja, wie war das damals, am Royal Drury Lane, und am Duke's Theatre in Dorset Garden? Wenn ich heut, hier in Paris oder Versailles, daran denke, kommts mir unglaublich eng und klein vor. Die Logen dicht übereinander getürmt, die Beziehung zwischen Bühne und Zuschauerraum viel enger als hier, ich meine, räumlich wie atmosphärisch. Das Parterre hat oft im Chor mit der Bühne gesungen, das muß man sich mal vorstellen. Aber ein wunderbar kunstvoll vergoldetes Frontispice hats gegeben als Proszenium, und nur bei Verwandlungen wurde die Proszeniumsbeleuchtung gedämpft. Die Vorbühne, wo die Handlung drauf spielte, ragte ziemlich stark vor, jaja, und wenn der Vorhang mal aufgezogen war, fiel er bis zum Ende der Vorstellung nich mehr runter. Damals haben sich Leute ihren Sitzplatz gesichert, indem sie ihn durch einen Lakaien besetzen ließen. Und während der Vorstellung is der Zuschauerraum nich verdunkelt worden. Warum auch, Schlägereien im Publikum, Mode und Weiber warn sowieso intressanter als die Stücke. Ich sag immer, das wichtigste Requisit im Theater is nich Apollos Leyer, sondern das Pincenez, die Lorgnette, das Opernglas. Und in den vergitterten Inkognito-Logen wurde eifrig, naja, Sie wissen ja. Einmal hats ein echtes Duell gegeben auf der Bühne; den Toten hat man nich etwa weggetragen auf einer Bahre, sondern gleich mit der Versenkung runter, ratzfatz, weg war er in der Unterbühne, und der Duellsieger hätt ihm am liebsten 'ne Schaufel Erde nachgeschmissen. Es is auch mal vorgekommen, daß das Publikum die Bühne gestürmt und die Actors verprügelt hat, weil es unzufrieden war mit der Darbietung.

Das Orchester war kleiner besetzt als in Frankreich. Meist nur Streicher und ein Harpsichord. Das Dollste war, daß die nich im Pit vor der Bühne spielten, sondern hoch über dem Proszenium im Musick Room, der sich mit einem Vorhang, glaub ich, oder wars ein Fenster?, zum Saal hin öffnete. Hatte auch was für sich. Wie Engelsmusik vom Himmel hoch, trotz der herben Dissonanzen. Daß es nich die Récitatifs gab, auf die hier die Frogs so stolz sind, wissen Sie sicher. Das Ganze war Masque, Sprechtheater mit Musikeinlagen: Overture, Incidental Music, Tanzsätzchen und ein paar Airs, das wars schon.

Später, nach der Jahrhundertwende, kamen dann mit ihren Koloraturarien die italiänischen Truppen, die Kastraten nach London. Haben ein Heidengeld verdient, sich Konkurrenzkämpfe bis aufs Messer geliefert, aber da war ich schon hier, das hab ich nich mehr mitgekriegt, wie der Deutsche, Handel glaub ich heißt er, George Frideric Handel sich damit ruiniert hat. Tja, die Maccaronis.

Und die Sauerkrauts, wie Pepusch, der die Beggar's Opera gemacht hat mit Gay, ein Irrsinnserfolg; selbst unsre Royals sind ja jetz Hannoveraner. Aber wir warn ja immer schon Importweltmeister; Geld fließt genug; kein Land in Europa zahlt solche Gagen. Aber warum erzähl ich Ihnen das alles. Ich weiß ja immer noch nich, was Sie von uns wollen.

Der Charon hier, eigentlich heißt er Hercule, kümmert sich um die Versatzstücke. In Platée hat er die Augen von dem großen Holz-Uhu gerollt, in den sich Jupiter verwandelt, zum Beispiel. Oder er steht an der Windmaschine dort hinten. Ja, ganz recht, die Trommel da mit der Kurbel, ein Zylinder aus Holzstreben, über den ein Segeltuch gespannt ist; beim Drehen gibt das dieses pfeifende, schleifende, schrill wischelnde Geräusch, wie wenn der Boreas um Hausecken zischt. Unser Wasserfall is ganz ähnlich gebaut, aus drei Trommeln, trianguär einander zugeordnet, um die eine Endlos-Stoffbahn rotiert.

Was meine Aufgabe is, fragen Sie, Herr? Ich bin für die Beleuchtung zuständig, für die Lüster, Kron- und Wandleuchter im Zuschauersaal, für die Talglichter an den Kulissenleitern und diese miserablen, immer rußenden Rüböl-Lampen, die Blendbretter zur Lichtdämpfung, die Rampenlichter hinterm Proszenium und die Lichterbäume hinter den Kulissen und so. Ich sorge dafür, daß die Kronleuchter zum Wechseln der Kerzen abgesenkt werden in den Pausen, daß auf den Notenpulten immer diese stinkenden Talglichter brennen, ich weiß nich, ob Sie sich vorstellen können, was für unglaubliche Mengen an Wachs, Stearin, Talg, Öl hier verfeuert werden bei einer einzigen Vorstellung von halb sechs bis halb elf, wie das aufheizt und stinkt und tropft und rußt und qualmt wie im Purgatorium; ein richtiges Fegefeuer aus Tausenden von Kerzen und Lichtern.

Und wie gefährlich das alles is. So ein Opernhaus is ja der reinste Kamin. Das zieht hier doch alleweil wie

Hechtsuppe. Oder kennen Sie ein Opernhaus, Herr, das nich schon einmal abgebrannt wäre? Früher oder später brennen sie alle. Die Frage is nich, ob, sondern wann. Alles Material is hier Holz oder Pappmaché oder Papier oder Tuch. Und dann das Wachs, das Öl, die Farben und Lacke. Wenn da mal ein Fünkchen danebengeht, ich kann Ihnen sagen! Das fackelt sich ab wie Zunder. And then God have mercy upon our souls! Ein Camarade von mir, Hector hieß er, hatte grad Dienst oben am Soffittengöpel, als das Théâtre Comique brannte; was von dem Kumpel übrigblieb, konnten Sie nachher auf'n Kehrblech fegen. Ich sag immer zu meinen Camarades, man müßte so eiserne Schotts haben, auch auf Schiffen wär das nütz- lich, oder wenigstens einen Vorhang aus Eisen, damit nich gleich Alles brennt, sondern wenn, dann nur ein Teil des Hauses. Das scheint Sie ja besonders zu interessie- ren, Herr. Jetzt müssen Sie uns aber sagen, was Sie von uns wollen. Oder sind Sie auch von dem Lexikon? Ich meine, von dieser neuen Enzyklopädie; erst neulich war einer von denen wieder mal bei uns und hat sich, genau so wie Sie, für alles interessiert. Hat sich Notizen gemacht für Lexikonartikel, hat Skizzen gezeichnet für Kupfer- tafeln, wie hieß der noch gleich, Charon? Richtig, Dide- rot. Also zu denen gehören Sie nich? Zur Polizei auch nich? Nochmal: Was wollen Sie dann? —

Ach so. —

My God. —

Come on, verschwinden Sie auf der Stelle. Hier is alles Auge und Ohr. Nein, wir verraten Sie nich. Aber ob wir da mitmachen? Sie müssen wahnsinnig sein. Wir haben hier alle Frau und Kinder. Sie wahrscheinlich nich. Doch? Um so schlimmer. Nein, das schlagen Sie sich aus dem Kopf. Um Mitternacht am Faubourg Saint-Germain? Kann ich nich versprechen, ob ich da komme. Vielleicht werden Sie längst beschattet und wissen es nich einmal. Was Sie da vorhaben, is infernalisch, Herr. Kein Wort mehr! Gehn Sie jetzt, bevor wir Sie mit der Versenkung rauf auf die Bühne katapultiern! Und lassen Sie sich zum Souvenir unser Motto mitgeben: Traulich und treu ists nur in der Tiefe — falsch und feig ist, was dort oben sich freut. Wie, eben das verbindet Sie mit uns? Das kann man auch andersrum sehn. Au revoir, Herr.

3. Bild

PARIS, 1734.

Das Küchenmensch in blauer Schürze und weißer Haube über den apfelroten bretonischen Wangen nimmt sich aus einem Korb, auf Weisung M:me Rameaus, eine frische, unverdorbene Zitrone, teilt diese in der Mitte, preßt ihr den Saft aus, indem sie sie mit den Händen zusammendrückt, und verdünnt den Saft mit etwas Wasser. Sodann gießt sie die Mischung durch ein sauberes Tuch, um die Kerne und das bittere Fleisch der Frucht vom Getränk zu sondern, und giebt es mit Zucker, von dem sie einen Teil an der Zitronenschale gerieben hat, um der Limonade ihr charakteristisches Arom zu verleihen, in ein gekühltes Glas.

Dieses Glas trägt Marie-Louise, Rameaus Gattin, hinüber in den Arbeitsraum. Dort sieht sie ihren Mann dürr, storchenbeinig, kerzengerade aufgerichtet, vor dem Clavecin sitzen. Er schreibt; er taucht den Kiel in das Fäßchen mit der Eisengallustinte; er weist ihr den Rücken. Von hinten nähert sie sich ihm mit vorsichtigen Schritten, legt ihm zart eine Hand auf die Schulter und reicht ihm stumm die Limonade. Merci, sagt er, und schreibt weiter.

Monsieur, bittet sie. Fragend wendet er sein Sorgenantlitz ihr zu mit der hohen gefurchten Stirn und dem müden Blick, gütig und détaché. Madame?

Seit acht Jahren, seit 1726, sind wir verheiratet, Monsieur. Mit zweiundvierzig Jahren habt Ihr mich als eine Neunzehnjährige zur Frau genommen, n'est-ce pas?

C'est vrai, Madame.

Und noch nie — noch kein einziges Mal — habt Ihr mir irgendetwas erzählt von diesen ersten zweiundvierzig Jahren Eures Lebens. Pourquoi pas?

C'est pas important, Madame.

Er wendet sich ab, taucht den Kiel erneut ein, und fährt fort zu schreiben.

Paris, 5ème Juillet, 1734.

Monsieur,

Sie werden nicht ungütig nehmen, wenn wegen 3 wöchentlicher Abwesenheit Dero beliebte Zuschrifft nicht ehe weder voritzo beantworten können. Aus selbigem ersehe nun, daß sich Occasion erzeigt zu dessen Avançement, so wünsche Ihnen darzu ein göttliches Fiat, und mache mir Vergnügen, wannen etwa einiges darzu contribuiren kann. Meine itzige Station ist ja eine favorable in so ferne mir in betreff des Salarii und der Accidentia nichts manquirt, mir auch die Faveur der M:me Poupinière, so als capable Scholarin sich distinguirt, dergestalt mich obligiret, daß dannenhero von den früheren Mutationibus meiner Fatorum verschont und soulagirt zu sein, mich Gottes Hulden ferners recommendire. Für das mitgeschickte kostbahre Fäßgen Wein statte hiermit meinen schuldigen Danck ab. Es ist nur höchlichst zu bedauren, daß das Fäßgen entweder durch die Erschütterung im Fuhrwerck, oder sonst Noth gelitten; weiln nach deßen Eröffnung und gewöhnlicher Visitirung, es fast auf den 3ten Theil leer u. nach des Visitatoris Angebung nicht mehr als 6 Kannen in sich gehalten hat; und also deplorable, daß von dieser edlen Gabe Gottes das geringste Tröpfflein hat sollen verschüttet werden, und bedaure nur, mich nicht reellement revengiren zu können. Implorire aber mit aller Dexterité, mir ergebenst communiciren zu wollen, falls etwan Occasion zu dero Subsistence danckschuldigst ergreifen kann, der alstets bin

Monsieur,

Mon très honoré Amy,

votre très humble et très obéissant serviteur

Rameau.

Unterdes hat sich Marie-Louise Mangot aus dem Arbeitszimmer ihres Gatten auf Zehenspitzen entfernt. Den Küchenmenschern gibt sie noch einige Instruktionen; dann watet sie, mit gerafftem Rock, durch die Straßen zum Markt, wo sie sich aller Aufdringlichkeiten zu erwehren hat, mit denen sich die Fischweiber Gehör verschaffen, die Kannegießer und Grimassenschneider, die Taschenspieler, Obsthändler, Klopffechter, Kuppler, Fleischhacker, Quacksalber, Bader, Kesselflicker, Scherenschleifer, Schausteller, Balladenverkäufer, Bürstenmacher und Kurpfuscher. Sie giebt acht auf die Beutelschneider, die sich wie Frettchen durchs Geschiebe winden; sie hütet sich vor den Taschendieben, die im Gedränge nach Colliers, Seidentüchern, Tabatièren, Uhren und Berlocken fingern, selbst vor den Bettlern, die um eine Gottesgabe für die Gefangenen der Bastille flehen oder, wenn sie ohne Unterleib auf einem Hockbrett mit Stützkrücken sich durch den Kot schieben wie große Kröten, um einen Sous für sich selbst.

Marie-Louise kommt aus einer Musikerfamilie, verfügt über ausgezeichnete Umgangsformen, eine gute Erziehung, musikalische Begabung, eine angenehme Stimme und guten Geschmack im Singen. Sie würde nie in persona auf den Markt gehen, sondern eins ihrer Mädchen für den Einkauf schicken; aber heute sucht sie nach einem Geschenk, für ihre Schwester Babette, zum Namenstag.

Ihr graut vor dem Schmutz, dem beißenden Gestank aus Abdeckereien, Leimgruben, Gerbereien, vor dem fiebrigen Wangenrouge auf talgbleichen Hurengesichtern, vor den Kriegsheimkehrern, die da auf Beinstümpfen, blind, am Trottoir hocken und winseln, vor entlassenen Sträflingen oder entsprungenen Irren, aus deren konvulsivischen Mienen es zuckt und spuckt und speit und gurgelt und schielt, und sie weiß, wie riskant es wäre, nach Einbruch der Dämmerung durch jene Gassen zu gehen, die noch keine publique Beleuchtung kennen und es dem Bettler leichtmachen, den Passanten niederzuschlagen mit seiner Krücke. Sie wendet den Blick ab von Männern, die in den Rinnstein pissen, von Krüppeln mit Kropf, von mißgebornen Crétins und Säufern, die vor der Schenke sich erbrechen; sie weicht dem Nachtgeschirr aus, das man aus dem Fenster entleert, den äpfelnden Droschkengäulen, der Prügelei zweier Tagelöhner, dem stöhnenden Paar, das im Schlamm sich wälzt hinterm Zaun.

Von einer Fleuriste läßt sie sich einen Strauß Anemonen, Astern und Margueriten zusammenflechten und hübsch arrangiren; danach erwirbt sie in einer Patisserie eine Schachtel Chocoladenconfect. Dies trägt sie in die Rue Saint-Claude; sie zieht an der Schelle und wird an der Tür von Sophie empfangen, ihrer jüngsten Schwester, einem munteren Ding, etwas putzsüchtig zwar, doch ebenso leicht- wie gutherzig et très joli; schön wärs, sie käme bald einmal unter die Haube. »Babette ist noch bey der Morgentoilette«, entschuldigt sie ihre chère sœur; Marie-Louise seufzt. Quelle paresse! Auch Babette ist ein herziges Frauenzimmer, auch ihr tät ein Mannsbild die Flausen der Trägheit gewiß rasch austreiben.

Babette ruft aus dem Boudoir ihren Dank für das Angebinde; kurz darauf sitzen sie selbdritt vereint um den Tisch im Salon bei einer Schale Café, Sophie im Schürzenkittel, Babette im Morgenrock aus vanillefarbenem Chiffon, Marie-Louise mit Spitzenhaube im Fischbeinrock, und plaudern, kichern und sitzen — kerzengerade der Rücken, manierlich ausbalanciert die Untertasse — auf Stühlen mit ovalen, verschnörkelten Polsterlehnen und gekurvten Beinen mit Löwenkopf-Fuß. Marie-Louise erzählt von der Première ihres Gatten, vom Applaus der wenigen Connaisseurs und dem Befremden der vielen Nichtkenner, nachdem der Vorhang niedergegangen über Hippolyte et Aricie; Babette erzählt von Männern; und von Kunstblumen, Rüschen, Spitzenborten und Volants; Sophie erzählt — und senkt ihre Stimme zum Flüstern — von neuen Flugschriften, die zum Königsmord aufrufen: haßerfüllten Hetzschriften, die den Umsturz des Bestehenden fordern, die Errichtung einer République und die Abschaffung von Adel, Klerus und Staatsverschuldung, das Verbot des Kirchen- und des Pachtzehnten, des Frondienstes, der Fuchsjagd, des ius primæ noctis, der geldvergeudenden Feuerwerke, der Börsenspekulation, der künstlichen Warenverknappung und des gregorianischen Kalenders, den Abriß der Gefängnisse und die Demolirung aller Paläste und Opernhäuser.

Rameau sitzt derweil daheim am Clavecin und entwirft den Plan für eine Opéra-Ballet. Sie soll Les Indes Galantes heißen, und ihre Schauplätze sollen der Palast der Hebe, die Türkei, Peru und Persien sein, zu denen in weiteren Entrées gegebenenfalls noch Martinique oder Westindien resp. Guyana oder Haiti sich anfügen ließen, eine Region »voisine des colonies françaises et espagnoles«, vielleicht auch das Land am Mississippi, das nach König Louis seinen Namen erhielt, stellvertretend für die Nationen aller Klimazonen, aller Längen- und Breitengrade, ein Welttheater sub specie Amoris, dessen sanfter Flügelschlag noch über die Wilden streift in den fernsten Zonen. Volez à Cythère! Und auf sein Geheiß schwingen sich die Cupidonen und Amoretten, bogen- und pfeilbewehrt, in die Lüfte zum Züngeln, Schlängeln, Flattern des musikalischen Gefieders und verteilen sich über West- und Ostindien galant.

4. Bild
SALLE OLYMPIQUE, 2003.

Als ich mich auf Zehenspitzen zu meinem Beobachter-
stuhl schlich, bangend, Erlmayr könnte sich umdrehen und mit zürnendem Blick mich für die Störung
rügen, hatte sich das Ensemble gerade in die Probe des
›Air pour les Amours‹ im Prolog verbissen, eins der vielen
kurzen Instrumental- und Tanzstücke, die ins Drama ein-
gewirkt sind, manche robust-martialisch oder lakonisch
und bizarr alla turca, manche graziös, verhuscht, in filig-
raner Polyphonie, dann wieder steif, formell, stilisiert,
und alle weniger als tönende Schmucksteine oder Galan-
teriewaren denn als reflexives Innehalten, als klingender
Rückblick aufs Erklungene oder als Vorwegnahme eines
Kommenden. Erlmayr erklärte, ihr Sinn sei in diesem
metamusikalisch Kommentierenden ebenso zu suchen
wie in ihrem dramaturgisch-programmatischen, deskrip-
tiven Zweck, daher denn auch diese illustrative Funktion
für die Ausführung nicht die allein bestimmende sein
dürfe.

»Das ist kein Patchwork hübscher Monaden, deren Zu-
ordnung oder Abfolge ins Belieben gestellt wär«, rief er
dem Orchester zu, »sondern steht in einer Architektur
von Tonarten, Tempi und Charakteren an seinem akkurat ausgehörten Platz. Das ist genau auskalkuliert und
-balanciert, sei's als Überleitung, sei's als Kontrast, mal als
Rekapitulation oder Bündelung, mal als Atemholen oder
Suspense-Verlängerung. Freilich, ihr könnts diese ›symphonies‹, Airs und Danses auch herausklauben und zu
einer Suite bündeln, oder sie, wie die Deutsche Grammophon, zu einer ›Symphonie‹ aufmascherln, aber dann
habts ihr halt Video-Clips. Einen Bunten Abend. Ein
Sackerl voll Schmankerln, an denen man sich rasch satt
hört. Dann verliern die Stücke ihren Sinn, die Beleuch-

tung, die sie aus dem Zusammenhang empfangen und wieder zurückstrahlen auf den dramatischen Kontext, und dann kracht die Architektur ein, wie wenn ihr Balken, Stützpfosten oder Strebepfeiler herausgebrochen hättet.

Machma das Air für die Amoretten nochamal. Von Anfang an, mit Wiederholung bitte. Und bittschön, ihr müßts beim Spielen das Drama mitdenken! Amor ist niedergeflogen mit seinem Heer, seinen mit Köchern und Pfeilen bewaffneten Amoretten, die sich als mächtiger bezeigen solln als das Gefolge der Kriegsgöttin. Lancez vos traits! Schleudert eure Pfeile! Dann das Air, in dem sich die Musik das Gefieder schüttelt und plustert, für den großen Aufflug im Schlußchor: Volez, volez, Amours! Also. Zwei — drei —:«

Erlmayr winkte ab. »Schon sehr schön so. Aber. Meine Herrn! Wie solln die armen Vogerl Auftrieb gewinnen, wenn ihr die Taktschwerpunkte so kräftig markiert? Das sind geflügelte Liebes-Genien, nicht Truthennen, die ihr mit Ketten im Geflügelhof anpflockt. Was sind die zwei häufigsten Wörter im Werk? ›Lancez‹ und ›volez‹. Also Flugbewegung. Gai et doux! Violinen: hörts der Flöte zu! Ihr gebts zu viel Bogendruck. Bratschen: von euch hör ich ja gar nichts. Seids ihr grad im Mutterschaftsurlaub, oder was? Noch amal, bittschön —:

Halt, halt. Das hat mir immer noch nicht die diskrete Poesie, die ich aus dem Stück heraushör; bittschön, vielleicht hörts ihr ja was ganz anderes, aber wir werden uns schon einigen. Die Bewegung muß fließend sein, nicht gezickzackt; ihr müßts das auf den Saiten so wischeln wie einer mit'm Staubtuch den Puder wegwischt auf dem Toilettentisch. Schauts amal einem Zeichner zu, der mit dem Graphitstift seine Schraffuren strichelt. Genau so! Bitte jetzt mal nur Flöte und Violine. Ja, bis zum Doppelstrich. Nur Flöte und Violine: Eins — zwei — drei:

Schön, ich sehe, ihr bekommts eine Ahnung von dem, was mir vorschwebt, was vor mir ganz schwebend und zart in der Luft sein will. Und wenn ich jetzt noch aus den Mittelstimmen die harmonischen Trübungen heraushör, ists schon fast perfekt. Sixte ajoutée, meine Herren! — Bratschen: mehr Ton! — Luc, geben Sie der Traversière in den Spitzentönen nicht zuviel Luft, das wird sonst zu hart. Probierns amal Flatterzunge, Sie werden sehn, wie schön das klingt. — Ganzes Ensemble nochamal. Alles muß ein Fließen sein; unschuldig, wie absichtslos und dabei immer ein bisserl traurig auch, weil die Musik weiß, was die andern alle nicht wissen, sondern bloß ahnen: daß die Liebe nicht von Dauer ist. Also machts am Ende ein kleines Ritenuto, bitte. Ab dem dritten Schlag im vorletzten Takt. Nicht bloß decrescendo. Ritenuto! Also —:

Fein. Und jetzt ein Wort zum Wichtigsten überhaupt. Ich weiß, ihr mögts keine Vorträge. Aber es muß sein. Woran erkennt auch der Laie sofort, daß ein Generalbaßstück französisch ist? Was ist von entscheidender Bedeutung für den französischen Stil? Natürlich die schiere Anzahl und Ausdifferenzierung der Verzierungen. Kaum ein Ton, der nicht gekräuselt wär von agréments, broderies — sagt man im Englischen embroideries dazu? Stickereien? —, von ornements wie Trillern, Pralltrillern, Schleifern, Mordenten, Vor- und Nachschlägen, Doppelschlägen, von Bebung, Vibrato, Ribattuta, eine Improvisationskunst nach genormten Regeln, die ihr mühsam auf der Akademie gelernt habt und die damals die Praktiker mit der musikalischen Muttermilch eingesogen haben. Die wußten aus dem Effeff, wann und wo sie diese kleinen Vorschlagsnoten anzubringen hatten. Das war eine Sache des Geschmacks, und daher sprach man von goût-du-chant oder von notes de goût, während dem Laien dieses Gekräusel leicht maniriert vorkommt. Aber das paßt eh'; im Italienischen heißen die Verzierungen ja Manieren. Verweisen also auf Stil, den stylus oder Schreibgriffel, und auf manus im Sinne individueller Handschrift. Und da habts ihr schon die erste Dialektik der

Verzierungen. Es ist die zwischen dem Geschmack, als convenu und Übereinkunft, und der persönlichen, einzigartigen écriture, die sich von der Konvention eigentlich *absetzen* will. Und wie heißen die Verzierungen im Englischen?« — Zuruf: graces? — »Graces, ja. Die Grazien. Grazie, signora. Der Dank. Das Geschenk. Und: la Grâce, die Gnade. Und auch wenn ihr jetzt schon da hinten am Pult zu gähnen anfangt — daß mir nie was entgeht, dafür liebt ihr mich, nicht? — merkts ihr nun schon, wie zentral für unsere Musik dieses Element zwischen Improvisation und Normierung wird.

Denn am französischen Königshof werden die graphischen Symbole für die ornements so ausgetüftelt wie nirgends sonst in Europa. In einer einzigen Cembalo-Miniatur vom Couperin könnts ihr bis zu hundertfünfzig Verzierungen finden, alle ausgeschrieben, dazu einige nach Geschmack einzufügen. Und da stellt sich grundsätzlich die Frage nach dem musikalischen Sinn. Was wollen all diese klingenden Rüschen, Borten, Tressen, Volants, Litzen, Schleifen und Rocaillen? Wonach bemißt sich die korrekte Ausführung dieses je-ne-sais-quoi?

Ich will euch jetzt nicht lang sekkiern. Dieser tönende Zierat, der den Linien so oft eine gewisse nervosité verleiht, ist zum einen ganz einfach nur Schmuck. Ausschmückung einer Linie, die in ihrer Grundgestalt offenkundig als zu roh und simpel galt. Also ein Zeichen von Luxus, Überschuß, Raffinesse, und wenn ihr mit Baudelaire der Mode geschichtsphilosophische Würde zuschreibt, dann ist dies Verfeinerte einfach — doch was heißt hier schon ›einfach‹ — eine Mode ähnlich den Schnörkeln des Mobiliars. Aber es geht ja nicht nur um Verschönerung. Sondern mehr noch um Beseelung. Daß die Verzierungen im Dix-Huitième nicht mehr vorwiegend melodische, sondern in wachsendem Maße auch harmonische und rhythmische Bedeutung haben, habts ihr ja alle gelernt auf dem Konservatorium. Und daß sie in ihrer überwiegenden Mehrzahl *auf* dem Taktschlag ausgeführt werden. Also unter Hervorhebung ihrer harmoniefremden, dissonanzbildenden Nebennoten. Also. Zweite Dialektik. Das Verworrene, Schwülstige, Verschnörkelte ist so artifiziell, wie es gekünstelt wirken kann, ohne doch künstlich sein zu wollen. Statt dessen. Will es *natürlich* sein, Natur nachahmen. Entweder indem es malt. Rieselnde Bäche, lispelndes Laub, fächelnde Zephyre, Vogelgezwitscher schildert und dergleichen. Oder feinste Regungen des Herzens, zarteste Rührungen des Gemüths ausdrückt mit schmachtenden Seufzern, dissonanten Vorhalten, sehnsuchtsvollen Dehnungen, Verzögerungen, Reibungen und Auflösungen, und so, wie mit den Trillern immer wieder der Musik eine Gänsehaut über den Rücken läuft, neigt sich mit dem Vorhalt zur Tonika die Harmonik gnädig dem Grunddreiklang zu, und eine solche Flexion oder Vermittlung des Schlußakkords durch die Vorschlagsnoten ist ein Gnadengestus. Ein Symbol der Hinneigung, der Geneigtheit des Herzens, des Geschenks wie auch der Dankbarkeit des Empfangenden. Mit Vorschlag tönts: ›huld-reich‹, ›mer-ci‹; ohne: bloß ›ja‹.

Folglich. Habts ihr Konvention, die Abweichung von der Konvention ist. Habts ihr subjektive Expression, die objektive Darstellung ist. Habts ihr ein Äußerstes an Künstlichkeit, die Natürlichkeit ist. Hörts ihr in diesen Paradoxien, Antinomien und komplementären Gegensätzen den Herzschlag der Musik, und ein Sänger oder Instrumentalist, der beim Richtig oder Falsch seiner agréments nicht sattelfest ist, macht Rameau *unverständlich.* Der kann Händel machen oder Vivaldi, aber nicht das kleine Air, mit dem ich euch jetzt so lang sekkiert hab. Also. Machmer das Ganze nochamal. Ein letztesmal Air pour les Amours. Dann machmer Pause, und danach gehts weiter mit der Einleitung zum 2. Akt und der großen Schluß-Chaconne. Alors! Zwei — drei —:«

Erlmayr schien mit dem letzten Durchgang des Stücks zufrieden zu sein, und nachdem er, wieder am Arm Yoshikas, sein Pult verlassen hatte, gesellte ich mich einigen Musikern zu, die sich zum Rauchen in eine Ecke am Fenster zurückgezogen hatten. Der Hornist und Trompeter Iain Blair, ein muskulöser, untersetzter, kahlköpfiger Glasgower mit berufstypisch aufgesprungenen Lippen, sog bereits gierig an seiner Zigarette, während Klaus Demuth, ein blonder, ernster, blasser, hochgewachsener Berliner mit Dreitagebart, Meisterschüler Mutters, an seiner randlosen Brille fingerte und gerade heftig auf Else van Zuiderma einredete, eine kleine, rundliche, stets zum Lachen aufgelegte Antwerpener Geigerin mit schwarzgefärbter Bubikopf-Frisur, die ihre Einwände mit lebhaftem Gestikulieren begleitete.

Demuth, der einen unter jüngeren Musikern nicht seltenen intellektuellen Typus vertrat, bestritt Erlmayrs Deutung der Verzierungen als Zeichen fortgeschrittener Kultur. »Das Gegenteil ist doch der Fall«, behauptete er. »Ornamente sind archaische Reste von Barbarei. Hat denn keiner von euch Adolf Loos gelesen? Guckt euch die Gesichter von Maoris oder Papua-Kopfjägern an. Die sind mit Ornamenten lückenlos zutätowiert, so wie ihre Hütten, Auslegerboote, Totems und Fischerspeere total zerschnitzt und bemalt sind. Das hat magische, kultische Ursprünge — Naturnachahmung, ja, aber aus ganz atavistischem, ängstlich mimetischem Geist. Alle frühen Kultstätten sind so totalitär durchornamentiert. Bei Hindus und Burmesen, Inkas und Azteken, an maurischen Moscheen wie gotischen Kapellen: Überall habt ihr diesen horror vacui.«

Else wagte den Einwand, daß eine Oper, die in exotischen Gefilden spiele, dann solchen Stil doch nicht schlecht vertrüge? Aber Demuth zerdrückte mit Ingrimm seine Zigarette im Aschenbecher und entgegnete schroff: »Ach was! Das Milieu von Rameaus Musik ist die französische Aufklärung mit ihrer clarté, die direkt aus der klassischen Antike kommt. Und deren Kunst geht mit Zierat so geizig um, wie es noch bis in den romanischen Baustil nachhallt. Klare, einfache Linien hatten Griechen und Römer. Abstraktion und Sachlichkeit: Auf dieses Erbe der Aufklärung beruft sich Loos in seiner Wut aufs florale Ornament des Jugendstils.«

Iain fragte:»Klaus, würdest du dann behaupten, die Arabesken und Schnörkel des Dix-Huitième wären barbarisch, weil antiaufklärerisch?«

»Jedenfalls kein Ausdruck von Fortschritt. Sondern ein trüber Rest, ein Bodensatz von mißlungener Natur- und Materialbeherrschung, etwas Zurückgebliebenes, Unbewältigtes, wie soll ich es ausdrücken, ein —«

Weiter kam er nicht, da aus dem Studiolautsprecher Cunninghams Mahnung zum Pausenende scholl, eine Ordre, deren disziplinierte Befolgung, auch in Anbetracht der knappen Terminplanung, den Musikern inzwischen zur zweiten Natur geworden war. Alle nahmen rasch wieder ihre Plätze ein, und während sie noch einmal einstimmten, stürmte Erlmayr bereits ans Pult, ließ die Augen rollen, hob die Arme und dekretierte knapp:»Deuxième Entrée, Scène i, meine Herren. Darf ich bitten. Pscht! Zwei — drei —:«

Erlmayr ließ die Introduktion durchspielen und sagte dann:»Gut, danke. Schön. Viel zu schön. Ihr spielts viel zu üppig. Wo seids ihr denn? In Peru, ja, aber nicht im Urwald. Sondern irgendwo in den Anden auf sechstausend Meter Höhe, zu Füßen eines Vulkans, wie sagts das Libretto? Le sommet en est couronné par la bouche d'un volcan formée de rochers calcinés et couverts de cendrers. Gehts in die Bibliothèque Nationale, die hat heut nachmittag geöffnet, und schauts euch da die geologischen Folianten an. Soll heißen. Spielts diese ausgezehrte Polyphonie vom Rameau mit ganz kargem und fahlem Ton. Graue Linearität, non-vibrato. Da blüht nix, da grünt nix. Ein verkohltes und aschebedecktes Fugato, jede Note eine Gesteinsschicht auf einem Hochplateau in ganz dünner Luft. Oboen: ihr schärft mit eurem Klang die Abbruchkanten! Flöten: ihr tragts einen Lama-Poncho. Nochamal das Ganze bitte. Drei — vier —: Recht so. Fein. Machmer jetzt die Chaconne. Habts ihr? Darf ich bitten. Zwei — drei —:«

Auch dieses Stück ließ Erlmayr ohne Unterbrechung durchspielen. Dann kreuzte er die Arme über der Brust und sagte »Schon fast ganz perfekt. Ach wir haben doch den schönsten Beruf, muß ich sagen, doch, ja, ihr spielts wie die Götter. Nur — die Bühne gehört am Schluß nicht den Göttern. Sondern den Menschen. Die sich zum Tanz schweigend bei den Händen fassen. Ihr machts das ganz toll, aber ich hab den Eindruck, ihr bedenkt nicht die dramaturgische Funktion des Stücks. Was geht voraus? Erst ein Menuett, aber ein martialisches, mit Trompeten und Pauken. Das ist Kriegsmusik, aber eine beseelte, ganz glücksdurchströmte. Sie feiert den Sieg Amors über Mars, die Versöhnung, nicht geradtaktig als Marsch, sondern ungeradtaktig als Tanz. Dann die letzte Arie. Die Indianerin Zima singt, und ihre Stimme wird instrumental geführt als Fanfare. Eine Huldigung an die Liebe im Bann und Zeichen von Natur. Triomphez! Die eintaktige Dehnung in den Spitzentönen der Trompete wird der Iain so bringen müssen, daß es ihm die Lunge zerreißt, und die Pauke wird schmettern müssen, als wär sie die 3. Trompete. So. Und dann kommt, zunächst mollgedämpft, also im starken Kontrast, die Chaconne. Statt Natur nun wieder höfische Konvention. Der Gesang ist verstummt. Der Vorhang ist schon fast gefalln. Aber. Was passiert? Das ist ja nicht mehr Lullys danse royale. Sondern. Jede Variation über den immergleichen Fundamentschritten prägt je einen Charakter der Oper aus. Flöte: das innig Amouröse; Oboe und Fagott: das Pastorale; Trompete: das Triumphale; Streicher: das Elegische; und zuletzt alle das gütig Befriedete, Getröstete. Der Schluß liedhaft fragmentiert. Derart bündelt dieses große symphonische Stück die Charaktere ineins und rafft die Oper in nuce und im Rückblick zusammen. Ein Resümee, ein vielschichtiger Epilog ganz ohne die Affirmation, die Opernfinali sonst meist behaupten, und nicht ohne Trauer darüber, daß das Schöne jetzt vorbei sein soll. Daß über allem Schönen, auch der Liebe, einmal der Vorhang fällt. Machmer das Ganze nochamal. Auf dem letzten Takt: kleines Ritenuto; und Timpani: kurzer, harter Schlag; ja, so! Mark, es macht garnichts, wenn Sie für einen Bruchteil zu früh kommen; Sie markiern ja den Schlag für die Tänzer, während die andern Instrumente *singen.* Das heißt. Sie haben das Metrum für den Schritt der Füße, die andern haben den Rhythmus für die Sprache des Körpers. Eine absolut präzise Synchronität würde die Musik mechanisch machen. Also unschön, weil unwahr. Technik allein wär Lüge.

Danach machmer dann die Tempête aus dem Türkenakt und zuletzt, falls noch Zeit ist, das Erdbeben und den Vulkanausbruch aus dem zweiten Entrée. Also. Darf ich bitten. Ein letztesmal Chaconne. Wenn es gut geht. Zwei — drei: —«

Indes, bevor Erlkönig fauchend durch den Reifen springen konnte, hatte ein gedämpftes, doch unüberhörbares gläsernes Prasseln wie ein weites Zelt aus Geräusch- statt aus Tuchbahnen sich über den Aufnahmesaal gelegt, und statt daß das Warnlämpchen »Ruhe! Aufnahme!« angezeigt hätte, meldete sich Cunningham über Lautsprecher aus der Technik, um eine Unterbrechung der Sitzung wegen störenden Regens anzuordnen. Ich beschloß, ein Weilchen noch auszuharren und danach einen Spaziergang durch die Stadt zur Recreation meines angegriffnen Gemüths zu unternehmen.

IM SALON DE LA POUPLI-NIÈRES, *1735.*

Das blumengeschmückte Buffet ist eröffnet. Weißge-schminkte Larven, gepuderte Häupter beugen sich über üppigbehäufte Chinaware; beringte, kalkbleiche Hände recken sich aus zurückgeschlagenen Spitzen-manschetten und tasten nach Wachteleiern, Pasteten, Austern, gefüllten Täubchen. Zurückhaltend mischen sich Livrierte in die Gästeschar und offeriren ins Stim-mengeschwirr und Lachen hinein vom Gläsertablett zart-stenglige Kelche voll Wein. Auf Silberschalen türmen sich Trauben, Orangen und Ananas; hier greift eine Hand nach einem Gâteau, dort pinzettiren zwei Finger ein vergoldetes Marzipanbonbon, um's einer Schönen, die kokett protestirt, zwischen kirschrote Lippen zu stecken. Von entfernteren Sälen weht Harmoniemusik herbei aus Horn und Hautbois. Im Widerschein der Lüster und Kandelaber blitzen Reflexe vom Schimmer des Solitaire, des Perlencolliers, das die Décolletés ziert. Entrées wer-den gemacht, Honneurs und Compliments bezeigt, Namen und Titel ausgerufen mit Näseln von Jean, dem Valet de chambre:

Le Conseiller du Parlement, Monsieur de la Bove! Ma-dame la Marquise de Calvisson! Madame de Manchon, Épouse du Président du Parlement! Monsieur de Sartine, Lieutenant Général de la Police! Monsieur le Duc de Chartres, fils de M:r le Duc d'Orléans! Monsieur le Comte de Rohan de Chabeau et son fils! Monsieur le Général Montacette! Monsieur le Comte Dansivillier! Monsieur Arouet de Voltaire! Monsieur d'Epersenne, Maître de Requêtes! Messieurs Taerton et Baur, Banquiers de la Place de la Victoire! Monsieur Rameau, Maître de Musique! Madame la Duchesse d'Aguillon!

Ah! Monsieur l'Horticulteur et Monsieur le Maître de Danse! Bonsoir; und Gott mit Ihnen! —: Abbé Crapeaux, dem die Wangen noch feister schlackern als sonst und dem beim Sprechen der Speichel sprüht von den Lippen im apoplektisch geröteten Antlitz, wuchtet im Rücken der Herren, die in einer Ecke beisammenstehen, seine Pranken auf je eine Schulter der beiden. Depardieu verzieht keine Miene; Bonini, der gerade dabei war, sich von den Fingerspitzen der Reihe nach das Fett abzuschlürfen, zuckt zusammen, verschluckt sich und meckert im Ton einer Ziege: Per bacco, Abbé, Ihr könnt einen aber auch erschrecken!

So wie Ihr mich mit dem Gekreisch Eurer Pygmäenfiedel immer wieder zutiefst entsetzt, Signore, wißt Ihr das nicht? Beim edlen Wilden mag dergleichen Gewinsel ja angehen. Aber ist die Musik des edlen Wilden immer auch edle Musik? À propos: Wie gefiel es Euch denn in den galanten Indien?

Nicht so wie in Campras alter L'Europe galante, cher Crapeaux. Die Première war zweifellos ein großer Erfolg, so daß die Académie Royale das Stück nun laufend giebt und der Sücceß Rameau veranlaßt hat, erst einen und dann noch einen Akt hinzuzufügen, mit denen das Ganze sich jetzt formidable ründet. Das Libretto von Fuzelier allerdings ist und bleibt détestable: ein rationaler Réalisme in ungelenken Versen. Wo bleibt da der Mythos? Und die Musique? Ist im Grunde nur eine Reihe von Miniaturen, ein Triumph der Discontinuité, auf jeden Fall zu complicirt, zu verworren, trop recherchée. Immerhin muß ich zugeben, daß die Artistes de danse et du chant ihr Bestes gaben. Wenn nur die Composition der Airs dansés ou chantés nicht so überladen gewesen wäre von Contrepoint, Dissonanzen, vertrackten Rhythmen!

Was hatten Sie nach Hippolyte erwartet, Bonini? Und Sie, Monsieur Gartenbaumeister?

Depardieu zögert, ehe er, gereckten Kinns, zur Antwort gibt: Ich war hingerissen — vom Spectacle. Die Machinerie im Erdbeben und in der Tempête war superb! Von Musique versteh ich ja kaum etwas, aber jeder Acte enthielt eine interessante, heitere, galante Intrigue; in jedem Acte fand ich eine kleine Verwicklung in zwei oder drei kurzen Scenen, und der Rest der Handlung bestand aus Arietten, Festen, unterhaltsamen Darbietungen und hübschen Effecten. Ich muß doch sagen, Abbé, nichts kömmt unserer pariser Leichtlebigkeit mehr entgegen, nichts ist unserem Charakter angemessener.

Das ist ja das Schlimme, seufzt Bonini. Diese Gier der Pariser nach dem ›spectacle‹! Ich möchte nur wissen, warum Rameau nicht bei der Tragédie geblieben ist, warum er die Gattungen zu wechseln gedenkt wie wir unsere Dessous. Er nimmt ein Genre in den Mund — und zu diesen Worten pflückt sich Bonini vom Buffet eine Weinbeere, zerdrückt sie mit der Zunge am Gaumen und spuckt die Haut mit den Kernen aufs Parkett, von dem sie sogleich durch einen Lakaien aufgefegt werden —, dann schlürft er es aus, und der Rest wird ausgespien.

Ist das so schwer zu verstehen, Tanzmeisterchen? Crapeaux' Blick schweift versonnen in eine unbestimmte Ferne. Erinnern Sie sich nicht mehr an die Geburt unserer Tragédie en musique? Aber nein, da waren Sie noch gar nicht auf der Welt. Was hat man Lullys Schöpfung nicht alles vorgeworfen: Mangel an vraisemblance und bienséance einerseits, ein Zuviel an mervellieux andererseits. Ich sage Ihnen: Es hat gedauert, *lang* gedauert, bis der Einwand, wieso in einer Tragödie überhaupt gesungen werden müsse, überwunden war und das neue Genre sich als Paradigm einer imitation de la belle et simple nature legitimieren konnte. Und womit hat Lully dies am Ende erreicht? Doch wohl nicht mit seinen Divertissements, sondern mit der Textbehandlung seines Récitatifs, mit dieser innigsten Verbindung von Musik und gedichtetem Text. Und wie kunstvoll der ist, wissen Sie ja. Reime und Mittelzäsuren im Décasyllabe oder im Alexandrin bilden eine Akzentstruktur, nach denen sich die Verläufe und Akzente der Musik Lullys so subtil richten, daß wir sein Récitatif, mit all seinen feinen soupirs und inflexions, nicht nur als Déclamation empfinden, als imitation de la parole, sondern als maßstabsetzende Nachahmung einer gezähmten, veredelten Natur: nämlich einer in und durch Sprache überhöhten Natur! Dieser stillen Größe und edlen Einfalt nun möchte Rameau erklärtermaßen — er wird ja nicht müde, dies zu behaupten — nacheifern als Lullys ergebener Schüler. Aber er kann es nicht, und er wird es nie können. Warum nicht? Weil er ein Gelehrter ist. Ein kühl calculirender Constructeur, dem das Entscheidende fehlt: die naïveté et simplicité. Nur Natur, nicht Science, kann das Schöpferische gebären, und ich stehe nicht an zu ergänzen: *Gottes* Natur, in der alles aufs beste bestellt ist, Messieurs! Alles andere ist Hybris und unaufgeklärte Aufklärung.

Bonini nickt beflissen, doch Depardieu scheint nicht überzeugt zu sein; das Haupt bedenklich wiegend, wendet er ein: Das Publikum aber ist doch très enchanté?

Bah, das Publikum! schnaubt Crapeaux, läßt die Backen schlackern und versprüht Tröpfchen von Speichel. Absurde! In Lully hat es einen point de perfection gehabt, und dem antwortet es jetzt mit seiner corruption du goût—

— Was nach cyclischer Auffassung von Geschmacksgeschichte vielleicht ja so sein *muß* —

— Non, Messieurs, non, non, et non! Die Masse läßt sich immer gern blenden. War denn die Première von Hippolyte et Aricie vor zwei Jahren ein Erfolg oder ein Skandal? Ich wüßte es nicht zu sagen. Auf jeden Fall ein ästhetischer Choc, und das nicht nur wegen des unsäglichen Librettos von Monsieur Abbé Pellegrin. Haben Sie die Provocation denn schon vergessen? Diese dauernden Harmoniewechsel, Chromatik, Enharmonik, Sept-, Nonen-, Undezimen-Akkorde. Und dieses récitatif accompagné, das sich ständig dem Arioso annähert, so daß sich beide kaum mehr unterscheiden lassen. Jaja, ich weiß, der Mercure de France war voll des Lobes auf Rameaus ›kunstvoll durchgearbeitete Rhythmen‹, ha! und auf sein Gespür für Bühnenwirksamkeit —: enfin, eine Bestätigung seiner Effekthascherei. Und warum er jetzt die tragédie-lyrique verläßt, um es einmal mit einer opéra-ballet zu versuchen: Ist das nicht klar wie Gottes liebes Sonnen-licht? Oh, er ist klug, sehr klug, unser Organiste; er ist gerissen, vorsichtig, zurückhaltend; er prüft die Auf-nahmegrenzen des Publikums: Wie weit darf ich gehen — was gefällt — was convenirt nicht — was macht Kasse?

Seien Sie nicht gehässig, verehrter Abbé.

Ja, schlagen Sie sich nur auf seine Seite, Bonini! Als Welscher, der sich mit Fummel à la Boucher nur schlecht camouflirt, haben Sie sogar ein Recht dazu. Ich werd Ihnen sagen, was unser neuer Orphée in Wahrheit ist: ein verkappter Italiäner in musicis, fidonc! À propos: reichen Sie mir doch bitte einmal die Platte mit dem Parmaschin-ken herüber; Sie stehen gerad so favorable. Und etwas vom Parmigiano und der weißen duftenden Ciabatta bitte gleich mit dazu. Danke ergebenst. Was macht eigentlich unser polnischer Thronfolgekrieg? Mußte es denn sein, daß wir gegen das Bündnis zwischen dem sächsischen August, Habsburg und der Zarin antreten, um Lesczinski zu souteniren?

Er ist Ludwigs Schwiegervater, Abbé.

Ach so. Na dann.

6. *Bild*

PARIS, 2003.

Der Regen, der den ganzen Frühnachmittag hindurch auf das Glasdach der Salle Olympique geprasselt hatte und zeitweilig so lärmend geworden war, daß Cun-ningham schon den Abbruch der Aufnahmen erwogen, hatte sich, als ich ins Freie trat, verzogen; eine gleißende Sonne blendete die Augen, da die Wolkendecke sich am Himmel aufgerissen und verklumpt hatte zu einem schneeweiß, aschgrau und rußschwarz ineinander verquollenen Haufengewölk in tumultuarischer, doch wie in Zeitlupe angehaltener Bewegung; der nasse erwärmte Asphalt dampfte und das Tschilpen der Sperlinge aus den tropfenden Platanen ging fast unter im Dröhnen und Hupen des Rush-hour-Verkehrs, der bereits eingesetzt hatte und mich bewog, statt eines Fußweges durch Dunst und Abgasschwaden lieber einige Stationen mit der Métro in Richtung der Seine-Quais zu fahren, wo ich mir einen Spazierweg am Embanquement des Flusses entlang suchen wollte.

So tat ich — und blieb, als ich bei der École des Beaux Arts aus der Bahn gestiegen, plötzlich verzaubert, wie festgebannt, noch zu Füßen der Rolltreppe in der trüb neonbeleuchteten, uringelb geklinkerten Kassenhalle stehen. Musik war zu hören von irgendwoher, kaum recht zu orten, ein Stück aus Mozarts Les petits riens, offenbar aus versteckt einmontierten Deckenlautsprechern, ein fernes Echo von Humanität im Widerhall der Vorhölle, hinuntergeschickt zu den Verdammten, zur Linderung in poenis inferni? Welch netter Einfall der Métro-Betreiber, dachte ich, welch hübscher Trost! Beschwingt ließ ich mich von der Rolltreppe hinauf und ins Freie tragen — und stand, zwinkernd im blendenden Licht, zwischen dem Pont des Arts und dem Pont du Carrousel, am Ufer der Seine.

Was für ein Anblick! Zur Rechten ragten auf der Île de la Cité die Mauern des Justizpalastes und dahinter die gotischen Turmstümpfe von Notre-Dame auf; gegenüber, am jenseitigen Ufer, erhob sich das stolze Gebäude des Palais du Louvre. Mit Macht zog es mich hinüber, über eine der Brücken; ich hätte dann durch den Jardin des Tuileries meinen Weg in monumentaler Zentralperspektive fortsetzen können, über den Obelisken der Place de la Concorde, und weiter, am Palais de l'Industrie vorbei, auf den Champs-Élysées bis zum Arc de Triomphe. Statt dessen hielt ich mich an den diesseitigen Quai; warum? Vielleicht, um jenen Schönheiten nicht allzu nah mich auszusetzen — um aus der visuellen Distance die Proportionen des *Ganzen* besser zu erfassen —, vielleicht gar, weil auch diesseits grandiose Anblicke aus der Ferne mich lockten: das Hôtel des Invalides und, nach einer weiteren Krümmung der Seine, in schrägem Winkel hierzu das Ausstellungsgelände des Marsfelds mit dem Eiffelturm.

So war ich schon beinahe anderthalb Stunden meines Weges geschlendert und hatte soeben das Ministerium des Affaires Étrangères und die Esplanade passiert, als ich am steinernen Geländer des Quai, über den ein Schwarm Möwen hinwegflog, etwas erblickte, von dem ich nie geglaubt, daß es die alten Zeiten überlebt hätte. Es war ein Bücherstand, auf Rädern, ein mit antiquarischen Zeitschriften, Büchern, Post- und Landkarten bis in den kleinsten Winkel und auf allen vier Seiten vollgestopfter Karren, ausladend und mit bunter Schrift bemalt wie der Waggon eines Jahrmarktsschaustellers und so schwer, daß man ihn höchstens von Pferden, allenfalls von einem Traktor gezogen sich vorstellen konnte. Ob es nun daran lag, daß ich meinem Steckenpferd, wenn es sich mir zu einem Ritt darbietet, ohnehin kaum je widerstehen kann, oder daran, daß inmitten der großen Grisaille Paris die fröhlichen Farben des Wagens samt den altgilben, ockernen und braunen Tönen seiner Warenlast um so verführerischer aufleuchteten — jedenfalls trat ich ungesäumt hinzu und begann, geschrägten Kopfes die Reihen der Bücher zu durchfingern, blätterte in den hübsch bekupferten Fabeln La Fontaines, in den wurmstichigen, wenig gebräunten Oktavseiten Pascals, schnüffelte in einer entzückenden, leider arg stockfleckigen Duodez-Ausgabe der

Komödien Molières und war soeben in einen Quartband mit Essais des großen Montaigne vertieft, als die Stimme des Geschäftsinhabers, der bis dahin meinem Blick verborgen geblieben, aus dem Dunkel des Wageninnern sich hören ließ. Es war eine kraftvolle, kernige Stimme mit elsässischem Akzent, und sie war mir nicht fremd.

»Ah, Monsieur Joli d'Allemagne. Willkommen beim Bouquiniste. Ich wußte, daß Sie mich finden würden.«

Nein, ich war weder erschrocken noch bestürzt — allenfalls verwundert. Es ist schwer zu erklären. Aber ich bin überzeugt, daß es Gesetze einer übergeordneten Notwendigkeit gibt, die nicht einfach stärker sind als die individuelle Freiheit im Handeln, sondern diesem gerade das vorschreiben, wogegen sie sich auflehnen zu können wähnt. Mein Vorsatz, Grünspans Antiquariat nicht aufzusuchen, statt dessen alle freie Zeit in Paris zu zielloser Rêverie und labyrinthischen Wanderungen durch die Stadt zu nutzen, hatte just das, was vermieden werden sollte, herbeigeführt, woraus zu schließen war, daß es wohl so sein solle, wie es gekommen; daß diese Begegnung gleichsam von Anbeginn im Buch meines Lebens geschrieben stand als eine Aufgabe, vielleicht ein Rätsel, das zu lösen mir gleichsam aufgetragen sei. Und daher war ich allenfalls überrascht — verwundert darüber, meinen Reisegenossen, der zur Begrüßung seinen Fiakerhut gezogen, nicht wie erwartet als Inhaber eines vornehmen Ladengeschäfts, sondern als einen Fahrensmann mit beweglicher Fracht vorzufinden, einen Hausierer des Geistes, den mir die Phantasie sogleich als Kutscher eines mit Büchern beladenen Pferdefuhrwerks unter einer Regenplane auf nassen, namenlosen Itinéraires malte, rastlos, heimatlos trottend von Kreuzweg zu Kreuzweg, den Kesselflickern gleich, den Zigeunern oder den Wandertruppen jener Schauspieler, bei denen einst der junge Molière sein erstes Brot sich verdient.

»Ich will nicht unhöflich sein; aber darf ich fragen, ob die Opernproben guten Progreß machen?« fragte Grünspan mit jenem breiten Lächeln, das zwischen dem schwarzen Gekräusel seines Backenbarts zwei Reihen kräftiger, tabakgelber Zähne entblößte und schon im Zugabteil mir als habituell, wiewohl angenehm aufgefallen war. Indes, bestürzt war ich nun doch. »Woher wissen Sie von dem, was ich hier mache?«

»Mais, Monsieur!« Gleichsam entschuldigend breitete er die Arme, und aus seinem Lächeln wurde ein veritables Lachen, das sonor und herzlich klang, während er schon wieder in seiner aprikosenfarbenen Weste nach Zigarillos und Zündhölzern suchte. »Im Zug Ihr Gepäck ..... mit den Aufklebern ›ELE‹ ..... dazu die Meldungen der Zeitungsfeuilletons — man muß kein Sherlock Holmes sein, um sich darauf seinen Reim machen zu können.« Genüßlich zündete sich Grünspan sein Zigarillo an, paffte ein paar Wölkchen in die Luft, bot auch mir eines an (ich dankte verneinend) und blickte versonnen in den Wolkenhimmel, der bereits begonnen hatte, über den Seine-Brücken im Westen sich in eine Abendtinktur aus Indigo, Kardinalsrot, Smaragdgrün und Tintenblau zu tauchen.

Ich stellte mich also mit Namen vor, erzählte in gebotener Kürze von meinem Beruf und unserem ›Projekt‹, schilderte, ebenfalls gerafft, den Umgang unseres Dirigenten mit Rameaus Opéra-Ballet, und erlaubte mir abschließend die Frage, ob ihm die Musik des französischen Dix-Huitième etwas bedeute. Grünspan, der meinem Erzählen mit einer Aufmerksamkeit gelauscht hatte, die zumindest den Anschein, daß es ihn nicht langweile, tapfer gewahrt, wog im Zwiespalt das Haupt und erklärte, unverwandt lächelnd:

»Im Zweifelsfall nicht so viel, wie es einem Verehrer Racines und Corneilles anstünde, Monsieur. Die Chansons der Piaf sind meinem Herzen gewiß näher. Bedenken Sie, ich bin Elsässer, nicht Franzose. Ich wäre aber der letzte, der bezweifelte, daß Musik, die eine *grande nation* repräsentiert, auch große Musik sein müsse. Und sofern sie Größe besitzt, muß sie schön sein, gerade wenn sie nur repräsentiert, nur den Fürsten verherrlicht. Was bei Rameau, wie Sie sagen, nicht mehr der Fall ist. Doch selbst wenn sie nurmehr Féerie und geistreiche Maskerade wäre, müßten wir sie doch wohl jeder geistlosen Demaskierung vorziehen. Transcendance, Monsieur! Oui, c'est ça. Aus dem schönen Schein leuchtet der Vorschein! Vielleicht war es das, was Pierre Boulez vorschwebte, als er in den sechziger Jahren forderte, alle Opernhäuser in die Luft zu sprengen: das Schöne im feu d'artifice, das Erhabene im Flammenschein des Vergehens. Aber leider muß ich meinen Wagen jetzt zusperren. Die Gewerbeordnung, Sie verstehen, Monsieur. Doch morgen müssen Sie mich wieder aufsuchen. Wir könnten uns bei zwei guten Freunden von mir im VIII. Arrondissement zum Abendbrot einladen, die ich Ihnen vorstellen möchte. Sie werden sie mögen; es sind reizende Leute. Ich darf Sie doch die paar Schritte zur Métro noch begleiten?« Und zu diesen Worten ließ er nacheinander an allen vier Seiten je eine kräftige Gummiplane herunterfallen, die er mit Sicherheitsschlössern arretierte. Dann hängte er sich eine Regenpelerine über den Arm, rückte den Bowler auf seinem Kopf zurecht und gab mir mit einem Nicken zu verstehen, wir könnten nun gehen.

Zunächst schritten wir eine Weile schweigend nebeneinander her. Mein Blick war nachdenklich aufs Pflaster gesenkt, der seine mit verkniffen prüfendem, doch inwärts strahlendem Auge auf die Himmelsferne im Westen gerichtet. Dann brach es, so elieviert, wie ich es im Zug schon erlebt, aus ihm heraus.

»Ah, sehen Sie, Monsieur! Den rasenden Stillstand des Gewölks! Wie schön! Da haben Sie alle Verzauberung des barocken Theaters. Da zaubert Ihnen die Natur ein

Proszenium aus Gold vor die Augen, Soffitten und Kulissen aus Chinesischgelb, Neapelgelb, Kaisergelb bis Korallenrot, und einen Prospekt, auf dem Veronesergrün in Apfelgrün ins Papageiengrün spielt und sich in Lasurblau, Indigokarmin und Umbra verliert. Aber da dieses Schöne erhaben ist, muß es auch terrifiant sein. Das Sublime können Sie gar nicht lösen vom Schrecklichen. Der goldgelbe Wolkenpilz dort überm Horizont: Das könnte ein Deckenfresko von Lebrun sein, das in Fontainebleau das Paradies malt — oder ein dioxinvergifteter Qualm, der aus einem explodierten Chemiewerk aufsteigt. Ob Nuklearwolke oder Berg Zion — dem Apokalyptiker malt beides die Transzendenz und dem Eschatologen kippen Hölle und Himmel ineinander. Waren Sie schon einmal im Louvre? Nein? Versäumen Sie nicht die heroischen Landschaften Lorrains. Aus ihnen lernen Sie einiges über Ihren Rameau. Wo ist der geboren? Ah ja. In Dijon. Richtig. Dijon. Die Bronze-Statue, die die Stadt ihm errichtet hat, haben die Deutschen im Krieg abgerissen und eingeschmolzen, wußten Sie das? Und haben an ihrer Statt ein Gestapo-Quartier angelegt.«

Ich fragte ihn, ob er im Holocaust Angehörige verloren habe, und er antwortete, indem er seinen abgebrannten Zigarillostumpen mit Schwung über die Quai-Mauer schleuderte, ein Onkel und eine Tante seien in Dijon interniert, später deportiert und ermordet worden, während seinen Eltern, die ihn zuvor in die Obhut einer älteren Cousine nach England gegeben, die Auswanderung nach Palästina gelungen sei. Ich schwieg, bedrückt von dem Gedanken an diejenigen meiner Landsleute, die seit einer Weile immer zahlreicher und lauter fordern, es müsse die Schuld der Vergangenheit von ihren Schultern genommen werden, ein Verlangen nach Entlastung, geboren aus Neid auf die unbeschwerte Identität ihrer europäischen Nachbarnationen, für das ich nie Verständnis hatte aufbringen können, da das Geschehene von einer voluntaristischen Gebärde sich ohnehin nicht ungeschehen machen ließ; vor allem aber, da ich nicht nachempfinden konnte, wie ein eben nicht abstrakt moralisierendes, sondern elementar kreatürliches Empfinden sollte zum Schweigen gebracht werden können, das uns im Angesicht eines gepeinigten Tiers kaum anders quält als in dem des Millionenmords: ein keiner Reflexion bedürftiges und keiner Revision zugängliches Gefühl, zu dem Mitleiden, Schuld, Scham und Reue sich im Herz verknoten. Denn mochte Nietzsches Moralkritik auch das Erbarmen als Schwäche verurteilen — er kannte seinen Schopenhauer, und er selbst war es, der in Turin einem mißhandelten Droschkengaul schluchzend um den Hals fiel, um mit diesem Zusammenbruch zu offenbaren, wie es um jenes elementare kreatürliche Empfinden in Wahrheit bestellt sei, das auch den Differenzierteren unter meinen Landsleuten, von denen durchaus Besseres zu erwarten wäre, rätselhaft abhandengekommen zu sein scheint, als sei das, was vergangen ist, darum schon inexistent geworden. Mir hingegen war immer, als müsse sich in jenem Hintergrundrauschen, das hochempfindliche Parabolantennen aus den Weiten des Universums vom Echo des Urknalls empfangen, auch etwas von jenem großen Leidensschrei bergen, der in den Jahren der Vernichtung des europäischen Judentums zum Himmel gestiegen ist und nun als eine in ihrer Bewegung erstarrte Schallwelle ewig weiterschreit, gleich ob jemand horcht oder nicht. Um so seltsamer, dachte ich mir, daß Grünspan gerade mir, einem Angehörigen dieses schuldbeladenen Volkes, so viel Wärme und Wohlwollen entgegenbringt; und als hätte er meine Gedanken gelesen, sprach er zu mir: »Wir Menschen repräsentieren, im Guten wie im Schlimmen — und wir haben die Wahl —, eine Kultur, aber niemals ein Volk, Monsieur. Wer letzteres behauptet, argumentiert völkisch wie die Nazis. Wir *sind* nie ein

Volk, sondern werden einem solchen zwangszugeordnet von den Zwecken Interessierter.«

»Ja«, durfte ich, zaghaft lächelnd, ihn an unser Gespräch im Zug erinnern, »so, wie Berge, Pflanzen und Luft nicht schön *sind,* sondern nur im Guckkasten des Ästheten, n'est-ce pas?«

»Exactement, Walter. Weshalb wir unsere Moral nicht im Register der Institutionen nachzuschlagen, sondern im Roman des Herzens zu lesen haben — sofern es uns noch schlägt. Worauf gegebenenfalls zu achten wäre.«

Unterdes waren wir zur Métro-Station gelangt, wo ich mich freute, zu Füßen der Rolltreppe unten wieder ein Fetzchen Musik aus der Trübsal herbeigeweht zu bekommen. Wir schüttelten uns die Hände zum Abschied. Grünspan erinnerte mich an unsere Verabredung morgen; ich sagte dankend zu und erwähnte beiläufig, bevor ich mich zum Gehen abwandte, das klingende Geheimnis in der Tunnelröhre der Métro. Mozart, Styx und Phlegeton! rief ich ihm heiter, noch einmal mich umdrehend, zu. Da aber erlosch ihm jäh, zum erstenmal, das Lächeln im Gesicht.

»Wissen Sie nicht, warum die Métro beschallt wird, hier in Paris, in London wohl auch, selbst in Wien schon?« rief er mir nach. »Nicht, um Schönes zu schenken, Ihnen oder mir. Haydn, Bach, Mozart, Beethoven sollen abschrecken. Vertreiben, verjagen. Wen? Clochards, Dealer, Fixer, Bettler, Müßiggänger. Von Polizeipsychologen ersonnen. Ein Experiment, das sich angeblich bestens bewährt. Die Beschallung ist absichtlich so leise und diffus, daß die Musik sich ins Unterbewußtsein einbohrt wie ein Wurm oder Parasit unter die Haut. Sehr raffiniert; denn wäre sie lauter, könnte sie resorbiert werden. Die U-Bahn ist jetzt zwar nicht judenfrei, aber dealerfrei. Es scheint, daß das lichtscheue Gesindel diese Musik nicht liebt. Sie repräsentiert ihnen — nein, nicht etwa die Staatsgewalt. Sondern wohl das ganz Andere.

Sie verstehen, Monsieur? Das, was anders wäre, wenns um die Welt recht bestellt wär. Das ertragen sie nicht und laufen fort. Sie ertragen es so wenig wie der Taliban, der alle umbringt, die Musik hören, weil diese als ›haram‹, als ›nicht gottgefällig‹ gilt. Wer sind hier die Bestien? Diejenigen, die Beethoven nicht aushalten, weil sie die Wahrheit nicht ertragen, oder diejenigen, die unser Métro Cleaning Program installiert haben? Au revoir, Monsieur.«

7. *Bild*

IM SALON DE LA POUPLI-NIÈRES, *1739.*

Und Jean Devin fährt fort zu berichten. Er hat es ›aus erster Hand‹, verrät uns jedoch nicht, aus welcher; uns bleibt nicht viel mehr, als ihm auf dem Pfad durch die Schluchten des Gewesenen zu vertrauen wie einem Guide. Er erinnert uns daran, daß in dem Jahr, da Rameau die *Indes Galantes* entwirft, M:r de Voltaires *Lettres philosophiques sur les Anglais* im Druck erscheinen: die der französischen Nation Britanniens Freiheiten anempfehlen und sogleich die Wut des Zensors und des Parlements auf sich ziehen, welches am 10. Juni 1734 die gesamte Auflage als staats- und religionsfeindlich zu beschlagnahmen und öffentlich zu verbrennen beschließt sowie gegen den Verfasser Haftbefehl erläßt. Und er erinnert uns weiters, daß sich Voltaire im Jahr darauf mit seiner gelehrten Geliebten, der Marquise de Châtelet, nach deren Landgut Cirey in Lothringen begiebt, um allda in Gemeinschaft mit ihr eine physikalische Abhandlung *Über das Feuer* zu verfassen, welche die Akademie der Wissenschaften in ihre Sammlung aufnehmen wird.

Ferners erinnert Devin, dessen Identität, zu unserm Ennui, uns weiter Rätsel aufgibt, an das Faible Voltaires für Turqueries und exotische Namen wie Zaïre, Zulima, Mahomet oder Alzire. »So heißen einige seiner Tragödien«, schreibt er, »und ›Alzire, ou les Américains‹, uraufgeführt in Paris am 27. Februar 1736, hat den gleichen Schauplatz wie der Inka-Akt jener Indes Galantes, die kurz zuvor Premiere hatten. Es ist das peruanische Lima unter dem spanischen Statthalter Guzmán. Voltaires Tragödie mit Intrigen, edlen Charakteren, tödlicher Rache, großen Leidenschaften und einer Sterbescene samt Versöhnung im Zeichen ächten Christentums erschien allen, die sie gesehen, als Kommentar wenn nicht Korrektur des Réalisme in Rameaus Werk.«

Was meint Devin mit Realismus? Will er auf den Wilden anspielen, Huáscar, den Inka, der *unversöhnt* und durchaus *nicht* edel, als Schurke in den Stricken sich fängt der eigenen Bosheit? So endet der Akt: »Le volcan vomit des rochers enflammés qui écrasent le criminel Huascar«, und in rasenden Skalen stürzt dazu die Musik unseres »Sechzehntelnoten-Helden« in die Tiefe, wie Voltaire ihn, Rameau, nennt, mit dem er im Salon de la Pouplinières conversirt, während die drei Schwestern Mangot in der Küche aushelfen und vor dem Anwesen des reichen Generalsteuerpächters schon Bettler und Arme auf jene Reste und Abfälle warten, die man ihnen nach dem Diner, in ächt christlicher Barmherzigkeit, über den Zaun werfen wird als Opfergabe.

Der Contrast der Gestalten ist augenfällig: Rameau storchendürr, groß und aufrecht, sparsam in Wort, Gebärde und Mimik, langsam im Sprechen, ein müder Riese mit Sorgenstirn und betrübtem Blick — Voltaire klein, lebhaft, merkurial, ein freches, nicht uneitles Äffchen mit spitzer Nase, spitzem Kinn und hellwachen, blitzenden Augen.

Erklären Sie mir den Widerspruch, M:r Rameau! so fordert er diesen auf. Ihr grandioser Hymnus der Inkas an die Sonne ›Clair flambeau du monde‹ ist ein exotisch camouflirter Hymnus an die Aufklärung; gleichwohl ist Huáscar ein Teufel, und nicht er bekommt das Indianermädchen Phani, sondern der europäische Conquistador Carlos. Das ist realistisch, aber nicht christlich, und scheint den Verteidigern unseres Colonialismus, zu denen ich mich durchaus selbst zählen möchte, und des blühenden Sklavenhandels in den Colonien, den ich *nicht* billige, rechtzugeben.

Zweierlei dazu, M:r Voltaire. Erstens soll Aufklärung universal gelten, nicht regional. Dabei ist nicht entscheidend, daß Huáscar Indianer ist oder Heide. Ja, sein Hymnus an les lumières ist Camouflage, aber eine, die ihn als Dunkelmann erhellt, als Schurken überführt. Über die Aufklärung aber befinden das Sittengesetz und das Menschenrecht, das nur eines ist, wenn es unterschiedslos gilt. Zweitens steht der Inka-Akt komplementär zum Türken-Akt. Und in dem haben Sie einen edlen Wilden: Osman, der die in ihrem Egoismus befangenen Europäer generös in die Freiheit entläßt und noch dazu reich beschenkt. Diese Grâce ist nicht realistisch, sondern Wunder und Geschenk. Ächt christlich, wenn Sie so wollen, wie in Ihrer Tragédie.

Voltaire setzt nach: Unser Mercantilisme mag unseren Colonialisme entschuldigen, aber der Nachweis, daß Sklaverei und Sklavenhandel mit dem Naturrecht nicht sich vertragen, läßt sich leicht führen. Und da sehe ich nun die Aporie, Monsieur, daß eine Oper, die sich auf die Seite des Naturrechts schlägt, in ihrem Aufwand zugleich die sinnfälligste Manifestation jenes Luxus ist, der die Unterdrückung dieses Rechts zu seiner Voraussetzung hat. Ich sehe es kommen, Monsieur, daß künftige Kritiker dieses Argument gegen Sie vehement ins Feld führen werden.

Das wäre allenfalls ein argumentum ad rem: gegen die Gattung selber, gegen die Institution ›Académie Royale‹, aber nicht ad hominem.

Excusez-moi, aber ich fürchte, doch, Monsieur. Sie haben sich weit aus dem Fenster gelehnt. Europa erkennt in Ihnen den führenden Meister des anspruchsvollsten Genres, das die Musique hat. Der einzigartig humane Ton gerade Ihres Œuvre exculpirt und beschwichtigt das schlechte Gewissen der Gesellschaft und verlängert und verhärtet damit zugleich die Verhältnisse, die er unausgesprochen beklagt. Noch wird Ihr Werk von Gruppen in der Gesellschaft gestützt, die an unserem repräsentativen, starren Absolutisme den geringsten Nutzen haben. Aber das könnte sich einmal ändern.

RAMEAU ringt sich zu einem Lächeln durch: Vielleicht entginge ich der Gefahr, wenn wir wieder einmal eine Gemeinschaftsarbeit projectirten?

Très bien, Monsieur! lacht Voltaire, und seine Augen funkeln wie der Diamant an seinem Halsband. Genau dies wollte ich proponiren. Madame sind gewiß d'accord?

Thérèse Deshayes hat sich ihnen beigesellt. Mit ihrem zusammengeklappten Fächer giebt sie Voltaire einen zärtlichen Patsch auf den Oberarm und frägt: Waren Sie am 21. Mai in der Grande Opéra, Monsieur? Jean-Philippes neue Opéra-ballet hat triumphalen Sücceß gehabt. Un genre tout neuf, heißt es überall. Das Buch hat unser Freund und Nachbar Gautier de Montdorge geschrieben. Das Publikum war über die Fêtes d'Hébé so begeistert, daß es Jean-Philippe selbst bange wurde vor den Folgen, die dies für seine neue Tragédie haben könnte, die im November auf die Bühne kömmt.

Mit Respekt, Gnädigste — aber das Buch hätte ich besser gemacht. Deshalb war ich nicht bei der Première. Nichts gegen das Visuelle und Dekorative, nichts gegen das Unterhaltende, Bunte, Leichte, das mit dem Finstren der Zeitläufte versöhnen möchte. Aber auf frivole Bücher reagirt das Système meiner Nerven mit Unmuth. Rameau! Finden Sie keine besseren Librettisten? Warum wechseln Sie Ihre Dichter öfter als wir unsere Leibwäsche?

Zweierlei dazu, Monsieur. Erstens: Les Talents lyriques sind, wie Sie wissen, kein ›genre tout neuf‹. Zweitens: Ja, das Buch zu Dardanus macht Le Clerc de la Bruère, weil Montdorge anderes vorhat. Einen besseren konnte ich nicht auftreiben. Zeigen Sie mir einen neuen Quinault, und ich wähle diesen mit Freuden. Ich dürste nach guten Büchern, das dürfen Sie mir glauben. Andererseits ist die literarische Qualität des Textes für die musikalische Qualität einer Oper keine conditio sine qua non. Notfalls mache ich mich anheischig, Ihnen auch den Mercure de France in Töne zu setzen.

Dessen Herausgeber Le Clerc de la Bruère wohl gern werden möchte, n'est-ce pas? Ich bitte ja nur, Rameau: Verzetteln Sie sich nicht mit diesen netten, pittoresken Pastorellen, nur um sich die Gunst des Publikums zu bewahren! Bleiben Sie bei der Tragédie; kämpfen Sie weiter gegen Lullys Schatten! Nie vergessen werde ich Ihr dramatisches Manifest vor zwei Jahren, Castor et Pollux auf Cahusacs Verse. Ah, dieser erhabene Grabgesang: ›Que tout gémisse‹, schaurig und feyerlich! Und dann Télaïres Monolog ›Tristes apprêts, pâles flambeaux‹ mit den Fagotten, die wie Grabfackeln absteigen in die Gruft der Subdominantregion: Welch expressive Kraft der Harmonik, welch ein Klangfarben-Instincte! *Das* ist Ihre Domaine, nicht das schäfische Blöken der Cornemuse zum Ringelreihn der Bergère!

Erregt fächelt sich Thérèse das Gesicht mit dem Éventail. Woher weiß Jean Devin dies alles? Er berichtet, ohne daß wir je Gelegenheit haben werden, dies nachzuprüfen, sie habe ihren Hausgast und Lehrer mit Temperament verteidigt: Cher M:r Voltaire, wir wissen Ihre edle Begeisterung zu schätzen, zumal Ihren Enthousiasme für das heroische Genre, das Sie selbst am liebsten pflegen um seiner Tiefe willen. In Ihrer Eigenliebe nehmen wir Ihre Liebe zur ganzen Menschheit wahr, einer Menschheit, die allerdings Helden wie Hirten umschließt und keine Rangdifférence kennt. Folglich erkenne ich keine ästhetische Différence zwischen Ihrem Télaïre-Monolog und meiner Musette en Rondeau in den Festen der Hebe. Dort schlafen die Todten — hier werden wir in eine, fast möcht ich sagen: bedrohliche Trance gewiegt, die dunkel genug scheint, um in den Letzten Schlaf zu geleiten. Sie sehen zwei Seiten, Monsieur — aber es ist doch nur *eine* Medaille. Sind Tiefe und Oberfläche nicht dialectique? Mon Dieu!

Voltaire lacht, versöhnlich doch bitter. Lassen Sie den Allmächtigen aus dem Spiel, Madame, bitte! »Mein Gott«? Gott hat den Menschen nach seinem Ebenbilde geschaffen, aber der Mensch hat es ihm wahrlich heimgezahlt.

Unterdes sitzen die Schwestern Mangot selbdritt am langen Tisch in der Küche. Sie sind erschöpft; über Stunden haben Sie beim Bereiten der Speisen geholfen, Enten gestopft, Bouteillen entkorkt, Zwiebeln geschnitten, Bouquets arrangirt, Pasteten gebacken. Die letzten Gäste haben sich entfernt. In der Spülküche wird schon Geschirr in große kupferne Wannen getaucht. Ein Küchenmädchen sammelt die Reste des Essens ein und schüttet diese in einen ledernen Eimer. Dann läßt sie die Außenglocke des Hauses erschallen, und gegen das Licht der Straßenlaterne erheben sich grause Silhouetten, die zuvor im Rinnstein gekauert, und hinken und stolpern zum eisernen Staketenzaun, der das Anwesen Pouplinières vom Trottoir trennt.

Mittels eines kleinen Seilkrans oder Flaschenzugs — Devin ist sich in diesem Punct nicht sicher — wird der Eimer jenseits des Zauns herabgelassen, aufs Pflaster gekippt und wieder emporgezogen, während schon Bettelweiber und Krüppel in grindigen, milbenzerfressenen Fetzen unter heiserem Fluchen, Gekreisch und Gefauch um Knochen und Gräten sich streiten wie räudige Katzen.

IM VIII. ARRONDISSEMENT, 2003.

Die folgende Nacht war so laut gewesen wie die vorausgegangene; erneut hatten die Sirenen der Feuerwehr unter meinem Hotelfenster gegellt — nur, daß ich diesmal klüger gewesen, und mir das Gehör mit Ohropax verstopft hatte, um mir wenigstens ein Minimum an Schlaf zu sichern.

Wie zu erwarten, machte denn auch beim Frühstück mein haitianischer Garçon, nachdem er mir den Kaffee und ein Croissant serviert, empört, ganz Statue eines Orators, seine Rechte mit napoleonischer Gebärde in die Kellnerweste geschoben, vor meinem Tisch halt, um im Gedenken an die nächtlichen Ausschreitungen eine flammende Anklagerede zu halten gegen »die in Brüssel«, gegen Kapital, Ausbeutung, Globalisierung und das »falsche Ganze« im allgemeinen. »Je suis un rebelle contre l'état«, bekundete er in sonorem Baß, und zu anderer Stunde hätte ich am Schwung und an der Noblesse seiner Rhetorik mein Vergnügen gehabt. Jetzt aber mußte ich mich sammeln für die Aufgabe, zu der mich das tägliche ›Briefing‹ vom Vorabend vergattert hatte.

Zwei ›Executives‹ der Firma Polysound International waren aus London gekommen, mit denen ich Details der Redaktion besprechen sollte, die ich für das Booklet der CD-Produktion zu verantworten hatte. Dieses würde nebst dem Libretto in dreisprachiger Übersetzung Bühnenfotos und einen Kurzessay Erlmayrs enthalten; alles weitere war Gegenstand der Besprechung, die, unterbrochen von einem Arbeitsessen, bis zum Nachmittag dauern und mich von der Beobachtung der Proben und Aufnahmen heute ausschließen würde.

Der Tag versprach, wolkenlos sonnig und heiß zu werden. Meiner Kreativität ist das Licht solchen Wetters sel-

ten förderlich; immerhin entledigte ich mich der Aufgabe
so, daß ich mich ohne allzu schlechtes Gewissen am Nachmittag von den Herren, deren musikalische Kenntnisse
sich auf Hedgefonds, »Schumann's Unvollendete« und
Investmentbanking zu beschränken schienen, verabschieden konnte, um, nachdem ich mich von der allabend-
lichen Konferenz dispensiert hatte, mit der Métro zu meiner Verabredung am Quai d'Orsay zu fahren.

Diesmal war es Mozarts Pariser Symphonie in D, die,
nachdem ich die Bahn verlassen, aus unsichtbaren Lautsprechern in der entvölkerten Kachelhalle der Unter-
grundbahn ein geisterhaftes Echo warf; so daß mir beim
Aufstieg mit der Rolltreppe unwillkürlich der Brief vom
3. Juli '78 in den Sinn kam, in dem Mozart von der Probe
des Werkes im Concert spirituel an seinen Vater schreibt:
»Ich habe mein lebe=Tag nichts schlechters gehört; Sie
können sich nicht vorstellen, wie sie die Sinfonie 2 mahl
nacheinander herunter gehudeld, und herunter gekrazet
haben.«

Er nimmt sich vor, am Abend notfalls dem Konzert-
meister die Geige aus der Hand zu reißen, um selbst zu
dirigieren; aber zuletzt geht doch alles gerade noch gut.
»Weil ich hörte daß hier alle lezte Allegro wie die Ersten
mit allen instrumenten zugleich und meistens unisono
anfangen, so fieng ichs mit die 2 violin allein piano nur
8 tact an — darauf kamm gleich ein forte — mithin machten die zuhörer, / wie ichs erwartete / beym Piano ›sch!‹ —
dann kamm gleich das forte — sie das forte hören, und
die hände zu klatschen war eins — ich gieng also gleich
für freüde nach der Sinfonie ins Palais Royale — nahm
ein guts gefrornes — bat den Rosenkranz den ich versprochen hatte — und gieng nach haus.« Er ist zufrieden. Er
hat den premier coup d'archet geliefert, den man in Paris
erwartet, und auf Französisch so komponiert, wie der
Vater es karikiert: mit viel *Lermen und Misch-masch.* Einige
Briefzeilen weiter läßt Mozart eine Nachricht folgen, »die

Sie vielleicht schon wissen werden, daß nehmlich der gottlose und Erz=spizbub voltaire so zu sagen wie ein hund — wie ein vieh crepirt ist — das ist der lohn!«

Was ist das?, fragte ich mich, als ich den Quai entlang ging. Was wollen, wie zuvor schon in Mannheim, Mozarts gehässige Ausfälle gegen die Libertins sein? Bigotter Tribut an die Gesinnung Leopolds, des ächt-catholischen Teütschen? Und woher kommen die notorischen Ressentiments wider die französische Musik, die zu Mozarts Zeit beginnen und in Österreich und Deutschland bis zum Ende des neunzehnten Jahrhunderts als ein ästhetisches Pendant zur politischen ›Erbfeindschaft‹, zu Antirepublikanismus, Antiliberalismus und Antisemitismus, im Schwange bleiben?

Grünspan erwartete mich an seinem Bücherwagen, den er bereits abgesperrt hatte. Als hätte mir das Bedauern über die vorzeitige Schließung im Gesicht gestanden, bat er mich inständig um Verzeihung für die Maßnahme, indem er sagte: »Zum Trost habe ich hier ein Geschenk für Sie. Das dürfen Sie behalten. Für die einsamen Abende im Hotelzimmer.« Er drückte mir ein in Packpapier gehülltes und mit Kordel vielfach umschlungenes Päckchen in die Hand, das ungesäumt aufzureißen ich mich nicht enthalten konnte. Meinen so herzlichen wie ungläubigen Dank wehrte er ab: »Keine Ursache, Monsieur. Aber ich bitte Sie! Das ist doch nicht der Rede wert. Nur ein Angebinde! Allenfalls würde ich mich freuen, wenn Sie mir — nun ja, falls Sie mir die, zugegeben: nicht ganz billigen, Beschaffungskosten erstatten würden — äh, 380 Euro. All cards welcome.«

Ich war zu gebannt von dem inzwischen aus seiner Verpackung befreiten Inhalt, als daß ich auf solche List hätte unwillig reagieren können. Was ich in Händen hielt, war ein Konvolut aus mehrfach zusammengefalteten Bogen, eigentlich ein Heft, aus 64 Blättern in Kleinoktav, zusammengeheftet mit zartlila Seidengarn, wobei das erste und das letzte Blatt durch zwei grüne Bänder, die jeweils an beiden Enden durch roten Siegellack befestigt worden, verbunden waren, in französischer Sprache beschrieben und foliiert mit Bleistift und Tinte in unterschiedlichen Handschriften und womöglich aus diversen Zeiträumen stammend. Das dicklich-weiche, hadernhaltige und gebleichte Papier mit seinem charakteristischen Pfeffergeruch und die verschnörkelte Kurrentschrift ließen auf eine Zeit schließen, die den Gebrauch von Stahlfedern noch nicht kannte; beim ersten Überfliegen entzifferte ich Namen wie Jean Devin, Lully, Quinault, dazu viele andere, die mir unbekannt waren, und Grünspan, der neben mir sich über die Seiten beugte, sagte:»Fragen Sie mich nicht, welchem Zweck dieses wirre Konvolut dient, Monsieur; oder von wem oder woher es stammt. Ich habe es von einem Kollegen in Lyon, der auch nichts darüber in Erfahrung bringen konnte. Da harrt Ihrer eine hübsche Entschlüsselungsaufgabe. Très joli! Aber nicht jetzt. Bitte, ich will nicht drängen, doch unsere Gastgeber erwarten uns. Ich habe Sie avisiert. Wir haben etliche Stationen mit der Métro zu fahren. Wenn Sie gestatten, sollten wir jetzt aufbrechen.«

Ich machte mich mit ihm auf den Weg, war aber noch zu verwirrt von dem verlockend rätselhaften Präsent, um auf die Richtung zu achten, die wir einschlugen, oder mir die Namen der Stationen zu merken, an denen wir umstiegen, und ich erinnere mich nur noch, daß an der Haltestelle, an der wir die Métro verließen, eine von Haydns Pariser Symphonien die verschmutzte Kassenhalle beschallte, Nummer 82 in C-Dur. Ich verriet Grünspan, die Symphonie trage den Beinamen ›L'Ours‹, was ihn zu erheitern schien: »Warum Bär?« Wohl wegen der Dudelsackquinten für den Bärentanz im Finale, meinte ich. Nummer 83 dann trage den Beinamen ›La Poule‹, was auf ein Clavecin-Stück gleichen Namens von Rameau anspiele, fügte ich hinzu, konnte mir aber aus seiner belustigten Frage, ob eine dieser 6 Symphonien, die der

Comte d'Ogny für die Concerts de la loge olympique in Auftrag gegeben, auch den Namen ›Le Lièvre‹ trage, keinen Reim machen.

»Sie werden schon sehen«, ergänzte er kryptisch. »Unsere Gastgeber, Madame Mildenburg und Doktor Haase, sind rührende, ziemlich skurrile Leute. Beide sind Immigrés, die während des Krieges nach Südfrankreich flohen und sich dort vor der Gestapo versteckt halten konnten. Sie ist Primaballerina i. R., Tochter eines baltischen Offiziers und einer Luxemburger Süßwarenfabriks-Erbin, und der Doktor ist gebürtiger Hamburger, der später in Frankreich mal als Anwaltssocietär, mal als Agent tätig gewesen ist, nach seinem Eintritt ins Rentenalter aber als Numismatiker firmiert und stolz darauf ist, den, wie er sagt, überflüssigsten Beruf der Welt zu haben. Im übrigen ist Lizbeta eine Seele von Mensch, schwermütig und philosophisch verträumt, während Haase — nun, Sie werden ja sehen. Er hält sich für hochbegabt, und womöglich ist er's in gewissem Sinne ja wirklich.«

Die Straße, durch die wir unterm orangeblauen Email des frühsommerlichen Abendhimmels gingen, wurde zu beiden Seiten von sechsstöckigen, sandgrauen, mit goldenen Art-déco-Stukkaturen und floralen Ornamentreliefs prunkvoll verzierten Wohnhäusern gesäumt, deren eines wir durch eine Tür aus Ebenholz und Glas betraten; am Ende einer marmornen Entréehalle nahm uns ein Paternoster auf, den wir auf der III. Etage verließen. Am Ende eines gewundenen, endlos langen und gleichfalls marmorierten Korridors gelangten wir über einen roten Läufer zu einer Wohnungstür, die uns, auf Grünspans wiederholtes Läuten hin, von einem Wesen geöffnet wurde, das zuerst furchtsam um die Ecke lugte, ehe es mit einem erleichterten »Ach, ihr seids nur; man weiß ja nie« die Sicherheitskette entriegelte und sich in seiner ganzen Schmächtigkeit zu erkennen gab, um uns freundlich die Hand zum Gruß zu reichen und sich vorzustellen als

»Geß-tatten: Doktor Haase.« Gekleidet in einen zerschlissenen, unzählige Male geflickten sandbraunen Anzug, präsentierte sich mir eine der wunderlichsten Personen, die ich in meinem Leben je gesehen, eine Gestalt, die die Erwartung der jüdischen Mystik, ein Mensch müsse ganz ins Wort eingehen, um mit seinem Schicksal seinen Namen zu erfüllen, auf wahrhaft leptosome Art verkörperte. Ein langgestreckter, schmaler Kopf, dem die Haare wohl schon vor längerem ausgefallen, saß, ohne daß der Hals sichtbar gewesen wäre, auf einem grazilen, mageren, wenig mehr als einen Meter fünfzig kleinen Leib mit schlanken, drahtigen Beinen; aus dem kleinen Mund, dessen Lippen sich häufig zu einer Art Mümmeln kräuselten, standen zwei obere Schneidezähne etwas hervor, und vermöge einer Anomalie der Läppchen schienen die Ohren tatsächlich vergleichsweise überlang zu sein, was zu des Doktors Hellhörigkeit und Ängstlichkeit ebenso gut zu passen schien wie seine großen, scheuen, langbewimperten Augen, die er denn auch oft und längere Zeit ganz geschlossen hielt, als müsse er sie schützen — als dächte er nach — oder als sei er zwischendurch einmal kurz in Schlummer gesunken.

Aus seinen Hamburger Jahren hatte sich Doktor Haase das spitze ›S‹ bewahrt, wie es im Dialekt der Hansestadt gesprochen wird und im Jugendstilmilieu seiner Pariser Altbauwohnung kurios genug sich ausnahm. »Darf ich vorß-tellen: meine Freundin Bär — Walter Mardtner aus Karlsruhe«, sagte er nun, da unterdes eine Dame aus dem Dämmer des Entrées hinzugetreten war, die so vollkommen einen Gegensatz zu ihrem Lebensgefährten verkörperte, daß ich nur mit Mühe meiner Erheiterung Herr wurde, indem ich das Lachen, das in mir aufstieg, hinterm Lächeln meiner freundlichen Begrüßung unbemerkt tarnen konnte.

Lizbeta Baer-Mildenburg, verwitwete Sternlicht, war um mindestens zwei Köpfe größer als der Doktor, eine imposante Figur in wallender honiggoldner Abendrobe mit stämmigen Beinen und kräftigem Oberkörper, an der alles, nicht nur Brust wie Gesäß, rundgeformt schien: rund und dick der Kopf, gerundet die Ohren, rundgekräuselt der spärliche Lockenflaum auf dem Haupt und vollends kreisrund die bernsteinbraunen Augen, die im Unterschied zu denen ihres Freundes nie sich schließen wollten, vielmehr unverwandt offen standen wie in Trauer erstarrt. Denn es zeigte sich bald, daß auf dem Grunde einer profunden Gutherzigkeit Schwermut und Resignation Einzug gehalten hatten ins Herz dieser stattlichen Dame, ein Laß-fahren-dahin, dem sie mit einem geseufzten »Ja, ja« oder »Ach es ist ein Elend« nur zu gern Raum gab. Auf der anderen Seite verstand sie es, diese Grundtrauer gewissermaßen abzupolstern durch Sinnenfreude, eine gewisse schmatzende Verschlecktheit, die mit einem eigentümlichen Defekt der Glottis, einer Verkürzung ihrer Zungenspitze, die alle ›Sch-‹ und ›S-‹Laute in ein weiches ›Ch‹ wandelte, aufs eigentümlichste korrespondierte. Nahm man ihren unidentifizierbaren Akzent sowie die singende und zugleich seltsam quäkige Modulation ihres Tonfalls hinzu, ergab sich zwischen Freund und Freundin eine Dialogspannung von erheiternder Komplementarität.

»Geleite doch bitte unchere Gächte in den Chalon, Chlafhaache«, bat Madame den Doktor, und dieser willfahrte ihrer Empfehlung sogleich, indem er uns, nachdem wir unsere Garderobe abgelegt, munter vorauswieselte: »Aber selbstverß-tändlich. Wieso sollte ich schlafen? Ich bin hellwach und hochbegabt. Nur hereinß-paziert in die gute ß-tube!«

In dem geräumigen, mit Palmkübeln, Tiffany-Lampen und allerlei Porzellan- und Bronze-Nippes auf der Anrichte vollgestopften Wohnsalon, in dessen einer Ecke eine große Erardsche Pedalharfe stand, war bereits der Tisch gedeckt. Grünspan und ich nahmen Platz, während der Doktor, nachdem er auf dem weißen Linnen noch eine Karaffe mit Likörgläsern abgesetzt, sich zu uns gesellte, indem er, um wenigstens ein bißchen die Tischkante zu überragen, die Sitzfläche seines Stuhls mit zwei opulenten Kissen erhöhte. So saß er, mit hoch über dem Parkett baumelnden Beinchen, zufrieden uns gegenüber, verknotete sich eine Leinenserviette, fast so groß wie er selbst, im Nacken und sagte:»Es giebt Kohl mit ß-pinat und Karotten. Meine Leib- und Magenß-peise«. Dann schloß er genießerisch die Augen und öffnete sie eine gute Weile nicht wieder.

Grünspan, der auch bei Tisch seinen Fiakerhut nicht abgenommen, zwinkerte mir zu und ich antwortete ihm mit dem Lächeln des Verschwörers. Kurz darauf stapfte Madame, eine lächerlich kleine Kochmütze auf dem fülligen Haupt und eine dampfende Schüssel in den Händen, herein, stellte diese ab und ließ sich unter Ächzen auf ihrem Stuhl nieder. »Jetcht giebt et Echchen — und Haache chläft. Et icht ein Elend«, seufzte sie und rüttelte zärtlich an ihrem Gefährten, der sogleich die Augen aufschlug und, als ihm Madame den Sèvres-Teller füllte, dankbar frohlockte:»Hach! Das ist eine Götterß-peise! Merci beaucoup, liebster Bär.«

Meine Begeisterung für diese vegetarische Kost hielt sich in Grenzen; auch Grünspan gabelte etwas unschlüssig in seinem blättrigen Brei, während der Doktor mümmelnd dem Genusse frönte und Madame, um nicht ihr eigenes Werk zu desavouieren, wenigstens der Form halber zu einer Kostprobe sich durchrang. Ganz anders standen die Dinge, als sie hernach auf einer Schale ihr Dessert in Gestalt von »chelbchtgebackenen« Honigplätzchen reichte. In feierlichem Zeremoniell legte sie uns je eines auf den Teller, um sich sodann ein gutes Halbdutzend auf den eigenen zu häufeln und diesen Anblick mit einem triumphalen »Ja, ja!« zu feiern. »Laehcht et euch chmecken, liebe Gächte!« rief sie leutselig in die Runde und hatte, kaum daß wir von unserem Backwerk etwas abgebissen, ihren Anteil fast schon zur Gänze unter behaglichem Knirschen vertilgt. Anschließend, beim Mokka, zündeten Grünspan und ich uns je ein Zigarillo an, während Doktor Haase und Madame Baer-Mildenburg sich mit je einer Gauloise an einer verlängerten, eleganten Zigarettenspitze in einen Qualm hüllten, der sie erst einmal unseren Blicken für eine Weile fast gänzlich entzog.

Zum Cognac verfügten wir uns an einen anderen Tisch vor einer Chaiselongue, auf der unsere Gastgeber es sich wohlsein ließen, indem der Doktor wieder die Augen schloß und seine Gefährtin ihm mit der rundlichen Hand zart aufs Haupt klopfte zu den Worten »Nicht einchlafen, Haache«, was dieser mit der Bitte »Ach, ß-tör mich doch nicht, Bär« so gutmütig wie rührend quittierte.

Derweil kamen wir ins Erzählen. Madame berichtete von ihren Tanz-Tourneen in den Variétés von Mailand, Bukarest und Buenos Aires vor dem Kriege (»alch ich noch rank und chlank war«), während Grünspan uns mit seinen Aventuren als fahrender Antiquar unterhielt. Goethes aus Bonhommie erwachsene Bemerkung, Sammler seien glückliche Menschen, treffe, wie er meinte, nur auf diejenigen zu, die auf der Suche noch seien; sobald sie den ersehnten Fund in Händen hielten, fielen sie zwangsläufig in ein désappointement, aus dem nur erneute Suche sie reißen könne. Er, Grünspan, habe es an seinen Kunden erfahren: Süchtige Wahnsinnige seien sie, deren Schrullen mit den Marotten der Händler korrespondierten, die von ihnen lebten und womöglich noch verrückter seien als jene.

»Sammeln Sie auch?« fragte mich, unversehens die Augen aufschlagend, Doktor Haase. Ich mußte die Frage bejahen und zugeben, daß auch ich in Schallplattenantiquariaten schon so manche Stunde auf allen Vieren durch Hundehaare und Spinneweben gekrochen sei, in dusteren verräucherten Höhlen, durchgewalkt von Rockmusik

aus eingestaubten Subwoofern, mit ächzenden Band-
scheiben, schnuppernden Nüstern und gierig fieselnden
Fingern; und daß noch kein muffiges oder patziges Grun-
zen der — notorisch sachfremden — Ladeninhaber mir
je das Glück habe rauben können, mich zu berauschen
am Vinylduft, einem süßen Aroma wie Harz und Likör,
oder an der grafisch so phantasiereichen Gestaltung der
Trouvaillen, die ich auf solcher Jagd entdeckt — man möge
nur an die tabakbraune klassische Antiqua auf dem maisgelben Grund jener Einstecktaschen denken, die die
frühe Deutsche Grammophon Gesellschaft nicht geklebt,
sondern mit feinen Garnfäden vernäht habe, um auch im
Äußeren, im Materialen, etwas von der liebevollen Sorg-
falt einzubringen, die Musiker damals noch auf Tonauf-
zeichnungen verwandt hätten. Auf diese Weise auch,
fügte ich bei, hätte ich zum erstenmal mit Rameaus Werk
Bekanntschaft geschlossen, anhand einer antiquarischen
Aufnahme von *Castor et Pollux*, die unter Harnoncourts
Leitung von der Firma Telefunken veröffentlicht worden
sei. Das Logo dieses Labels, ein Feld mit elektrischen
Funken oder Blitzen, sei mir wie das Signet Jupiters
erschienen, der im letzten Bild dieser Oper aus einem
Himmel herniedersteige, an dem die Planeten selber zu
Tanz und Gesang sich gruppieren, einem überwältigend
großartigen, halb allegorischen, halb kopernikanischen
Sternentableau zur Huldigung der Dioskuren.
Auf Madames Frage, woran es liege, daß diese Musik
außerhalb der Grenzen Frankreichs so wenig bekannt
und beliebt geworden sei, antwortete Grünspan an meiner Statt mit freundlichem Achselzucken: »Ist das so
schwer zu erraten, Lizbeta? Sie ist, wie ich einem Lexikon entnommen habe, zum einen so sprachgebunden, daß
sie sich der Übersetzung in die Sprache des Publikums,
die im 19. Jahrhundert noch die Regel war, viel mehr ent-
zieht als vergleichsweise das Italienische. Und sie verlangt zum anderen eine anspruchsvolle Ballett-Choreo-

graphie, über die Opernhäuser außerhalb Frankreichs traditionellerweise nicht verfügten.«

Mir lag einiges daran, im Geiste Erlkönigs hinzuzufügen: Außerdem sei es eine Musik der Kontraste und Widersprüche; zum Beispiel des Widerspruchs zwischen drastischer Illustratorik und Abstraktion, zwischen Malendem und Rührendem, zwischen Sinnlichkeit und Gedankenschärfe. Doktor Haase fügte die Antithetik von Himmel und Hölle, Spiel und Ernst, Schein und Sein hinzu, und Madame ergänzte, da sie selbst, privatim nur, einmal die Arie der Phani »Viens, hymen« gesungen, könne sie bestätigen, daß keine Vokalmusik vom Gegensatz der Geschlechter so aufgeladen sei, gleichsam so vor Erotik und flirrender amouröser Spannung vibriere wie diejenige Rameaus, mit der verglichen die Opern Wagners geradezu nur wie schwüle Träume eines pubertierenden Viktorianers wirkten. Wer aber zuerst Bach und danach Rameau singe, dem müsse es so vorkommen, als trete er aus der staubigen Kammer eines zerquälten Gelehrten hinaus in ein blühendes Gefilde unter freiem Himmel.

Dies lenkte das Gespräch auf Gegensätze und Widersprüche im allgemeinen. Der Doktor, der sich jetzt munter in den Discours einzumischen anschickte, bestand darauf, daß alle Dichotomien komplementär, nämlich in Wirklichkeit dialektisch seien, woraufhin er von Madame — »hach, bicht du wieder chlau, Hächeken!« — über den grünen Klee mit einem Lob bedacht wurde, das er — »Wieso schlau? Ich bin doch nur hochbegabt« — bescheiden von sich wies. Von Grünspan gefragt, ob er sich par exemple die Antinomie von Freiheit versus Gefangenschaft im Ernst als dialektisch vorstellen könne, ein Denkmodell, für das ein Eingekerkerter in der Bastille gewiß sich bedankt haben würde, entbot sich der Doktor, uns eine Geschichte zu erzählen, die besser als alle Abstraktion das zu erhellen in der Lage sei, was er im Sinn habe. Und nachdem er mit den Lippen, wie zur

Probe, kurz gemümmelt und sich mit den Händen einmal kurz über die Ohren gestrichen hatte, begann er seine Erzählung.

DOKTOR HAASES ERZÄHLUNG.

Crespin d'Argentueil aus dem Département Auvergne, ein empfindsamer junger Mann, von dem Mädchen, das er liebte, abgewiesen, tat ein Gelübde, daß er sich für den Rest seines Lebens von der Welt zurückziehen werde, und zwar so, daß er nie wieder das Gesicht eines weiblichen Wesens erblicken solle, und daß er auch nie mehr einen Mann zu sehen oder zu sprechen begehre, mit Ausnahme seines Bruders David. Der Bruder, zwei Jahre jünger als Crespin, schwor seinerseits, daß er sein ferneres Leben dem Dienst des Eremiten weihen und ihn jederzeit vor Eindringlingen bewahren werde. 1899 kauften die Brüder zwei Morgen Landes, die fern von den Siedlungen der Menschen lagen, und begannen eine Festung zu bauen, in der Crespin vom Anblick der Menschen verschont bleiben sollte. In der ganzen Welt gab es kein zweites Heim mit einer solch seltsamen Umfriedung.

Am fünfzigsten Jahrestag seiner selbstgewählten Verbannung, 1949, habe ich d'Argentueil besucht. Von den Dörflern erfuhr ich, wo die Einsiedelei gelegen sei; da aber keiner je imstande gewesen war, hineinzugelangen, so konnten sie mir auch nicht angeben, wie ich den Zugang zu finden vermöchte. Sie wußten nur, daß der Eremit auf einem Grundstück lebe, durch eine dichte Reihe von Bäumen, durch eine ganze Serie von Verteidigungs- und Bollwerken und durch geheime Zugänge von der Außenwelt getrennt.

Ich arbeitete mich durch dicke Hecken, durch einen künstlich angelegten Sumpf, Sperrgitter und Gräben bis in die Nähe der Behausung durch. Schließlich kam ich zu einem Gatter, über das sich eine Kette von Stacheldraht hinzog, der noch in die herumstehenden Bäume und Büsche verschlungen war. Doch war das Gatter an einer Stelle offen. In der Mitte eines kleinen Feldes zeigte sich nun eine Wellblechhütte, umgeben von einem Berg von Abfällen und Trümmern, die sich während der langen Jahre angesammelt hatten, eine Reihe verfallener Schweineställe und nicht mehr in Gebrauch befindlicher Tonöfen. Diese Hütte war Davids Heim, das Schilderhaus, von dem aus er Wache hielt über seines Bruders Behausung.

Von der Hütte führte ein Pfad nach einem ehemaligen Obstgarten, der auch ganz mit Stacheldraht durchzogen und in dem ein Wald von Brombeersträuchern und Riesendisteln gezüchtet worden war. Auf beiden Seiten fand sich eine drei Meter hohe Hecke, wieder mit Stacheldraht durchflochten und so dicht, daß kein Sonnenstrahl zu der Behausung des Eremiten gelangen konnte. Von dem Obstgarten führte ein kaum kenntlicher Weg durch einen düsteren, von Bäumen und Büschen überwölbten Tunnel, so niedrig, daß selbst ich kleiner Mensch mich bücken mußte. Das Ende war mit einer Barriere von Stacheldraht umsperrt; aber durch eine sinnreiche Vorrichtung ließ sich ein Viereck herausheben, so daß ein Loch entstand, durch das man hindurchkriechen konnte. Eine weitere Stacheldrahtbarriere mit einer ähnlichen Falltür mußte noch passiert werden, bevor man zu dem Haupt-Befestigungswerk gelangte. Dieses war eine Wellblech-Palisade, drei Meter hoch und etwa hundert Meter breit. Jede Wellblechplatte war tief in den Boden versenkt und alle waren mit Eisendraht so geschickt zusammengeflochten, daß kein Spalt vorhanden war, durch den man hätte hindurchblicken können.

Ich mußte lange nach dem Eingang suchen. Dieser wurde von einer der Platten geformt, die sich um verborgene Angeln drehte. Darauf folgten aber noch eine zweite Wellblech-Palisade und eine letzte Falltür, mit Stacheldraht überdeckt. Schließlich erschien eine Reihe von Bienenstöcken mit schwarzen, wilden Bienen, Tausende in einem Raum von je einem halben Quadratmeter; wenn man unverletzt hindurchkommen wollte, mußte man sich seinen Mantel über den Kopf ziehen.«

An dieser Stelle unterbrach Frau Lizbeta die Erzählung, indem sie uns zur Erfrischung eine Portion Honig-Parfait offerierte. Da wir, im Bann der Geschichte und daher, wie ich beschämt gestehe, etwas unwillig wenn auch dankend ablehnten, stapfte Madame in die Küche, um sich selbst ein Speiseopfer darzubringen, das sie mit nicht geringem Behagen verzehrte, während der Doktor seinen Bericht fortsetzte.

»Hinter den Bienen befand sich die Hütte des Eremiten, aber um endlich dorthin zu gelangen, mußte man noch eine Falltür in einer Eisenmauer finden und öffnen. Als ich, an der Türe angelangt, klopfte, erhielt ich keine Antwort. Ich pochte nun an ein winziges Fenster. Darauf wurde im Innern der Hütte ein Wachslicht in einer Laterne entzündet, das einen weißbärtigen Greis offenbarte, der auf einer Orangenkiste saß. Als ich ihn bat, mit ihm sprechen zu dürfen, antwortete eine dünne und zitternde Stimme: ›Fremdling, Sie können hier nicht eintreten. Bitte, bitte, gehen Sie fort, Fremdling.‹ Später erzählte mir sein Bruder David, daß außer ihm selbst ich der einzige Mensch sei, der die Behausung des Eremiten gesehen und mit ihm gesprochen habe.

David erzählte, daß Crespin ein empfindsamer Junge gewesen, der von seinem Vater, einem Seeoffizier, bis zu seinem zwanzigsten Lebensjahr ständig mißhandelt worden sei. Jeden Freitag ging David zum Postamt, um die Rente seines Bruders einzukassieren, und kam dann mit einem Sack voll Brot, Butter und Reis zurück. Die Bienenstöcke lieferten ihnen den Honig.« — »Noch eine Portion Parfait?« bot Madame an, aber wir wehrten ihre Liebenswürdigkeit freundlich, doch ungeduldig ab. — »Obgleich Crespin in beständigem Zwielicht lebte und nicht einmal mehr um Mitternacht eine Stunde auszugehen vermochte, war sein Augenlicht doch noch gut. Er hatte während seiner fünfzigjährigen Einsiedelei nur die Bibel gelesen und ein religiöses Blatt, das ihm sein Bruder jede Woche besorgte. Seit fünfzig Jahren hatte er diese Blätter aufgehoben; sie waren an der Wand aufgeschichtet, als ein Schutz gegen Wind und Regen.

Daß Crespin schon als Jüngling eine scheue und zur Zurückgezogenheit neigende Natur gewesen war, bezeugte sein eigenartiges Liebeswerben, das zu einer Trennung von seinen Gefährten führte. Er verbarg sich schon damals, als er sich in das Mädchen verliebte, in seinem Garten, von der Außenwelt durch eine hohe Hecke getrennt. Das Mädchen pflegte ihm seine Nähe durch einen Pfiff kundzutun, und er antwortete, indem er ihr über die Hecke ein Päckchen zuwarf, das Liebesschwüre und kleine Geschenke enthielt. Dieses merkwürdige Werben wurde aber jäh unterbrochen, als das Mädchen einen anderen Jüngling nahm.

Jedenfalls scheint mir«, schloß der Doktor seine Erzählung, »daß dieser Mensch zuletzt wenn schon nicht das Glück, so doch das Rechte, das Passende getroffen hatte; ja, daß seine Gefangenschaft ihm zur einzigen Freiheit geworden war, in der er meinte, unbehelligt von den Zumutungen und Grausamkeiten dessen, was wir Freiheit nennen, Atem schöpfen zu können.«

Grünspan schien nicht überzeugt zu sein. Geschrägten Kopfes musterte er mit verkniffenen Augen skeptisch das Zigarillo in seiner Rechten und wandte ein: »Was willst du uns damit belegen, Haase? Bedenke doch: Offenbar war dein Crespin ein gestörter Wirrkopf, dem sich die Welt selber längst verwandelt hatte in den Kerker einer schwer depressiven Innerlichkeit. Soll das Verlies, in das er sich hinabgetaucht hatte, die Aufhebung der Dialektik von Freiheit sein? Mon Dieu; ich bitte dich! Seine Gefangenschaft war zumindest eine freiwillige. Und die Frage ist doch, ob eine selbstgewählte Unfreiheit überhaupt noch eine ist. Für den Zwangsinhaftierten hingegen bleibt die Antithetik ja wohl unversöhnlich, n'est-ce pas?«

Der Doktor wollte noch erwidern, Rousseau habe geklagt, daß der Mensch frei geboren sei, doch überall in Ketten liege, Crespin aber, unfrei von früh an, habe keineswegs freiwillig eine Gefangenschaft gesucht, sondern erst in Ketten seine Freiheit gefunden. Doch dann zog er es vor, die Augen zu schließen und im Schutz der langbewimperten Lider lächelnd dem Träumen sich hinzugeben so lange, bis Madame ihm, nachdem sie ihn eine ganze Weile bewundernd und zärtlich betrachtet, den Kopf tätschelte und zuraunte: »Nicht einchlafen, Haache«.

9. Bild

PARIS, 1742.

Und so sehn wir verschnörkelten Prunk, Élégance und Grâce des ersten und zweiten Standes, erlesnen Geschmack, gegründet auf Reichtum. Und sehen den Schmutz und das Elend des dritten und letzten ganz unten, Dürftigkeit, Mangel, häßlich, verkommen, gegründet auf Armut.

Und staunen am meisten fast über ein Bürgermilieu, das selten sich zeigt, das wenig hergibt, ein Mittleres, Schlichtes, gegründet auf Maß, auf Austerité. Schmucklose Wände, bilderlos, Dielen aus Fichtenbrettern, hell, sauber und gerade gefugt, nicht parkettiert, ohne Teppich. Entsprechend der Tisch: vierkant geschreinert, zweckmäßig geformt, groß genug für das portable Schreibpult; und passend die Stühle, die Beine stockgrad wie die lotrechte Lehne, ungepolstert, zum aufrechten Sitzen für die schlanke Dame die näht, für den schlanken Herrn welcher schreibt, gesenkten Hauptes sie beide.

Zweckmäßig ist alles geformt, die Kleidung der Menschen, die Kommode an der Wand, das Kanapee, selbst die Uhr auf dem Sims des Kamins, frugal, calvinistisch beinahe, doch freundlich. Was an Dingen im Raum sich befindet — viele sinds nicht —, ist schmucklos und einfach: Kamm, Dochtschere, Vase, Paravent, Nagel mit Hut an der Wand und ein Nachtigallkäficht am Fenster.

Der Mensch ist das Maß dieser Dinge. Sie prätendieren kein Mehr. Sie sind, was sie sind: sinnreich geformt, nützlich gefügt aus solidem Stoff nach altem, erprobtem Verfahren. Selbst die Maße des Zimmers sind anthropomorph: nicht gering, weder eng noch ausladend; proportioniert, wie's fast scheint, nach dem Goldenen Schnitt im Verhältnis zum Menschen, der es mit Schritten durchmißt. Selbst die Sprossung der Fenster ist wohldividiert, und was braucht es da noch eines Bilds an der Wand, wenn ihr Rahmen die Bäume der Straße so hübsch und passend einfaßt.

In solchem Zimmer, vor solchem Tisch, auf solchem Stuhl sitzt der Sohn eines Genfer Uhrmachers. Er heißt Jean-Jacques Rousseau und läßt sich von seiner Haushälterin das Essen bringen. Sie reicht ihm zuerst einen Teller Suppe. Danach Rindfleisch und Kalbfleisch, gekocht. Sodann Kohl, Steckrüben und Möhren. Daraufhin kalten Schweinebraten. Schließlich marinierte Forelle. Zuletzt ein Plättchen, dessen Belag wir nicht genau erkennen können. Am Ende, zum Nachtisch, entkernte Birnen und Kastanien. Dazu stehn auf dem Tisch einfache Gläser, eine Flasche mit Wasser, und je eine Flasche mit rotem und mit weißem Wein.

Deuxième Entrée
LA FÊTE

1. Bild

PARIS, 2003.

Es war spät geworden, sehr spät, gewiß schon nach zwei Uhr, als meinem Freund Grünspan das vom Wein beschwerte Haupt mählich auf die Brust zu sinken begann und auch den langbewimperten Lidern des Doktors nicht mehr anzusehen war, ob sie in dieser Nacht noch einmal sich würden auftun wollen. Einzig Madame blickte unverwandt, ohne zu blinzeln, aus Bernsteinaugen sinnend in die ermattete Runde und schien nicht gewillt, ihre Gäste schon zu entlassen. »Haache, willcht du unch nicht noch eine kleine Pièche von Turlough O'Carolan auf der Harfe vorchpielen?« schlug sie vor, doch ihr Lebensgefährte antwortete auf die Proposition nur mit einem zartverschämten Gähnen, so daß es angeraten schien, endlich aufzubrechen. Ich half Grünspan vom Stuhl, rückte ihm den verrutschten Bowler zurecht, ließ mir unsere Garderobe reichen und begab mich, geführt von unseren Gastgebern, zur Wohnungstür, vor welcher der Doktor entschied, daß Madame es sein solle, die uns noch bis zur Haustür das Geleit geben werde, da es ihm nicht zuzumuten sei, sich den Gefahren der Welt auszusetzen.

Ob wir denn nicht gehört hätten, daß die Söhne maghrebinischer Einwanderer ihren Haß aufs Bestehende bereits über die Bannmeile ins Zentrum getragen hätten, mahnte er uns; schon seien »auch in der Innenß-tadt« Geschäfte geplündert und Autos in Brand gesetzt worden; »die Wut der Immigrés bricht sich in ß-pontaner Gewalt Bahn und die ß-timmung in den behelmten und schlagß-tockbewehrten Sicherheitskräften ist ebenfalls eine nervös zu nennende.« — »Ja, ja, et icht ein Elend«, murrte Lizbeta grämlich, während sie sich, zum Schutz vor der nächtlichen Kühle, einen Poncho überstreifte und der Doktor sich von uns verabschiedete, nicht ohne hinzuzusetzen: »Warten Sie! Lassen Sie mich erst durch den Türß-pion ß-pähen. Bedenken Sie, ich bin hochbegabt und war sogar schon mal Agent.« — »Ach!«, tat ich überrascht, »ein richtiger Geheimdienstler mit Schlapphut?« — »Nein, Literatur-Agent. Aber man kann nie wissen, welcher Unhold gerade im ß-tiegenhaus sein Unwesen treibt. Obacht —: jetzt! Die Luft ist rein!« Und damit gab er die Türkette frei.

Madame Baer-Mildenburg — verwitwete Sternliecht —, stapfte uns unter Seufzen voran, als wir, statt den Paternoster zu gebrauchen, das Treppenhaus hinuntergingen, und folgte uns noch ein paar Schritte hinaus aufs Trottoir, wo sie an einer Stelle, da die Häuserfronten zu beiden Seiten der Straße etwas zurücktraten, stehenblieb, den Kopf in den Nacken legte und tiefsinnig den Blick ins freie Geviert des sommerlich klaren, sternflimmernden Nachthimmels richtete. »Dort icht dat Chternbild dech Grochen Bären — und hier oben dat kleine Chternbild dech Haachen — und da grad über unch chind Cachtor und Pollukch. Chehen Chie? — Gute Nacht, liebe Gächte. Gute Nacht, liebe Welt. Gute Nacht, liebe Chterne« —: so lautete, im seltsam quäkenden Singsang ihrer Stimme, ihr Abschiedsgruß, den wir von Herzen erwiderten, bevor wir uns zum Gehen wandten.

Ein Regenschauer mußte kurz zuvor niedergegangen sein; der nasse Asphalt warf spiegelnde Reflexe der Lampe vor dem Hauseingang; frisch und rein war die Luft. Grünspan schwankte etwas, so daß ich ihm anbot, ihn zu stützen, was er mit schwerer Zunge dankend zurückwies. »Sie wissen, wie Sie zur Métro kommen? Ich geh zu Fuß nach Hause; es ist nicht weit von hier. Dort muß ich nun à gauche — Sie nehmen die übernächste Querstraße à droite, halten sich dann ein Stück geradeaus, dann noch einmal rechts; es ist gar nicht zu verfehlen. Kommen Sie gut heim. Au revoir, Walter. Bonne nuit!« Vage schwenkte er einen Arm zur Guten Nacht; dann torkelte er über die Straße und ward binnen kurzem verschluckt von der Schwärze der nur noch schwach beleuchteten, von Autos und Passanten gänzlich verlassenen Straße.

Auch ich befand mich in jener somnambulen und zugleich clairvoyanten Verfassung, die mit Trunkenheit einherzugehen pflegt, und schlenderte mit rudernden Armen, die Marseillaise pfeifend, drauflos, fand auch die angegebene Querstraße, eine stockfinstere Gasse, deren Katzenkopfpflaster so leergefegt, naßgefegt vom Regen, sich vor mir erstreckte, daß ich gern das Trottoir verließ, um mitten auf der Straße meinen Weg fortzusetzen. Hätte ich jetzt nicht abzweigen sollen nach rechts? Aber dies hier war nur eine Toreinfahrt zu einem Durchhaus. Wie hieß die gesuchte Straße? Wie hieß die Métro-Station? Zu dumm, daß ich auf der Herfahrt nicht besser acht-gegeben hatte. Und meinen Stadtplan hatte ich im Hotel gelassen. Wenn nur die Straßenlaternen nicht erloschen wären! Kein erleuchtetes Wohnungsfenster erhellte den Weg, keine Lichtreklame, keine neonhelle Schaufront. Erblindet oder mit Brettern vernagelt duckten sich die wenigen Ladenfenster in die staubige Schwärze der Fassaden, und gerade noch entziffern ließ sich allenfalls die Schrift auf Schildern, die dumpf verkündeten, daß der Laden hier oder dort zu verpachten oder wegen Geschäftsaufgabe geschlossen worden sei.

Die nächste Querstraße führte gänzlich in die Irre. Ich passierte eine düstere École supérieure, die eher einer Militärkaserne glich, gelangte zu einem Komplex von Bürohochhäusern, fand mich in einer Einbahnstraße, machte kehrt — und mußte mir endlich gestehen, daß ich mich heillos verlaufen hatte. Wie lächerlich! schalt ich mich; auch: Wie ärgerlich! Doch dann wiederum: Welch ein Abenteuer! Denn lernen wir eine Stadt nicht dadurch am besten kennen, daß wir uns, absichtlich-unabsichtlich, in ihr verirren wie ein Kind im Wald?

Indes, noch mochten sich Beklemmung und eine gewisse trunkene Elevation, wenn nicht Euphorie, die Waage halten — aber es war abzusehen, daß schiere Ermüdung am Ende ihren Tribut fordern würde. Ich hätte Passanten nach dem Weg fragen können. Aber zu dieser späten Stunde zeigte sich keine Menschenseele mehr auf den Trottoirs. Nur eine Ratte schnüffelte zu meinen Füßen an einem weggeworfenen Kondom. Ich beschloß, meinem Gehör, und das heißt, einer Richtung zu folgen, aus der das Rumoren eines fernen Straßenverkehrs herbeigeweht zu werden schien, und gelangte nach einer halben Stunde zügigen Marschierens in ein Quartier aus winkligen, schmalen Gassen und nurmehr zweistöckigen Backsteinhäusern, deren Kaminröhren windschief, wie verkrüppelt, aus den Dächern ragten. Einige wenige erleuchtete Fassaden ließen eine Reihe schäbiger Geschäfte erkennen; hin und wieder brauste ein Auto unwirsch vorbei, aber Passanten wollten sich auch auf diesen Straßen nicht zeigen.

Der Erschöpfung nahe, passierte ich eine Blanchisserie, einen Video-Verleih, einen Handy-Laden, einen Indochina-Imbiß, einen Sex-Shop, ein ›Café Odeon‹, das so trostlos und düster dreinschaute, als hätte van Gogh hier seinen letzten Absinth getrunken, und kam soeben an der neonhellen Front eines Fleuriste vorbei, als ich, gegen die Silhouetten der Pflanzen im Schaufenster, den

Scherenschnitt eines Mannes gewahrte, der sich aus dem floralen Tableau zu lösen, gewissermaßen abzublättern schien, um eine Botanisiertrommel zu schultern und sogleich schnellen Schrittes so vor mir herzugehen, daß es mir, selbst wenn mir der Sinn noch danach gestanden, gar nicht gelungen wäre, ihn anzusprechen und nach dem Weg zu fragen. Statt dessen konnte ich, verblüfft, ja entsetzt, gerade noch von hinten sein Halbprofil mit der Zopfperücke erkennen, um die jählings belanglos gewordene Frage nach dem Weg fahrenzulassen und aus Zorn darüber, daß schon wieder jenes unheimliche *phainomenon* meiner spotten wollte, die eigenen Schritte zu beschleunigen, um es einzuholen und auf jeden Fall zur Rede zu stellen.

Wie bizarr will mir heute mein Verhalten erscheinen, wie ridikül mein Ruf »He, Monsieur! Halte! Attendez!«, wie absurd diese offenkundig aus Trunkenheit oder nahender Erkrankung entstiegene Geisterseherei! Natürlich machte dieser lotrecht in die Luft geworfene Schatten meiner selbst — der mir nicht, wie es Schatten zu tun pflegen, nachfolgen, sondern die Richtung weisen wollte — nicht halt. Vielmehr synchronisierte das Phantom sein Bewegungstempo vollkommen dem meinigen : beschleunigte die Schritte, wann immer ich schneller ging; verlangsamte sie, wenn ich innehielt; stand still, sobald ich stehenblieb. Wann immer ich aber der Fopperei ein Ende zu machen suchte, indem ich aus angespanntestem Stillestehen mit einem jähen Sprung und Sprint meinen gespenstischen Guide überraschen wollte, ließ dieser nicht sich übertölpeln, sondern tat dasselbe und wahrte derart eine stets gleiche Distanz von etlichen Metern, die zuletzt unüberbrückbar, unaufholbar schien.

Auf diese Weise hatten wir uns auf dem Trottoir wohl über eine halbe Stunde bewegt, bis mein wandelnder Schattenriß, dessen Schritte auf dem Pflaster nicht das geringste Geräusch hören ließen, nach einer abrupten

Biegung um eine Straßenecke zu meiner Freude auf einen erleuchteten Métro-Eingang zusteuerte, wo er wie ein im Wasser treibendes Blatt Papier um das Geländer herum und die Treppe hinunter glitt. Mit raschen Sätzen hastete ich ihm hinterher, schwang auch mich, schon triumphierend, um das Geländer herum, stürzte die Treppe hinunter — und fand mich nach wenigen Stufen vor einem herabgelassenen Fallgitter mit dem Schild ›Fermé‹.

Muß ich hinzufügen, daß von meinem *Spectre* keine Spur mehr zu sehen war? Fluchend, mit keuchendem Atem und jagendem Puls stieg ich wieder empor, ließ mir von meiner Armbanduhr sagen, daß es schon viertel nach drei sei, verwünschte den Mangel an Taxis auf dieser Avenue, das offenkundige Fehlen jeglichen Taxistands in diesem Quartier; hätte mir wohl mit dem Handy einen Wagen rufen können, hatte aber auch dieses im Hotelzimmer liegengelassen — und merkte erst jetzt, beim Wühlen in den Taschen meines Sakkos, daß ich auch Grünspans ›Geschenk‹, das schöne alte Konvolut, irgendwo verloren haben mußte. Merde! Merde! fluchte ich laut und wähnte, ein fernes Echo dieser Verwünschung von den Hauswänden refraktiert zu hören — ein sonderbares Echo freilich, da es mehrstimmig sich verstärkte, chorisch anzuschwellen, dann wieder zu verebben schien wie ein tumultuarisches Raunen und Brodeln. Nein — ein Echo war das nicht.

Ich beschloß, dem seltsamen Rumor zu folgen; vielleicht kündete er eine belebtere Gegend an. Und wirklich unterschied ich beim Weitergehen in dem diffusen Lärmen bald das Rufen und Schreien vereinzelter Menschengruppen, das schrille Geheul von Sirenen, dann Fluchen, Gebrüll, das Gellen von Trillerpfeifen, und zuletzt, als ich um eine Ecke bog, das flüchtige Getrampel laufender Schritte. Schon zuvor war mir ein eigentümlicher Geruch in die Nase gestiegen, ein beizender Gestank nach verschmortem Plastik und brennendem Benzin, und als ich nunmehr am Ende der Perspektivflucht jenes Boulevards, in den ich eingebogen, ein rötliches Glosen von Flammen, durchzuckt vom Flackern von Blaulicht erspähte — war es fast schon zu spät. Denn direkt auf mich zu rannten, in panischer Angst und Wut, johlend und kreischend, Horden kapuzenvermummter Jugendlicher, gefolgt von schilderbewehrten und futuristisch behelmten Schwarzuniformierten, die ihnen nachsetzten, Schlagstöcke schwangen und auf die Langsamen oder Gestolperten, deren sie habhaft geworden, mit der ausdruckslosen Gewalt von Robotern zu zweit, zu dritt oder zu viert einknüppelten, während aus der Gruppe der Flüchtenden der ein oder andere sich bückte und nach einem Pflasterstein griff, um ihn zurück in die Front der Behelmten zu schleudern und gleich weiterzurennen.

Für einige Sekunden stand ich wie erstarrt, gebannt von dem unheimlichen Automatismus dieser Szenerie, die nur aus wortlosen Angriffs- und Verteidigungsinstinkten, nur aus dem Geprassel der Stiefel auf dem Trottoir und der Steine auf den Plexi-Schilden und -Helmen zu bestehen schien — dann machte ich kehrt und rannte, rannte, so schnell mich die Füße nur trugen, die Straße hinunter, bis einer der Maskierten mich am Ärmel in ein Durchhaus zog, an dem die Verfolger vorbeilaufen würden — hoffentlich! Außer Atem duckten wir uns ins Dunkel des Treppenhauses im Parterre.

Indes löste sich ein Trupp Polizisten aus der Schwadron der Kollegen, stürmte, während wir in den Hinterhof hetzten, das Entrée und erreichte den Hof just in dem Moment, da ich mich auf einen Müllcontainer geschwungen und über eine Trennmauer in einen Nachbarhof hinuntergelassen hatte. »Vite! Vite!« spornte mich mein Begleiter an und wies mir einen Torweg, durch den ich in eine Parallelgasse würde entkommen können. Noch ehe ich ihm danken konnte, war er verschwunden.

Aufs neue befand ich mich nun in einer nur trüb erhellten kleinen Straße, deren Katzenkopfpflaster beidseits gesäumt war von Etablissements, deren Schriftzüge, Namen wie Pigalle Bar, Chez Kiki, Club Domina oder Quartier Latin, aus neonrot blinkenden und mit violetten Herzchen und pinkfarbenen Sektfläschchen umzierten Schautafeln das Trottoir in ein bengalisches Licht tauchten, ein Licht aus traulicher Verruchtheit, einer so gemüthlichen Sündhaftigkeit, daß es mir reinweg erborgt vorkommen wollte aus dem deutschen Bilderschatz von Montmartre & Moulin Rouge. »Oh là là, Toulouse-Lautrec grüßt aus dem Wandkalender«, nickte ich mir selbst verqueren Sinnes zu; ordnete, so gut es ging, meine derangierte Kleidung, strich mir mit den Fingern das Haar zurecht, betrat eine Bar, achtete nicht der tief dekolletierten Damen, die im Dämmer des Lokals auf roten Plüschbänken gelangweilt sich räkelten, begab mich geradewegs zum Tresen, bestellte einen Pastis, aber einen doppelten, bitte — und merkte erst, als ich mich nach ein, zwei vergeblichen Anläufen auf den Barhocker geschwungen, daß ich am Ende meiner Kräfte war, daß mir der Schweiß auf der Stirn stand und die Hände so zitterten, daß ich mein Glas kaum halten konnte. Ich trank es auf einen Zug leer und bat sofort um ein weiteres.

Wie lange ich dort gesessen, weiß ich heute nicht mehr. Auch daran, was und wieviel ich getrunken, habe ich keine Erinnerung. Ich entsinne mich nur noch eines älteren weißbärtigen Immigré, eines Kariben wohl, der in Würde auf dem Hocker neben mir Platz genommen hatte und mich an meinen Garçon aus dem Hotel gemahnte. Welcher Teufel-im-Glase oder welche nachgerade völkerbundmäßige All-Liebe mochte mich angestiftet haben, daß ich mich ihm zuwandte und ihn fragte: Sind Sie Kofi Annan? — Nein, Baby Doc Duvalier, gab er bräsig zur Antwort und winkte eine der spärlich bekleideten Damen herbei, die sich mir näherte und irgendetwas wie »Quoi donc, Chéri?« zuflüsterte, was ich, wenn mich mein Gedächtnis nicht täuscht, mit den Worten quittierte: Tanzen Sie Cancan, ma Belle, wenn Sie Eurydice sind. Sind Sie aber eine Furie, dann flehe ich Sie an: Schenken Sie meiner Leyer Gehör und rufen Sie mir ein Taxi!

Irgendwann wird man mich wohl auf die Straße geworfen haben. Wie ich von dort in die Discothèque gelangt bin, hat mir keiner sagen können. Nur Bruchstücke von Erinnerung sind mir geblieben: Ich weiß, daß zum Gestampf eines dröhnenden Techno-Beat blaue Flashlights auf ein Heer tanzender junger, schöner Leiber einzuckten; daß ich auf einer Toilette in einer Lache von Erbrochenem lag; daß die vertrauten Gesichter von Mark Arkenside, Duncan Peacock, Guy van der Zwart und Dominique Callot sich besorgt über mich beugten, meine Frage, wo ich sei, mit der Antwort »na, im Club Martinique doch« beschieden und mich in ein herbeigerufenes Taxi verfrachteten. Und daß ich, als sie mich trugen, von einer Woge hochaufschwellenden Glücksgefühls mich eleviert fühlte und, wie man im Orchester mir später zitierte, gesagt haben soll: »Wer hat euch über den Acheron gerudert? Ihr seligen Geister! Ihr wunderbaren Menschen! Solange es euch gibt, kann es um die Welt so schlimm nicht bestellt sein. Gebt mir meine Leyer. Ich will meine Leyer wiederhaben. Ein *Bonne Santé* auf die Westindische Compagnie!«

Später berichtete man mir, das Taxi habe mich zum Hotel gebracht, wo es dem Fahrer und dem Nachtportier mit vereinten Kräften gelungen sei, mich aufs Zimmer und zu meinem Bett zu schleppen, auf das ich mich, so hieß es, nur noch wortlos, wie besinnungslos habe werfen können.

2. Bild

UNE LETTRE, PARIS, 1744.

Und Jean Devin läßt, sans commentaire, einen Brief folgen, abgeschrieben von seiner Hand und, wenn wir ihm glauben dürfen, aus der Feder von Thérèse le Riche de la Pouplinière, geb. Deshayes, an David le Baron, ihren Liebhaber, gezeichnet, wie es scheint, am 23ème Juillet, à Paris, 1744.

»Cher David,

mein Mann betrügt mich mit einer intriganten Maitresse. Der Göttergatte, rasend gemütlich. Ich gönne ihm das Frauenzimmer; in ihre Dummheit blickt er wie in einen klaren Spiegel. Aber küssen Sie mir nicht nur die Hand, David. Sie müssen es ihm schon in dreifacher Münze zurückzahlen; so will's die Conduite. Sonst küsse ich Ihnen künftig nur noch die Hand!

Warum zurückzahlen, fragen Sie? Lieber Freund, das vulgäre Frauenzimmer vergrault uns mit ihren Cabalen nach und nach alle Salon-Gäste. Die Duchesse d'Aguillon hat schon bestellen lassen, sie werde künftig unpäßlich seyn. Am Ende werden nur Depardieu, Bonini und Crapeaux bleiben. Wollen Sie mir das antun? Vengeance, Monsieur!

Ihr Contrefait, das Sie mir sandten, ist charmant. Das Officierspatent, das Sie so stolz dem Betrachter weisen, steht Ihnen excellent — sagen Sie nicht ›Nicht der Rede wert!‹. Sie sind imstand und gehn noch an die Front; na, hab ich's erraten? Die Männer!

So gern, wie ich unseren nouveau Orphée habe, beantworte ich Ihre Fragen nach ihm. Sie haben es bei der Première vor fünf Jahren ja erlebt, wie seine dritte Tragédie Dardanus durchfiel. Jeder andere hätte verzweifelt — Jean-Philippe nicht. Er hat die Oper revidirt, einige *mervellieux* entfernt; in diesem Jahr kömmt sie neu auf die Bühne. Beim Überarbeiten hat er die Gewohnheit, bestimmte Passagen mit *collettes* zu überkleben. Wer diese Papierstreifchen in ferner Zukunft ablöst, wird die Erstfassungen zurückgewinnen! Im übrigen ist Jean-Philippe von einer kaltblütigen, eisernen Beharrlichkeit und, wenn Sie mir das Paradox gestatten, von einem lässigen Fleiß, einer Nüchternheit und Souveränität des Calculs, über die nur die größten Genies verfügen, die sich nicht mehr zu beweisen haben, daß sie es sind. Neben dieser Umarbeitung sammelt er wie ein Militair-Stratege seine Truppen — zu einer breiten Offensive um die Gunst des Publikums: Der revidirten Tragödie sollen allein im kommenden Jahr gleich *drei* neue Fêtes oder Heroische Pastoralen für den Hof sowie die Comédie Platée folgen! Die Bücher zur Princesse de Navarre und zum Temple de la Gloire schreibt ihm M:r de Voltaire, der sich aus Angst vor Verfolgung nicht mehr oft bei uns blicken läßt. Ich rede ihm Mut zu — einen Voltaire verhaftet man nicht —, aber die Wirklichkeit bestätigt seine Furcht immer wieder nur zu gröblich. Um so curieuser erwarten wir das Urteil des Königs.

Daß die Angriffe der Lullisten unserem Orphée nouveau zusetzten, läßt er sich zumindest nicht anmerken. Seine Devise ist *j'ai hasardé, j'ai eu du bonheur, j'ai continué.* Die Traditionalisten verteidigen das Prestige der Tragédie lyrique gegen das, was sie in seinen Werken als Übergewicht der Musik tadeln. Ihr ganz am Text orientirtes Modell des Genres confrontiren sie mit der Intelligibilité seiner Musique, die auf der Logik des harmonischen Systems beruht. Sie halten ihm vor, er beschwere und verdunkele seine *mélodies* mit so vielen Harmonien — und meinen damit: Dissonanzen —, daß der Text dadurch unverständlich werde. Ihrem Ideal einer noblen Simplicité setzen die Lullisten Jean-Philippes kontrastive *Variété* entgegen. Ihnen geht es um die Akzentstruktur des einzelnen Verses, nicht um die harmonische Struktur des Rezitativs. Und da sie den *charactère outré* der Welschen, deren *excès* und *faux brillans* verabscheuen, gilt ihnen Jean-Philippe folgerichtig als verkappter Italiäner, der sich der *décadence* und *corruption du goût* schuldig macht.

Hélas, David! Wie lange währt nun schon diese erbitterte Auseinandersetzung, und wie müßig und ennuyant galt sie uns von Anfang an! Da half es auch nicht, daß Jean-Philippe (mit zu viel condéscendence, wie mir scheint) sich verteidigte:

›Toujours occupé de la belle déclamation et du beau tour de chant qui règnent sur le récitatif du grand Lully, je tâche de l'imiter, non en copiste servile, mais en prenant, comme lui, la belle et la simple nature pour modèle.‹ Dies kömmt ihnen vor als ein Hohn. Rameau simple et naturel? C'est ridicule!

Das Unappetitliche an der Querelle ist, daß Fragen nationalen Stolzes berührt sind, das Selbstwertgefühl unserer Nation. Die Überhöhung unserer specifisch französischen Kunstform der Oper als eines Symbols für die Größe und Macht des Königreichs und dazu die Glorificirung der Herrschaft unseres vierzehnten Ludwig als eines *âge d'or* reißt die Lullisten dazu hin, unseren neuen Orpheus als Verräter am Vaterland zu schmähen — was nicht eben für ein souveränes Selbstbewußtsein spricht. Denn wenn wir schon, wie im Mercantilisme, nach Eigenständigkeit und nationaler Größe auch in den Künsten streben – sollten dann nicht ästhetischer Progreß, genialer Eigensinn, Nouveauté und Kühnheit der Erfindung der sinnfälligste Ausdruck unserer Gloire seyn? So hat es ihr Heros selber doch gehalten! Wie aufreibend es einst ihrem Abgott gewesen, sein eigenes Laboratorium der Zukunft gegen den Traditionalisme der Graubärte durchzusetzen, würden sie jetzt wohl am liebsten vergessen.

Mit weiteren Neuigkeiten aus der Hauptstadt kann ich Ihnen kaum dienen, David. Mit dem Klatsch der Salons verschone ich Sie. Crébillons Komödien haben guten

Sücceß. Doch auch hier verweisen die Alten auf Molière und reden von Décadence. Vor zwei Jahren hat sich ein Citoyen aus Genf bei uns niedergelassen. Sein Name ist Jean-Jacques Rousseau. Er wohnte zuerst im Bezirk des Palais Royal und soll häufig das Quartier gewechselt haben. Im Salon meiner Lieblingsfeindin, der M:me Dupin (ihr Gatte und der meine sind Collegen; ihre Maitresse teilen sie sich collegial), ließ ich mir den Campagnard, wie er sich selbst nannte, einmal vorstellen. M:r Rousseau hat einen schönen, männlichen Kopf mit energischen Zügen, kleinen Augen, in denen ein leidenschaftliches Feuer brennt, und einem Mund, aus dem Festigkeit spricht, Stolz und viel Tiefe der Empfindung. De la Tour sollte ihn malen! Ich glaube, er kann sehr lieben und sehr hassen; daher wehe dem, der sich ihn zum Feind macht! Tatsächlich nahm ich in der Beredsamkeit dieses Genfer Bürgers auch etwas Überspanntes wahr, das ihn vielleicht einmal zum Bilderstürmer und Brandstifter könnte machen wollen, zum Priester einer neuen Lehre, der mit starken Axthieben alte Altäre stürzt. Zumindest heißt es, er habe eine Menge Musikschülerinnen und schlage Feuer aus jedem Holz — was ich gern glaube; besser als ich wissen Sie ja, David: In Paris kann man nur durch uns Frauen etwas erreichen.

Im übrigen soll er an einer Opéra Les Muses galantes schreiben; außerdem hatte er nach Paris ein Projekt, für die Musik ein neues Schriftsystem zu entwickeln, mitgebracht. Diese Ziffernnotation ist von der Académie Française wohlwollend geprüft, aber verworfen worden. Auch Jean-Philippe schrieb ihm, Notenköpfe durch Zahlen zu ersetzen, entbehre der Anschaulichkeit, der optischen évidence und Übersichtlichkeit, um (zumal beim prima-vista-Spiel) practicable zu seyn. Das hat M:r Rousseau nicht verdrießen lassen, sein System zu hundertzwanzig staubtrockenen Seiten einer *Dissertation sur la musique moderne* aufzublasen, über die unsere Öffentlichkeit höflich hinwegsieht. Seine Verehrung für Jean-Philippe scheint unter dessen Geringschätzigkeit nicht zu leiden. Wiewohl dieser ihn (wohl zu Recht) für einen Dilettanten hält, nimmt jener im Streit mit den Lullisten für ihn Partey — und solche Générosité, dünkt mich, ehrt ihn.

Immerhin hat er durch die Académie mit einigen unserer besten Köpfe Bekanntschaft geschlossen, mit de Fontenelle, mit Marivaux, und mit Diderot, dessen Geradheit, Scharfsinn, Aufrichtigkeit und Mangel jeder Pretension gewiß ganz nach seinem Herzen sind; im Café Maugis trafen sie sich fast täglich zum Schach.

Seit dem Juli vergangenen Jahres weilt er nun schon als Botschaftssekretär beim Comte de Montaigu in Venedig, wo er sich, wie man sagt, mit seinem calvinistischen Ordnungssinn so wenig Freunde gemacht hat, daß er bis zu seiner avisierten Rückkehr im heurigen Herbst seine Zeit wohl lieber mit den Barcarolen der Gondolieri, den geistlichen Chorgesängen an den Scuole oder den großen Arien in der italiänischen Oper verbringt. ›Das Vergnügen der Melodie ist ein Vergnügen der Anteilnahme und des Gefühls, das zum Herzen spricht‹: Mit dieser Præpondérance des schlicht Melodischen und Volkstümlichen aus einem Brief an die Dupin nimmt Rousseau, wie ich befürchte, den Geschmackswechsel einer ganzen, neuen Epoche vorweg —«

Hier bricht Jean Devins Brief-Copie unvermutet ab; genauso unmotivirt mutet uns an, daß er dem Blatt auf der Rückseite mit Gummiarabicum ein kleines Einzelblatt attachirt hat, welches im Druck eine Citation aus einem Brief besagten M:r Rousseaus bringt:

Haben Sie einmal eine Oper in Italien gehört? Beim Szenenwechsel herrscht auf diesen großen Bühnen eine höchst unangenehme Unordnung, die ziemlich lange währt; alle Décorationen sind durcheinander geraten; man sieht von allen Seiten ein höchst mißfälliges Hin- und Herziehen; man glaubt,

alles wird umfallen, und dennoch arrangirt sich nach und nach
alles, und man ist ganz überrascht, aus diesem langen Tumult
ein bezauberndes Schauspiel entstehen zu sehen. Dieser Vor-
gang ist so ziemlich derselbe, der sich in meinem Gehirn voll-
zieht, wenn ich schreiben will.

Divertissement
ITALIEN, 18. JAHRHUNDERT.

Ernesto Giacomo Bossi, der zwischen 1705 und 1749 in
Venedig hundertsiebenundsechzig Opern schreibt,
darunter *Amaltea, Piramo e Tisbe, Menelao, Numa Pompilio*
und *Diomede*, setzt seine Einkünfte als Aktienkapital einer
Casting-Agentur ein, die Kastraten an die Opernhäuser
Europas, vor allem Londons, vermittelt. Senesino und
Farinelli sind die erfolgreichsten Produkte des Hauses.
Dank reichlichen Nachschubs von verschnittenen Kna-
ben aus den Provinzen, von dem, trotz papalen Stirnrun-
zelns, der lokale Klerus einen Gewinnanteil erhält, fährt
diese Export-AG so gute Profite ein, daß Bossi von den
Dividenden-Ausschüttungen einen Grundbesitz in der
Größe eines Herzogtums sich erwirbt. Er stirbt 1751 an
Hodenkrebs bei Castellamare di Stabia.

Der 1679 geborene Sohn eines römischen Pasteten-
bäckers, Giovanni Battista Andrioli, der für das Theater in
Parma vierundsechzig Opern komponiert, etwa *Ippomene,*
Il trionfo di Asterope, Cesare e Cleopatra, Radamante oder
Artemisia, wird schon zu Lebzeiten immer wieder mit
seinem Zwillingsbruder Pandolfo Sigismondo Andrioli
verwechselt, einem frommen Schwärmer, der vorgibt,
sieben Engel hätten ihm offenbart, daß er die Person
Gottes auf Erden leibhaftig verkörpern, alles Böse aus
der Welt tilgen und die weltliche Obrigkeit mit eisernen
Ruten stäupen solle, daher er sich den Titel angeeignet

hat: ›Obererzhoherpriester, Kaiser, des Hl. Röm. Reichs König, der Welt Friedensfürst, Richter der Lebendigen und der Toten, Gott und Vater, in dessen Herrlichkeit Christus kommen soll zum jüngsten Gericht, Herr aller Herren und König aller Könige,‹ &cet. &cet. Man klagt ihn deswegen jetzt vor Gericht an; er verteidigt sich auf Italienisch, Lateinisch, Griechisch, Hebräisch, Polnisch, Litauisch und Böhmisch, eine Anmaßung, die als Schuldeingeständnis wirkt. Seinem Bruder, der es außer zu einem Tonsetzer nur noch zum Cicisbeo seiner Clavierschülerin, der Gräfin D***, gebracht hat, ist die Verwechslung, die im übrigen seinen Erfolgen nicht hinderlich ist, »disgustoso«.

Sandro Domenico Bernasconi, der bis 1761 für das Felsentheater in Bobbio a Catena hundertvierzehn Opern schreibt, darunter *Galatea e Polifemo, Tisifone, Ulisse e Penelope, Almira* und *Rodalinda,* zieht hernach als Condottiere, Modearzt, Glücksspieler und Spion durch halb Europa. Als Impresario erntet er leere Kassen, nennt sich Chevalier, wird immer wieder inhaftiert und mangels Beweisen freigelassen, ficht Duelle aus, mischt und verkauft Seifenkugeln und Pillen gegen Podagra und hitziges Frieselfieber, trägt zur Tarnung eine Augenklappe und macht als Heiratsschwindler mehr als eine junge Dame aus gutem Hause unglücklich. Zuletzt sieht man ihn als Ausrufer und Schausteller auf dem Campo dei Fiori, wo er auf einem Schaugerüst ein siamesisches Zwillingspaar, das am Rücken zusammengewachsen ist, dem Publikum aus lautem Halse als »unsere zweiköpfichte Nachtigall« empfiehlt. Mit 68 Jahren verfällt er einem religiösen Wahn und stirbt, in Ketten, auf dem Strohlager des Narrenspitals Zu Unserer Lieben Frau von Loreto.

Der 1737 an der Cholera gestorbene Tonsetzer Carlo Francesco Galetti mit dem Spitznamen ›Carlo Cornuto‹, der für Neapel zweihundertachtzehn Opern komponiert, zum Beispiel *Il Trionfo di Vertumno e Afrodite, Atarserse,*

Servio Tullio, Amaltea oder *Orfeo penseroso,* heiratet eine Dame, die, der gleichgeschlechtlichen Liebe zugetan, sich der schwarzen Kunst und der Goldmacherei verschrieben hat. Nach seiner Trennung von ihr zieht sie nach Paris. Deutsche Sitte erlaubt die Aufstellung solcher Gemälde noch nicht, als in der Beschreibung des magischen Unterrichts vorkömmt, den die Signora den Pariser Damen erteilt. Deren Begierde, in die Geheimnisse der schwarzen Kunst eingeweiht zu werden, ist so groß, daß an dem Tage, da die Oberpriesterin ihren Cursum eröffnet, sich außer einer Gräfin noch 35 Adeptinnen melden. Beim Eintritt in den Tempel muß jede Dame ihren Cul de Paris, ihren Schnürleib, ihren falschen Chignon, ihre Bouffante, ihre Soutiens ablegen und eine weiße Levite mit einem farbigen Gürtel anlegen; es sind 6 schwarze, 6 blaue, 6 violette, 6 rosenfarbige Gürtel, 6 *en coquelicot,* und 6 *en impossible* etc. Die Hohepriesterin beschäftigt sodann ihre Schülerinnen auf eine Art, daß, wollten wir sie erzählen, jedes sittige deutsche Auge sich abwenden müßte. Galetti soll unterdes daheim in Neapel seiner Schwester Rosetta beigelegen haben.

Andrea Ludovico Stampiglia, Sohn eines verarmten Landadligen, der in den Jahren 1709 bis 1731 für das Gartentheater in der Eremitage des Conte Lorenzo da Battipaglia neunundfünfzig Opern komponiert, darunter *Il sonnio di Achate, Tantalo, Pandora, Il trionfo de Imeneo* und *Aiace,* entbrennt bei Hofe in leidenschaftlicher Liebe zu der Hofdame Catarina da Bomarzo, der er seine Hauptrollen auf den Leib schreibt, wiewohl diese Primadonna nur in Maßen des Singens mächtig ist. Vom Hofe schließlich verbannt, trauert er am fernen Ufer des Tiber um sie und schreibt ihr eine weitere Oper *(I due amanti)* auf den Leib, zieht sodann als Offizier in den Krieg und verliert durch einen Kanonenkugelsplitter sein rechtes Auge. Er duelliert sich, muß ins Gefängnis und flieht aus ihm in die Kolonien, um dort erneut eine Oper *(Africa galante)* zu vollenden. Auf der Heimreise entkommt er nur knapp den Korsaren. Sein Schiff strandet; er rettet sich schwimmend, im Munde das Manuskript der Oper. Dies nimmt den Großherzog für ihn ein, der ihm eine dukatengefüllte Tabatière schenkt. Betagt stirbt der Tondichter in Armut. Ein Freund errichtet ihm ein Denkmal mit der Inschrift Ecco il primo Principe della Opera, das zwei Jahre darauf von einem Erdbeben verschüttet wird.

Auch Angelo Paolo Pedrozzi, der zwischen 1702 und 1741 für das Wiener Hoftheater einundachtzig Opern schreibt, etwa *Alcione, Tarquinio Superbo, Tamerlano, Leda amorosa* oder *Polidoro,* einst der Abgott des Publikums, nimmt ein trauriges Ende. Vergessen, heruntergekommen, krank, entmutigt und hoffnungslos, verhungert er in der Dachkammer eines Zinshauses am Kohlmarkt. Man findet ihn auf den Dielen liegend vor seinem Bett, auf dem er die Zeitungsmeldungen von seinen Erfolgen ausgebreitet hat. Das Publikum hat geglaubt, daß er schwerreich sei, da seine Kleidung stets üppig mit Gold betreßt gewesen ist. In seiner Tasche findet man noch 1 florin 16 kr und einen Versatzzettel; der betreßte Rock ist längst ins Pfandhaus gegeben. Pedrozzi steht allein in der Welt, ist krank und seit Jahren ohne Aufträge und Einkünfte gewesen; ein Urheberrecht kennt man noch nicht. Beigesetzt wird er auf dem Friedhof der Barmherzigen Brüder von SS. Crispin & Cajetan.

Der 1686 geborene Giuseppe Alessandro Gaspari, der für die Mailänder Oper hundertzweiundsiebzig Werke komponiert, zum Beispiel *Idaia, Callisto, La clemenza di Scipione, Alceste* und *Sisifo,* ist obendrein ein Geschäftsmann, Kunstfreund, Modegeck und Barbar; er soll seiner eigenen Tochter Gewalt angetan haben und sie hernach mit seinem Stallknecht Bozzi zwangsverheiratet haben. Er hält spiritistische Sitzungen ab, glaubt an Geister und sucht in seinem Laboratorium nach dem Stein der Weisen. In seinem Palazzo hält er sich 212 Doggen und

Windspiele, die bei Tage zu jedem freundlich sind und bei Nacht Betrunkene sicher nach Hause geleiten. Wahnsinnige aber, Räuber und Diebe werden von ihnen in Stücke gerissen. Es heißt, Gaspari könne mehrere Stimmen, auch im Kanon, gleichzeitig singen. Eines Morgens, am 25. Januar 1747, finden die Lumpensammler, als sie durch die Via St. Angelo ziehen, seinen Körper an den Stangen eines Gitters aufgehängt, im Gala-Rock mit dem Galanteriedegen an der Seite, den Dreispitz noch auf dem Kopf.

Der 1761 gestorbene Lorenzo Antonio Cavallari, ein neapolitanischer Opernkomponist, der siebenundneunzig Werke schreibt, darunter *Il trionfo di Iuno e Mercurio*, *Orlando furioso*, *Tarpeia*, *Eteardo* oder *Arbace e Servilia*, kommt aus einer Familie von Giftmischern und Verschwörern, die auch unter sich höchst uneinig sind. Gegen seinen Vater verschwören sich dessen Frau Lucrezia, seine Brüder Paolo und Bernardo und seine Schwester Berenice. Sie lassen ihn nachts von seinen Livrierten mit dem Kopfkissen ersticken und eine Treppe hinabstürzen, um einen Unfall vorzutäuschen. Aber die Untat kommt ans Licht; Lucrezia wird enthauptet, Paolo mit glühenden Zangen gezwickt und von vier Pferden zerrissen, Bernardo lebenslang auf die Galeere geschickt, Berenice, aus besonderer hochfürstl. Huld & Gnaden, nur gestäupt und anschließend ins Spinnhaus gesteckt. Lorenzo Antonio verwendet den Stoff, im Gewande antiker Göttermythen, in seiner Oper *I Dissoluti puniti*, die durchfällt und schon nach der zweiten Vorstellung abgesetzt wird.

Gabriele Leonardi, der von 1694 bis 1717 dreiundsiebzig Opern für das Theater in Vicenza komponiert, etwa *Neoptolemo*, *Circe e Calipso*, *La finta Cimera*, *Tito Livio* und *Teseo*, ist ein originaler, impertinenter, alles unter den Fuß tretender, kopfaufwerfender Ciarlattano wie alle Wälsche, ein kleiner, dicker, höchst breitschultriger, breit-

und hochbrüstiger, dick- und steifnackichter, rundköpfiger Kerl von schwarzem Haar, gedrungener Stirn, starken feingeründeten Augenbrauen, schwarzen glühenden trübschimmernden stets rollenden Augen, einer etwas gebogenen, fein zugeründeten, breitrückichten Nase, runden dicken auseinander geworfenen Lippen, rundem, festem, hervorstehendem Kinn, runder eiserner Kinnlade, feinem, fast kleinem Ohr, kleiner fleischichter Hand, kleinem schönem Fuß, gewaltig vollblütig, rotbraun, mit einer gewaltig klingenden und vollen Stimme. Er ißt sehr wenig und lebt fast bloß von italienischem Nudelteig, geht nie zu Bette und schläft nur zwei oder drei Stunden, in seinem Lehnstuhl. Er bezahlt immer im voraus und gibt gern den Armen aus seinem Beutel. Wenn er nicht gerade Opern komponiert, sitzt er dem Maler oder schreibt seine ebenso amüsanten wie schlüpfrigen Memoiren in 14 Kleinoktavbänden. In ihnen präsentiert er sich als Geistlicher, Bramarbas, Weltenbummler und Frauenliebhaber, als frivoler Spieler und Mädchenverführer, Abenteurer, Quacksalber, Schwätzer und Schwindler. Dabei ist er von Hause nur ein Bauernjunge; als junger Meßdiener vom Pfarrer immer wieder mißbraucht, lernt er beim Regens Chori des Klosters zu Santa Maria Immaculata, Pasquale Sguardi (1669–1701), Tonsatz und Orgelschlagen. Aus Eifersucht überfällt er seinen Lehrer eines Abends hinterrücks und erschlägt ihn. Die Tat wird nie ruchbar; erst auf dem Totenbett gesteht Leonardi seinem Beichtvater die Sünde und erhält von ihm die Absolution. Der Kardinal Leonardi des 15. Jahrhunderts, aus aragonischem Adelsgeschlecht, hätte sich dafür bedankt, sein Vorfahr genannt zu werden.

Ercole Massimo Branzini, der für das Mantovanische Hoftheater dreiundachtzig Opern schreibt, von denen kein einziger Titel überliefert ist, da alle Noten 1769 bei einem Theaterbrand den Flammen zum Opfer fallen, ist ein seltsamer Mann von seltsamem Erleben. Er kann nicht ruhen, wenn er nicht etwas Schmerzhaftes an seinem Leibe hat. Sein größtes Vergnügen in einer Gesellschaft ist, andere zu ärgern. Er ist ein leidenschaftlicher Spieler und bringt sich in die größte Armut. Alles, was ihm begegnen soll, erkennt er durch Träume und Zeichen vorher, glaubt an einen Schutzengel und gerät in Verzückungen, wenn es ihm beliebt. Sein Steckenpferd ist die Astrologie. Als Astrologe sagt er seinen eigenen Tod voraus und erzwingt 1758 in Bologna dessen zeitgemäßen Eintritt durch Verhungern. Einen seiner Söhne muß er selber ins Gefängnis werfen lassen. Der andere wird als Gattenmörder enthauptet. Branzinis Denkmal steht heute noch im Hof des Zoll- und Finanzpalastes von Mantua.

Kein Denkmal erhält Gaspare Tommaso Rigatoni, der für die Oper in Catania wahrscheinlich mehr als zweihundertvierundneunzig Barockopern schreibt, darunter *Proserpina, Cartago abbandonato, Il trionfo di quattro stagioni, Pompeione, La finta nozze* oder *Annibale*, von denen keine einzige sich erhalten hat. Seine Lebensdaten sind ebenso unbekannt wie sein Geburts- oder Sterbeort. Alles, was sich erhalten hat, ist sein Name auf einem Registraturvermerk und seine (mutmaßlich gefälschte) Unterschrift auf einer Wäscherechnung.

3. Bild

PARIS, 2003.

Weder hatte der Weckruf des Concierge verhindern können, daß ich gleich danach wieder in einen zähledernen, lähmenden Schlaf sank, dem ich nur mit Mühe und viel zu spät mich entreißen konnte, noch war es Napoléon-Aristides Eloquenz beim Servieren gegeben, die Müdigkeit zu vertreiben, die mich während des Hotel-

frühstücks derart drückte, daß ich meiner Sinne kaum
mich mächtig glaubte. Von Übelkeit, Schwindel, Kopf-
und Gliederschmerzen gepeinigt, die das Labyrinth der
Nacht mir hinterlassen hatte, rannte ich aus dem Hotel
über die Straße, wurde dabei beinahe von einem Taxi
gestreift, das mit wütendem Hupen gerade noch aus-
weichen konnte, und gelangte im Sturmschritt, schweißüberströmt, zur Salle Olympique, wo die Proben mit
einigen Sängern schon vor zwei Stunden begonnen
hatten.

Zum Glück war Erlmayr gerade in einen Disput mit
Leif Erikstam, unserem Haute-Contre aus Stockholm vertieft, so daß ich mich unbemerkt zu meinem Beobachter-
stuhl schleichen konnte. Offenbar hatte Erikstam, ein
gebräunter, athletischer Blondling, der auch als Tennis-
Beau oder Gucci-Model hätte durchgehen können, sich
dafür entschuldigt, daß er morgen verhindert sein werde,
da er »nur mal kurz zwischendurch« einer Gastspielver-
pflichtung in Toronto nachkommen müsse; dafür werde
er gleich übermorgen wieder »mit dem Flieger antanzen«.
— »Mit dem Flugzeug meinenS'; den Pilot brauch i net«,
knurrte Erlkönig und setzte hinzu: »Zu tanzen brauchts
ihr aa net; i wär scho froh, wenn ihr die paar Tage am
Stück ausharrn könntet zum Singen. Noch jemand ein
Engagement? Kurzes Intermezzo in Timbuktu? Äquato-
rialguinea? Tristan da Cunha? Tuamotu-Archipel? Nein?
Gut, machma weiter. Es lebe die Stagione.«

Derweil lockerte sich in einem Nebenraum der britische Bariton Terence Maxwell-Davies mit Solfeggien die
Stimme, während Valérie Château, eine südfranzösische
Sopranistin mit scharfgeschnittenen Zügen, schwarzen
Augen und unbändig langer, schwarzer Haarmähne, vor
ihrem Pult auf ihren Einsatz wartete und beim Blättern
in den Noten nervös mit Lippen und Kinnbacken zuckte.
Dann gab Erlmayr mit weitaufgerissenen Augen das Zeichen zum Beginn des »Viens, hymen«, eines wunderbar

entrückten, schwerelos elevierten, dreistimmigen Air ohne Baßfundament, ebenso sinnlich wie unstofflich-körperlos und gleich dem Sang eines Vogels verziert von den heikelsten Fiorituren.

Die Château setzte Brust- wie Kopfstimme in lupen-reiner Intonation noch in der höchsten Höhe ein, und Erlmayr ließ das Air durchspielen und -singen bis zum Ende, ehe er sich bedankte und noch einmal die Lektüre der theoretischen Schriften von Montéclair, Mondonville oder Bérard empfahl. »L'art de bien chanter! Das war für die Sänger damals gleichbedeutend mit der Kunst des guten Deklamierens im gesprochenen Schauspiel. Um-gekehrt wurden damals Verse von Corneille so rezitiert, wie das kein Schauspieler heut mehr täte: mit zelebrati-vem Pathos, extrem deutlich, Silbe für Silbe mit erhobe-ner Diktion, fast *singendem* Tonfall, körperlich unbewegt; gar nicht so anders wie das Burgtheaterpathos noch zu Beginn des vergangenen Jahrhunderts. Hörts euch amal historische Aufnahmen vom Josef Kainz oder Karl Kraus an: dann wißts ihr, wie der Schönberg den Sprechgesang im Pierrot Lunaire gemeint hat. In Frankreich warn das Regeln, die absoluten Vorrang hatten, auch im hoch-dramatischen Fach. Das es so eigentlich noch nicht gab. Koloraturfach, lyrisches Fach, diese ganzen Rollenfächer gibts beim Rameau ja erst in Ansätzen. Statt dessen gehts immer um die korrekte Skandierung der klangvollen Sil-ben im Versmaß. Habts ihr zugehört, wie die Valérie das gemacht hat? Das war beispielhaft. Das Entscheidende findet nicht im Zwerchfell, in Brust und Atemtechnik statt. Sondern in Kehle, Kiefer, Nase, Sieb- und Jochbein. Da kommts auf Silben- und Konsonantentrennung an, auf Vokalfärbung und Nasallaute, Soupirs und Inflexions undsoweiter. Das ist unglaublich subtil. Das ist das Schwerste, was es gibt. Der Rameau muß ja großartige Sänger gehabt haben. Etwa den Pierre Jélyotte als Haute-Contre; heut würden wir den einen Heldentenor nennen.

Oder die Marie Fel, seine erste Hébé; schauts euch amal ihr Porträt an im zarten Pastell vom Quentin de la Tour. Oder die Marie Sallé und ihre Rivalin, La Camargo. Wie hat der Voltaire ausgrufen? —: ›Ah, Camargo, wie brillant Sie sind! Doch Mlle Sallé, ihr Götter, ist hinreißend!‹ Gut. Fein. Ihr sehts, ich bin zwar in allem Pessimist, aber begeistern kann ich mich trotzdem noch. Oder gerade deswegen. Bon. Machmer jetzt das Schlußterzett aus dem Inka-Akt.«

Und während die Sänger sich neu gruppierten — Jean-Yves Petit sang Huáscar, Lovis Claudet den Carlos und Michèle Foucher das Inkamädchen Phani —, erklärte Erlmayr bereits: »Das ist ein unerhört kühnes Stück. Das hats zuvor nicht gegeben und kommt erst wieder beim Mozart. Bisher galt die klassische Einheit des Affekts, noch Lessing hat darauf gepocht. Und jetzt singen zwei Leute von Liebe und ein dritter, *gleichzeitig,* von Wut und rasendem Haß. Diese Gegenläufigkeit der Affekte heizt die Spannung so auf, daß das Toben des Vulkanausbruchs danach geradezu als Befreiung wirkt. Also, Messieurs. Avec feu!«

Auch an der Ausführung dieser, in der Tat erstaunlichen, Szene fand Erlmayr wenig auszusetzen, und mir blieb nur, aufs neue die stupende Intonationssicherheit und Stilreinheit dieser jungen, schlanken, enorm beweglichen Stimmen zu bewundern, von denen noch keine ein Alter von dreißig Jahren überschritten hatte. Um so heikler und tüfteliger gebärdete sich Erlmayr dann bei der ›Danse du Grand Calumet de la Paix, exécutée par les Sauvages‹ aus dem letzten, dem America-Entrée, in dem zu den Solisten Pierre Fouqué (Adario) und Bernadette Cailloux (Zima) zum erstenmal der Chor der Bastille-Oper in kleiner Besetzung auf einem ansteigend getreppten Podest hinter dem Orchester sich hören ließ. Bevor allerdings der Dirigent den Einsatz geben konnte, ließ sich, irgendwo am rechten Liniennotenpult, mit fiepsendem

Dudeln ein Mobiltelephon hören, das versehentlich nicht ausgeschaltet worden war. Errötend zog Janneke van t'Hoog das Handy aus ihrer Jeanstasche, drückte auf den Ausstellknopf und bat Erlmayr um Entschuldigung. Der nickte huldvoll und sagte: »Keine Ursache. *Wir* entschuldigen uns, daß wir Ihr Gespräch mit Musik störn. Naa, reden'S ruhig zu, wir pausiern derweil und hörn gern mit. Schöne Grüße! —

Also dann: Tanz des Großen Kalumets. Ihr wißt, was das ist? Nein? Hat keiner von euch Winnetou gelesen? Na servas, Kinder, die Friedenspfeife: Das muß doch einer kennen! Gibts doch gar net! Also. Danse en Rondeau, g-moll, gai et doux. Divertissement aus Tanzrondo, erst im Orchester, dann mit Solistenpaar, dann mit Chor. Machma zuerst den Orchester-Refrain. Erstmal nur Orchester, bitte. Drei — vier —:

Halt. Wie artikulierns die Bögen in euren Stimmen? Sie binden die Achtel jeweils paarweis. Aber nicht: Daa — dada dada daa, daa, daa, daa. Was ihr habt, sind notes inégales! Also immer Wechsel aus verlängerter und verkürzter Tondauer. Nein, nicht so, wie ihrs jetzt macht! Nicht schroff punktiert. Grad so zwischen ebenmäßig und punktiert, daß aus der Gavotte ein Springtanz wird für die Wilden. Damm — damda damda dam, dam, dam, dam. Nochamal, bittschön —:

Stop. Ihr seids zu laut. Das klingt ja, als stünden eure Indianer mit Poncho, Panflöte und Bettelhut vorm Billa in der Kärntnerstraße und pfiffen gegen den Verkehr an. Friedenspfeife, nicht Bettelflöte! Vergeßt nicht, ihr seids der Dschungel. Alles undurchdringlich grün und laubgedämpft. Sotto voce! Machmers noch amal. Bitte! Drei — vier —:

So, und jetzt nehmen Pierre und Bernadette den Refrain auf. Aber wie? Nicht melodisch, sondern eigentlich nur harmonisch, quasi als Mittelstimmen. Nicht die Lage ist entscheidend, sondern die harmonische Funktion. Beim Rameau habts ihr ja immer wieder ›baßlose‹ Stücke, wo die Fundamentstimme im Alt liegt. Hier ist die Oberstimme die Tanzmelodie: die bleibt im Orchester, und darein — wie sagt man? —: embedded? — ist der Gesang. Darf ichs einmal haben, bitte? —:

Schön, aber, please, Bernadette, Pierre, you sing much too forcefully. Mezza voce! Sempre piano! Und in den Zwischenepisoden gebts der Enharmonik mehr Kontur! Kann ich bitte diese Verse nochamal separat haben? Ab ›Ciel, tu les as faites pour l'innocence et pour la paix‹. Da habts ihr dieses erstaunt insistierende, zweimal wiederholte ›Ciel!‹. Als wär dem Himmel kaum zu glauben, daß es Unschuld und Frieden überhaupt noch geben kann. Singts das mit großen, nach innen aufgerissenen Augen, nicht mit aufgerissnem Mund! Eyes wide shut! ›Jouissons dans nos asiles, jouissons de biens tranquilles! Ah, kann man glücklich sein, wenn man ein Anderes begehrt?‹. In diesen Takten wirds durchsäuert von Chromatik und Enharmonik. Die Freude an den schönen Zurückgezogenheiten ist getrübt. Das nenn ich den skeptischen Realismus beim Rameau. Asyl und Stille sind gefährdet. Heut gibts die ja eh nirgendwo mehr. Vielleicht noch auf der Peters-Insel im Bieler See, aber sonst? Ihr müßts das spielen wie ein Greenpeace-Trupp, der sich den Holzfällern im tropischen Regenwald anpirscht. Also bitte. Nochmal. Habts ihr? Drei — vier —:

No, stop, sorry, Pierre, Bernadette, you still sing too loud. Eben nicht still. Ihr seids Solisten, aber ihr singt zu solistisch. Was seids ihr? Weder edle Wilde wie Osman, noch böse Wilde wie Huáscar, sondern Naturwesen. Jenseits von Gut und Böse. Sowas wie Tiere, deren Stimmen im musikalischen Satz perfekt getarnt sind, mit Flecken oder Streifen, damit man euch nicht sieht zwischen den klingenden Lianen. Ihr müßts das singen wie auf Raubkatzenpfoten, Leopardenpfoten« — Zwischen-

ruf: »Gibt's nicht in América« — »meinetwegen Tiger-
pfoten« — Zwischenruf: »Gibt's nur in Asien« — »Herrgott-
himmel, dann seids ihr also ein Jaguarpärchen. Jeder
Ton auf weichen, elastischen Fußballen. Gilt auch für
den Chor! Beim letzten Refrain dann ganz, ganz leise!
Ihr verschwindets im Urwald. Darf ichs nochamal haben
jetzt. Die ganze Danse en Rondeau. Pscht! Darf ich
bitten —:
Schön, danke. Pause, meine Herren! Ach, und eh ihr
jetzt alle entschwindet, noch Folgendes. Wenn wir über-
übermorgen, so Gott will, die Indes im Kasten haben,
feiern wir am Abend, mit einem kleinen Empfang. Nicht
in eurer Disko, sondern auf Einladung der Österreichischen Botschaft. Merkts euch des schon amal vor.«
Am Arm Joschis verließ Erlkönig den Saal, und wie
immer sammelten sich die Musiker zum Plaudern und
Rauchen in kleinen Gruppen, denen ich mich, mit unverändert schmerzenden Gliedern und einem schier
unerträglich gewordenen Pochen im Kopf, grüßend bei-
gesellte, um sogleich meine unübersehbar angeschlagene
Verfassung mit dem ungewohnten Alkoholverzehr der
vergangenen Nacht zu entschuldigen. Dies wurde mit
gespieltem Mitleid und wissendem Grinsen zur Kenntnis
genommen — wenn auch beiläufig nur, da alle Aufmerksamkeit der Pausengespräche einem Vorfall galt, der sich
nächtens im Hotel der Musiker abgespielt hatte und
von mehreren Mitgliedern des Ensembles bezeugt wurde.
Und zwar mußte es, bei geöffneten Zimmertüren, einen
abstoßenden, entsetzlichen Streit gegeben haben zwischen Henrike Zilberstijn und Yoshiko Tawada, einen
rasenden Furiengesang, schrecklich auszumalen und beider unwürdig, ein wüstes Gekeif aus Beleidigungen,
Racheschwüren und gellenden Anwürfen, das durch den
ganzen Hotelflur zu hören gewesen und in Tränen, Von-
Tür-zu-Tür-Rennen, An-die-Tür-Hämmern, Türenaufrei-
ßen und -wiederzuschlagen kulminiert sei, eine veritable

Opern-Scena, ein Duett, dem sich, wie im Bühnenfinale, nach und nach weitere Dramatis Personæ beigesellt hätten, bis das ganze Ensemble vermittelnd und beschwichtigend das eifersüchtige Primadonnenpaar zur Raison und das Melodrama, wenn auch nur mit Mühe, schließlich doch zu einem *lieto fine* habe bringen können.

Die kolportierten Details waren haarsträubend, vermochten aber nicht, mich aus meinem Zustand zu reißen, der, je nach dem Fokus der Wahrnehmung, einem Panzer aus Schmerzen oder einem wattierten Futteral aus dumpfer Betäubung glich, dem ich eingezwängt mich fühlte gleich einer über mich gestülpten Glocke, deren Erz unter den Schlägen eines Hammers dröhnte: unerträglich genug, daß ich mich auf französisch empfahl, mich ohne Verabschiedung hinaus auf die Straße schlich und kein anderes Begehren mehr trug, als ungesäumt das Hotel aufzusuchen und auf dem Zimmer mir im Bett die Decke über die Ohren zu ziehen.

Hatte das Fieber mich da schon im Griff? Oder was bewog mich, auf dem Weg ins Hotel die soeben vernommene drastische Szene mit der Affektdarstellung der italienischen Oper in Beziehung zu setzen und ihrem unverstellt Extrovertierten, Losgelassenen die strenge Zügelung der Leidenschaften im Recitatif der Tragédie lyrique, gleichsam als Korrektiv, entgegenzuhalten? Um wieviel erträglicher, ja humaner, sagte ich mir beim Gehen, sind doch die *passions* im französischen Textkorsett, in dieser Korsettage aus Diskretion und höfischer Formalität. Natürlich berührt das ihre dramatische Wirkung, und das heißt eben auch, ihre Tauglichkeit auf der Bühne des Lebens. Möchten wir von ihnen denn wirklich, fragte ich mich, im Flußbett der italienischen Melodie mit- und fortgerissen werden bis zum Ertrinken — oder nicht lieber, *viel* lieber sie in Distanz, in einer gewissen Stilisierung wissen? Und sind Affekte auf der Bühne des Lebens nicht ohnehin so uneindeutig, zwielichtig, ambivalent und rasch umschlagend, daß die französische Kleingliedrigkeit der musikalischen Syntax, die so oft als Kurzatmigkeit mißgedeutet wurde, ihnen eher gerecht wird als die großlinig rauschende, erhabene Einseitigkeit, in der italienische Leidenschaften dem Betrachter so zudringlich auf den Leib rücken wie die bramarbasierenden Bettler von Santa Lucia? Müssen wir denn überhaupt Affekte von Leidenschaften unterscheiden, und wenn ja, nach welchen Kriterien?

Solcherart waren die wirren Raisonnements, als mir an der Rezeption des *Fleur de Lys* der Portier mit dem Zimmerschlüssel zugleich ein Päckchen aushändigte, das ein Herr bei ihm abgegeben und in dem ich, nach dem Auswickeln, zu meiner Freude das verlorengeglaubte Geschenk Grünspans erkannte. Dem Konvolut lag seine Visitenkarte bei, auf der in haarfeiner, lichtblauer Écriture gekritzelt stand: »Cher Walter, der Täter kommt immer wieder gern an den Ort seiner Tat zurück, wenn auch auf verschlungenen Wegen. Shalom!«

Natürlich hätte ich gern gewußt, wo ich das Heft liegengelassen; daß es überhaupt so rasch hatte retourniert werden können, mochte ich mir fürs erste nur aus einem Ex Libris Grünspans erklären, das dem hinteren Einbanddeckel aufgeklebt war und seine Adresse aufwies. Dem Wunderbaren — und meiner Freude über das unverhoffte Wiedersehen — tat diese banale Erklärung freilich keinen Abbruch. Erleichtert betrat ich den Lift, nicht ohne mir vorher noch an der Rezeption eine Flasche Mineralwasser und ein Aspirin aufs Zimmer zu erbitten.

Den Rest des Tages verbrachte ich mit dem Versuch, mir auf das rätselhafte Heft einen Reim zu machen. Soweit meine bescheidenen Fähigkeiten im Entziffern alter Handschriften und meine begrenzten Kenntnisse des Französischen den Schluß zuließen, handelte es sich um eine Kompilation aus Zitaten, Exzerpten, Übersetzungen und nicht oder nur unzulänglich nachgewiesenen Quellen, um eine, auf den ersten Blick chaotische, Sammlung von Briefabschriften, Gesprächsprotokollen, Tagebuchauszügen, Gerichtsbulletins, in die gelegentlich, mit Bleistift, die Stimme des mutmaßlichen Kompilators, eines gewissen Jean Devin, sich kommentierend einschaltete, ohne damit über Sinn oder Absicht seiner Sammlung Erhellendes zu verraten. Den Seiten aufgeklebt, fanden sich in dem Konvolut darüber hinaus undatierte Zeitungsausrisse, zwei durchscheinend geäderte Blätter von Erle und Linde, getrocknet und gepreßt gleichwie aus einem Herbarium, der Scherenschnitt eines unbekannten Mannes (Brustprofil; nach der Form der Perücke mit Zopfbeutel zu datieren auf ca. 1760), ein verblichenes grünes Seidenbändel sowie mehrere kleinere Linienrasterblätter mit je einem System von Notenlinien, auf welchen jeweils ein paar Töne Musik notiert waren — hier würde mir das Orchester sicher bei der Identifizierung behilflich sein.

Während die Datierung der Texte selber (deren Authentizität fragwürdig bleiben mußte, solange niemand in der Lage wäre, diese durch Stil- und Schriftvergleich, Papier- und Tinten-Analyse nachzuweisen) von 1675 bis 1780 kaum Fragen aufwarf, blieb mir auch nach sorgfältiger Lektüre bis zuletzt ein Rätsel, wann das Heft, in dessen Fokus unzweifelhaft die französische Oper des Dix-Huitième stand, zusammengestellt worden sein könnte, zumal es über die Identität seines dubiosen Kompilators nichts preisgab.

Grünspan hatte recht: Hier war eine hübsche Nuß zu knacken, und gerade hatte ich mich mit dem Heft, in abenteuerlichste Spekulationen und Träume verloren, auf dem Bett ausgestreckt, als es an der Zimmertür klopfte. »Das Mineralwasser, Monsieur.« Ich bat herein; die Tür ward behutsam geöffnet, und in Pagenlivree trat Napoléon-Aristide ein, um sein Tablett abzustellen. »Bonjour,

Monsieur l'Empereur«, grüßte ich ihn heiter. »Wissen Sie, daß Beethoven das Widmungsblatt seiner Eroica zerriß, als er erfuhr, Napoleon habe sich selbst zum Kaiser gekrönt?« Der Angesprochene straffte sich, blickte sich indigniert zu mir um und sprach im sonoren Ton eines ungekrönten Kaisers:»Monsieur! Ich bin weder Neger noch Indianer, weder West- noch Ostinder. Ich bin Franzose! Bürger einer Grande Nation, einer République! Und deswegen liebe ich das begeisterte *Non* mehr als das jämmerliche *Oui.* 1804 war ein Jahr der Schmach und des Verrats. Mein Herz schlägt mit Robespierre, Saint-Just und Danton. Diese haben uns vorgelebt, was gelebte Dialektik heißt. Alles Spätere war *affirmation,* Lüge.«

Ich neckte ihn, weil ich ihn mochte. »Ist es auch Lüge, daß Sie gestern nacht neben mir im Chez Kiki saßen?« Doch mein Garçon hob nur verständnislos die Brauen und sprach:»Gestern nacht, Monsieur? Ich werde Ihnen sagen, wo ich gesessen habe. In der Intensivstation von St.-Claude, am Bett meines Sohnes, dem die Polizei eine hübsche Schädelfraktur hinterlassen hat. Er ist ein Held. Mein Herz schlägt mit der Gegenrede der Jugend. Nur sie kündigt immer wieder das Einverständnis mit dem Bestehenden. Brüssel wird sich noch wundern! Die Regulierung, die man dort als ein Abbild der Globalisierung feiert, wird an ihren eigenen Widersprüchen ersticken. Je größer das Netz wird, das sie webt, desto leichter und öfter wird es reißen und Vermögenswerte, Unternehmen, ganze Länder, auf einen Mausklick hin, auslöschen. Je enger es aber geknüpft wird, desto eher wird es unter der schieren, nicht mehr übersehbaren und daher gar nicht mehr zu steuernden Masse an Informationstransfers, Deutungsvariablen und Handlungsoptionen kollabieren — nicht wie der sprichwörtliche Esel, der zwischen zwei Heuhaufen verhungert, weil er sich für keinen entscheiden kann, sondern wie einer, der unter einem himmelhoch tonnenschweren Gebirge aus Spreu zerdrückt wird wie eine Laus! Und dann wird die Stunde gekommen sein, wo Widerspruch und Applaus sich aufheben: zum Tanz auf den Straßen zur Marseillaise, wie einst!«

Beflügelt von seiner sublimen Vision, verneigte sich Napoléon-Aristide knapp und schritt mit großer Würde hinaus, während ich mich wieder meinem Konvolut hingab und sogleich einem Traum mich überließ, der mir eingab, ich sähe Devin im Jahr der Schreckensherrschaft auf der Flucht vor seinen Häschern. Und an seinen Schnallenschuhen werde er erkannt und in Prison gebracht, wo er auf seine Hinrichtung warte. Und während draußen die Guillotine rase und in den Autodafés die Gemälde, Bücher und Musikhandschriften des Adels im Feuer verglühten, erbäte er sich von einem mitleidigen Wärter Dinte, Feder und Papier, um wenigstens eines noch zu tun: Zeugnis abzulegen von den Herrlichkeiten, deren er Zeuge gewesen im Ancien régime; zu überliefern und mitzuteilen das Wenige, das er im Kopf gespeichert und im Herzen bewahrt; zu beschwören diese grandiose, nie wiederkehrende Ära von Fäulnis und Glanz, Verwesung und Glorie; sie als Contrebande dem neuen, dem schrecklichen Zeitalter einzuschmuggeln: dem Jahrhundert des Bourgeois, der aus Freiheit die Lizenz zur Verödung, aus Gleichheit die Abschleifung aller Differenz, und aus Brüderlichkeit die Kumpanei der Vandalen werde erwachsen lassen. Und mir träumte, Devin lasse das Konvolut aus dem Kerker schmuggeln, bevor er erhobenen Hauptes, zum Rasseln der Exekutionstrommeln, die Richtstätte beschreite, um sich unter das Fallbeil zu legen und der Menge der Gaffer, schon im Liegen, mit in den Nacken geworfenem Kopf, entgegenzuschreien: »Vive la Grande Musique! Vive Rameau!«

AUS DEN AUFZEICHNUNGEN
EINES RÉGICIDE.

Im Namen des Allmächtigen: Der König sterbe. Das ist gewiß. Eher soll die Hand mir verfaulen, als daß ich abließe von meinem Plan. Frankreich wird mir dankbar seyn. Die junge République wird Elogen mir dichten und mir Cränze aus Lorber um die Stirne winden. Ganz Europa wird mir zu Füßen liegen, wenn es hört, daß ein Tyrann weniger sey. Das Elend währt schon zu lange. Der Hautgoût unserer faulichten Epoche stinkt zum Himmel und beleidigt die Sinne des Höchsten Wesens, heiße dieses nun Allah, Jehova oder Der Gesalbte. Rührt es denn niemanden außer mir, das Ächzen der Gefangenen in den Verliesen des Teufels, das Seufzen der Geschundenen und Unterdrückten, das Klagen der Witwen und das Jammern der Waisen? Alles geht nach Plan. Aber ich muß geduldig seyn. Auch der HErr hat gewartet, oh! nur zu geduldig geharrt voller Nachsicht, bis Er dann doch mit Seinem Erdbeben Lissabon zernichtet hat in *einem* Hui. Er hat darob Thränen vergossen, Zähren des Erbarmens vielleicht, und doch ... Es muß seyn, und es wird geschehen. Ich weiß auch schon, wie. Alles ist bis ins Kleinste præparirt. Der König geht nie ins Theater. Aber er schätzt die Oper, und dort wird ihn seine Nemesis ereilen. Er hat seine Spitzel. Ich habe meine Spione. Und viele, viele namenlose Helfer, unerkannt und unauffällig. Biedre Familienväter sind es, gute Hausmütterchen, brave Ladenmädchen, selbst Kinder. Diese Kinder sind meine besten Soldaten im Krieg. Alles ist für sie noch ein Spiel, die Glückseligen!, selbst das Töten. Wie sollten so zarte Seelen ein Gewissen schon kennen? Hinter den Coulissen der Opéra hört das halbe Personale schon auf meinen Ruf. Sie warten nur auf das Losungswort. Bis dahin

arbeiten sie fleißig und still. Sie sind meine Schläfer.
Zum Schall der rächenden Posaune werden sie erwachen.
Gelingt mein Plan — und alles steht dafür —, wird eine
herrliche Apotheose des Schreckens aufglühen, eine
Epiphanie des *terreur*, und sie wird erstrahlen in Maigrün
und Muschelgold, Karmesin und Rosenrot, Kanariengelb
und Englischblau, in Orange, Graphitgrau, Mahagoni-
braun, Perlweiß und Muschelsilber, in allen Farben des
Spectrums, une fête pour les senses, un triomphe des
talents lyriques et des arts réunis, ja, wenn schon der
Staub von Äonen sich gesenkt haben wird über die Trüm-
merstätte der Opéra, diese Stätte des Lasters und der
Ausschweifung, wird man mein Kunstwerk noch bestau-
nen in allen Climazonen des weiten Erdenrunds! Daß
meine Frau ihr Glück noch nicht erfaßt — daß sie die
Kinder an sich genommen und mich verlassen hat — was
tut's — sie wird zurückkehren und, wenn das Werk voll-
bracht ist, dem Genie ihres auf ewig angetrauten Gatten
huldigen. So ist es der Wille des Allmächtigen. Also
geschehe es. SEin Wille ist es, daß ihr euch kein Bild
machen sollt von IHm. Aber will unser Absoluter Souverän nicht just dies sein: ein Abbild SEiner Sonnenherr-
lichkeit? Sind die tönenden Bilder der Académie Royale
de Musique, diese Tableaux sündiger Affekte, heidnischer
Götzen und frevelnden Sinnentrugs nicht ein unüber-
sehbarer Aufweis dessen, daß Frankreichs König ein
Schandfleck ist im Angesicht von GOttes Schöpfung, da
er auf der Bühne dieses Afterhauses sich in Scene setzt,
sich als gottähnlich gespiegelt sehen will, in jedem Spiegel dieser Lasterhölle nach seinem lustzerfressnen mür-
ben Antlitz eytel forscht, sich nicht sattsehen und -hören
kann — nicht etwa an der Huldigung des Allmächtigen,
der da kommen wird zu richten und zu strafen, sondern
am irdischen Narrentand des Luxus und der Moden, während draußen vor der Tür seine Untertanen verhungern,

die nicht verhungern würden, wenn niemand über ihnen
waltete, er hieße denn GOtt. Der König sterbe. Das ist
gewiß.

IM HAUSE LE RICHE
DE LA POUPLINIÈRES, 1746.

Jeans Aufgabe besteht darin, sich im Vorzimmer auf-
zuhalten, die Eintretenden anzumelden, die Schleppe
seiner Herrin zu tragen, der Carosse seines Herrn zu folgen und ihm den Puder bereitzuhalten für seine Perücke,
bei Tisch zu servieren, wo er aufrecht und reglos hinter
dem Stuhl zu stehen hat, Besorgungen zu erledigen, im
Haus die meisten jener Tätigkeiten zu verrichten, die für
Ordnung und Sauberkeit sorgen, Gästen zu leuchten,
welche die Treppe hinauf- und hinuntergehen, ihnen
nachts auf der Straße mit einer Fackel zu folgen, vor
allem aber, wie ein anonymer Encylopédiste vermelden
wird, den Stand durch Livree und Unverschämtheit an-
zuzeigen.

Der Laquais wird jährlich für seine Dienste bezahlt.
Dies gilt auch für Jean. Die Encyclopédie wird klagen,
der Luxus habe die Lakaien maßlos vermehrt; unsere Vorzimmer seien so überfüllt wie unsere Ländereien entvöl-
kert; die Söhne unserer Bauern verließen das Haus ihrer
Väter und wanderten in die Hauptstadt, um die Livree
anzuziehen, wozu die Not sie verleite wie auch die Furcht
vor dem Militärdienst. Und dann, so lesen wir, heirateten
diese Livrierten und zeugten Kinder, die ihrerseits die
Gattung der Lakaien weiter fortzeugten, während ihre
Väter im Elend stürben. Ein Nebenerwerb kommt da
gerade zupaß, eine kleine Gratification dafür, daß Jean
die Ohren aufhält, wenn er beim Diner hinter dem Stuhl
steht, jederzeit bereit, einer Ordre zu folgen zum Auf-

tragen der Speisen, zum Einschenken der Gläser und zu hunderterley kleinen Diensten, stets unterwürfig, geduldig, aufmerksam, unbewegten Gesichts.

In verschwiegenen Winkeln des Hauses notirt er sich mit dem Crayon in ein Heft, wes er Zeuge geworden bei Tisch. In wessen Auftrag? Zu welchem Behuf? Nicht einmal Jean Devin gibt vor, es zu wissen. Politik bedarf der Diplomatie, diese bedarf der Intrigue, diese einer gewissen raffinirten Literarizität, und all jene Cabalen haben eine hochformalisierte Stilgebärde gemein, die des Rätsels nicht entraten kann.

»Jetzt ist es schon drei Jahre her, daß der Engländer, mit Habsburg verbündet, uns bei Dettingen geschlagen hat um der österreichischen Erbfolge wegen. Was nützen da unsere eigenen Bündnisse, mit Bayern, Spanien, Sachsen, Preußen? Diese Allianzen kommen und gehen. Unsere Opportunitäten wechseln so schnell wie unsere Hemder beim Umkleiden.«

»Nicht wahr, Abbé? Aber so lästig Doppel- oder Tripelallianzen auch sind, so nützlich kann es dann wiederum seyn, sie gegeneinander auszuspielen. À propos Bündnisse: Was halten Sie denn von der neuen *belle-alliance* unseres Gastgebers? Ganz recht, dort hinten, das prustende Schmalzpummelchen am Ende der Tafel, sehen Sie? Dem Sagittario, der dieser Nymphe sein Brotkügelchen am zielsichersten ins Décolleté schnipst, ist ihr Strumpfband als Liebespfand sicher. Auf das Monsieur Corydon sodann sein galantes Air reimen darf. Dégoûtant.«

»Chacun à son goût, werter Docteur. Musique ist Wissenschaft und Geschmack — Liebe ist dasselbe — nur ohne Wissenschaft. À propos Geschmack: Reichen Sie mir doch bitte einmal die Schale mit den Wachtelschlegeln herüber, die sehen ja allerliebst aus!«

»Sie sind ein Libertin, Abbé; Ihre Tolérance, die von Indifférence kaum zu unterscheiden ist, verlegt die Geschmacksbildung ins Subject. Ich halte dagegen: daß Geschmack subjectiv die Fähigkeit zur interesselosen Bildung ästhetischer Urteile und objectiv der Inbegriff solcher Urteile sey, welche, wie evident auch immer, weder als ursprünglich noch als universell gelten können. Solche Urteilsbildung bedarf der Vermeidung aller Privatgefühle, der *Freiheit des Gemüths vor subjectiven Erregungen,* der Abwesenheit jedes Vorurteils für oder wider das durch den Goût zu beurteilende Object. Ziel der Geschmacksbildung, meine ich, sollte es seyn, an eine ruhige, vorurteils- und parteilose Betrachtung der Objecte zu gewöhnen, um dadurch wahre, interesse- und subjectlose ästhetische Urteile zu ermöglichen.«

»Und doch, verehrter Docteur, wird der Geschmack unseres Gastgebers von subjectiven Erregungen nicht ganz frei seyn. Warum sonst sollte er die ordinaire Cocotte ästimiren?«

»Vielleicht, lieber Abbé, weil sie ihm statt ennuyanter Gespräche über die Oper ein besseres Divertissement verheißt? À propos, Signor Metastasio hat die Pariser Oper besucht. Hernach soll er gesagt haben, sie sei ein Paradies für die Augen und eine Hölle für die Ohren. Der Lärm sei betäubend gewesen, der Gesang abscheulich und statt einer richtigen Aria habe er die ganze Zeit nur Récitatifs vernommen.«

»Was haben Sie von dem Welschen erwartet, Docteur? Sein Name hat einen Beigeschmack von medicinischer Wahrheit. Aber Paris ist gottlob nicht für seinesgleichen gebaut. Wir sind und bleiben die Welthauptstadt der Talents lyriques, des Geschmacks und der Moden; unsere Sprache ist die Lingua Franca der Gelehrten und des Adels in ganz Europa; selbst in Deutschland copirt man unsere Musique, nicht nur bey Hofe, auch im Bürgertum: Der Hamburger Telemann, ein Chamäleon der Töne, schreibt à la française, selbst ein Kantor von St.-Thomæ in Leipzig soll, wie ich mir sagen ließ, unsern Styl goûtiren — ich bitte Sie! Verschonen Sie mich mit der wohlfeilen Häme auf unsere Opéra! Unsere Académie Royale ist eine monopolisirte Institution, wirft Gewinn ab, spielt das ganze Jahr hindurch, im Sommer drei-, im Winter viermal pro Woche, hat das größte sociale Prestige, ist das einzige Theater, das der König besucht, und ist ständiges Gesprächsthema, wie in England das Wetter, nur abwechslungsreicher. — Was meinen Sie, Monsieur de Voltaire?«

»Ich meine, Messieurs, daß die Oper ein öffentlicher Treffpunkt ist, wo man sich an bestimmten Tagen versammelt, ohne zu wissen, warum. Sie ist ein Haus, das jeder besucht, obwohl man schlecht vom Hausherrn spricht und obwohl er ein Langweiler ist.«

»Ein treffliches Aperçu, Monsieur — nur, daß Langeweile verfliegt, sobald zum Spott Gelegenheit sich bietet. — Schenk er mir ein, Jean! Sieht er nicht, daß mein Glas leer ist? — Allein mit Verlaub, theurer Abbé, machen Sie es sich nicht zu einfach? Bedenken Sie, unser Centralisme begünstigt natürlich jedweden Discours um eine Mélange von socialen und culturellen Streitfragen im Brennspiegel der Oper. Da gibt es die Critique aus dem Lager der Literaten an der poetischen Mischform, an der wirren, nicht-aristotelischen Dramaturgie und der unnatürlich gestelzten Sprache unserer Genres. Da gibt es Intriguen des Hofes. Sodann den Einfluß der concurrirenden Salons unserer geistreichen Damen. Dazu privaten Ehrgeiz, Animosité und Rivalité; kurzum: Als ein vorgeschobener Gegenstand für eine Debatte auch um die socialen Verhältnisse eignet sich die Oper um so mehr, als an ihren Wechselfällen die denkbar größte Öffentlichkeit teilnimmt. — Wenn Sie so gütig sein wollen, mein Bester, mir das Confect einmal herüberzureichen? — Ah, Madame Thérèse! Nehmen Sie doch Platz an unserer Seite und vergönnen Sie uns einen Abglanz Ihrer Herrlichkeit so, wie Thitons Bett erschimmert unter Phoebes Strahlenhaupt. Also, daß Sie Ihre häusliche Schmach noch erdulden, ist die größte Sensation von Paris! Übrigens, kann Ihnen gar nicht sagen, wie favorable Ihnen das Amethystcollier steht.«

»Finden Sie?«

»Und dieses Herz aus Rubin, da schauts her! Wem mag es wohl funkeln an seinem Kettchen überm schwanenweißen Busen? Excusez-moi, darf ich einmal —«

»Finger weg, Monsieur! Warum schweifen Sie ab von Ihrem Gegenstand? Die Oper —«

»Ah, certainement, Madame, indes — was wäre in dieser zu finden, was wir nicht in Ihrer Person unendlich viel reicher besäßen? Zu Gnade, Anmut, Huld und Dank fänden wir in Ihnen überdies Ambition, Orgueil, Fierté, Amour und Gloire. Und keine Querelle ficht Sie an!«

»Sehr artig, Monsieur. Aber erinnern Sie mich bloß nicht an diese! Wir dürfen froh seyn, daß der törichte Streit mit den Lullisten seit Jahren verstummt ist.«

»Wirklich, Madame? Sind Sie sich da ganz sicher? Wecken Sie nicht die Schläfer! Sie könnten wieder auferstehen, in neuem Gewande.«

»Wieso? Die Argumente haben sich erschöpft. Die Lullisten haben die Tragédie en musique in Parallelität zur klassischen Tragödie definirt, und deswegen war für sie der Text, genauer gesagt: der Vers, so wichtig, daß sie den Tragödiencharakter der Oper gegen ein angebliches Übermaß der Musik bei Monsieur Rameau glaubten verteidigen zu müssen. Sie warfen ihm vor, überhaupt kein Verständnis für die Textdichtung und das Récitatif zu haben und in der Gewichtung zwischen Déclamation und begleitender Harmonie letztere über Gebühr, durch übermäßigen Gebrauch der Dissonanz, befrachtet zu haben.«

»Aber stimmt das denn nicht, Madame? Die Ramisten wollen große Tableaux mit espressiver Musique, die Lullisten verlangten edle Simplicité und feine Nuancierung im Kleinsten. Der Conflict um die Priorité zwischen *parole* und *musique* scheint unlöslich — oder, M:r Abbé?«

»Ich schlage vor, geschätzter Docteur, doch in Zukunft
ein Theater einzurichten, in dem man schöne und angenehme Musik zu vollkommen sinnlosen Texten hören
könnte. Das wären immerhin klare Prämissen. Man
könnte zu Texten in unverständlichen Sprachen, etwa der
Hottentotten, singen oder die Libretti von Narrenhäus-
lern verfassen lassen, dann käme das Genre endlich nach
Hause. — Ist noch etwas von der Chocolade zu bekommen,
Jean? Ich bitte darum! Ah, Chocolade und Gewürze! Ich
sage Ihnen, Docteur, ein Gelehrter der Zukunft wird er-
kunden müssen, auf welche Weise die Geschichte unserer
Aufklärung eine Geschichte der Genußmittel sey. Was
wären *les lumières* ohne Thee, Café, Toback, Zimt und
Muskat, Ananas und Cocosnüsse — und die geselligen
Stätten, in denen man den Discours mit alledem würzt?«

»Des Fortschritts der privaten wie öffentlichen Beleuchtung nicht zu vergessen, Abbé! — Ah, Monsieur
Rousseau, bitte verweilen Sie doch einmal kurz an unserem Tisch; merci beaucoup. Sind Sie auch musikalisch?
Dann sagen Sie uns doch bitte einmal, möglichst ohne
langes Raisonniren, ex tempore, was Sie von der Musik
des M:r Rameau halten?«

»Gern, Messieurs. Es ist eine vornehme, luzide Musik.
Sie ist ein großmütiges Geschenk an die Menschheit.
Sie breitet weit die Arme aus. Sie ist von einer Größe
und Weitherzigkeit, die in der Musik anderer Länder
unbekannt ist. Ob ich auch musikalisch sei, weiß ich freilich nicht. Aber daß meine *Muses galantes* letztes Jahr
in diesem Hause ihre erste Privataufführung hatten, ist
Ihnen vielleicht nicht entgangen. Doch? Wie bedauer-
lich. Wenn die Oper demnächst in der Académie Première hat, lasse ich Ihnen gern zwei Entréebilletts zukommen. Ich darf mich empfehlen.«

»Das war nicht recht von Ihnen, Docteur. Sie wissen
doch, wie dünnhäutig er ist, unser Genfer Bürger. Eine
einmal empfangene Kränkung vergißt er sein Lebtag

nicht. Der Hitzigkeit seiner Liebe zu den Menschen entspricht die Unversöhnlichkeit seines Zorns, wenn sie ihn enttäuschen. Ich kann es Ihnen ja verraten: Besagte Privataufführung hier bei unserm Gastgeber war ein Désastre! Gleich bei der Ouverture begann Rameau *durch sein übertriebenes Lob* zu verstehen zu geben, daß diese nicht von Rousseau seyn könne. Er ließ *keinen Teil ohne heftige Zeichen der Ungeduld* vorübergehen; bei einer Arie konnte er nicht mehr an sich halten; er fuhr Rousseau mit einer *Grobheit an, die bei aller Welt Anstoß erregte,* und sagte: Der eine Theil von dem, was er gehört, stamme von einem in der Kunst höchst erfahrenen Manne *und alles andere von einem Stümper, der von Musik auch nicht die geringste Ahnung habe.* Rameau gab vor, in ihm nur einen *talent- und geschmacklosen Plünderer fremder Werke* zu erblicken. Die anderen Zuhörer, und vor allem der Hausherr, waren nicht der gleichen Meinung. Nur Madame Thérèse schlug sich, wie immer, auf die Seite ihres Jean-Philippe. Mir ist zu Ohren gekommen, Docteur, daß die Aufführung des Werkes, das man derzeit einstudirt, verboten werden wird. Was liegt also näher, als daß M:r Rousseau sein Scheitern auf seinem, wie er wähnt, ureigensten Felde der Musique dem unheilvollen Einfluß Rameaus zuschreiben wird. À propos, wußten Sie, daß der Genfer Bürger im Vorjahr die Princesse de Navarre überarbeitet hat? Kein kleines Privileg, für einen hergelaufenen Musiklehrer.«

»Ach! Das ist mir neu. Bittibitti, Abbé, erzählen!«

»Aber, Docteur! Erinnern Sie sich nicht an die Comédie-ballet, die Voltaire und Rameau in der Grande Écurie aufführen ließen im Februar letzten Jahres? Zur Vermählung Maria Theresias von Spanien mit dem Dauphin Ludwig? Nein, nicht den Temple de la Gloire, zur Feier des Sieges von Fontenoy, das war ihre zweite Zusammenarbeit! Aber daran müssen Sie sich doch erinnern, ich bitte Sie! Einen Monat hat das Fest gedauert, neunzehn

Orchester haben gespielt; es gab Tanz und Konzerte in sechs überdachten Pavillons, einem Hymenäus-Tempel, einem Palast des Momus und je einem der vier Jahreszeiten; es gab ein Büffet für alle Bürger, mit Brot, Wein, Fleisch — sehen Sie, jetzt dämmert es Ihnen! Erinnern Sie sich an die Besetzung? Zehn Schauspieler wirkten mit, vierzehn Solosänger, darunter Jélyotte, vierzig Tänzer, neunundvierzig Instrumentalisten, hundertachtzig Statisten, und der Mercure de France schrieb danach ›Der Erfolg des Werkes ist dem Ruf des berühmten Komponisten gerecht geworden, der nicht nur in Frankreich, sondern in ganz Europa zu Recht als der größte seines Faches gilt.‹«

»Kunststück! Sein Parteiblatt hat immer ein Spältchen frei für seine bezahlten *partisans!*«

»Seien Sie nicht ungerecht; das Blatt geizt nicht mit Kritik, wenn es seyn muß. Jedenfalls ist M:r Rameau daraufhin zum *Compositeur de la Musique du Cabinet du Roy* ernannt worden.«

»Zum Hof-Unterhalter mit Pensionsanspruch, na großartig. Er hat es geschafft. Keiner kann ihm mehr was. Die partisans werden es ihm danken. — Monsieur de Voltaire! Verraten Sie uns mal: Wie war denn die Uraufführung Ihrer Princesse?«

»Grauenhaft, Messieurs. Ruinöse Akustik. Unter dem mächtigen Gewölbe erschienen die Schauspieler wie Pygmäen. Sie waren überhaupt nicht zu hören gegen das lärmende Orchestre. Seine Majestät geruhte huldvoll anzumerken, daß ihn das Werk nicht gestört habe. Mich hat er keines Blickes gewürdigt. Beim Temple de la Gloire war es kaum anders. Ich gönne Rameau seinen Titel, aber mich selbst werde ich zu solchen Schranzendiensten nicht mehr hergeben. Sie können von Glück sagen, daß ich heute anwesend bin. Aus Furcht vor Verhaftung verlasse ich Cirey nur noch selten. Wenn ich es doch tue, dann nur deswegen, weil die Welt nicht auf mich verzichten soll.«

»Gesprochen wie ein Mann, Monsieur. — Ich frage mich nur, lieber Abbé, warum gerade M:r Rousseau das Werk revidiren sollte. Das ist doch, als sollte Michelangelos Sistina von einem Anstreicher übermalt werden.«

»Nun, das Werk hatte zumindest dem Publikum gefallen. Voltaire und Rameau aber waren mit dem Temple de la Gloire beschäftigt; und wer so eifrig an seinem eigenen Ruhmestempel baut, hat selten Zeit für anderes, nicht wahr? Monsieur Rousseau durfte vielleicht, nun wie soll ich sagen?, das Werklein gefälliger zubereiten, es ein wenig popularisiren. Nunmehr sollte es *Les Fêtes de Ramiro* heißen.«

»Womit sein Sücceß zweifellos garantiert war.«

»Dem Ehrgeiz Rousseaus schmeichelte das Project auf jeden Fall. Es sollte sein Entréebillet bei Hof seyn. Une grâce formidable. Der Rest war: Politique; Intrigue; Concurrence; mit einem Wort: Oper in ihrem festlichsten Gewande. Und als symbolische Darstellung der Grâce ist die Oper ja immer auch ein gemeinsam begangenes Fest. Ungnädig war nur, daß das Programmheft nicht nur die Namen von Rameau und Voltaire, was noch angegangen wäre, sondern auch von Rousseau verschwieg, so daß das Werk nach der Aufführung im Theater des Petites-Écuries gleich wieder in der Versenkung verschwand. Und schon jezo vergessen ist — quod est demonstrandum an Ihnen. Etwas unfestlich war auch, daß man M:r Rousseau um sein Salarium prellte.«

»Das alles erklärt mir auf unserer heutigen Fête aber immer noch nicht, was unser Gastgeber an jener Platée dort am Tischende findet. Hat sie die Blattern? Ach nein, sie trägt vielleicht nur ein Schönheitspflästerchen zuviel. Mon Dieu, reichen Sie mir doch bitte die Schale mit den Austern herüber. Und: Jean, schenk er mir ein! Sieht er nicht, daß das Glas schon seit einer kleinen Ewigkeit leersteht?«

AMBASSADE D'AUTRICHE, PARIS 2003.

Die Aspirin-Tablette, die ich mir in einem Glas Wasser aufgelöst, hatte ihre Wirkung verfehlt. Das Kopfweh hielt an, hinderte mich an den Folgetagen aber nicht, ein ums' andere Mal, über Stunden, in den Aufzeichnungen Devins zu blättern. Ihr Wahrheitsgehalt war nicht nachprüfbar — dennoch genügte mir die bloße Evokation weniger Namen, Daten, Begriffe und ihrer Zusammenhänge zur Beschwörung eines kulturellen und diskursiven Milieus, das aus dem Dämmer eines versunkenen Säkulums immer leuchtkräftiger an die Oberfläche stieg und derart meine Aufmerksamkeit von den Pflichten meines Jobs abzog, daß ich mich, in seltenen Augenblicken kritischer Besinnung, ermahnen mußte, meinen Terminen und Kommunikationsaufgaben nachzukommen, um nicht meine Entlassung zu riskieren. Es ging ja im Kulturbetrieb mittlerweile nicht weniger rauh zu als in der freien Wirtschaft; das angelsächsische Prinzip von *hire and fire* galt bei uns nicht minder, und wer da mithalten wollte, mußte, wie mir die Londoner Executives kühl gesteckt hatten, als »Humankapital« unbedingt auf dem Quivive sein — und bleiben.

Dennoch raffte ich mich erst am letzten Aufnahmetag, mit unverändert quälenden Kopfschmerzen, noch einmal zu einer Teilnahme an den Proben in der Salle Olympique auf. Cunningham hatte um Wiederholung zweier, noch nicht restlos geglückter, Stücke gebeten. Den Anfang machte die Schäferszene aus dem Prolog, »Musettes, résonnez!«, für die Rameau eine Begleitung durch eine Cornemuse vorgesehen hatte. Mit dem kleinen provençalischen Dudelsack, den ein Spezialist aus Montpellier blies, hatte es Intonationsprobleme gegeben, die vor allem den aufsteigenden Dreiklang des Beginns getrübt hatten; diese wurden jetzt korrigiert, so daß das Tableau in seiner ganzen arkadischen, von Trauer umwehten Unschuld abendschön sich entfalten konnte. Erlkönig durfte zufrieden sein und sich dem nächsten Problemfall zuwenden, der Fugato-Introduction zum ersten Entrée, *Le Turc généreux.*

»Ist euch eigentlich bewußt, daß das ein Kontrapunkt im deutschen Stil ist?« fragte Erlmayr. »Für die Franzosen begann offenbar hinterm Rhein schon der Orient. Na, heut paßts ja eh'. So wie für Shakespeare Böhmen am Meer lag. Idiomatisch genaue Stilkopien gabs damals ja noch kaum; schauts euch die Turqueries in Versailles an. Das Türkische war im Jahrhundert der Türkenkriege das gefährlich Schillernde, Exotische schlechthin. Die Mode suchte sich ihre Piquanterien beim Feind. So wie die Kleidung der Elisabethaner sich beim spanischen Erzfeind bedient hatte. Solche bizarren Reziprozitäten müßts ihr mitdenken beim Spielen. Machmers nochamal, bitte. Ex oriente nox! Drei — vier —:

Nein, nein. Ihr habt mich mißverstanden. Ihr sollts deutsch spielen, nicht alla turca. Denkts meinetwegen an Kreuzberg. Spielts das als Bach oder Händel oder Buxtehude, der vor einer Würschtlbude in Neukölln um einen Döner ansteht. Euer Timbre muß klingen, als hätts ein Kopftuch auf, aber eines von Aldi! Alsdann spieltsas nochamal ganz durch, bittschön: —

Fein. Danke. Ja, ich denk, wir haben die Indes nun im Kasten. Und ich glaub, wir haben da was sehr Schönes zustandegebracht. Ja? Wirklich? Doch, ich glaub schon. Ich weiß, ich habs euch nicht immer leichtgemacht — ihr mir aa net — aber am End können wir sagen: mir ham uns zusammengerauft und dürfen zufrieden sein. Nochamal danke, meine Herren. Und Damen.

Wir sehn uns dann heut abend, gell? In der Botschaft, um acht. — Naa, kein Frackzwang! Seids narrisch? Normale Abendgarderobe. Kommts alle mit Tirolerhut und Gamsbart, die Damen im Dirndl, des paßt scho. Also servus, bis später. — Walter? Auf ein Wort!«

Erlmayr nahm mich beiseite, und ich erwartete schon, einen geharnischten Rüffel für mein häufiges Fernbleiben zu erhalten. Aber es ging um etwas anderes. Da am Abend diverse Reden angesagt seien und Erlkönig, wie er gestand, »nicht den geringsten Gusto aufs Ausbäcken von Gehirnschmalz« habe, bat er mich, an seiner Statt zur Feier des Tages eine kleine Ansprache zu halten, »improvisando, léger, Sie schütteln das doch locker aus dem Handgelenk, Walter, sind ja ein gscheiter Bursche; aa was, wehrn Sie nicht ab, Sie kriegen das schon hin. Danke.«

Teufel auch! Da lag nun der Hase im Pfeffer. Wie ich solche Begrüßungsreden haßte! Den ganzen Rest des Tages zermarterte ich mir, gepeinigt von Schwindel und Übelkeit, das Hirn — dabei hatte ich insgeheim gehofft, mich vom Botschaftsempfang dispensieren zu können, um den Abend im Hotelzimmer geruhsam mit der Lektüre meines Konvoluts zu verbringen. Statt dessen formulierte und memorierte ich nun, laut vor mich hin murmelnd, selbst noch beim Rasieren, Umkleiden und Parfümieren, bis ich mich endlich, mit weichen Knien, in ein Taxi verfügte, das mich schon um halb acht vor der Botschaft in der Rue Fabert, die einstmals Rue d'Austerlitz geheißen, absetzte.

Der Taxifahrer, ein frankophoner Schwarzafrikaner aus Dahomé, hatte sich gerade einen Joint gedreht, als ich mich in seinen Citroën vom Typ jener Déesse setzte, mit der einst de Gaulle sich chauffieren ließ. Mir war alles gleich — kaum war ich im Polster des Gefährts versunken, hatten sich die Zahnreihen des Negers um den Joint geklemmt wie eine Kneifzange; dazu hatte er Gas gegeben und war, als wäre es auf der Rallye nach Dakar, mit kreischenden Reifen losgeprescht. Von mir aus! Ein Unfall wäre mir geradezu lieb gewesen. Nur zu, dachte ich mir, hau deine Kiste gegen den nächsten Laternenpfahl! Aber den Gefallen tat er mir nicht – kurvte vielmehr, den Joint zwischen den Zähnen und mit den Fingern auf dem Lenkrad einen Rap trommelnd, wie von Furien gehetzt, im Höllentempo um die Ecken, in einem Zickzack-Kurs, der mich schließlich zu der Frage veranlaßte, wovor er auf der Flucht sei? Lachend gab er zurück: Vor Polizei und Demonstranten. Ganze Straßenzüge seien seit gestern nacht abgeriegelt, und mit Steinwürfen oder Molotow-Cocktails sei immerfort zu rechnen. Ob ich es denn nicht in den TV-Nachrichten gesehen? —: Daß ein französisches Satire-Magazin sich erkühnt habe, ein Bild Mahomets mit einem Turban, aus dem eine Zündschnur ragte, zu veröffentlichen, was die ohnehin gereizte Stimmung unter den muslimischen Bewohnern der Banlieues vollends zum Überschäumen gebracht, so daß die Wut nun in einer wahren Orgie von Gewalt sich austobe: Die verantwortliche Druckerei sei bereits gestürmt und verwüstet worden; die Redaktionsräume der Zeitschrift seien mitsamt den darüberliegenden Etagen, die von Einwanderern aus dem Maghreb bewohnt gewesen, in Flammen aufgegangen; den Karikaturisten und den Chefredakteur habe man auf dem Boulevard Malesherbes in effigie verbrannt, was immer noch besser sei, als wenn man ihrer leibhaftig habhaft geworden wäre. Kurzum, auf den Straßen sei der Teufel los, und deswegen fahre er wie ein solcher, zu meiner und seiner eigenen Sicherheit.

Ich belohnte ihn vor dem Aussteigen mit einem guten Trinkgeld und schlich mich in der festlich ausgeleuchteten Botschaft, am linnenverhüllten Sektbüffet vorbei, in ein abgelegenes Zimmer, um dort mich zu sammeln, zu beruhigen und auf meine Rede zu präparieren. Am mählich anschwellenden Stimmengebrodel zeigte sich an, daß die Empfangsräume sich bereits mit Gästen zu füllen begannen. Schließlich vernahm ich, wie in eine plötzlich sich ausbreitende Stille hinein die heisere Stimme von Dr. Claudia Moosbrugger, Kultur-Attachée der Botschaft, um Aufmerksamkeit warb. Grußadressen wurden verlesen, nicht enden wollende Glückwünsche des Botschafters, der Bundesregierung und der Niederösterreichischen Landesregierung, alle garniert mit rhetorischen Ornements, artigen Belanglosigkeiten und zähflüssigen Komplimenten, launigen Scherzen und formalisierter Fadesse, bis am Scharren, Hüsteln, Raunen, am nur ganz sacht ansteigenden, aber unüberhörbaren Unruhe-Pegel zu merken war, daß mit dem Überdruß des Auditoriums an den rhetorischen Endlosschleifen denn doch bald deren Ende zu gewärtigen sei. Mein Auftritt war gekommen.

So abweisend wie abwesend, zerstreut grüßend, schlängelte ich mich durch die Menge der Stehenden nach vorn, glitt an den Servierkräften vorbei, die in Salzburger Mozartkostümen Tabletts mit Sektgläsern offerierten, trat hinter ein improvisiertes Pult, strich mit zitternder Hand ein zerknülltes Konzeptblatt glatt, nahm einen Schluck Wasser, räusperte mich und begann, in die Runde blickend und wie gehetzt, meine Ansprache.

Divertissement

WALTER MARDTNERS REDE.

Eure Exzellenz, Mesdames et Messieurs, liebe Kollegen. Während wir hier mit dem erfolgreichen Abschluß unseres Aufnahmeprojekts auch uns selbst feiern, lassen sich draußen, auf der Straße, von einer Zeitschriften-illustration, *einem Bild nur*, Menschen kränken, die, statt sich selbst für Intoleranz und Gewalt zu entschuldigen, Entschuldigung fordern für eine Kränkung, die ihrem selbstgewählten Bilderverbot ohne Not entspringt. Sie, die freiwillig des Lachens sich begeben haben, fordern eine Entschuldigung für Spott, Satire, Karikatur, mit einem Wort, für das unheilige Lachen, und sie fordern es von einem Land, dem sie für das dankbar sein könnten, was wir ihm verdanken: Aufklärung, Freiheit und die moderne Idee der Menschenrechte. Für ihre Adoration des Heiligen fordern sie einen Respekt ein, den sie dem laizistischen Staat, den sie sich zur Heimat gewählt haben, verweigern. Was hat das mit Rameau zu tun? Mehr, als es auf den ersten Blick scheint.

Seine klassizistische Epoche, die aus der griechischen und römischen Antike, vermittelt über die Renaissance, jene Abbildlichkeit des Numinosen übernahm, die zum Bilderverbot des Monotheismus nicht lediglich konträr, sondern, wie sich derzeit zeigt, in unversöhnlicher Gegnerschaft steht, übernahm mit den Götterbildnissen auch das homerische Lachen, das Gelächter der Götter auf dem Olymp, übernahm aus Komödie und Satyrspiel auch den Spott, die Karikatur, den Witz, ohne den keine Aufklärung wäre. Aus dem 3. Buch der Böotica des Pausanias etwa entnahm der Textdichter Adrien-Joseph le Valois d'Orville das Libretto zu Rameaus Ballet Bouffon »Platée« en trois Actes, précédé d'un Prologue, représenté devant le Roi en son Château de Versailles, le Mercredi 31 Mars 1745.

Die Geschichte einer mannstollen, abstoßend häßlichen Sumpf-Nymphe, der Jupiter zum Schein den Hof macht, um seiner eifersüchtigen Juno eins auszuwischen, ist bis heute ein Affront aller ästhetischen und moralischen Correctness geblieben. Wie einst aus dem Chor der quakenden Frösche der Hohn auf Hof-Entourage und Schranzentum widerhallen und (zum Beleg für die bemerkenswerte, wenn auch selektive Tolérance des Régimes) in Platées Unvorteilhaftigkeit die Reizlosigkeit der frisch angetrauten Gattin des Dauphins gesehen werden mochte, so ist heute die Häme aufs Ungestalte, auf das von Natur Benachteiligte, dem die Oper, mitleidslos, nicht einmal das Recht auf Geilheit zugesteht, ein Schlag ins Gesicht des Erbarmens, jenes Ein- und Mitfühlens, welches unterdes zahllose Wörter im öffentlichen Sprachgebrauch, Wörter wie ›Neger‹ oder ›Zigeuner‹ oder ›Krüppel‹, mit einem Bann belegt und tabuisiert hat.

Das klingt inhuman, grausam, und tatsächlich hat Rameau seinem Lob der *La Folie* eine boshaft funkelnde, gift- und witzsprühende Musik mitgegeben, eine Musik von, wenn Sie so wollen, zynischem, kaltem Rationalisme, die bei der Uraufführung ebenso irritiert hat wie die Buffoneske des Ganzen, die skurrile Handlung, die Travestierolle der Platée für den Haute-contre Jélyotte und der beinah vulgäre Stil der Sprache. Daß Collé diese musikalische Comédie, die beim Publikum durchfiel, als das *»für die Kenner* originellste Werk schöner und ausdrucksvoller Musik, das Rameau geschaffen« bezeichnet hat, bestätigt sich durch Urteile von Kennern, wie Baron Melchior Grimm, der sie als ein »einzigartiges Werk« rühmt, oder Jean-Jacques Rousseau, der das »Meisterwerk des Monsieur Rameau« — noch in dem Jahr, da die Querelle des Bouffons anhub — das »vortrefflichste musikalische Werk« nennt, »das wir bisher auf unseren Bühnen gehört haben.«

Worauf ich aber hinauswill, ist, daß die Oper sich nicht darin erschöpft, ein satyrisches Spectacle zu sein. Sie ist auch ein ästhetisches Manifest, in dem der Komponist mit rein musikalischen Mitteln auf die Polemik gegen seine Kompositionen antwortet. Man könnte sagen, Rameaus Zynismus adele sich, indem er sich zum Schein gegen sich selbst kehrt. Die Polemik der Lullisten wandte sich ja, wie Sie wissen, gegen Brillanz, Maßlosigkeit, jenen *goût outré* der bizarren Effekte und der ›irregularités choquantes‹, mit denen seine Musik angeblich das Ohr ›blende‹; gegen die Überfrachtung der Gesangslinie mit Koloraturen und Verzierungen, zu großem Orchesterapparat, polyphoner Stimmführung und geradezu exzentrischem Dissonanzreichtum, kurz, gegen eine ›gelehrte‹ Musik, die sich eher an Geometrie orientiere, dem Inbegriff der rationalen Wissenschaften, als an der schönen und schlichten Natur. Während Rameau fand, gerade ihre »certaine amertume« (was als eine »gewisse Bitterkeit oder Herbheit« zu übersetzen wäre) mache die Dissonanz zur Antriebskraft der harmonischen Bewegung, galt sie den Lullisten höchstens als zusätzliche Farbe.

Präzis darauf antworten die Szenen mit Momus und dem Narren, indem sie in Rezitativen und Arien alle diese Anwürfe so extrem auskomponieren, daß sie ad absurdum geführt werden. Eine Groteske voller Verstöße gegen den guten musikalischen Geschmack hält der Kritik einen Spiegel vor, der diese zur Kenntlichkeit verzerrt. Rameaus Haltung ist die subjektive List der Vernunft via Selbstherabsetzung, Autosarkasmus. Das Wort ›Haltung‹ überführt die ästhetische Positionierung in eine moralische. Und diese könnte sich gut dem Kulturkampf anschließen, der in diesen Stunden auf den Straßen, und nicht nur auf unseren, tobt. Denn Anathema sind nicht allein das Profane gegen das Heilige — die Aufklärung wider das zurückgeblieben Verstockte, Dumpfe — Bild versus Bilderverbot — oder laizistische Freiheit gegen archaische, atavistische Glaubensobservanz. Der Konflikt, der nicht verdrängt werden sollte durch Verrat an den Ursprüngen der eigenen kulturellen Identität, durch ängstliche Entschuldigungen, feige Unterwerfungsgesten, vorauseilenden Gehorsam oder Verleugnung ausgerechnet dessen, was nur als Normverletzung oder Regelverstoß Wahrheitsansprüche geltend machen kann — dieser Konflikt also, glaube ich, ist zuletzt einer zwischen Setzung des

Absoluten und Dialektik des Relativen. Er fordert von uns, ein historisch hinlänglich legitimiertes, souverän unaufgeregtes Selbstbewußtsein in einem reflexiven Akt der Selbstverspottung aufzuheben. Mit einem Wort, zu lachen — denn wer lacht, stellt sich selbst nicht minder bloß als den ridikülen Eiferer, der mit der Setzung seiner Absoluta dem Denken selber wehrt. Ein Lachender ist nie ohne Schadenfreude, und diese wiederum setzt ihn durch ihr Unrecht ins Recht, denn Kritik ist die Schadenfreude des Denkens, und Denken ohne ein kritisches Moment ist nicht denkbar. Also: zu lachen — und zu feiern. Und indem wir uns feiern, feiern wir das wahrhaft europäische Œuvre Jean-Philippe Rameaus, und, meine Damen und Herren, mehr habe ich nicht zu sagen, da Sie schon lange sehnsüchtig der Eröffnung des Büffets harren, ich danke Ihnen.«

Daß der Applaus schütter war und skeptisch tönte, scherte mich nicht. Es kümmerte mich auch nicht, daß Erlkönig, wie ich im Augenwinkel wahrgenommen, schon inmitten der Rede sich entfernt hatte. Daß er es nicht ertrug, wenn in seinem Revier gewildert wurde, war mir vorab bewußt gewesen, und daß es ungute Folgen haben konnte, gegen dieses ungeschriebene Gesetz zu verstoßen, hatte ich in Kauf nehmen müssen.

Kurz vor Ende meiner Ausführungen hatte leise das Handy in meiner Sakkotasche geschnarrt. Ich trat ab vom Pult, zwängte mich eilig, unter beifälligem Schulterklopfen einiger Musiker, durch die Schar der Zuhörer, die sich bereits zum inzwischen eröffneten Büffet drängten, und steuerte eine abgelegene Fensternische an, um ungestört die SMS-Botschaft zu lesen, die von Grünspan gekommen war.

Hatte ich ihn in der Zwischenzeit vergessen? Keineswegs. Nur zu gern hätte ich ihm von meinen nächtlichen Aventuren erzählt, für die Rückgabe der Devin-Aufzeichnungen gedankt oder von meiner Lektüre des Konvoluts berichtet. Aber sein Kärtchen hatte ich weggeworfen und mir ein neues zu erbitten nicht den Mut gehabt. Hätte ich ihm denn meine Begegnungen mit dem, was ich im stillen mein ›Scherenschnitt-Phantom‹ getauft, gestehen wollen oder können? Dies nun doch nicht. Nein, gewiß nicht! Wer sät schon gern Zweifel am eigenen gesunden Menschenverstand. Wann immer mir an den Folgetagen jene gespenstische *apparition* in den Sinn gekommen, hatte ich mich in Grund und Boden geschämt. Grünspan verkörperte mir die Clarté des farbenfrohen Tageslichts — mit nokturnen Schattenrissen, lugubren Phantasmen wollte ich ihm besser nicht kommen.

Seine Botschaft lautete in telegraphischer Kürze: HAASE IM KRANKENHAUS. BESUCH MORGEN Hôpital ST.-BERNARD 18 UHR? Mit einem knappen OUI sagte ich zu, verabschiedete mich von den Umstehenden flüchtig und fuhr zurück ins Hotel, wo ich mich gleich zu Bett legte, da das Kopfweh in der Zwischenzeit nicht nachgelassen hatte.

7. Bild

CAFÉ DE LA RÉGENCE, PARIS, *1748*.

Auf einem taubengrau bezogenen Kanapee in der Rue Saint-Claude sitzt Sophie Mangot; den Kopf gestützt auf eine Hand, deren Zeigefinger neugierig in die Wange sich bohrt; den nackten Arm der anderen Hand, die das honigbraune Kirschholz umgreift, schlängelnd ausgestreckt, wie ausgegossen, über die Lehne. Das graugefärbte Haar trägt sie zu einem Chignon aufgetürmt und mit fliederweißen Bändern verziert; Bluse und Fischbeinrock sind aus ultramarinblauem Atlasstoff; ihre Füße stecken in zierlich gespitzten, silbernen Seidenpantoffeln, vor denen ein Jüngling kniet, der die eine Hand zum Schwur hebt und die andere beteuernd aufs Herz sich gelegt hat. Er trägt eine braune Culotte und über dem bologneserweißen Hemd ein Wams aus safrangelbem Sammet. Er hält um Sophies Hand an. Er kniet vor dem geliebten Gegenstand und schwört ewige Treue. Er war einst Commis beim Putzmacher in der Rue Vermeille, hat jezt das Geschäft übernommen vom altersmüden Maître und wäre itzo, wie Babette ihrer Schwester ein ums andermal einzureden versucht, im Stande, eine Familie zu ernähren. Sophie aber zögert, kokett, wie es scheint, doch mit Grund, da sie nichts für ihn empfindet. Gefühl ist doch alles, nicht?, und Liebe das einzige, das mit Geld nicht zu kaufen ist.

Unterdes watet Babette durch den Kot der Straßen und passiert das Café de la Régence, das die Literaten der Stadt frequentiren. Fürwitzig späht sie durch ein Fenster und erblickt einen Bakkarat-Spieltisch aus Mahagoni, auf dem Spielkarten, Café-Schalen, eine zerbrochene Tonpfeife, ein Schachbrett mit teilweise umgestürzten Figuren, Toback-Asche und Weinflecken zu einem behaglich wirren Quodlibet sich fügen. Die Farben im Innern des Cafés sind Ocker, Chamois, Sienabraun, Chocoladen-braun, Sepia, Flaschengrün, Mausgrau und Sackgrau, verschleiert von Schlieren aus Pfeifenrauch. Man bestellt hier die Pfeifen mit den Getränken, erhält sie, fertig gestopft, vom Kaffeesieder, und giebt sie nach dem Ausrauchen zurück.

Um den Tisch herum sitzen fünf Herren. Babette glaubt sie zu erkennen. Diese Rückenfigur: das muß M:r Collé sein. En profil, das gezierte Püppchen in Stutzerkleidung, ein rosiges Schweinchen mit geistsprühenden Zügen, zur Linken: dies ist wohl der deutsche Baron, Melchior Grimm? Zur Rechten der philosophische Kopf, handwerkerschlau verschlossen, mit dem kleinen Mund und den kleinen, zwinkernden Augen: Denis Diderot. Gegenüber, en face, zwei schöne Gesichter: Die aufgeschwungenen Lippen unter den großen, weit auseinanderstehenden Augen: Sie gehören wohl Jean le Rond d'Alembert; neben ihm horcht, Ungeduld im harten, feurigen Blick, den Kopf stolz gereckt, Jean-Jacques Rousseau. Babette schlendert fürder. Vom Gespräch der Herren vernimmt sie nichts. Wie auch?

Grimm wird im kommenden Jahr ganz übersiedeln nach Paris. Diderot hat über den Fortgang der Vorarbeiten zur Encyclopédie berichtet und Rousseau und d'Alembert mit der Abfassung der musikalischen Artikel betreut. Dies lenkt den Diskurs auf Rameaus Les Fêtes d'Hymen und Zaïs, die im Vorjahr Première hatten, und auf seine neueste Acte de Ballet, Pigmalion, nach dem Libretto von Ballot de Sovot.

»Ich war bei einer Aufführung zugegen«, berichtet Collé. »Jélyotte und M:lle Pervigné sangen. Der Beifall war ungeheuer. Man erkannte den Komponisten im Publikum, rief ihn aus seinem Winkel hervor; er war überwältigt und weinte vor Freude. Er war wie berauscht von dem Empfang, den ihm das Publikum bereitete und schwor, ihm den Rest seines Lebens zu widmen.« Grimm pflichtet ihm bei. »Pigmalion ist in der Tat ein maßstabsetzendes Werk, Messieurs. An ihm ließe sich studieren, was musikalische Textauslegung hieße. Denken Sie an den Rezitativdialog ›Céphise, plaignez-moi‹! Welche Wahrhaftigkeit und Noblesse des Gesangs! Wie rührend ist er, wie schlicht und vielfältig! Welche Ausdruckskraft! Wie überwältigend klingt der Ruf ›J'avais bravé l'Amour!‹ Die Modulation entspricht hier ja nicht nur der Klage; ebenso kraftvoll drückt sie den Trotz aus und gleichermaßen Pigmalions Reue. Solche Polyvalenz der Affekte ist es, was die größten Meister auszeichnet.«

Collé nickt und ergänzt: »Auf Zoroastre dürfen wir alle gespannt sein, Messieurs. Die Uraufführung ist im kommenden Jahr.« — »Wieder eine Tragédie?« fragt Rousseau. — »Offen gesagt, ich weiß es nicht. Eine Freimäurer-Oper. Das Buch macht wieder Monsieur Cahusac. Wissen Sie übrigens, daß dieser ein Secrétaire des französischen Großlogenmeisters ist?« — »Vielleicht gehört ja auch Rameau dem Orden an«, knurrt Diderot. — »Möglich. Ich durfte schon einen Blick in die Skizzen werfen«, wirft sich Collé in die Brust. »Es gibt da eine Initiationsszene, eine Huldigung an die aufgehende Sonne ›Ô lumière, vive et pure!‹: gewiß eine von Rameaus spirituellsten Schöpfungen. Das Publikum wird hingerissen sein.« — »Wer weiß«, murrt Diderot. »Es kann ja auch sein, daß sie mehr Widerspruch provocirt als alle vorausgegangenen Werke. Daß sie in der allgemeinen Zustimmung zu M:r Rameaus Werken eine Krise auslöst. Warten wirs ab. Kein Künstler ist so gefährdet wie im Augenblick seiner größten Acclamation.«

D'Alembert lächelt versöhnlich, breitet die Arme aus und spricht in wohltönendem Bariton: »Aber, aber, Messieurs! M:r Rameau verdient unsere Hochachtung um so mehr, als er alles gewagt hat, was er konnte, und nicht alles, was er hätte wagen mögen. Wäre er weiter gegangen, hätte er sein Ziel verfehlt — so aber hat er uns zwar nicht die beste Musik gegeben, deren er fähig war, aber die beste, die wir fähig waren aufzunehmen. Nicht wahr, Monsieur Rousseau?«

Der antwortet nicht. Er schweigt. Er verschweigt sein Vorhaben. Auch er wird Pigmalion vertonen, als Monodram. Er wird es anders machen als der musikalische Logengroßmeister, dieser Papst, dieser Hohepriester der Töne, dem die Trauben in den Schoß fallen, Ruhm, Geld, Ehre, Erfolg, und er will es besser machen — und wäre es auch nicht sofort, sondern erst in zwanzig Jahren. »Monsieur Diderot!« ruft unterdes über den Tisch hinweg Baron Grimm dem Philosophen zu, »hegen Sie eine Rancune wider unseren héros des doubles-croches? Nur frei heraus mit Ihren Vorbehalten!«

Diderot, der die ganze Zeit mit trübe hängendem Kopf am Tisch gesessen ist, strafft die Schultern, hebt das Haupt, weitet den Blick aus den klugblitzenden Augen und brummt: »Ach was. Wieso. Was sollte ich einzuwenden haben gegen einen Mann, *der so viel unverständliche Visionen und apokalyptische Wahrheiten über die Theorie der Musik schrieb, wovon weder er noch sonst irgendein Mensch jemals etwas verstanden hat?* Einen Mann, *in dessen Opern man Harmonie findet, einzelne Brocken guten Gesangs, unzusammenhängende Ideen, Lärm, Aufflüge, Triumphe, Lanzen,** Glorien, Murmeln und Viktorien, daß den Sängern der Atem ausgehen möchte.* Einen Mann, *der, nachdem er den Florentiner begraben hat, durch italienische Virtuosen wird begraben werden.* Was soll ich mir über ihn Gedanken machen — denkt doch auch er nur an sich, *und die übrige Welt ist ihm wie ein Blasebalgsnagel. Seine Tochter und Frau können sterben, wann sie wollen, nur daß ja die Glocken im Kirchsprengel, mit denen man ihnen zu Grabe läutet, hübsch die Duodezime und Septdezime nachklingen, so ist alles recht.«*

Ins Lachen der Tischgäste hinein tönt scharf die Stimme Rousseaus: »Vergessen wir nicht, Messieurs: Seit 1745 komponiert Rameau zu offiziellen Anlässen für den königlichen Hof Auftragsarbeiten. Für uns, die wir uns einst zu seinen *partisans* zählten, erfüllt seine Musik immer weniger die Aufgabe, den Willen zu einer politischen oder gesellschaftlichen Veränderung zu symbolisieren. Rameau ist ein Verräter.«

---

* »voles, triomphes, lances« können in der Schreibung des 18. Jhdts. ebensowohl Imperativ-Plural-Verben wie Substantiva sein. Wie es scheint, reiht Diderot hier einfach wörtlich die häufigsten appellativen Verb-Topoi in Rameaus Gesangstexten auf. Aus dem Irrtum des Übersetzers folgte sodann die Worterklärung seines Reclam-Herausgebers: »Lanzen = (an einem Stock angebrachte) Raketen«, ein Irrtum, der insofern doch wieder erhellend ist, als er Rameaus befeuernde Aufrufe »volez, lancez!« dem *Feuerwerk* zuordnet.

HÔPITAL ST.-BERNARD, PARIS, 2003.

Lizbeta und Grünspan erwarteten mich vor dem Eingang des Krankenhauses; beklommen gab ich ihnen die Hand. Madame, die sich in eine orangeblaue Latzhose gezwängt hatte, trug einen Beutel in der Hand, in dem sich, wie sie erläuterte, »eine Tcheitung und wat Kraftnahrung für den Haachen« befand, und blickte ernst und starr, wie in trübsinniger Verwunderung, zu den Krankenfahrzeugen auf dem Parkplatz hinüber, als stünde dort unser aller Schicksal geschrieben, während Grünspan sich den Bowler in den Nacken geschoben hatte, an einem Zigarillo sog und unbehaglich in den Knien wippte.

Das Hospital war eines jener aus unübersichtlich ineinandergeschachtelten Kuben gefügten, bunkerähnlichen Futurismen aus den siebziger Jahren, deren Architektur einzig zu dem Zweck ersonnen schien, das kasernierte Leiden und Sterben seines Innern so drakonisch wie möglich vor der Außenwelt abzuschotten. Auf einer von Grünpflanzen umstandenen Schautafel neben der Aufnahme-Rezeption suchten wir uns zu orientieren und begaben uns dann durch weitläufige, nach Desinfektionsmitteln, Knoblauch und Linoleumpolitur riechende Korridore zu jenem Treppenhaus, das uns in die Dermatologische Abteilung führen sollte, wo der Doktor auf Zimmer 249 zu finden sei. »Es ist nichts Ernstes«, trachtete Grünspan mich und Madame zu beruhigen. »Haases Dünnhäutigkeit bedarf halt von Zeit zu Zeit der ein oder anderen Operation. Er kommt bald wieder nach Hause, Lizbeta.« Diese seufzte: »Ach, et icht ein Elend«, und drückte behutsam die Klinke des Krankenzimmers nieder. Wir traten ein.

Ein Schwall von Zigarettendunst und Alkoholmief wehte uns von einem Bett zur Rechten an, in dem mit bandagiertem Kopf ein Mann im Unterhemd lag, welcher, in der einen Hand eine Selbstgedrehte, in der anderen eine Rotweinflasche, lallend Bonjour grüßte und uns »nur herein in den Saupuff hier« bat. Während Grünspan ihn sogleich ersuchte, sein Kofferradio auszustellen, was dieser, wenn auch murrend, nicht weigerte, wandten sich Lizbeta und ich dem Bett auf der Linken zu, in dem, auf den ersten Blick, niemand zu liegen schien — so wenig zeichnete sich der schmächtige Leib des Doktors unter dem vergleichsweise ausgedehnten weißen Laken ab, das ihn bedeckte. Auch sein schmaler Kopf lugte nur um ein Geringes aus den Wölbungen eines mächtigen Kopfkissens hervor. Still lag er, wie aufgebahrt, auf dem Rücken, die Augen geschlossen, die Hände gekreuzt auf der Bettdecke, zufrieden im Schlummer.

Madame nahm behutsam auf einem Hocker neben ihm Platz, während Grünspan und ich am Fußende des Bettes verharrten. »Cho icht et gut. Chlaf, Haache! Damit du bald wieder gchund wircht«, wisperte sie ihm ins Ohr, leise zuerst und in zärtlicher Besorgnis — da er aber auf solches Bekümmern nicht respondieren wollte, klopfte sie ihm vorsichtig aufs Haupt und fragte, nun schon etwas kräftiger im Ton: »Haache? Chläfcht du? Ertchähl mir wat von deinem Traum!« Da aber schlug der Doktor unversehens die Augen auf. »Ich schlafe mitnichten! Ich bin putzmunter und quietschfidel«, sprach er – zwinkerte listig, und schloß die Lider gleich wieder. Auch Grünspan zwinkerte mir belustigt zu, und ich, erleichtert, konnte mich eines stillen Lachens nicht enthalten, während Lizbeta in Rührung schier zerfloß. Sie holte ein Porzellanschüsselchen aus ihrer Tasche, nahm den Deckel ab und hielt es ihrem Lebensgefährten unter die Nase. Diese kräuselte sich schnuppernd; dann hoben sich seine Lider wieder, und zugleich sprach es aus ihm: »Oha, Karotten-

salat. Meine Lieblingsß-peise. Da sag ich nicht nein. Du
Gute! Hab Dank, liebster Bär.«— »Gern gechehen, mein
Hächeken. Damit du bald wieder gechund wircht und
mir wieder auf der Harfe wat vorchpielcht von Turlough
O'Carolan.«

Madame schüttelte ihm sein Kissen auf, und behaglich
mümmelte der Doktor sodann seine »Kraftnahrung«,
während wir uns nach seinem Befinden erkundigten —
nur eine kleine Transplantation, hieß es; nichts Ärgeres;
morgen würden die Fäden gezogen. Daraufhin breitete
Lizbeta unter resolutem Geraschel die mitgebrachte *Le
Monde* aus, um aus ihr, wie es zwischen ihnen zur Gewohnheit geworden, die Schlagzeilen und wichtigsten
Artikel vorzulesen — und zwar nicht nur, wie ich erwartet,
aus Feuilleton, Außen- und Innenpolitik, sondern auch
aus dem Börsen- und Wirtschaftsressort — pessimistische
Nachrichten zumeist, die der Doktor ein ums andere Mal
mit Ausrufen wie »Ausbeuter!«, »Arbeiterverräter!« oder
»Blutsauger!« kommentierte, so daß ich ihn schließlich,
nur halb im Ernst, fragte: »Sind Sie Kommunist?« —
»*Noch* nicht!« gab er zurück, indem er eine Hand drohend
zum Fäustchen ballte; und Grünspan erläuterte, Haase
und Madame Baer-Mildenburg seien schon vor Jahrzehnten, zur Zeit des Algerienkriegs, der KPF beigetreten, eine
Weile auch parteipolitisch aktiv gewesen, aber doch eher
aus einer gewissen fraternalistischen Allsympathie denn
aus ... — Hier unterbrach ihn der Doktor mit einem quietschenden Laut, der wohl Verärgerung anzeigen sollte,
und stellte fest, daß jemand, der das Elend unter den
Menschen nicht auf seine wahren, nämlich materiellen
Ursachen zurückführe, »nicht ganz richtig im Oberß-tüb-
chen« sein könne und daß die Debatte um Verteilungs-
gerechtigkeit nicht damit aus der Welt zu schaffen sei,
daß die Welt nun einmal so sei, wie sie sei, nämlich entweder notwendig ungerecht infolge der natürlichen Ungleichheit im globalen Wirtschaftssystem, oder notwendig

ungerecht infolge der Ungüte der göttlichen Vorsehung. Zu Recht habe Rousseau die Anti-Theodizee Voltaires nach dem Lissaboner Erdbeben vom Kopf auf die Füße gestellt und das Problem insofern als ein moralpolitisches gesehen, als man den Ursprung von Not und Elend nirgends zu suchen habe als in dem freien, sich vervollkommnenden, folglich auch verderbten Menschen, mithin in der Dialektik seines Mündigwerdens. Und dies sei nun nicht, wie Voltaire geargwöhnt, die Philosophie eines Bettlers, der wünsche, daß die Armen die Reichtümer stählen, sondern schlicht das Beharren auf der Freiheit des Individuums gegenüber den Institutionen, welche einst zwar geschaffen worden, ihm jene zu sichern und zu garantieren, diesem Zweck aber längst sich entfremdet und ihm gegenüber ein Feindliches, Übermächtiges angenommen hätten, einen Hang zur Überregulierung und sukzessiven Beschneidung alltäglichster Freiheitsrechte, die mit der materiellen wie geistigen Verelendung so vieler Menschen Hand in Hand gehe. Dagegen stehe unverbrüchlich das Beharren auf der naturrechtlichen Würde des Individuums, und jenes rufe notwendig nach einem verantwortlichen Umgang mit dem Recht auf Verweigerung und radikalen Widerspruch, auf soziale Notwehr und Sabotage am Getriebe des schlechten Bestehenden, »ß-timmts, Bär? Rot Front!« — »Rot Front, Haache! Nimm noch wat Kraftnahrung!«

Dies ließ sich der Doktor nicht zweimal sagen; und während er beglückt an seiner Rohkost nagte, zündete sich seine Gefährtin eine Zigarette an, indes Grünspan mich, den Clochard im Nachbarbett und sich selbst mit einem Zigarillo beehrte, so daß binnen kurzem das Zimmer in wunderbar duftende, wabernde Rauchschwaden getaucht war just in dem Moment, da eine Stationsärztin zur Visite eintrat, unter lautem Zürnen die Fenster aufriß und uns anbot, doch gleich in die Onkologie uns einweisen zu lassen. Erregt schalt sie unser unverant-

wortliches Verhalten, unsere Rücksichtslosigkeit und vor
allem: unsere Ignoranz gegenüber allen wissenschaftlich
gesicherten und statistisch untermauerten Erkenntnissen
über die tödlichen Gefahren des Rauchens.

Haase verkroch sich unter dieser Philippika ängstlich
in die Tiefen seines Bettes, bis nur noch seine kleine
Glatze aus dem Weiß des Linnens ragte; auch Lizbeta und
ich schwiegen betroffen; der Trinker im Nebenbett lallte
Beschwichtigendes; nur Grünspan blickte aus seinem
backenbartumrahmten Gesicht kühl zu der vernünfteln-
den Furie auf, blies einen Ring in die Luft und einen

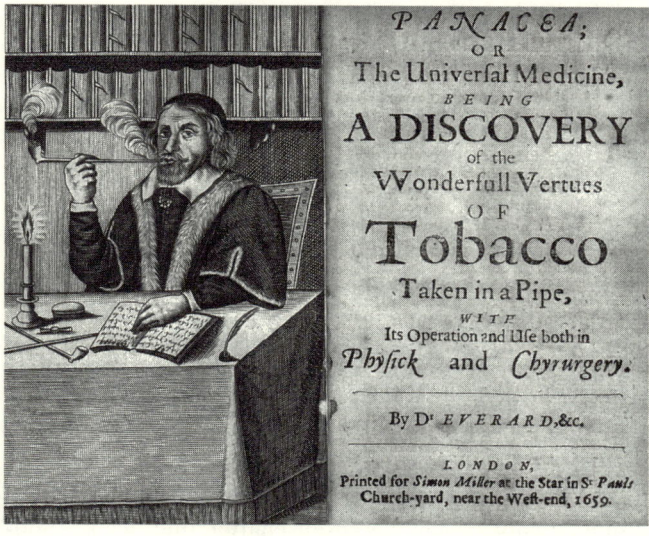

Rauchstengel hindurch, und erwiderte in Seelenruhe:
»Die Statistik ist die Mutter der Lüge, Madame. Mit welchem Recht meinen Sie, daß die Erkenntnisse der Jetzt-
zeit denen der Vergangenheit vorzuziehen seien? Gilt
Ihnen das Kontemporäre für grundsätzlich dem Alten
überlegen? Wollen Sie auf dem Altar Ihrer *health correctness* das *fait culturel* von Jahrhunderten opfern? Sind
Klugheit und Weisheit ausnahmslos mit dem Gegen-
wärtigen? Ist das Historische nur deswegen obsolet, weil

es aktuell nun einmal nicht sein kann? Sind in Ihren Augen, Madame, die Gelehrten früherer Epochen eo ipso Schwachköpfe? Hier schenke ich Ihnen aus meinen Beständen das Buch eines Gelehrten der englischen Aufklärung. Sie dürfen es behalten. Nein, bitte, nehmen Sie es als kleines Angebinde und zum Dank für die Pflege des Doktors. Freuen würde ich mich allenfalls, wenn Sie mir die nicht ganz billigen Beschaffungskosten erstatten könnten — äh, 472 Euro. All cards welcome.«

Die Stationsärztin aber wies das ›Geschenk‹ empört zurück und drohte, uns dann, wenn wir das Verbot weiter mißachteten, notfalls mit Unterstützung zweier kräftiger Pfleger hinauswerfen zu lassen. Als sie gegangen war, suchte Haases Bettnachbar uns mit seiner Flasche und den Worten »Sauft euch unter den Seine-Brücken ins Grab, Madame et Messieurs; das ist nicht verboten, sondern erwünscht« zu trösten; doch keiner achtete seines Lallens. Grünspan bebte vor Zorn. »Einst ging es«, stellte er fest, »wohl wirklich um Sicherheit : deren Paradigma in diesem Land entwickelt wurde, im vorrevolutionären Frankreich. Aber was ist daraus geworden? Kontrolle und Macht — durch Anpassungszwänge, Informationssteuerung, Meinungsmanipulation, Geschmacksterror, Überprüfung, Datenspeicherung mit Codes, Cards, Chips, Biometrie. In ganz Europa hat es noch nie eine so strenge Kontrolle der Menschen gegeben wie heute. Das Individuum ist vollkommen vergesellschaftet, und der Entpolitisierung der Gesellschaft entspricht die Durchökonomisierung der Politik. Die Globalisierung ist integriert in Machtstrategien, mit denen kein Friede zu schließen sein wird. Der Friede in Europa ist erkauft mit Krieg seiner Ökonomie gegen seine Gesellschaften und Krieg seiner Gesellschaften gegen ihre Individuen. Diese Widersprüche sind unversöhnlich, da hat Haase recht.« — »Ich bin ja auch hochbegabt.« — »Chtimmt, Hächeken. Chehr richtig!«

Der Himmel hinter den Fenstern hatte sich unterdes eingedüstert; hie und da perlte bereits ein Regenrinnsal an den Scheiben nieder. Unter Seufzen nahm Lizbeta ihre Zeitungslektüre wieder auf, nachdem der Doktor aus den Kissen sich erhoben und — »Ist die Luft rein? Man kann ja nie wissen« — zagend in die Runde geblinzelt hatte. Als er unsere Vorleserin bat, sich der Rubrik Aus aller Welt auf der letzten Seite zuzuwenden, da in ihr erwartungsgemäß die schönsten Morde und scheußlichsten Bizarrerien zu finden seien, die die Nachrichtenagenturen zum Divertissement des Lesers bereitstellten, hob nach einem schnellen Überblick Madame erstaunt den Zeigefinger, um Aufmerksamkeit für einen Artikel zu heischen, der uns gewiß ebenso frappieren werde wie sie selbst. »Hört mal tchu, ihr Lieben! —:«

Divertissement

MADAME BAER-MILDENBURGS GESCHICHTE.

Madame d'Ogny spielte mit ihren guten Freundinnen à l'Hombre. Als die Dame eben am eilfertigsten im Spiel beschäftiget ware, wurde sie in ein Neben=Zimmer geruffen, allwo sie einen gewissen Chevalier antraf, mit dem sie gar wol bekannt war, und welcher im Gesicht so blaß und verändert aussahe, daß sie nicht wußte, was sie davon dencken solte. Noch mehr aber mußte sie sich verwundern, als er sie also anredete: ›Ich bitte um Vergebung, daß ich Sie in Ihrer Lust störe; ich komme nur Abschied von Ihnen zu nehmen, dieweil ich erst kürtzlich gestorben bin.‹

Hier zweifelte die Madame d'Ogny gar nicht mehr, es müßte dem Chevalier durch eine Kranckheit das Gehirn seyn verrückt worden. Als nun derselbe solches merkte, fuhr er also fort zu reden: ›Mir ist etwas ganz Natürliches begegnet. Ich habe der Natur, wie alle Menschen thun müssen, den Tribut bezahlt. Jedoch habe ich jetzo nicht mehr lange Zeit zu reden. Dannenhero bitte nur kürzlich, Madame wolle sich in mein Haus begeben, und meinen Kindern sagen, daß sie hinter meinem Bette unter den Tapeten einen Kasten finden werden, mit einer eisernen Thür, worinnen höchst=wichtige Briefschaften vorhanden; dieses ist die letzte Gunst, die ich mir von Madame ausbitte.‹ Hiermit machte er eine tiefe Reverentz, und gieng wieder zum Zimmer hinaus.

Als nun die Madame d'Ogny gantz erschrocken wieder zur Gesellschafft zurücke kam, erzelte sie, was ihr begegnet war, da man ihr dann den Rath gab, sich der Sache recht zu erkundigen, und in des Chevaliers, so bey ihr gewesen, Haus zu fahren, welches sie auch unverzüglich thate, und bey ihrer Ankunfft alles gantz schwartz bezogen, auch den Chevalier erblaßt in einem Sarge liegend fand. Hierauf suchte sie den Kasten, von welchem er ihr gesagt hatte, und fande alles so, wie es ihr ward beschrieben worden. In dem Kasten mit der eisernen Thüre befanden sich höchst=wichtige Briefschaften, geschrieben mit Dinte und Crayon auf 64 foliis in Klein=Octav, zusammengehefftet mit zartlila Seidengarn, indeme das erste und das lezte Blatt durch zwey grüne Bänder, so jeweils an beeden Enden durch roten Siegellack befestiget worden, verbunden waren.«

Hiermit faltete Lizbeta die Zeitung zusammen. Daß die Geschichte unbefriedigend endete, schien nur den Doktor nicht zu stören, der unter Madames Erzählung friedvoll entschlummert war, während Grünspan und ich, nachdem wir Blicke getauscht, in denen man ebensoviel Verblüffung wie Bestürzung hätte lesen können, unsere Vorleserin dringlich um Ergänzung und genauere Auskünfte baten. Was in dem Konvolut denn gestanden habe, fragten wir, beinah unisono. — Leider schweige sich die

Meldung hierüber aus. — Was sei mit dem Heft geschehen? Wohin sei es gelangt? — Auch darüber verlaute
nichts in dem Artikel. — Wie habe der Chevalier geheißen?
Womöglich Devin? Sei denn kein Name genannt? — Noch
einmal entfaltete Madame ächzend das Blatt und zeigte
uns den einspaltigen Bericht unter dem Titel Letzte
Meldung, der außer dem bereits Vernommenen nichts
weiter enthielt, das unsere Fragen hätte beantworten
können.

Unterdes war draußen die Dunkelheit hereingebro-
chen. Lizbeta verstaute das geleerte Salatschüsselchen in
ihrem Beutel; dann strich sie ihrem schlafenden Freund
zum Abschied sacht über die Stirne und wisperte ihm
ins Ohr »Bich morgen wieder, Hächeken. Chlaf gut. Chei
behütet und bechütcht.« — »Vor den Ungeheuern, die der
Schlaf der Vernunft gebiert«, murmelte Grünspan hinter-
drein. Auf Zehenspitzen tappten wir aus dem Zimmer,
stiegen die Treppe hinunter und gingen schweigend den
so end- wie trostlosen Korridor entlang, bis wir zur gläsernen Schiebetür des Ausgangs kamen, hinter dem ein
kräftiger Regen niederging, der uns fürs erste zum Verweilen nötigte. Ich ging zur Rezeption, um mir ein Taxi
zu bestellen; Grünspan und Madame, die ihre Schirme
entfalteten, wollten für den Heimweg den Bus nehmen.

»Sie sehen blaß aus, Walter. Geht es Ihnen nicht gut?«
wurde ich gefragt, als ich zurückkam; ich mußte zugeben,
daß Schwindel und Kopfschmerzen mich quälten und
daß die Zeitungsmeldung, wie unglaubhaft pittoresk sie
auch gewesen, mir doch weiter durch den Kopf geistere.
Madame wollte sich Vorwürfe machen, daß sie mir womöglich mit ihrer Lektüre eine Maladie angehext, was
Grünspan und ich ihr energisch auszureden suchten;
»Kamillentee und Bettruhe ist alles, was unser junger
Freund braucht«, beschied jener bündig und reichte mir,
als mein Taxi im regengesträhnten Licht des Entrées
bereitstand, zum Aurevoir die Hand.

»Danke, dach Chie gekommen chind,« sagte Lizbeta Baer-Mildenburg, verwitwete Sternliecht, mir zum Abschied, und ergänzte mit einem trauernden Blick in die Nacht hinaus: »Chade, keine Chterne heute. Gute Nacht, liebe Wolken. Gute Nacht, liebet Wetter. Gute Nacht, liebe Kranke überall auf der Welt.«

Troisième Entrée
LA QUERELLE

1. Bild

FRÜHSTÜCKSSALON
DER MARQUISE D'ÉPINAY,
PARIS, 1751.

Baron Friedrich Melchior Grimm, gepuderter Dandy und Geck, sitzt zurückgelehnt, mit übergeschlagenen Beinen, viel Wangen-Rouge im Inkarnat seiner geist-sprühenden Züge, beim petit déjeuner, vis-à-vis seiner Geliebten, die ihren Freund — den geschrägten Kopf lächelnd gestützt auf die Hand, deren Zeigefinger mit einem Anflug von Spott ins Kinngrübchen sich krümmt* — verständnisinnig und aufmerksam betrachtet aus gro-ßen, dunklen, warmherzigen Augen.

Sehen Sie nur, Baron: Die Mandel- und Aprikosen-bäume im Vorgarten stehen in Blüte.

Très beau, Madame, in der Tat. Wenn Sie so gütig sein wollen, mir das Quittengelée zu reichen? Und was haben wir denn hier in dem Silberschälchen? Marmelade von Pomeranzen? Ei wie délicieux! Dank sey Pomonen und Ausonien —

---

* Liotards bekannte Kreidezeichnung der Marquise zeigt, daß diese die Rechte ans Kinn hebt, den Kopf aber noch nicht mit ihr »stützt«. Jean Devins Bild läßt dieser Pose auf dem Portrait Liotards für einen Augenblick den Vortritt und scheint somit einen nicht unwillkomme-nen Charakterzug des Kompilators zu bezeugen: Höflichkeit.

Und den Cueilleurs auf den Plantagen, Baron. Wir sind gesegnet, vom Luxus, und vom Glück, das unsere Herzen umschlingt mit guirlandes de bonheur. Apropos La Guirlande: Rameaus Ballet en un Acte nach dem Buch von Marmontel werden wir doch nicht versäumen, hoffe ich? Auch nicht sein neues Pastorale héroïque, Acante et Céphise?

Certainement non, Madame. Auch wenn wir wahrscheinlich nichts zu hören bekommen, was die Tonsprache der Naïs, die vor zwei Jahren uraufgeführt wurde, weiterentwickelt hätte. Erneut werden wir entweder ungemein klangsubtile Meißener Porzellangeschöpfe geboten bekommen, oder überladene Monstrositäten. Acante wird man erst im November geben. Sie wissen, das Werk feiert die Geburt des Enkels des Königs, also unseres künftigen Herzogs von Burgund; und Collé, der Verkehr mit Rameau pflegt, hat mir verraten, schon die Ouverture werde Vœux de la nation, ein Feu d'artifice und am Ende eine Fanfare mit Salut-Schüssen aus einer veritablen Feldhaubitze bringen. Bah! Dégoûtant. Warum tut sich Rameau diese kompositorischen Katzbuckeleien vor dem Hof nur an? Er hätte es doch wahrlich nicht mehr nötig. War die Opéra pour la Paix de Aachen, nach acht Jahren Erbfolgekrieg, nicht genug?

Lullis Schatten, Baron. Aufträge des Hofes kann er nicht einfach refusiren. Außerdem: Bedenken Sie, daß seine Tragédie vor zwei Jahren durchgefallen ist. Auch mir war Zoroastre, ich gesteh's nur, zu düster, zu wüst. Mit diesem aufgewühlten, wildwütigen Werk hat er sich seinen partisans entfremdet und tut nun das, was er nach solchem débacle immer tut: Er überarbeitet das Stück, um es in einigen Jahren in neuer Gestalt wieder auf die Bühne zu bringen, und trachtet in der Zwischenzeit, das Publikum zu versöhnen mit gefälligen, zärtlichen, einschmeichelnden Friedenspastoralen à la Naïs. Erinnern Sie sich?

Nur zu gut, Madame. '49 war das. Was für ein Jahr! Im Juni wurde Diderot auf der Festung Vincennes inhaftirt, und die republikanische Fortschrittskritik wird's ihm noch danken.

Pourquoi ça?

Weil ohne den langen beschwerlichen Fußmarsch auf staubigen, sonnendurchglühten Chausseen zum Besuch seines gefangenen Freundes in Vincennes unser Freund Rousseau nie unterm Schatten einer Pappel Rast gemacht und die Preisfrage der Dijoner Académie gelesen hätte, die ihm seinen Discours sur les sciences et les arts entlockte, der im Vorjahr im Druck erschienen ist und auf lange Sicht wohl mehr Furore machen wird als unsere Encyclopédie, deren erster Band heuer im Juni herauskommt. Sie seufzen, Madame?

Oui, Baron, mir ist schwer ums Herz. Wie geht es Jean-Jacques?

Den größten Teil des Tages sitzt unser Bär da, mit gekrümmtem Rücken, den Kopf auf die Brust gesenkt, in pensiver und melancholischer Haltung; sobald er aber spricht, hebt er das Haupt und läßt ein Paar unbeschreiblicher Augen sehen. Seine Rede ist wie sein Stil: schnell, resolut und elegant; Stimme und Gebärden sind die eines Brandredners; entweder schreit er, oder er schweigt. Er liebt die Menschen überschwenglich, kann aber nicht mit ihnen zusammenleben; er sucht die Geselligkeit und flieht sie gleich wieder. Im Verkehr ist er, wie Sie ja wissen, höflich und sanft — höchstens, daß sich gelegentlich ein Wechsel der Stimmungen einschleicht, der aber nur irritirt, nicht verletzt. Der Café belebt ihn und befreit ihm den Kopf. Oft kocht er sich, um M:me Levasseur nicht zu wecken, seinen Café nachts um zwei Uhr selber. Seinen Lebensunterhalt verdient er sich mit dem Copiren von Noten. Autarkie zählt ihm mehr als Wohlstand, und Stolz ist sein hervorstechender Charakterzug.

Der Discours hat ihn auf ein heikles Terrain geführt.

Très vrai, Madame. Auf ein *sehr* heikles und folgenschweres.

Ich mache mir Sorgen um ihn. Es ist nie schwer, sich intellectuell zu exponiren, aber fast unmöglich, eine einmal erkämpfte Position aus freien Stücken wieder preiszugeben. Die Richtung, die er eingeschlagen hat, wird er fortsetzen müssen, wenn er konsequent ist — und *wie* konsequent er ist, wissen wir ja. Schon seinem Gesicht sehen wir es an. Es ist härter geworden, beredt und überspannt; der Mund verkniffen, ein schmaler Strich; das Auge ein dunkel glühendes Kohlenfeuer. Mit Kraft, Elan und viel Geist hat er dargelegt, daß Luxus und Moden, Kunst, Wissenschaft und Philosophie, ja Civilisation selber als Quell der Verderbnis unter den Menschen und der Entfremdung von ihrer Natur anzusehen seien. Tiens! Ist sein Discours denn nicht selbst ein Ausfluß von Wissenschaft und Philosophie? Kehrt sich seine Abhandlung am Ende nicht wider sich selbst, indem sie die Prämissen ihrer Genese moralisch annihilirt?

Nicht am Ende, Madame, sondern schon zu Beginn. Zuletzt wird sich diese Philosophie, konsequent zu Ende gedacht, gegen alles kehren müssen, wofür wir stehen, Sie und ich, Diderot, d'Alembert, Jean-Jacques selber. Er tut recht und gut daran, den Finger auf die socialen Determinanten von Intellectualité im Absolutisme zu legen — nur: Wenn der Prozeß der Intellektualisirung als wesentliche Ursache socialer Ungleichheit gelten soll, wird eine Aufklärung, die égalité an die Stelle von grâce setzt, sich aufkündigen müssen und eine Radikalität, die sich überschärft, stumpf und schartig werden. An die Stelle fortschreitender Erkenntnis treten dann Ursprungsmythen, an die Stelle von vernunftgesteuerter Moral sentimentale Instinkte, purer Irrationalisme. Wüßte man nicht, daß er der zartfühlendste, menschenfreundlichste Mensch unter der Sonne ist, müßte man an dieser gewalttätigen, inhumanen séparation der Civilisation von der Natur schier verzweifeln. Überhaupt: la nature! Gibt es denn einen Begriff, der in unserem Jahrhundert schillernder, wechselhafter und vieldeutiger wäre als dieser? Rousseau will der gezähmten, veredelten Natur ihr Ursprüngliches, Ungezähmtes, noch nicht durch Konvention Verdorbenes zurückgeben, aber er kann es nur durch Reflexion aufs *sentiment,* im Medium des Wortes, das immer schon Konvention ist und an diesem Widerspruch zuschanden werden muß.

Nicht wahr? Zumal für die Künste erwarte ich aus solcher Doktrin nichts Gutes, Baron. Vor allem Rameau wird ins Fadenkreuz dieses Angriffs geraten. Seine Musik ist unbestritten die ästhetisch differenzierteste unserer Epoche, aber wenn ihre Fortschrittlichkeit von Jean-Jacques als reaktionär begriffen wird, als tönendes Symbol einer ungerechten Gesellschaftsordnung, dann gelangen wir zu dem Paradoxon, daß man ihre Modernität als Chiffre des Ancien régime und ihre Génerosité nicht als Geschenk an die Menschheit, sondern als das Luxusspielzeug der ängstlich ihren Besitzstand wahrenden *classe vénérable* ansehen wird — was, wenn man dieser die Totenglocke läutet, einem ästhetischen Todesurteil gleichkommt.

Rameau wird sich zu verteidigen wissen, Madame.

Ja, aber wie? Mit Traktaten, Broschüren, gelehrten Abhandlungen, mit denen er Rousseau, d'Alembert und Diderot immer neue Munition nachliefert. Rameau glaubt unbeirrt an die Macht des Arguments und der reinen Vernunft; auch er glaubt an ›die Natur‹ ewiggültiger physikomathematischer Gesetzmäßigkeiten; aber abgesehen von seiner Ausdrucksweise, die oft genug opak, verworren und barock ist, muß ihm, dem gutkatholischen Siebzigjährigen, das Denken und Empfinden eines vierzigjährigen Genfer Puritaners, der mit krankhaft gesteigerter Empfänglichkeit dem Elend seiner Mitmenschen, ja seines ganzen Zeitalters sein Herz geöffnet hat, immer unzugänglich bleiben. Den Rest werden der mathematische Scharfsinn d'Alemberts und der philosophische Diderots besorgen. Die Encyclopédie gibt ihnen ein Richtschwert in die Hand, wie es wirkmächtiger nicht sein kann. Dagegen hat Rameau keine Chance. Das Verdikt der führenden Köpfe unserer Epoche wird, im Verbund mit dem Wechsel des Geschmacks und der Moden, so wirken, als sei es das gerechte Urteil der Geschichte selber. Noch eine Schale Café, Baron?

Merci, Madame. Ah, die Mandelbäume blühen wirklich herrlich! Wie lange uns unser Bonheur wohl noch blüht?

Wer kann das wissen, Baron.

Hören Sie auf den Schlag der Nachtigall im Fliedergebüsch, Madame! Rossignols amoureux, répondez à nos voix, par la douceur de vos ramages!

Sie irren, Baron. Was Sie hörten, war der Schlag der goldenen Vogeluhr auf der Commode im Salon. Jean muß sie wieder einmal aufziehen. Sie geht fünf Minuten nach.

Nicht nur der Baron, auch Jean Devin irrt. Dieser Diskurs kann unmöglich sich zugetragen haben, da Grimm und d'Épinay erst Jahre später miteinander intim befreundet waren, zu einer Zeit, in der andere Gegenstände den Inhalt ihres Gespräches gebildet hätten. Man muß annehmen, daß sich Devin mit der kläglichen Rechtfertigung beholfen hätte, es sei die gut getroffene Fiktion in diesem Fall der schlecht getroffenen Empirie unbedingt vorzuziehen.

2. *Bild*

VOR DEM HAUS
DE LA POUPLINIÈRES,
RUE DE RICHELIEU, *1752.*

Sophie Mangot hat der Werbung ihres verliebten Putzmachermeisters aus der Rue Vermeille endgültig den abschlägigen Bescheid gegeben; er nimmt den Korb, den sie ihm gegeben, und trollt sich, im Groll, und mit dem

Vorsatz, das Begehren, das er bis anhero dem Frauenzimmer angetragen, zu ersticken im Haß auf die Welt im
Ganzen, aufs schlechte Bestehende. Er wird seiner Arbeit
nachgehen, ingrimmig, verbissen, der Liebe entsagen und
statt dessen sein Herz dem Widerstand öffnen, der heim-
lich geschmiedet wird gegen den Staat und den König,
und auf den Weckruf warten, den großen Appell.

Unterdes helfen Sophie und Babette Mangot ihrer
Schwester beim Umzug. Drei Pferdefuhrwerke stehen
schon beladen vor dem Anwesen des Generalsteuerpächters le Riche de la Pouplinière in der Rue Richelieu. Vor
dem Tor stapeln sich Coffres und Meubles, Kartons und
Instrumente, Truhen und Küchengeschirr. Soeben wuch-
ten drei Männer ein Clavecin auf den Wagen, hochkant;
die Beine sind abgeschraubt worden zuvor. Beim Absetzen klirrt es leise verhallend aus dem Resonanzboden,
als wehe der Zephyr durch eine Äolsharfe. Der Kutscher
schiebt sich den Dreispitz in den Nacken, spuckt in die
Hände und greift nach der Peitsche; ein Gaul wirft auf-
wiehernd den Kopf herum. Hufe klappern; Nachbarn
umstehen die Fuhrwerke; Kinder drängen sich vor. Ein
Raunen und Tuscheln geht durch die Gaffer.

Hat sie es endlich geschafft, Jeanne-Thérèse Goer-
mans, die Maîtresse des sauberen Herrn, die ordinaire
Schlumpe, die vulgäre Amusa und Intrigantin. Zuerst die
Freunde und Gäste des Hauses. Dann Madame Thérèse,
die Arme. Wieso Arme? Die ist doch froh, der Demütigung ledig zu seyn. Und itzo Rameau. Wohin nun? In die
Rue des Bons Enfants. Hat er dort nicht früher schon einmal gewohnt? Ist dort nicht Couperin gestorben? Wen
wird sie jetzt noch hinausekeln? Das restliche Personale?
Sie hat doch schon alle vergrault. Das Privat-Orchestre
ist aufgelöst. Jean, der Laquai, ist auch schon gegangen,
dient nun bei Marquise d'Épinay. Die arme M:me Rameau. Was aus den Kindern wird im neuen Quartier?
Der Tod Alexandres war ein bitterer Schlag für den Vater.

Die Tochter Marie-Louise ist Nonne geworden, hab ich gehört. Bleiben Claude-François und Marie-Alexandrine. Was schwätzt ihr da? Im neuen Quartier kann es ihnen nur besser gehen. Im alten wird ohnehin nur noch italiänische Musik goûtirt. Dort wälzen sie sich in den Kissen und pfeifen und trällern komische Opern, la serva padrona, fidonc! Was wollt Ihr, Nachbarin, c'est une musique très jolie! Jawohl, gerade recht für euch Hundsfötter. Luder! Was sie wohl will von ihrem alten Financier? Natürlich sein Geld, was denn sonst. Im Auftrag ihres Gatten. Der ist Schankwirt, hoch verschuldet, lebt von dem, was sie anschafft. Ihr Vater soll Clavecin-Bauer seyn.

Schräg fällt ein Sonnenstrahl in die Straßenschlucht; der Kutscher spuckt im hohen Bogen aufs Trottoir, knurrt heiser »Hurrr!«, schwingt die Peitsche überm Gespann; dieses zieht an, und rasselnd und knirschend setzt das Fuhrwerk sich in Bewegung.

3. Bild

HÔTEL FLEUR DE LYS,
PARIS, 2003.

Und dann schlug die Krankheit richtig zu, wie ein Peitschenhieb.

Ich war, nach meiner Rückkehr vom Besuch im Hôpital St.-Bernard, ins Badezimmer gegangen, um mir die Zähne zu putzen, als jäh mir ein eiserner Griff die Waden umklammerte, ein Krampf, der von den Beinen zu den Schultern empor bis in die Arme und darüber hinaus in die Kiefermuskulatur sich ausbreitete und mich walkte, durchschüttelte, an mir zerrte und rüttelte, daß mir die Zähne klapperten wie Kastagnetten und das Wasser im Zahnputzglas, das ich in der Hand hielt, in alle Richtungen fortschwappte und hinausspritzte, so daß ich nur mit größter Willensanstrengung es auf dem Waschbecken absetzen und meinen Körper, der unterm Schüttelfrost sich einknicken und zusammenklappen wollte wie ein Schweizermesser, zum Bett schleppen konnte, in das ich mich fallenließ und unter der Decke mich sogleich einkrümmte zur Form eines Embryos, der nichts anderes sucht als Schutz und Wärme.

So, eingerollt, zitternd vor Kälte und doch glühheiß am ganzen, wie ausgetrockneten Leib, lag ich eine ganze Weile, bis ich zum Telefon griff, um an der Rezeption ein Aspirin und ein Mineralwasser zu bestellen. Doch so gewaltsam war der Schüttelkrampf, daß er mir den Hörer förmlich aus der Hand schleuderte und den Finger der anderen Hand, der die Nummer wählen wollte, auf der Tastatur hilflos in alle Richtungen stochern ließ: ein demütigend fahriges, ataktisches Gefuchtel, das sich nicht kontrollieren ließ und mich nötigte, fürs erste hilflos weiterzuruhen — sofern hier von Ruhe zu reden war. Denn das Fieber, das sich nunmehr im ganzen Körper ungehemmt ausgebreitet hatte, zwang nicht nur das Denken in eine qualvolle Rotation des Immergleichen, welche so etwas wie Schlaf nicht mehr zuließ, sondern auch die Glieder in eine Unrast, die weder zu beherrschen noch zu steuern war und die Muskulatur um und um zu kneten und zu wälzen schien wie Kuchenteig in einer Rührschüssel.

Derart preisgegeben der trockenen Hitze des Körpers und dem Delirium unablässig sich repetierender Wort-, Ton- und Bildfetzen im Hirn, schleuderten sich meine Beine unter dem weggestrampelten Laken Stunde um Stunde hin und her, bis die Kaminröhren und bleigrauen Mansardendächer der Nachbarhäuser vor dem Fenster unter der Morgenröte sich färbten und mit dem Zwitschern der Vögel die Sirenen der Polizei- und Feuerwehrwagen erstarben, die die Nacht hindurch in den Straßenschluchten gegellt hatten.

Es war wohl die femme de chambre, die zur Zeit der Zimmerreinigung mich in meinem hilflosen Zustand entdeckt und bestürzt an der Rezeption gemeldet hatte, so daß am späteren Vormittag zuerst der Patron des Hotels besorgt nach meinem Befinden sich erkundigte und bald darauf Napoléon-Aristide mich mit dem Nötigsten versorgte: mit Wasser, einem Butterhörnchen und einer Fiebertablette, die ich jedoch nicht einnahm, da schon kurze Zeit später ein vom Hotel gerufener Arzt, der sich als Docteur Japardin vorstellte, an mein Bett trat, sich die Zunge herausstrecken ließ, mir in den Hals und ins Auge leuchtete, die Knie abklopfte und die Brust abhorchte, um am Ende strikte Bettruhe, kalte Umschläge und Chinintropfen zu verordnen, die mir kurzfristig Linderung verschafften, bis am späteren Nachmittag das Fieber erneut mit ungehemmter Bösartigkeit mich in den Griff nahm.

Zuvor war es mir gelungen, via Handy beim Orchester, das nun schon in der Bastille-Oper seine Proben abhielt, mein Fernbleiben zu rechtfertigen. Zu meiner Erleichterung antworteten nicht Vorwürfe, sondern aufrichtige Besorgnis und Genesungswünsche meiner Entschuldigung, und es war mir ein rechter Trost, daß am Abend eine kleine Musiker-Delegation an die Tür klopfte, um meinen Zustand persönlich in Augenschein zu nehmen. Brigitte Glantschnigg, Yoko Kitazato und Duncan Peacock traten zu mir ans Bett und legten mir eine Fülle von Mitbringseln wie Opfergaben aufs Nachttischchen: Blumen, Pralinen, einen Kriminalroman gegen die Langeweile, dazu ein Sammelsurium an Arzneien, für deren Wirksamkeit jeder seine Hand ins Feuer legen wollte: japanische Heilwurzeln, Algen-Extrakte, Bachblütentropfen, Vitaminkapseln, Tinkturen, Emulsionen und Präparate seltsamster Provenienz; fast ein jeder hatte seine private Medikation beigesteuert, auf die er »in solchen Fällen« zu schwören pflegte, und auch wenn in meinem Fall der Fall so klar denn doch nicht war, freute und rührte mich diese Geste über die Maßen.

»Auch Erlkönig wünscht gute Besserung«, richtete Duncan mir aus. »Ist er mir noch gram wegen meiner Rede in der Botschaft?« wagte ich zu fragen. »Na ja«, druckste Brigitte, »du kannst dir ja denken. Kennst ihn ja. Er mag solche aktualisierenden Soziologismen nicht. Er kann es nicht leiden, wenn man musikalische und gesellschaftliche Befunde zu schnell kurzschließt; er vermißt das, was er Vermittlung nennt, Interpolation im Kleinsten. Für den festlichen Anlaß fand er deine Ausführungen wohl deplaciert. Aber mach dir nichts draus. Die Fehler, die wir alle machen, trägt er niemandem nach. Übrigens wird es dich überraschen, daß unsere streitbaren Primadonnen sich versöhnt haben. Henrike und Joschi, stell dir vor. Sie gehen von Tag zu Tag rücksichtsvoller, freundlicher, geradezu zärtlich miteinander um.« — »Ein erstaunlicher Sinneswandel.« — »Nicht wahr? Sie wissen selbst nicht, wie es dazu gekommen ist. Erlmayr meint, es sei der Einfluß der Musik, die wir machen.«

Als die Besucher sahen, daß ich ihrer Aufmerksamkeit nur mit Mühe noch standhalten konnte, entfernten sie sich auf Zehenspitzen und überließen mich dem Delirium, das mich überfiel, sobald ich die Augen zu schließen wagte. Das Devin-Heft lag auf dem Nachttisch, aber an Lesen war nicht zu denken. Am Abend versorgte mich das Hotel mit einer leichten Mahlzeit, aber sie mußte unangerührt stehenbleiben. Nur dem Wasser sprach ich zu und trank in Mengen, trank, bis die Trockenheit des Leibes wich und der Schweiß mir ausbrach aus allen Poren. So, klatschnaß, die Waden in kaltfeuchte, ausgewrungene Handtücher gewickelt, wälzte ich mich durch die Nacht bis zum folgenden Morgen.

Über Schmerzen hatte ich zum Glück nicht zu klagen; des Fiebers Ursache war auch dem Doktor Japardin ein Rätsel geblieben. Stunde um Stunde verrann. Das Zeit-

gefühl kam mir abhanden. Unterm Fenster heulten die
Sirenen. Die Zimmerwände flackerten im Blaulicht. Ich
warf mich um und um und kämpfte mit Laken und Kissen
und

Divertissement
FIEBERTHEATER, AKT I.

38 9°. Und ich sah große Alabasterschalen überhäuft
von Ananas Trauben Pomeranzen Limetten Kir-
schen und Birnen vor einem mit Schäferszenen bemalten
Paravent, der schirmte das Elend ab, das Elend der Sklaven auf colonialen Plantagen.

39,1°. Und ich hörte das Duett der verfetteten Herren
Farinelli und Senesino im Baß zu dem Wort »castratura«
und ich sah, wie sie wechselweis mit dem Hackmesser
sich zu Kastraten verschnitten und hörte, wie sie gleich
fröhlich weitersangen, nun im Sopran. Und ich hörte das
dreigestrichene F und wie die Coloratura in hysterisches
Keifen und Zetern sich wandelte.

39,4°. Und ich sah einen griechischen Weinberg, und
Weinspaliere, gestützt von Reihen hoher Bäume, und
zwischen den Stämmen am Fuß der Hänge standen trau-
bengefüllte Karren, Bütten und Keltern, aus denen der
Wein floß in antique Amphoren. Und ich sah Thespis,
den Erfinder der Komödie, im Gras hingestreckt, und
wie Satyre, Mänaden und Bauern tanzend einzogen mit
Frauen und Kindern. Und ich sah Thalia und Momus im
Ländlichen, kräftig belaubte Bäume und Bauernkaten,
einen schilfigen Sumpf, von Weiden umstanden unter
wolkenverhangenem Himmel. Und ich hörte den Wind-
stoß, Quaken der Frösche und Kuckucksrufe, und sah, wie
Nymphen entstiegen dem Sumpf, sich über das Röhricht
erhoben und näherkommen wollten, doch die Aquilons
zwangen sie ungestüm zurück in das Ried.

38,7°. Un Nuage, conduit par des Aquilons, traverse le Théâtre.

38,9°. Und ich sah Gewölk sich bewegen, und die untere Hälfte der Wolke löste sich ab und stieg zur oberen auf. Und ich sah, wie Jupiter erschien in Gestalt eines Vierfüßlers, den ein kleiner Cupido umwand mit Blumenguirlanden, und wie jener sodann in einen Vogel sich verwandelte, der mit den Flügeln schlug, einen Uhu, der sich einen kurzen Moment auf einem Ast niederließ, dann davonflog. Und ich hörte Donner mit Funkenregen, in dem Jupiter erschien, der, wie ich sah, einen Strauß Blitze in der einen Hand trug (»Telefunken«) und in der anderen einen Strauß blauer Tulpen auf gelbem Grund (»Deutsche Grammophon«). Und ich sah die Gefolgsleute von *La Folie*, die einen in fröhlichen Puppengewändern, die anderen im serieusen Habit griechischer Philosophen, dazu tanzende Dryaden, Sybariten und Satyrn.

39,2°. Und ich sah Juno und Jupiter zum Rollen des Donners in den Himmel aufsteigen; Merkur flog ihnen voran, und nur die Narrheit blieb, unter Bauerntölpeln, auf der Erde zurück, und es tanzten miteinander die Jungfräulichkeit, die Scham, die Glut, die Hoffnung, die Treue, die Beständigkeit, die Sehnsucht und die Koketterie.

39,6°. Und ich sah einen Portikus in Ruinen, vor dem die Künste standen und klagten, und einen zerstörten Laubengang, vor dem die Freuden standen und klagten, und dahinter ein Kriegslager. Und ich sah ein Höllentor, vor dem Gespenster, Ungeheuer und Dämonen Wache hielten. Und ich sah, wie der Himmel sich auftat und den Zodiak sehen ließ, den die Sonne auf ihrem Wagen zu durchfahren begann, und in der Ferne auf dem Himmelsgewölk den Olymp, auf dem die Götter sich versammelt hatten. Und ich sah, wie mehrere feurige Globen auf Wolken herniederstiegen und die Genien mit den Planeten und Sternen sich vereinten zur fête de l'univers. Und ich hörte sie singen, die *Intelligenzen*.

4. Bild

DENIS DIDEROTS ARBEITSZIMMER, 1752.

Die Tür fliegt auf; Rousseau stürzt ins Zimmer und gewahrt Diderot, der, das müde Haupt in den Händen vergraben, am Schreibtisch sitzt, ohne aufzublicken und seinen Besucher zu begrüßen. Dieser hält bestürzt inne, legt seinem Freund eine Hand auf die Schulter und fragt, was geschehen sei. Diderot knirscht: »Die Encyclopédie wird verboten. Auf Befehl des Königs. Hören Sie sich das an, Jean-Jacques: ›...wegen etlicher Maximen, die es darauf anlegen, die königliche Autorität zu untergraben, den Geist der Indépendance und der Revolte zu befestigen und mit obscuren und zweydeutigen Begriffen die Grundlagen des Irrtums, der Sittenverderbnis und des Unglaubens zu errichten.‹«

Rousseau wirft stolz den Kopf auf und schlägt seinem Freund aufmunternd auf die Schulter. »Ist doch gut so, mein Lieber! Viel Feind, viel Ehr. Wir hätten etwas falsch gemacht, wenn man uns nicht verböte. Kopf hoch, Denis. Malesherbes steht auf unserer Seite. Er wird uns schon herauspauken.« Diderot knurrt und schüttelt unwillig den Kopf, aber Rousseau läßt es sich nicht verdrießen, seinen Freund aufzumuntern.

»Kommen Sie heute abend mit in die Oper. Man gibt die Serva Padrona von Pergolesi.« — »Eine italienische Buffa?« — »Ja. Zweimal hab ich sie schon gesehen, ohne ihrer je überdrüssig werden zu können. Sie könnten es auch nicht, Denis, ich garantiere Ihnen: Der frische Wind dieser Musik bläst Ihnen die Trübsal so wirkungsvoll von der Stirne, wie Sie es nie erlebt haben. Nichts mehr von unserem französischen Gehäcksel! Zur Hölle mit Frankreich, seinen Akademikern, Pedanten, Zensoren, Schranzen und Hofbeamten! Ich habe es ja gewußt. Schon damals in Venedig ist mir alles klar gewesen. Melodie, Denis! Klare kantable Linien, schlichte Bellezza, weitgeschwungene Cantilenen, passend zur Musikalität der italienischen Sprache: Das ist die wahre Musik der Freiheit, und deshalb gehört ihr die Zukunft! Schluß mit der Diktatur der Fundamentschritte, der Dissonanzen und der Agréments! Ganz Paris ist schon begeistert; Sie werden es auch sein, das verspreche ich Ihnen, mein Freund.«

Diderot murrt halblaut: »Die Encyclopédie wird verboten. Vom selben König, der einen Rameau mit Lorbeer bekränzt. Warum verbietet er nicht auch die Dienstmagd als Herrin? Er könnte sagen, ihre Buffonerie sei nur Camouflage, die darauf abziele, den Geist der Unabhängigkeit und der Revolte zu befestigen: Ein trojanisches Pferd — freilich, würde es wiehern à la Rameau, wär alles recht.«

Rousseau läßt sich in einen Sessel fallen und entgegnet abwinkend: »Kommen Sie, Denis, wir wollen die großen reellen und gründlichen Dienste, die M:r Rameau der Musik geleistet hat, nicht kleinreden.« — »Was Sie sonst nur zu gern tun, Jean-Jacques.« — »Tatsächlich? Nun gut, seine Texte sind schlecht, aber er hat doch sehr großes Talent —« — »Ihr Lob wird ihn beflügeln« — »— und viel Feuer, allerdings auch mehr Wissen als Genie, oder zumindest ein Genie, erstickt unter zu viel Wissen. Ich vermisse seinen Sinn für die Einheit und den Zusammenhang des Ganzen so, wie ich seine Kunst der Kontraste, der Charakterisierung, und seinen Geist für das Einzelne anerkenne. Freilich, sein Rezitativ ist fast durchweg schlecht, sein Gesang barock; seine Übergänge sind hart, und die Orchesterbegleitung in den Opern macht er so konfus, so überladen, so häufig, daß einem der Kopf platzen könnte von dem unendlichen Gelärme der Instrumente, das so ohrenbetäubend ist, daß es die Aufmerksamkeit des Zuschauers eher zerstreut als bündelt. Mon

Dieu, alle diese beliebten Feinheiten der Kunst, diese Imitationen, diese Doppelmotive, dieser gezwungene Generalbaß, dieser Kontrapunkt sind doch nur unförmige Monstren, Denkmale des schlechten Geschmacks, die man in die Klöster verweisen sollte; dort, wo sie nämlich herkommen, könnten sie dann auch ihre letzte Zuflucht finden.« —

»Ist Ihnen eigentlich bewußt, Jean-Jacques, daß Sie mit Ihrer Kritik nur die alten Zöpfe und Bärte der Lullisten neu frisieren? Natur sei fruchtbar, Gelehrsamkeit nicht, hieß es bei denen, die ihr *jugement par sentiment et sensibilité* einst den ramistischen Connaisseurs entgegenhielten. Es entbehrt nicht der Buffonerie, daß jene unseren Musikpapst als den ›Italiener‹ schalten, den Sie ihm jetzt preisend gegenüberstellen.« — »Je nun«, lacht Rousseau und schnipst mit den Fingern, »so soll man uns denn in Dreiteufelsnamen Buffonen nennen, wenn wir es künftig mit der Buffa halten. Applaudite, amici, comedia oritur.«

5. Bild

IN JEAN LE ROND D'ALEMBERTS WOHNUNG, *1753*.

Die Turmuhr unweit der Académie Royale hat Mitternacht geschlagen; Jasminduft weht durch die Gasse; Motten und Nachtfalter, von Fledermäusen gejagt, kreisen um die Wandlaterne, unter der eine Gruppe Vermummter mit Fackeln in den Händen auf Abbé Desmartins wartet. Er hat die Maskierten zu diesem nächtlichen Stelldichein gerufen, um sie mit neuen Instructionen für das Attentat auf den König zu versehen.

Rousseau, Autor der Encyclopédie-Artikel *Accompagnement*, *Chœur* und *Enharmonique*, ist auf dem Weg zu einem Treffen mit d'Alembert, Autor von *Cadence*, *Dissonance* und

Fondamental. Er kommt an dem camouflierten Trüpp-chen, das sich in einen Winkel duckt, vorbei und be-schleunigt angstvoll seine Schritte. Er sieht nicht, daß die schwarz verhüllten Vigilanten, die ihn argwöhnisch, wenn nicht drohend beäugen, ihrerseits observirt werden von den Spionen des Königs; er blickt nicht rechts noch links, sondern furchtsam zu Boden. Er hat sich exponiert, er selber rechnet mit einem Anschlag auf sein Leben.

Er blickt auch nicht auf, als er am Haus d'Alemberts schellt; außer Atem, schweißüberströmt, folgt er dem Be-diensteten, der ihm im Stiegenhaus voranleuchtet, stürmt ins Arbeitszimmer des Freundes und keucht: »Ich hasse die Stadt. Ich hasse Paris, ich hasse dieses Land, den Kultus und das Getue seiner Gens de lettres, die Cabalen seiner blasirten Literaten, die unschöne Arrogance der Schöngeister in der Gesellschaft, ihren Mangel an Auf-richtigkeit, Tolérance, Herzlichkeit. Gibt es hier statt des-sen nur noch Unterdrückung und Verfolgung? Ich sage Ihnen, d'Alembert, das waren Leute von der Oper, die da hinter mir her waren. Ich kenn doch das Personale. Die wollten mich zusammenschlagen. Wenn nicht umbrin-gen. Ich weiß, daß sie mich im Opernhof schon in effigie verbrannt haben. Verwünschte Canaille! Hundsfötter!«

D'Alemberts schöne, kluge Züge, der breit aufge-schwungene Mund und die großen freundlichen Augen, können ein Wetterleuchten von Belustigung nicht ver-hehlen. »Je nun, mein Lieber, Sie haben sich weit aus dem Fenster gelehnt. Wer austeilt, muß auch einstecken können. Mit Ihrer Fundamentalkritik entziehen Sie der Académie Royale ihre raison d'être. Oder wollen Sie leugnen, daß Ihr *Brief über die französische Musik,* den Sie jetzt veröffentlicht haben, eine Brandfackel ist, die Paris an allen vier Ecken in Flammen gesetzt hat? Sie kön-nen sich ja denken, daß Rameau bereits an einer Gegen-rede schreibt: Oberservations sur notre instinct pour la musique et sur son principe; sie soll kommendes Jahr erscheinen. Der Ursprungsmythos eines Naturzustands, den Sie in einer hypothetischen Vergangenheit ausmachen, in welcher Sprache und Musik, noch ungeschieden, eine gemeinsame Quelle hatten, ist für ihn — soll ich sagen: natürlich? — inacceptable.«

Rousseau schäumt. »Soll er doch! Soll ihn sein Altersstarrsinn, seine mentale Verknöcherung nur ins Delirium des Theoretisierens stürzen! Soll er aus seiner Anordnung der Oberton-Schwingungen Brot backen oder Gold machen, soll er in seinem ›principe‹ den Stein der Weisen finden oder die Geheimnisse der Organisation des Universums! Wir beide werden seine mathematische Metaphysik exact des Dilettantismus überführen, den er meiner Musik immer vorwirft. Seine Behauptung, nicht die Melodie habe in der Musik den Primat, sondern die Harmonie, die sich aus den Teilungsproportionen der Saitenschwingung errechnet, ist doch ridicül. Stupide! Kein Wunder, daß seine Harmonik einen geometrischen Ton annimmt, der einem das Herz abschnürt und nichts gewährt außer grandiosen algebraischen Wahrheiten.«

»Und Sie, lieber Freund, halten die Melodie dagegen – die nur in der italienischen Sprache sangbar sein könne, und rügen an der französischen Opernsprache die vielen Konsonanten und Nasallaute, die wirre Versakzentuirung, die regellose Prosodie, den starren Satzbau zuungusten der Kantilene, also des idealen Gesangs, dessen Utopie Sie jetzt in der Natürlichkeit der Opera buffa verwirklicht finden? Auch das ist gewagt.«

»Hören Sie, d'Alembert, ich glaube, ich habe gezeigt, daß es in der französischen Musik weder Rhythmus noch Taktmaß noch Melodie gibt, weil die Sprache selber darwidersteht. Daß der französische Gesang nur ein dauerndes Gebell und für jedes unparteiische Ohr unerträglich ist. Daß die Harmonie töricht und ausdruckslos ist und nur nach den Tintenflecken der Akademiker stinkt. Daß die französischen Arien keine Arien sind. Daß das französische Récitatif kein Rezitativ ist. Und daraus schließe ich, daß die Franzosen keine Musik haben und auch keine haben können. Oder daß es, falls sie jemals eine haben werden, nur um so schlimmer für sie sein wird.«

»Was Sie nicht davon abgehalten hat, in französischer Sprache Ihre Schäfer-Operette *Le Devin du Village* zu componiren und in Luxusausstattung vor dem Hof in Fontainebleau zur Uraufführung zu bringen. Alle sind encharmirt von der belle naïveté Ihres Werkleins. Wieviel haben Sie von Ludwig und der Pompadour dafür bekommen? 15o Louis d'or? Und wenn Sie die Audienz beim König, zu der Sie bestellt waren, nicht geschwänzt hätten, wären Sie jetzt ein französischer Hofcompositeur mit Pensionsanspruch.«

Rousseau ist aufgesprungen von seinem Stuhl; Zorn blitzt aus seinen Augen. »Sparen Sie sich Ihren Sarkasmus, d'Alembert. Sie wissen, daß ich der Premiere meines Schäferspiels absichtlich in nachlässiger Kleidung, unrasiert und mit schlecht frisierter Perücke beigewohnt habe. In den Augen der Schranzen war das unanständig, in meinen Augen ein Ausweis von Mut und Indépendance. Wer der Welt sich anpaßt, wird zu ihrem Sklaven. Daß ich der Audienz fernblieb, lag, zugegeben, an meiner verfluchten Schüchternheit, dazu, wie Sie sich denken können, an meinem chronischen Unterleibsleiden, vor allem aber daran, daß ich den König, sein Hofschranzenwesen und den ganzen absolutistischen Plunder genauso verachte wie Sie. Was soll daher Ihre Ironie? Wollen Sie mir verargen, daß ich, wie es jeder Komponist getan hätte, meine Oper auf die bestmögliche Weise verwirklicht haben wollte, da doch Bühnenmusik nicht auf dem Notenpapier, sondern nur in der Realisierung lebt und existiert? Was kann ich dafür, daß nur der Hof solche Opern angemessen auf die Bühne bringen kann? Na schön, die Pension habe ich verloren — aber lieber verbringe ich den Rest meiner Tage mit dem Abschmieren von Noten, als mich dem Joch zu beugen, unter das

mich so ein Hof-Titel gezwungen hätte. Das hieße näm-
lich: Adieu, Wahrheit, Freiheit, Mut und Unabhängigkeit! Nicht mit mir! — Haben Sie eigentlich je gehört, ob
Rameau sich zu meinem Dorfwahrsager geäußert hat?«
»Aber ja.«
»Nun? Und? So reden Sie schon!«
»Aber mein lieber Freund! Wäre ich ein moderner
Seelenzergliederer, müßte ich fast argwöhnen, daß Sie
sich bis anjetzt von Ihrem Übervater* noch nicht haben
befreien können. Wäre es nicht an der Zeit, diesen Vater-
konflikt zu beenden? Sie können sich doch denken, was
Rameau, grimmig, erratisch, knochig und karg gesagt
hat. Collé hat ihn gefragt ›Wie hat Ihnen die Musique
gefallen?‹, und er hat nur geantwortet ›Sie stört nicht, ist
aber schlecht komponiert‹. Das war alles. Seien Sie stolz
darauf, daß er Sie wenigstens auf dem Feld der Theorie
als Gegner ernstnimmt.«

Divertissement

AUS EINEM BRIEF VOLTAIRES
AN ROUSSEAU.

Monsieur, ich danke Ihnen für die Zusendung Ihres
Buches gegen das Menschengeschlecht. *Man kann
die Abscheulichkeit der menschlichen Gesellschaft nicht mit
lebendigeren Farben malen, als Sie es getan haben. Nie ist so
viel Geist verschwendet worden, um uns zu Bestien zu machen.
Bei der Lektüre Ihres Discours bekommt man richtig Lust,*

---

* Devins psychoanalytisch anmutender »surpère« klingt 1753 unglaubhaft; bis zur *Erfahrungsseelenlehre* war es ja noch weit. Immerhin ist das Wort »überväterlich« seit 1617 verbürgt, und Anleihen bei
Wolff oder bei Humes *Treatise on human nature* sind ebensowenig aus-
zuschließen wie bei Leibniz, der Descartes' mechanistisches Bild der
Seele korrigierte und eine Psychologie des Unbewußten zumindest
vorbereitete.

auf allen Vieren zu gehen. Da ich indes seit mehr als sechzig Jahren diese Gewohnheit aufgegeben habe, spüre ich leider, daß es mir unmöglich ist, sie wieder anzunehmen. Ich über-lasse diese Haltung daher denjenigen, die ihrer würdiger sind als Sie und ich.

Sie schreiben, es verstoße gegen das Gesetz der Natur, daß eine Handvoll Menschen im Überfluß ersticke, während es der ausgehungerten Menge am Notwendigsten fehle. *Das ist die Philosophie eines Bettlers, der die Reichen durch die Armen bestohlen sehen möchte.*

Ihre Frage, ob ich je wieder ein Buch für M:r Rameau schreiben würde, beantwortet sich von selbst. M:r Rameau ist dem Hof attachirt — für mich gilt das Gegenteil. Sein Werk speist sich aus einer Kategorie des Merveilleux, des Wunderbaren. Das Schrecklich-Erhabene ist mir nach dem jüngsten Erdbeben nicht mehr fremd. Aber um obendrein an Wunder zu glauben, müßte ich ein gnaden-gläubiger Christ seyn. Und dies käme mich, nach dem Gnadenlosen, das die dreißigtausend Verschütteten in Lissabon erfuhren, noch saurer an, als Ihnen für die Zusendung Ihres Buches zu danken. Ich bin, Monsieur, Ihr etc. etc.

Voltaire.

6. Bild

EINE BUCHHANDLUNG,
PARIS, 1756.

Das Quodlibet, das Jean Devin für uns malt, zeigt den Verkaufsraum der Buchhandlung Callot in der Rue St.-Anne, unweit der Wohnung, die Baron d'Holbach drei Jahre später beziehen sollte, einen Raum in den Farben Ocker, Chamois, Maisgelb, Tabakbraun, Sienabraun, Tin-tenbraun und Beige, ein weitläufichtes, mit Steinfliesen gedecktes und mit Regalen bis zur Zimmerdecke kassettiertes Cabinet, durch dessen hohe, staubblinde Fenster die Sonne schräge Lichtbalken auf die Auslagetische fallen läßt, auf denen die Neuerscheinungen sich stapeln, der 6. Band der Encyclopédie, darauf Voltaires Essai sur les mœurs et l'esprit des nations, darüber, wie achtlos hingeblättert, die Theaterzettel der Neufassungen von Castor und Pollux sowie Zoroastre, daneben Rousseaus Discours über Ursprung und Grundlagen der Ungleichheit unter den Menschen. Zwischen Regalen und Tischen haben Spinnen mächtige Netze gewoben, in denen der Staub von Jahrzehnten sich gefangen hat. Diese staubigen Gespinste wallen über Büchern, Broschüren, Traktaten, Papierstößen; hängen vor vergilbten Anschlagzetteln, Plakaten, Kupfertafeln; überziehen mit ihrem Schleier selbst den Besucher, der vor einer an die Wand gehefteten Publikationsliste stehengeblieben ist, um sie zu mustern. Reglos steht er vor ihr, hager, storchendürr, großgewachsen, mit hoher Sorgenstirn, spitzem Kinn und Beinen, dünn wie Traversflöten. Er kneift die Augen zusammen und nimmt zum Lesen ein Lorgnon zu Hilfe. Die stockfleckige, gebräunte, an den Rändern aufgerollte und eingerissene Liste an der Wand verzeichnet alle Drucke der Schriften Jean-Philippe Rameaus.

Traité de l'Harmonie réduite à ses principes naturels.

Nouveau Système de musique théorique.

Examen d'une conférence sur la musique *(Mercure de France)*.

Réponse à la réplique de l'auteur de la conférence *(Mercure de France)*.

Plan abrégé d'une nouvelle méthode d'accompagnement p:r le clavecin *(Mercure de France)*.

Lettre de M*** à M*** sur la musique et l'explication de la carte générale de la basse fondamentale *(Mercure de France)*.

Dissertation sur les différentes méthodes d'accompagnement pour le clavecin ou l'orgue.

Lettre au Père Castel *(Journal de Trévoux).*

Génération harmonique.

Remarques de M. Rameau sur l'extrait qu'on a donné de son livre intitulé Génération harmonique dans le Journal de Trévoux.

Lettre à M. de Sainte-Albine *(Mercure de France).*

Démonstration du principe de l'harmonie.

Nouvelles réflexions de M. Rameau sur sa Démonstration du Principe de l'Harmonie.

Lettre de M. Rameau à l'auteur du Mercure *(Mercure de France).*

Réflexions sur la manière de former la voix *(Mercure de France).*

Der Betrachter der Liste wischt sich eine Spinnwebe aus der Perücke und reibt das Lorgnon an den Ärmelaufschlägen seines Rockes sauber; die Geste scheint sagen zu wollen, daß die Titel, die er bis anhero gelesen, allesamt nur Vorstudien des Folgenden gewesen seien. Er überliest den *Auszug einer Antwort M:r Rameaus an den Mathematiker M:r Euler* (1753) und fährt fort mit den Titeln, auf die es ihm anzukommen scheint.

Observations sur notre instinct pour la musique.

Erreurs sur la musique dans l'Encyclopédie.

Suite des erreurs sur la musique dans l'Encyclopédie.

Réponse de M. Rameau à MM. les Éditeurs de l'Encyclopédie.

Code de musique pratique.

Nouvelles réflexions sur le principe sonore.

Lettre à M. d'Alembert sur ses opinions en musique insérées dans les articles Fondamental et Gamme de l'Encyclopédie.

Réponse de M. d'Alembert à M. Rameau et réponse de M. Rameau à la lettre de M. d'Alembert.

Lettre aux Philosophes.

Der Betrachter wendet sich um, das müde Antlitz bedeckt mit Spinnweben und bekränzt mit einem unsichtbaren Lorbeerzweig. Mit heiserer Stimme spricht es aus ihm:

»Depuis environ cent cinquante ans, je suis le seul qui ait écrit scientifiquement, bien ou mal, de la Musique, excepté sectateurs de mes principes.«

»Von welchen Principien sprechen Sie, Maître?« fragt es aus einem Nebenraum herüber.

Krächzend spricht es aus ihm: »Um uns ein Unendliches anschaulich zu machen, dessen Anfang und Ende unvorstellbar sind, placirt sich das Princip exact in die Mitte seiner Multipla und Divisa: ein Gesetz, welches es zugleich den Teilungskoeffizienten 2, 3 und 5 auferlegt, woraus weitere Progressionen *ad infinitum* bis zum jeweils Äußersten ihrer Proportionen folgen. Und um sodann zu zeigen, daß es das erste und einzige Princip sey und von nichts übertroffen werde, zwingt es die Körper, die größer sind als es selbst, sich in seine Schwingungen zu dividiren, sich mit seiner Einheit zu vereinigen, sich sozusagen in seiner Ganzheit zu incorporiren; so daß es zwar immer ganz es selbst bleibt ohne die mindeste Entzweiung und dennoch eine Unendlichkeit von Teilen generirt, die es darum enthält, ohne selbst in etwas enthalten zu seyn. Was sollen wir von solchem *Wunder* halten? Würde uns solch ein Princip mit so überwältigender Évidence anschaulich gemacht, ein Princip, das alle Proportionen und Progressionen generirt und jeder seiner ersten Hervorbringungen, notabene je nach Reihenfolge ihrer Erzeugung, besondere und untergeordnete Præogative zuweist, wenn daraus nicht eine Unendlichkeit nützlicher Erkenntnisse flösse? So viele Philosophen, in Antike wie Gegenwart, die sich dem Studium der Musik geweiht und so hart daran gearbeitet haben, endlich die Tiefe ihrer wissenschaftlichen Seite zu durchdringen, hätten gewiß nicht so gehandelt, hätten sie nicht gespürt, daß ein Erkenntnisgewinn, wertvoller als der, so aus Kunst allein zu ziehen wäre, daraus abgeleitet werden könne.«

Jean Devins Abschrift dieser Übertragung ins Deutsche (wahrscheinlich für den Mathematiker Euler) ist fragwürdig; auch muß man bezweifeln, ob der anonyme Übersetzer verstanden hat, was RAMEAU hier im Sinn hatte: eine Physikomathematik der *corps sonores* oder eine pantheistische Theodizee? Außerdem ist Devins Datierung anfechtbar. Denn stammte sein Quodlibet wirklich von 1756, hätte er es sich wohl nicht nehmen lassen, auch auf die Geburt des Sohnes eines fürstbischöflichen Kapellmeisters im fernen Salzburg hinzuweisen und daran zu erinnern, daß besagter Sohn zweiundzwanzig Jahre später bei Baron Melchior Grimm wohnen werde, um als dessen Logiergast seinen Vorsatz zu verfolgen, mit der Composition eines Balletts, einer Symphonie in D, eines Konzertes für Harfe und Flöte sowie etlicher Claviersonaten den Parisern den Staub aus ihren Perücken zu blasen, bis er, ohne Sücceß, und nachdem er seine Mutter auf einem Pariser Cimetière hat begraben lassen, von Baron Grimm im Streit scheiden und nach Salzburg zurückkehren werde, gescheitert fürs erste.

Noch einmal rufts fragend aus dem Nebenraum: »Wie gelänge mir eine gute Opéra, Maître?«

RAMEAU flüstert, wie zu sich selbst: »Mon ami, faites-moi pleurer.«

7. Bild
HÔTEL FLEUR DE LYS, PARIS, 2003.

Der Morgen brach an, aber er brachte keine Besserung meines Befindens, da der Schlaf, den die Dichter mit Recht als Schweigens Kind, als Vater süßer Rast, friedensbringenden Fürsten, unparteiischen Richter zwischen Hoch und Gering, Tröster für das grampgepreßte Gemüth,

Balsam der Pein, Reichtum des Armen, Imbißstand des Geistes, Freigang des Strafgefangenen und weiß der Himmel alles noch besungen haben, auch in der zweiten Nacht mein Kissen geflohen hatte, so daß ich, als Napoléon-Aristide zu mir ans Bett trat, um mir Laken und Kissen aufzuschütteln und ein Frühstück aufs Nachttischchen zu stellen, wohl ein rechtes Bild des Jammers und der Zerrüttung geboten haben muß.

Mein fürsorglicher Garçon ließ es sich angelegen sein, mir zu berichten, daß auf den Straßen nun auch die Studenten der Sorbonne und die Schüler der meisten Pariser Lyceen und Gymnasien sich den Aufständen angeschlossen hätten, um diesen konkret umrissene politische Forderungen mitzugeben. Auch Gewerkschaftler aller Couleur marschierten derweil unter roten Fahnen über die Boulevards, Sozialisten und Kommunisten, denen sich freilich leider auch *Casseurs*, ›Kaputtmacher‹ beigesellten. »Sobald Journalisten und Reporter mit der Kamera in der Nähe sind, schlagen sie an geparkten Autos die Spiegel ab, zertrümmern die Scheiben, werfen das Auto um und zünden es an. Sie wollen einfach nur etwas erleben. Sie wollen einfach mal ins Fernsehen. Politik interessiert sie nicht. Haben sie gerade kein Opfer zur Hand, verprügeln sie sich gern auch gegenseitig. So kompromittieren sie die Revolution. Was wir erleben, Monsieur, ist die Implosion unseres Systems.«

Ich erkundigte mich nach dem Befinden seines Sohnes und fragte ihn, ob er nach wie vor an die Weltrevolution glaube. Mit einem Anflug von Indignation wandte er mir sein stolzes weißbärtiges Antlitz zu und antwortete: »Jérôme liegt im künstlichen Tiefschlaf, Monsieur. Er ist kein Schläger, sondern ein Held, verstummter Zeuge eines Geschehens, das wir längst nicht mehr beeinflussen können, weil es seiner immanenten Gesetzmäßigkeit folgt. Insofern ist es unerheblich, was wir glauben oder nicht. Was schert es die Niagarafälle, ob wir sie gut finden oder nicht? Das Wasser fällt und fällt, und unser System muß an seinen eigenen Widersprüchen ersticken. Wissen Sie, was unser großer Rousseau einmal gesagt hat? *Umsonst würdet ihr selbst die Menschen zu jener ersten Gleichheit zurückführen, die die Erhalterin der Unschuld und die Quelle der Tugend ist; ihre einmal verderbten Herzen werden es immer bleiben; es gibt kein Heilmittel mehr, wenn nicht durch einen großen Umsturz, der beinahe ebenso zu befürchten wäre wie das Übel, das er heilen könnte, und bei dem es strafbar wäre, ihn herbeizuwünschen, und unmöglich, ihn vorauszusehen«.*

»Aber Sie sehen ihn voraus«, gab ich ihm zu bedenken. Doch er gab hierauf nichts zurück, sondern schritt mit großer Würde aus dem Zimmer just in dem Moment, als Dr. Japardin eintrat, um sich nach dem Befinden seines Patienten zu erkundigen. Weil der Jünger Äskulaps nach kurzem Beklopfen meines Brustkorbs und Behorchen meiner Herzgeräusche mit dem Stethoskop fand, daß das Krankheitsbild sich zumindest nicht verschlechtert habe, bestätigte er seine Medikation vom Vortag, ging seines Weges und ließ mich für ein paar Stunden allein.

Am Nachmittag klopfte es an der Tür, und auf mein schwaches ›Herein‹ betrat aufs neue eine kleine Abordnung des Orchesters das Zimmer, Jacques Ravoux, Gillian Steele und Peer ter Linden, die mir zu den Grüßen und Genesungswünschen der Kollegen auch eine Flasche Kremser Veltliner überreichten, »von Erlmayr; er entschuldigt sich, nicht selber kommen zu können.« — »Macht doch nichts«, winkte ich ab. »Nett von ihm. Danke. Wie kommen die Proben voran?« — »Er erreicht die Premiere mit Müh und Not, in seinen Armen das Werk ist tot. No, I'm just kidding«, scherzte Gillian. »Geht alles ganz gut. Die veränderte Akustik zwingt zu einigen Tempo- und Balance-Modifikationen. Und für die Sänger, klar, ist es schwerer, auf der Riesenbühne hinterm Graben den richtigen Sound rauszubringen, als im Studio vorm

Orchester am Mikro.« — »Und die Choreographie, die Regie, die Bühnenbauten?«— Trotz meiner geschwächten Wahrnehmung entging mir nicht, daß die Musiker sich einen kurzen, unbehaglichen Blick zuwarfen, ehe Jacques sagte: »Naja — die Kostümproben kommen erst noch. Und ansonsten — du, aber wir müssen jetzt leider wieder los, sorry, der Dienst ruft, wir melden uns bald wieder, ja? Gute Besserung!« Und eh ich mich's versah, hatte die Delegation sich winkend von hinnen gestohlen und behutsam die Tür des Krankenzimmers hinter sich geschlossen.

Ich war mental viel zu derangiert, als daß ich mir über die seltsam verdrucksten Auskünfte meiner Besucher hätte graue Haare wachsen lassen. Alles, wonach mir der Sinn stand, war Schlaf — und tatsächlich gelang es meinem fiebergebeutelten Hirn in der folgenden Nacht irgendwie, einige kleine Inseln des Vergessens einzulassen ins Meer der ruhlosen Motion, gleichsam einen Archipelagos winziger versprengter Stillstände einzusprengen in das rastlos mahlende Räderwerk des Denkens.

Der nächste Tag bescherte um die Mittagszeit eine nicht unliebe Überraschung. Es hatte geklopft; ich hatte ›Herein‹ gerufen — und dann zeigten sich im Türspalt übereinander, den Bremer Stadtmusikanten gleich, drei Gesichter: zuunterst ein schmales, furchtsames Antlitz mit Glatze, darüber ein backenbartgesäumtes, lächelndes Gesicht unter einem Bowler, beide überragt von einem großen Rundkopf mit Kräusellocken, rundlichen Ohren und betrübt starrenden Bernsteinaugen, aus dem es sprach:»Wer hätte gedacht, dach wir Ihren Bechuch cho bald chon erwidern würden. Ja, ja, et icht ein Elend.« Ich aber gab zu verstehen, daß es ganz und gar kein Elend, sondern vielmehr ein Riesenvergnügen genannt zu werden verdiene, den Doktor offenkundig schon so rasch genesen und alle drei Freunde am eigenen Krankenbett zu sehen, dieweil Haase bereits munter durchs Zimmer

wieselte und händereibend vermeldete: »Ja, ein Glück,
daß ich dem Siechenlager entß-tiegen und dem Tod gerade eben noch von der Schippe geß-prungen bin. Daher
muß ich jetzt vorsichtig sein. Sie verzeihen, Walter, daß
ich erst festß-tellen muß, ob sich hier nicht noch irgend-
welche Bakterien tummeln. Man kann ja nie wissen.«

Während der Doktor schnüffelnd im Zimmer sich um-
sah und Lizbeta sich ans Fußende meines Bettes setzte,
schüttelte Grünspan mir lachend die Hand, betrachtete
mich eine Weile besorgt und amüsiert zugleich, und dekretierte dann: »Was unserm jungen Freund fehlt, ist ein
gutes Zigarillo. Hier, Walter, nimm dir eine Idomeneo,
Re di Creta, No. 1. Fuor del mar, ho un mar in seno.
100% Tobacco. Damit hast du ein Meer des Genusses im

Busen.« Ich war zu geschwächt, um die gutmütige Offerte anzunehmen, bat aber Grünspan, sich keine Zurückhaltung aufzuerlegen, der sich denn auch nicht lange bitten ließ und das Zimmer alsbald in einen aromatischen Dunst hüllte, der mir als Votiv- oder Räuchergabe auf dem Altar der Gesundheit, der Freundschaft und Geselligkeit von Herzen willkommen war.

»Was hat es eigentlich mit Ihrer Numismatik auf sich?« fragte ich den Doktor, der seine Bakteriensuche aufgegeben hatte und, nun mit baumelnden Beinchen auf der Bettkante sitzend, vergnügt mir zur Antwort gab: »Ach wissen Sie, Walter, ich liebe Münzen, weil ich dem dialektischen Materialismus fröne.« — »Das verstehe ich nicht.«—»Wirklich nicht? Jede Münze hat je ein Frontal- und ein Reversbild, recto und verso gleichsam. Die Medaille hat immer ihre Kehrseite: Position und Negation; die Aufhebung ist der Tauschwert, und die Aufhebung des Tauschwerts ist die Entwertung. Über diese entscheidet der ß-tand der Produktivkräfte. Er wirft die Münze und fragt: Kopf oder Zahl? Wert oder Tand? Diamant oder Diamat? Es ist wirklich der überflüssigste Beruf der Welt, so überflüssig, daß er sich nicht einmal vom Überfluß nährt. Meine Lieblingsmünzen? —: sind die 2-Euroß-tücke, mit denen ich meinen Einkauf im Supermarkt bezahlen kann. So wenns in den Taschen fein klingelt und rollt, dann hält man das Schicksal gefangen: Im Arme das Liebchen, im Beutel das Gold, das ß-tillet das höchste Verlangen, ß-timmts, liebster Bär?« — »Goldrichtig, Haache.«

Derweil hatte Madame aus ihrem Beutel eine Schüssel hervorgezogen, die, wie ich sofort gemutmaßt, »wat Kraftnahrung« für mich barg, und zwar in Gestalt von Honigplätzchen. »Das ist aber lieb von Ihnen«, sagte ich mit aufrichtigem Dank, und Frau Baer-Mildenburg setzte hinzu: »Ich much nur ercht prüfen, ob chie auch gut geraten chind«. »Gewiß, prüfen Sie nur«, scherzte ich,

»auch Sie, Herr Doktor.« Diese Lizenz ließen sich Haase (»Danke, ich bin so frei«) und seine Lebensgefährtin nicht zweimal geben, und unter Knuspern und Knirschen gingen die Kekse, einer nach dem anderen, den Weg alles Irdischen, ohne daß ich meinen Besuchern deswegen hätte gram sein können.

Unterdem hatte es an der Tür geklopft; Grünspan rief ›Herein‹; ich hob den Kopf aus den Kissen – und wollte meinen Augen nicht trauen. Zwei kräftige Männer wuchteten einen großen triangulären Instrumentenkoffer in mein Zimmer, kommandiert von Haase, der »Obacht!« rief und »Aua, nicht auf mich drauf!« und »ß-top, hierher!« — bis der Koffer vor meinem Bett den rechten Standplatz gefunden hatte und geöffnet werden konnte, so daß alsbald der imposante goldschimmernde Engelsflügel einer Pedalharfe vor mir aufragte, die der Doktor verzückt betrachtete und mit den Worten rühmte: »Von Erard! Besser als Pleyel!«. Ungesäumt nahm er vor der Harfe auf einem Hocker Platz, umgriff mit den Ärmchen das stolze Instrument, ließ erst ein Weilchen die Finger über die Saiten rieseln, präludierte ein paar verhallende Arpeggien, modulierte kurz vor sich hin und klimperte dann, die langbewimperten Lider demütig geschlossen, mit gekrümmt zupfenden, pflückenden Fingern eine Pièce, die mich wie eine wunderliche Mélange aus Geminiani und *The Rose of Tralee* anmutete.

»Bravo, Haache. Und cho harmonich!« lobte ihn Lizbeta. Auch Grünspan klatschte artig Applaus. Dr. Turlough O'Carolan, I suppose: so begrüßte ich mit ausgestreckter Hand den Vermißten im Dschungel des Fiebers den endlich im Kongo von Stanley Gefundenen: *Dr. Livingstone, I suppose,* Africa galante, Ye Triumphes of Ossian, Irlanda abbandonata, le Sommeil adoré, Haase zupft ein Schlaflied nach dem andern um mich in Schlummer wie rührend zum Schluß ist er selber entschlummert auf seinem Hocker das Instrument im Schlaf noch umarmend und

Divertissement
FIEBERTHEATER, AKT 2.

39 2°. Und ich hörte eine verliebte Nachtigall, eine klagende Grasmücke, den Dodo von Mauritius im Bordun, ein Toc-Toc singendes Uhrwerk, und ich sah die *folies françaises,* Sœur Monique, ein singendes Domino-spiel, fünf alte Pomeranzenschalen, composé pour le cla-vecin, und über dem Tower am Flugfeld einen Schwarm Amoretten, deren Schwingen bemalt mit der Trikolore, in einer Kartusche, darunter Jakobinermütze und Bischofs-stab, gekreuzt.

38,8°. Und ich sah ein Wäldchen, und dahinter zwei Laubengänge, die den Blick freigaben auf eine Lichtung, in deren Perspektivflucht der Lauf eines Flusses zu sehen, und mir zu Füßen eine Najade, die auf einer gestürzten Amphore ruhte, aus welcher Wasser rieselte. Und ich sah, wie ein Silberschleier heranwehte, der den Lauf eines Baches darstellte, auf dessen Wellen der Gott des Baches erschien.

38,5°. Und ich sah die weiße Kuppel von Sacré-Cœur, das Peristyl des Apollotempels und den Invalidendom, in den Kriegskrüppel humpelten zum Gebet. Und ich sah Wolken, auf denen Trompeten, Pauken, Fagotte und Oboen saßen; und die Wolken senkten sich auf die Erde. Und ich hörte, wie Terpsichore und die Nymphen tanzten zum Schall des Tambours und wie Faune und Waldgötter sich mischten unter die Tanzenden.

39,6°. Und ich sah eine Solitude, ein Sanspareil, ein Sanssouci mit einem Tempel in der Ferne und das Ufer des Meeres, mit Spuren der Verwüstung überall, und den Eingang zum Hades, Pluto auf dem Thron, ihm zu Füßen drei Parzen, und den Palast des Theseus am Meer. Und ich hörte das Rauschen des Meeres und der Winde und sah, wie dem aufgewühlten Meer ein schreckliches Ungeheuer entstieg.

40,0°. Und ich sah die Eifersucht mit ihrem Gefolge, den Sorgen und Verdächtigungen, am Ufer stehen, und Menschen *de tous les états* und jeden Alters. Und ich hörte singende Einzeller Amöben Pantoffeltierchen, tönende Würfel Zylinder Trapezoide Kugeln, klingende Pyramiden Kegel Oktaeder und Polyeder. Und ich sah spiralig gewundene Ketten und Gitter von Molekülen im Tanz der Quadrille sich suchend und haltend und fassend und lassend.

8. *Bild*

IM ORCHESTERGRABEN DER OPÉRA, PARIS, 1757.

Eine Gruppe schaulustiger Damen und Herren wird durch die Oper geführt. Ein Guide erklärt den Damen, die mit bewundernden Ahs und Ohs über ihre entspreiteten Fächer hinweglugen, und den Herren, die mit dem Lorgnon dicht an alles Gezeigte herantreten, um es genau in Augenschein zu nehmen, die Bühnenmechanik und stellt ihnen, als sie in den Orchestergraben gelangen, M:r Rameau vor, der nach seiner soeben beendeten Probe zu Daphnis et Églé dabei ist, die Stimmen von den Pulten einzusammeln und nun, nach einigem unwilligen Räuspern, heiser krächzend zur Sache kommt, die ihn umtreibt.

»Mesdames et Messieurs, man kann es so halten wie ein gewisser M:r Philosophe, dessen *morale sensitive* ihre Grundlage im Gefühl, nicht in irgendeinem metaphysischen System hat, das ihm als grundsätzlich unbewiesen und unbeweisbar gilt. Eh bien, man kann Natur fühlen, bevor man sie malt, und wähnen, ihr auf dem Weg der Intuition und des naiven Empfindens näherzukommen, das heißt, man kann Wissenschaft ablehnen, weiß dann jedoch nicht, wie und was zu studieren wäre, um die

Natur wahrheitsgetreu malen zu können. Ich habe die Natur studiert, bevor ich sie malte, und weiß dank meiner Wissenschaft, wie ich die Farben und Schattierungen zu wählen habe, von denen mein Geist und mein Geschmack mir sagen, daß sie dem gesuchten Ausdruck entsprechen. Nähe zur Natur gelingt mir einzig dadurch, daß ich Kunst durch Kunst selber verberge. Wer vor der Dialektik dieses cacher l'art par l'art-même versagt, bleibt in einer Kunst befangen, die so unkünstlerisch ist, daß sie keine mehr ist und dann auch nicht mehr Natur zu imitiren vermag. Messieurs Dames, ich darf mich empfehlen, au revoir.«

Während die Besucher noch etwas consternirt sich anblicken, stürmt durch die Sitzreihen ein unrasierter, nachlässig gekleideter Mann herbei, schwingt sich über die Brüstung in den Orchestergraben, klopft sich den Staub aus der Kleidung und reicht einem jeden die Hand, indem er sich vorstellt als Jean-Jacques Rousseau, Bürger aus Genf und Habitué aller öffentlichen Opernproben. Erst bittet er um Pardon und stammelt, seiner verwünschten Schüchternheit wegen werde er gewiß kein gescheutes Wort herausbringen können; doch als eine Besucherin die Verlegenheit mit dem Compliment zu überspielen sucht, das Pariser Opernorchester sei neben dem Mannheimer Hoforchester sicher das glänzendste von Europa, zuckt es ihm durch die Kinnmuskulatur, bis er dann doch in Rage sich redet.

»Mit allem Respekt, Madame! Und mit Verlaub — aber in ganz Europa wird colportirt, daß das Orchestre der Pariser Oper, wiewohl eines der größten, doch den geringsten Effect erziele. Die Gründe für diese schlechte Qualität sind mannigfacher Art und unschwer zu benennen.«

Rameau, der im Hintergrund gestanden, faucht ihn an: »Wenn dem tatsächlich so wäre, Monsieur, sollte es Sie erst recht veranlassen, nicht länger Kompositionskritik mit Aufführungskritik zu verwechseln, damit die Encyclopédie nicht länger Ihre Irrtümer durch ganz Europa colportirt.« Unbeirrt fährt Rousseau fort:

»Die Gründe sind: Erstens die mangelhafte Construction dieses Grabens hier, der, wie Sie ja sehen, in die Erde eingelassen und mit einem harten, massichten, mit eisernen Beschlägen beschwerten Holz armirt ist, das alle Résonance erstickt. Zweitens die ungenügende Qualification der Instrumentalisten, von denen die meisten, da sie nur durch Bestechung, Vetternwirtschaft und Corruption engagirt sind, von Musik wenig und vom Ensemblespiel überhaupt nichts verstehen. Drittens deren unerträgliche Gewohnheit, dauernd überlaut zu fiedeln, zu miauen, zu blöken und zu præludiren, ohne je vorher akkurat eingestimmt zu haben. Viertens das allgemeine französische Talent zur Vernachlässigung und zum Niedermachen all dessen, was zur täglichen Pflicht gehört. Fünftens die elenden Instrumente der Orchestermusiker, diese wurmstichigen Violons und Hautbois, die immer im Theater bleiben und dort herumliegen, obwohl sie längst auf den Müll gehörten, statt bei den Aufführungen zu lärmen und in der Zwischenzeit zu verrotten. Sechstens die unzulängliche Postirung des Dirigenten, der direkt vor der Rampe — sein Augenmerk nur auf Sänger und Tänzer gerichtet — das Orchestre nicht ausreichend zu überwachen vermag, weil es hinter ihm sitzt, nicht vor ihm. Siebentens das unerträgliche Gepolter seines Takt- und Klopfstocks, der jeden Effect des Orchestre überdröhnt und abtötet. Achtens der miserable harmonische Satz der Compositionen, der nie rein und wohlklingend ist und, statt ächte Effecte zu produciren, nur einen wirren, sfumateusen Füllstoff liefert. Neuntens das Zuwenig an Contrabässen und das Zuviel an Celli, deren aufdringlich langgezogene Töne die Melodie abwürgen und den Hörer ersticken. Zehntens der Mangel an melodischer Continuität und der unbestimmte Charakter der französischen

Musik, in der das Orchestre sich nach den Sängern und Tänzern richten muß und die hohen Instrumente den Baß bestimmen, obschon das eine wie das andere umgekehrt richtiger wäre. Davon abgesehen, ist unsere Opéra natürlich ein prächtiges Bauwerk. Ich danke Ihnen für Ihre Aufmerksamkeit, Mesdames et Messieurs, und wünsche Ihnen noch viele interessante Eindrücke in unserer bezaubernden Métropole. Au revoir.«

Während er aus dem Graben zurück ins Parterre springt, setzt der Guide seine Führung fort. »Wenn Sie mir jetzt bitte über die Treppe nach rechts folgen wollen? Oui, par ici, Madame, s'il-vous plaît.« Rameau steht noch im Eck, als eine verwitterte Statue.

9. Bild

IM ARBEITSZIMMER VON DENIS DIDEROT, 1758.

Jean le Rond d'Alembert und Denis Diderot sitzen sich am Schreibtisch im Gespräch gegenüber. Diderot blickt ernst. Bedrückt spricht er, während d'Alembert aus einer Bouteille den Rotwein in zwei Gläser gurgeln läßt: »Ich vermisse Ihre Beiträge, Jean. Wars nicht genug, daß sich Voltaire und Rousseau im Vorjahr aus der Encyclopédie zurückgezogen haben?«

»Sie kennen meine Gründe, Denis. Arbeitsüberlastung, nicht Distanzierung vom Projekt. Jaucourt wird mich mehr als ersetzen.«

Diderot schüttelt düster den Kopf. »Überall Zwist und Hader, Gewalt und Krieg, im Innern und Äußeren. Die törichte Allianz mit Österreich und Rußland gegen Preußen, und gleichzeitig unser See- und Kolonialkrieg mit England, das sich mit Preußen verbündet und bereits Canada erobert hat. Wir siegen bei Hastenbeck über den

Herzog von Cumberland, dafür siegt Friedrichs Reiterei unter Seydlitz bei Roßbach über uns, und so wird das ewig hin und her gehen. Ferdinand von Braunschweig besiegt uns bei Krefeld, wir werden ihn schlagen bei Bergen und er uns wieder bei Minden, ad infinitum et ad nauseam, während die Kriegskasse das Land plündert und die Leute hungern. Zugleich macht der König unseren ständischen Verfassungsorganen, den Magistraten und Parlamenten, ihre alten Rechte streitig, und ein Wahnsinniger namens Damiens fällt ihn mit dem Messer an und wird dafür aufs viehischste hingerichtet. Und was tun wir? Wir kämpfen für die Wahrheit und gegen das Dunkelmännertum und gegen die französische Musik und müssen zuschauen, wie die italienische Truppe Aufführungsverbot erhält. Viva la libertà.«

»Ja, die Freiheit, lieber Freund. Sie wissen, was unsere großen Politiker sagen: Ihr seid recht kurzsichtig; alle Freiheiten hängen voneinander ab und sind gleichermaßen gefährlich. Die Freiheit der Musik setzt jene des Empfindens voraus, die Freiheit des Empfindens zieht jene des Denkens nach sich, die Freiheit des Denkens jene des Handelns, und die Freiheit des Handelns ist der Ruin des Staates. Lassen wir also die Oper, wie sie ist, wenn wir das Königreich zu erhalten wünschen, und legen wir der Freiheit im Singen Zügel an, wenn wir nicht wollen, daß die Freiheit des Sprechens ihr bald folgt. Man mag es kaum glauben, aber es ist tatsächlich wahr, daß im Wortschatz gewisser Leute Buffonist, Republikaner, Frondeur, Atheist und nicht zu vergessen Materialist als gleichbedeutende Begriffe gelten.«

»Jean-Jacques wäre stolz darauf. Auch er ist im Hader geschieden, im unversöhnlichen Zwist, von uns allen, sogar vom Baron und von M:me d'Épinay. Der Bruch mit mir wird wohl nicht zu kitten sein; sein letzter Brief läßt hieran keinen Zweifel. Ich frage mich ständig: Hat es soweit kommen müssen? Noch bin ich nicht bereit, das zu glauben. Freilich, wenn ich mir seine neueste Publication ansehe —«

»Sie meinen den *Brief an d'Alembert über das Theater.* Je nun, das war zu befürchten. Ich recommendire die Schaubühne als eine moralische Anstalt — er empfindet die Künstlichkeit des Theaters als unmoralisch, weil sie ein Ausfluß des Luxus sei, der dem Fleiß der Bürger schade. Als guter Genfer Puritaner preist er dagegen die vorbildlichen Sitten und Gesetze Spartas, die Ertüchtigung der Jugend und die Festigung des Bürgersinns.«

»Den Bürgersinn der braven Schweiz, cette terre homicide, ha! Gegen Dekadenz und Verweichlichung propagiert er volkstümliche Fêten mit Preisschießen, Kampf- und Wettspiele, Tanzfeste, Ringelpiez mit Anfassen, Kraft durch Freude. Es ist ziemlich grauenhaft. Ein vorläufiger Tiefpunkt seines Philosophierens. Man lese nur: ›Das Schlechte, das man dem Theater vorwirft, besteht nicht eigentlich darin, verbrecherische Leidenschaften einzuflößen, sondern die Seele zu sehr für zärtliche Gefühle empfänglich zu machen, die man hernach auf Kosten der Tugend befriedigt.‹ Man spürt förmlich, wie der empfängliche Tugendbold die zärtlichen Gefühle und Leidenschaften, die er nicht befriedigen kann, sich aus dem Leib geißelt.«

»Ich bin der Angegriffene, Denis; dennoch könnte ich seine Verachtung des Fiktiven, Gespielten, Scheinhaften und Überschüssigen, in dem der Überfluß sich spiegelt, verteidigen als dégoût, als Selbsthaß des Intellektuellen, als überlautes Herzklopfen eines schlechten gesellschaftlichen Gewissens, das die pitié mit dem Elend nicht der Resignation oder dem Zynismus zu opfern bereit ist. Ich erinnere mich, daß er mir einmal folgendes erzählt hat. *Früh in der Kindheit sah ich die ersten Schneeschaufler in dünnen schäbigen Kleidern. Auf meine Frage wurde mir geantwortet, das seien Männer ohne Arbeit, denen man diese Beschäftigung gäbe, damit sie sich ihr Brot verdienten. Recht*

247

geschieht ihnen, daß sie Schnee schaufeln müssen, rief ich
wütend aus, um sogleich fassungslos zu weinen.«

»Um so schlimmer, wenn sich solcher dégoût nicht nur
gegen ihn selbst, sondern am Ende gegen Philosophie
und Literatur überhaupt kehrt. Damit macht er seine
Position in der Gesellschaft der Gebildeten auf die Dauer
untragbar. Für mich hat das Ganze etwas von einem qual-
voll verlängerten Suicide. Fast kommt es einem Wunder
gleich, daß er sich mit seinen Schriften, denen sich Aufruhr, Revolution und Umwertung aller Werte eingeschrieben haben, noch nicht in Verhaftung gebracht hat. Ich
fürchte, es ist nur noch eine Frage der Zeit, bis man ihn
aus Frankreich hinausjagt.«

10. Bild
HÔTEL FLEUR DE LYS, 2003.

Jedes Zeitgefühl war mir abhanden gekommen. Um
festzustellen, daß ich nun schon fünf Tage das Bett
hütete und morgen bereits die Generalprobe stattfinden
würde in der neuen Bastille-Oper, mußte ich die Datums-
anzeige meines Laptop bemühen und dabei entdecken,
daß unterdes Dutzende von E-Mails eingegangen waren,
dringliche Aufträge und Anfragen, die zu beantworten
mir weiterhin die Kraft fehlte. Lizbeta hatte recht: Es
war ein Elend. Man würde mich feuern, ohne Zweifel,
zum Lohn für eklatantes Versagen. Man würde mir ein
Arbeitszeugnis ausstellen, das zunächst mit den Worten
»war immer bemüht, seinen Aufgaben nachzukommen«
zum Ausdruck brächte, daß ich diese Aufgaben verfehlt
hatte. Dann würde man mein »Engagement« loben, zum
Zeichen dessen, daß es über gute Vorsätze hinaus nie
gediehen war, und mir abschließend für mein weiteres
berufliches Fortkommen alles Gute wünschen.

Tag für Tag hatte Dr. Japardin eine knappe Visite gemacht, seine Medikation erneuert und rasche Besserung versprochen; Tag für Tag hatte Napoléon-Aristide mir kleine, leichte Mahlzeiten aufs Nachttischchen gestellt und die Kissen aufgeschüttelt; Nacht für Nacht hatte unterm Fenster das schrille Jaulen der Feuerwehr- und Polizeifahrzeuge gegellt.

Gestern war Erlmayr, in Begleitung Henrikes, zu einem Krankenbesuch gekommen. Sein österreichisches Antlitz mit den wasserhellen Glubschaugen hatte sich besorgt über mein in den Kissen vergrabenes, fiebernasses Gesicht gebeugt; er hatte mir lange und warm die Hand gedrückt, sich zu mir auf die Bettkante gesetzt und gesagt:

»Schau, daß du bald wieder auf die Beine kommst, Walter. Da schaugst, gell, daß ich ›Du‹ zu Ihnen sag. Das muß wohl Rameaus Einfluß sein. Wo sein sanfter Flügel weilt — ists nicht recht, Marijke? No ja, sanft — mitunter fegt sein Flügel auch ganz schön cholerisch. Das paßt eh'. Seine Tonsprache rührt ja nicht nur, sie ist auch zutiefst human.

Was hast du da liegen auf dem Nachtkasterl? Darf ichs mir amal oschaun? Da schauts her. Naa, Jean Devin sagt mir nix. Aber die Noten kenn i. Des san bezifferte Bässe aus dem dritten Entrée der Indes. Daneben Rousseau-Zitate? Des paßt scho; das war wohl eine ganz unglückliche Komplementärbeziehung zwischen den beiden. Rousseaus unerwiderte Liebe. Klassisches double-bind, wie zwischen Nietzsche und Wagner, oder zwischen Adorno und Schönberg. Idiosynkratische Abwehr des Eigenen im Anderen. Tatsächlich war Rousseau ja ein dem Rameau absolut ebenbürtiger Musiker — natürlich nicht im Komponieren. Sondern in der Musikalität seiner Sprache.

Schad, daß du die Proben jetzt versäumst. Ich merk jetzt erst richtig, daß alles auf den chant du basse ankommt, auf die Kantabilität der Baßlinie. Damit muß der

Komponist beginnen, sagt Rameau, mit dem schönsten und sanglichsten Generalbaß, den man sich vorstellen kann. Darauf ist alles weitere aufgebaut, die Harmonie, und erst zuletzt, auf dieser, die Melodie. Das war sein ›principe‹: Der zu beziffernde Baß, dessen harmonische Funktion abgeleitet wird aus den Proportionen der Obertonschwingungen. Seine Theorie klingt furchtbar dogmatisch, bezeichnet aber nur physikomathematische Grundlagen der Ästhetik, nicht diese selbst. Zuletzt, beim Komponieren, kommts auf ganz andere Sachen an: le bon goût, une certaine sensibilité, les talents, le cœur, l'imagination, le génie, le sentiment, l'inspiration. Das seien die Prüfsteine, an denen ein Komponist scheitert oder sich bewährt, sagt er.

Rameau war ein Magier und ein Tondichter, Walter. Ein unbeugsamer Mann, eigenwillig bis zum Starrsinn, Verächter aller windigen Trickserei, aller billigen Effekte, aller Smartness, Cleverness, Correctness. Und sein Werk, das nötigt mir Ehrfurcht ab. Weils eine Schönheit und Grandeur hat, die manchmal fast einschüchternd wirkt. Aber jessas, mir tun dich hier sekkiern, und du brauchst Ruhe. Feine Besucher sammer! Alsdann servus, und gute Besserung.«

Noch immer lag Jean Devins *Cahier* — oder sollte ich es ein *Brouillon* nennen? — auf meinem Nachttisch. Am Morgen nach Erlmayrs Besuch nahm ich mir die getrockneten Blätter von Erle und Linde heraus und hielt sie vor dem Fenster gegen das Licht, um die Äderung durchscheinen zu lassen: als *nature morte,* feinverzweigt und ausgebleicht, entgrünt und transparent verblaßt, ausgeblutet und so hauchdünn wie der Scherenschnitt des Unbekannten, den ich ebenfalls herausnahm, um ihn als Silhouette vor dem Fenster gegen das Licht zu halten so lange, bis es klopfte, und auf mein ›Herein‹ hin sich das lächelnde Gesicht Grünspans unterm Fiakerhut durch den Türspalt schrägte, um erst einmal zu fragen, ob sein

Besuch auch willkommen sei. Da er es, wie ich ihm versicherte, »mit Freuden« sei, trat er behutsam ein, schloß die Tür, kam an mein Bett, drückte mir die schweißnasse Hand, entschuldigte sich dafür, nicht eher gekommen zu sein (»Der Aufruhr auf den Straßen macht das Durchkommen mühsam«) und ließ den Blick besorgt über mein fiebriges Gesicht und die Dinge schweifen, die auf meinem Nachttisch herumlagen.

»Könnte es sein, daß dir die Lektüre des Konvoluts nicht guttut, Walter?« fragte er. Ich entgegnete matt, daß ich ohnehin kaum die Kraft zum Lesen hätte, aber er insistierte: »Weißt du was, ich nehme Devins Heft jetzt eine Weile an mich, ja? Du erhältst es nach deiner Genesung sofort zurück. In der Zwischenzeit nutze ich die Gelegenheit, es dir neu einzubinden. Die Heftung geht schon aus dem Leim; schau, das lila Seidengarn ist bereits eingerissen. Das kostet dich selbstverständlich nichts. Natürlich hätte ich nichts darwider, wenn du mir, äh, den Material- und Arbeitsaufwand —« Ich protestierte schwach; sagte, er solle sich die Mühe nicht machen; er aber schien zu glauben, ich zweifelte an seiner handwerklichen Befähigung, und sagte: »Das Buchbinden habe ich in meinen Elsässer Jahren gelernt. Sechs Monate Lehrzeit in der Binderei ›Zum Storchen‹, Straßburg.«

Ich fügte mich drein und fragte ihn, ob er seinen Antiquariatshandel schon immer mit einem Bücherkarren betrieben habe. Statt zu antworten, angelte sich Grünspan ein Zigarillo aus der Weste, ließ sich auf einem Stuhl am Fenster nieder und blickte erst einmal für eine geraume Weile, stumm rauchend, hinaus in den, nur leichtbewölkten, blauen Himmel über Paris.

»Wie schön!« sagte er dann. »Sieh doch nur! Der weite Blick über Dächer, Kaminrohre, Wolken. Silbergrau, Stahlgrau, Kupfergrün, Pariserblau, Bologneserweiß. Erlaubst du mir, das Fenster zu öffnen, Walter? Ah, Wind! Und der Duft! Regenwasser in den Dachtraufen, vom

Meer hergeweht aus der Normandie, frisches Sägemehl, wohl vom Hof drunten, Autoabgase, darüber Schwaden von Tabak. Du bist zu beneiden. Bevor ich meinen Bücherwagen hatte, besaß ich ein Ladengeschäft im VIII. Arrondissement. Es lag im Parterre, im 2. Hinterhof eines heruntergekommenen Mietshauses. Vierzehn Jahre habe ich dort ausgeharrt. Der Blick aus meinem Kontor ging hinaus auf die Mülltonnen, in die von Zeit zu Zeit die Concierge ihre Flaschen klirren ließ. Welche Jahreszeit gerade herrschte, ob die Sonne schien, auf- oder unterging, ob Mond oder Sterne am Himmel standen, ob Wolken über die Dächer trieben, Regen oder Schnee sich ankündigte, die Bäume noch im Laub oder schon kahl standen — nichts von alldem war dort in der engen dunklen windstillen Tiefe zu sehen oder zu spüren. Schön war das nicht. Für die fehlende ›Welt‹ mit ihrem Reichtum an Farben und lebendigen Erscheinungen mußte die Innerlichkeit entschädigen.

Und für das Dunkel die Hellhörigkeit des Hauses. Wände und Decken waren dünn wie Pappmaché. Hinter dem Verkaufsraum und dem Kontor lagen meine Wohnräume, die ebensogut den Nachbarn hätten gehören können, da ich alle ihre Laute so deutlich vernahm wie sie die meinen, so daß wir eigentlich gleich hätten zusammenziehen können. Den Nachbarn über mir hörte ich nicht nur, sondern spürte ihn auch. Trittschall nennt man das. Er muß ein großer, schwerer Mann gewesen sein; gesehen habe ich ihn nie. Aber jeder seiner Schritte über mir brachte den Fußboden meiner Zimmer in eine Vibration, ähnlich der Membran einer Trommel. Da ich weder Statiker noch Physiker bin, habe ich nie herausgefunden, auf welchem Übertragungsweg es seinen Schritten gelang, nicht nur aus meinen Hohlräumen einen einzigen ›schwingenden Körper‹ zu machen, sondern auch aus demjenigen, der in ihnen saß, stand oder lag —: meinem eigenen.

Trat er auf, so war es jedesmal, als ginge ein kleines schütterndes Erdbeben durchs Zimmer. Porzellan und Vitrinen erklirrten; Wasser im Glas schwappte auf; durch alle inneren Organe meines Körpers bis hinauf in das Hirn fuhr ein aufwallender Stoß oder Schlag, der, da er nie vorher abzusehen war, jedesmal einem Choc gleichkam, der den Herzschlag erst aussetzen ließ und dann für etliche Sekunden beschleunigte. Dies ging so viele dutzende Male am Tag.

Der Nachbar schien Junggeselle zu sein, ein Einsiedler, der offenbar nie die Wohnung verließ. Nie hörte oder spürte ich jemand anderen dort oben in der Wohnung über mir sprechen oder gehen. In all den vierzehn Jahren scheint er nie eine Nacht woanders verbracht, nie eine Reise oder wenigstens einen Ausflug bei Tag oder am Abend gemacht zu haben. Immer und jederzeit mußte ich mit seinen Schritten rechnen.

Je länger ich dort wohnte, desto mehr beschäftigte mich der Mann. Ich lauschte an seiner Wohnungstür; suchte ihm im Stiegenhaus aufzulauern. Ich erwog, an seiner Tür zu schellen und ihn um Rücksicht zu bitten — doch mit welchen Worten? ›Monsieur, s'il vous plaît, sitzen Sie stockstill und rühren Sie sich nicht vom Fleck?‹ Statt dessen war ich es nun, der ganze Stunden angstbereit und reglos auf dem Stuhl saß und auf das vertrautbefürchtete Beben wartete, das durch meinen Körper zucken würde, diese ekelhaft fremdbestimmte Erschütterung des Leibes, die, wiewohl ich grundsätzlich mit ihr rechnete, mich dennoch jedesmal unvorbereitet überfiel und das Herz für die Dauer eines Schlages zum Stillstand brachte.«

»Er muß aber doch gelegentlich das Haus verlassen haben«, wandte ich ein. »Vielleicht immer grad dann, wenn auch du nicht daheim warst.« — »Das habe ich mir auch gesagt. Aber die Schlußfolgerung war beklemmend. Könnte es sein, sagte ich mir, schon halb im

Wahn, daß der Mann gar nicht an sich existiert, sondern nur für mich? Daß er gleichsam mein vorausgeworfener Schatten ist, eine Projektion nicht visueller, sondern somatischer Natur? Ein Schemen, der nicht mir hinterherschleicht, sondern au contraire mir vorangeht, vorantritt, mit Schritten, die, statt als ein Echo nachzufolgen, mein Leibesecho rufen möchten, eine Art Resonanz oder Saitenschwingung einfordern wollen? Wer war dann ich? Ein Perkussionsinstrument, auf dem er spielte, wann immer es ihm die diabolische Laune eingab?«

»Ein vorausgeworfener Schatten«, wiederholte ich dumpf. »Ist mir nicht fremd. Kann sich auch visuell materialisieren, zum Beispiel mit einer Botanisiertrommel oder einem Schmetterlingsnetz.« — »Was meinst du damit?« fragte Grünspan verwirrt, indem er sich vom Fenster abwandte, nachdem er es wieder geschlossen hatte. »Rien, rien«, wich ich aus und schwenkte vage die Hand.

Um ihn abzulenken, fragte ich, ob er übermorgen die Premiere der Galanten Indien besuchen wolle, und bot ihm drei Pressekarten; zwei davon möge er bitte an Lizbeta und den Doktor weitergeben. »Ich danke ergebenst«, erwiderte er, »und schenke gern zwei Freikarten weiter an unsere Freunde; werde aber selber unabkömmlich sein. Die Halbjahresinventur, cher Walter. Leider nicht zu verschieben. Ein Jammer, vraiment! Du wirst mir erzählen müssen.«

Da er offenbar glaubte, mich aus einem akuten Anfall von Schwermut befreien zu müssen, der mich nach seiner Erzählung befallen haben könnte, mühte er sich, mich mit Anekdoten von Madame Baer-Mildenburg und ihrem Lebensgefährten aufzuheitern. Er erzählte, Lizbetas und Haases Ehrgeiz sei schon seit Jahren darauf gerichtet, im IV. (deutschsprachigen) Programm von Télévision France eine eigene Sendefolge zu installieren, deren Kennzeichen das Fehlen jeder Team-Arbeit mit weiteren Mitarbeitern und jedes Drehbuchs zugunsten einer vollkommen unvorbereiteten Live-Improvisation (mit unabsehbaren Resultaten) sei. Bislang sei noch jede dieser Sendungen von Mißerfolg gekrönt gewesen. Nicht einmal das Kalkül des Intendanten, sein kleines Chaos-Trüppchen möchte Kultstatus erlangen, sei aufgegangen.

Zu Beginn hätten sich Madame und der Doktor gegenseitig interviewt und an einem religionsphilosophischen Talk unter dem Signet PECH & SCHWEFEL geübt, der etwa schon mit dem verwegenen Vorschlag, die Hl. Trinität durch eine vernünftigere Quaternität zu ersetzen, empörte Telefonanrufe der Bischofssynode und der Kurie auf sich gezogen habe. Sodann hätten die beiden sich an einer Serie von Kriminalspielen unter dem Titel INSPEKTOR SCHLAPPOHR versucht, die in jeder ihrer treuherzig altmodischen Folgen bereits im Vorspann, nachdem der Doktor »ß-pannende Unterhaltung!« gewünscht, an einem Streit um die Rollenbesetzung sich so lange festgebissen habe, bis im Studio die Telephone heißgelaufen seien unter den Anrufen frustrierter Zuschauer, die ihre TV-Gebühren zurückforderten. Grünspan gab zum Exempel einen solchen Dialog mit so viel Lust an der Imitation wieder, daß mir die Tränen kamen vor Lachen und zugleich vor Trauer darüber, daß wohl jeder andere in ihm nicht mehr als lächerliche Infantilismen sähe. »Aach, immer much ich die Leiche chpielen.« — »Pßt, Bär, ß-till! Du bist doch tot.« — »Und wat bicht du?« — »Des Inß-pektors Assistent.« — »Dann hol chon mal den Wagen, Haache.« — »Hol du ihn doch, Bär!« — »Wiecho ich? Ich bin doch die Leiche. — »Pßt!« — und so weiter, bis die Studio-Regie rasch Werbung habe einschalten lassen, auf daß der Unfug nicht vollends aus dem Ruder laufe.

Weiters, und wohl leider ad usum inutilem, hätten sich Madame und ihr Lebensgefährte an eine Sendung zur Volksgesundheitsaufklärung unter dem altbackenen Titel FRAGEN SIE DR. HAASE gewagt, die schon bald den Protest der vereinigten Ärztekammern Frankreichs auf sich gezogen, da zum Beispiel der Doktor versicherte, die Zuckerkrankheit,»im Volksmund auch Diabetes genannt«, sei, wie der Name schon sage, eine, die aus einem erhöhten Blutzuckermangel herrühre und daher nicht mit Insulin, sondern naheliegender Weise mit guten Gaben von Zuckertörtchen, Marzipancroissants, Petits fours und dergleichen zu behandeln sei, oder Lizbeta zu der Behauptung sich verstieg, die asiatische Vogelgrippe sei eine zu begrüßende Seuche, der man getrost pandemische Ausmaße wünschen dürfe, da sie die natürlichen Feinde des Haasen wie Raben, Adler, Bussarde, Habichte etc endlich in wünschenswertem Ausmaß zu dezimieren verspräche. »Ja! Ja! Mögen ihre Gerippe bleichen in der Chonne!« habe Madame ihre Sendung geschlossen und kämpferisch die Fäuste geballt, während der Doktor neben ihr ad oculos publici seine therapeutischen Zuckertörtchen aufgeknuspert habe und im Hintergrund schon wieder die Beschwerde-Telephone heißgelaufen seien.

Am Ende hätten sich die beiden zu einer Serie von Sketchen unter dem Titel HERR FRANZ versehen, die über zwei Folgen nicht hinausgekommen sei. Unter erstaunlicher Verleugnung ihrer dialektalen Eigenheiten habe Madame Mildenburg einen fülligen Wiener Caféhausgast und Haase den alten, gebeugt raunzenden Caféhauskellner Herr Franz gespielt. Der Dialog sei eine Endlosschleife schwermütiger Bekundungen und Seufzer gewesen, die Grünspan erneut aufs heiterste zu imitieren verstand. »Jo, jo, es is an Elend, Herr Franz.« — »Wünschen der Herr Baron noch einen Gstreckten?« — »Naa, i lieg eh boid in der Gruben.« — »I aa boid; jo, jo. Hoffentlich gibts boid amol an Frieden.« — »Hörns aaf mit Ihrer Friedenswinselä, bringens ma lieber einen Mokka.« — »Schamster Diener! Schönes Kaiserwetter hamma heut, net woar?« — »Hörns aaf. I hob noch die Kaisermanöver mitgmocht bei die 66er Dragoner unter Hauptmann Schlachtentreu.« — »Der liegt nu aa scho in der Gruben.

So wie unser guter, oider Herr in Schönbrunn, jo, jo.« —
»Jo, jo, mir san eh boid alle hin. Es is an Elend« usw., bis
schließlich Herr Franz, die Serviette über den Arm ge-
hängt, in gebeugter Haltung stehend dem Wachsein Valet
gesagt und auch seinem massigen Caféhausgast die Augen
zugefallen seien, und so, reglos schlafend gleich ihren
schon seit längerem entschlummerten Zuschauern, hätten sie vor laufender Kamera verharrt für die restliche
lange, *sehr* lange Weile der Sendung.

Es sei gekommen, wie es hatte kommen müssen. Die
Intendanz des Senders habe Frau Baer-Mildenburg und
Doktor Haase gefeuert, und es sei, schloß Grünspan, ein
herzzerreißendes Bild gewesen, wie die stattliche Madame
Hand in Hand mit ihrem kleinen, zerrupften Gefährten
den Prachtbau des staatlichen Fernsehens verlassen habe,
jeder mit seinen Entlassungspapieren in der Tasche und
einem schwarzen Rauchwölkchen aus Grimm und Groll
überm Kopf. »Warum nur machen wir den Menschen so
wenig Freude?« habe der Doktor traurig gefragt und Lizbeta ihm tröstend aufs Haupt geklopft und »Ach et icht
ein Elend« geseufzt.

»Die beiden sind deine Geschöpfe, nicht wahr?« hielt
ich Grünspan leichthin entgegen. »Du erzähltest mir ja,
du habest in deiner Jugend Marionettentheater gespielt,
Puppen geschnitzt und Sketche geschrieben für sie.« Er
wiegte zweifelnd und geheimnisvoll das Haupt, lachte
und sagte »Aber Walter! Unsere beiden Freunde führen
uns auf sonderbaren Wegen etwas vor, das man Liebe
oder Beseelung nennen könnte, und wie könnte ich mir
anmaßen, etwas Erschaffenes beseelt zu haben? Bin ich
ein Animist? Bin ich Pygmalion? Steht mir die reine
Empfindungssprache, die Herzenseinfalt dieser skurrilen
guten Genien zu Gebote?«

»Aber Devins Konvolut ist eine Fälschung, stimmts?
Es ist deine Kompilation«, beharrte ich fieberwirr, und
erneut bleckte Grünspan lachend die Zähne, nahm sein

Zigarillo aus dem Mund, schüttelte den Kopf, und sagte »Mais, cher ami! Wie du gesehen hast, ist das Heft eine Übersetzung; *jede* Übersetzung ist das Werk eines Fälschers, was ihren Wahrheitsanspruch nicht mindert; der Fälscher heißt Jean; jeder Lakai heißt Jean; sehe ich etwa aus wie ein Lakai? Nebbich!«

»Und so wäre denn die sympathie de l'univers eine animistische Fälschung?« wollte ich weiter fragen und

Divertissement

FIEBERTHEATER, AKT 3.

39²°. Und ich sah einen Bären, der an einer Kette, die ihm an einem Ring durch die Nase gezogen, auf eine heiße Eisenplatte genötigt wurde, der er sich, unter Dudelsackquinten, mit täppischem Drehen auf den Hinterbeinen zu entziehen suchte, was ein possierliches Bild abgab.

39,3°. Und mir schien, ich sähe, wie, begleitet von Zwietracht und Krieg, hoch in den Lüften Titanen und Giganten auf der Erde Berge auftürmten, um in den Olymp vorzudringen, und mir schien, ich hörte ihr Schreien und Toben im Kampfgetümmel. Und ich sah, wie die Titanen niedersanken und die Giganten begraben wurden unter den Bergen, die sie aufgetürmt, und sah, wie Neptun, Pluto und die Götter in ihrem Gefolge den Aufständischen den letzten vernichtenden Schlag versetzten und den Krieg und die Zwietracht in Ketten legten.

38,8°. Und ich sah hintereinander, je etwas versetzt, als wärs in einem Spiegelcabinet, eine unendliche Zahl identischer Hasen, Balletthasen, und darunter, im Keller der Unterbühne, ein Gewimmel von Ballettratten, die nagten am Zugseil der Wolkenmaschine, bis mir der Schweiß ausbrach.

38,5°. Und ich sah die Küste des Isthmos von Korinth, Wälder auf beiden Seiten, in der Ferne das Meer und den Tanz der Nymphen und Zephyre im Gefolge Floras, und sah, wie alles grünte und blühte unter ihren Schritten. Und ich hörte *une symphonie brillante* und sah auf dem Meer kleine Barken, léger und galant, mit vielfarbigen Segeln, die sich bauschten im Westwind, und ganz vorn einen Felsen, zu dessen Seiten Myrten, Orangenbäume und Citronniers wuchsen, und in der Ferne sah ich wieder nur das Meer und den Horizont. Und zu Füßen des Felsens sah ich eine Grotte, umstanden von einem Gehölz *sans simetrie*, dessen dichtes Geäst sich zu einem Laubendache verflocht.

39,6°. Und es traten auf der König von Ägypten und seine Tochter, Phaëton, Klymene und Proteus, der Gott des Meeres und Lenker der Schwärme Neptuns, und Triton, Kofi Annan, Ägypter und Ägypterinnen, Bernard-Henry Lévy, ein äthiopischer König, Äthiopier und Äthiopierinnen, Michel Foucault, ein indischer König, Inder und Inderinnen, Priesterinnen der Isis, eine Gruppe Opferdiener, Nicolas Sarkozy, Furien und schreckliche Geister, Boreas, le Zephyre, le Soleil, die Amour de l'univers, die zwölf Stunden des Tages und die vier Jahreszeiten, Jacques Chirac, Claude Lévy-Strauss, Bacchanten, Hirten und Schäferinnen.

39,7°. Und ich sah, wie der Primaballerina Demoiselle Sallé Kleid Schuhwerk Perücke und Haar schwanden und Fleisch Inkarnat Schminke und Haut dahinschmolzen und von den Knochen tropften bis nurmehr ein Skelett auf der Bühne blieb, den Unterkiefer zum Singen weit aufgeklappt, und ich hörte des singenden Totenschädels Gesang. »Ja, wenn der Höchste wird vom Kirchhof ernten ein, so werd ich Totenkopf ein englisch Antlitz sein.«

39,9°. Und ich sah ein Oval goldener Wolken, quellend wie flüssige Magma eines Vulkans, und, gerahmt von diesem Oval, eine Sonne, deren vergoldete Strahlen, als wärs zu ihrem Untergang, in alle Richtungen durch die Wolken brachen, und vor dieser Quelle des Lichts sah ich die Taube schweben, den Heiligen Geist.

40,3°. Und ich sah den Chor, den gelben Stern vor der Brust, hinterm elektrisch geladenen und von Scheinwerfern bestrahlten Stacheldrahtzaun, in zwölf Doppelreihen angetreten zum Zählappell, und ich hörte ihn, von Schäferhunden umbellt und umbrüllt von Uniformierten mit Waffen und Peitschen, nach endlosem wiederholtem Durchzählen, nicht Shema Yisroel Adonai singen, sondern Chantez la Musette, chantez!

11. Bild
AUS DEN AUFZEICHNUNGEN EINES RÉGICIDE, 1760.

Im Anfange war nicht das Wort, nicht die Tat, nein — das Licht. Und das Licht gewährte Erleuchtung, Aufklärung, Offenbarung, und mit ihr auch das Feuer, die verzehrende Hitze des Glaubens, und da Licht verzehrt, zerstört es denn auch. Lest nur, was ich las, die Abhandlung *Über das Feuer* von M:r Voltaire aus der Sammlung unserer Akademie der Wissenschaften. Ihr wollt wissen, was ich ins Werk setzen werde? So hört denn.

Wer dem König ans Leben will, kann es auf zweierlei Weise tun: auf dumme oder geniale Manier. Damiens war ein hirnloser Schwachkopf. Daß es ihm, vor drei Jahren, gelang, sich in Versailles dem König zu nähern und ihn mit einem Messer anzufallen, war das Glück, das bisweilen mit dem Imbécile mehr ist als mit dem Génie. Mit schrecklichen Foltern und einer barbarischen Hinrichtung hat er bezahlen müssen — nicht für die törichte Tat (nichtsnutzig, weil sie dem König nur eine harmlose

Ritzwunde hinterließ), sondern für seine Dummheit. Es heißt, Damiens sei geistesgestört gewesen. Ich glaube das nicht. Er war nicht hirnwütig. Nur beschränkt. Es gebrach ihm einfach an Phantasie, an jener merveilleusen Intelligenz, die mir zu eigen ist und dem Erhabenen der Tat ebenbürtig sein wird.

Von den wenigen öffentlichen Orten, an denen der König angreifbar wäre, ist die Oper der convenableste. Theater und Museen besucht er nicht; auf freien Plätzen wahrt eine Hundertschar von Gardisten größtmögliche Distance. Die vergleichsweise engen Räumlichkeiten der Oper hingegen zwingen ihn zu einer Reducirung der Anzahl seiner Leibgardisten während der Vorstellungen. So wird ihm seine Loge zur Falle werden. Der Lärm im Publikum und das immerzu überlaut spielende Orchestre — das ganze gebildete Europa rümpft darüber die Nase — erleichtern mein Vorhaben.

Zwischen den royalen Logen und den Rängen darunter befinden sich, auf einer Zwischen-Etage, je zwei Vorratskammern, vierzig mal dreißig Fuß groß, für das Beleuchtungsmaterial, Tausende von Wachskerzen, Dutzende Fässer Öl — ein paar brennende Lunten werden genügen. Girault, der neue Machiniste, hat mir den Zugang zu diesen Cabinetern und ihr Lüftungssystem erklärt. Er ist ein kluger Mann; er hat eine Vorrichtung für die rasche Veränderung von Wolkenlandschaften erfunden, durch langsame Rotation eines gemalten Hintergrundes, der über eine Reihe von zylindrischen Trommeln gespannt ist. Vielleicht gelingt es mir noch, auch ihn auf unsere Seite zu ziehen.

Zweierlei ist entscheidend: Die vor der Loge des Königs postirte Leibgarde muß überwältigt und jene schnell mit Schließbalken so versperrt werden, daß ein Entkommen unmöglich ist, es wäre denn durch einen tödlichen Sprung über die Brüstung in die Tiefe. Zwölf meiner Männer, bewaffnet lediglich, wie's scheint, mit dem

Biedersinn livrierter Hausangestellter, genügen dafür. Sechs werden die Gardisten ablenken, indem sie diese in ein Gespräch ziehen. Die anderen sechs schleichen sich ihnen von hinten an und schneiden ihnen ganz rasch mit einem Tapetenmesser die Kehle durch. Alles wird ein Werk weniger Minuten seyn. Kurz zuvor müssen die Cabineter entriegelt und betreten, die Lunten entzündet und die Luftklappen der Kammern so geöffnet werden, daß der stärkstmögliche Camin-Effect erzielt wird. Da beides nicht ohne Geräusch abgeht, muß ein Moment abgewartet werden, in dem ein natürlicher Tumult im Publikum entsteht (kein künstlich erregter, der Wachen und Garde mißtrauisch machen würde).

Hierfür kommt uns der *guerre des coins* zupaß. Unter der Loge des Königs pflegen sich die Ramisten, Lullisten und Traditionalisten zu versammeln, unter der gegenüberliegenden Loge der Königin die Buffonisten. Wird ein französisches Stück gegeben (was ausnahmslos der Fall ist, seit unser monopolistischer Protektionismus die italienische Truppe zur Abreise zwang), pflegen diese so laut zu lachen, zu lärmen und zu palavern und ihre Gegner so gellend zu pfeifen, daß das Eingreifen der Garde schon Tradition hat. Es gilt, sich diese Ablenkung zunutze zu machen.

Voraussetzung ist, daß das Stück, das gegeben wird, mit an Sicherheit grenzender Wahrscheinlichkeit solche Tumulte provocirt. Welche Stücke wären das? Wir hatten auf Rameaus Les Paladins gehofft, die jetzt uraufgeführt wurden. Aber über dieser Erwartung waltete ein Unstern. Rameau, der wie jeder Papst weniger päpstlich ist als seine Zeloten, hat seine Opéra-ballet so konziliant mit Italianismen versetzt, daß beide *coins* Satisfaction und meine Schläfer keinen Weckruf erhielten zum Fanal.

Daraus folgt: Auf Opéra-ballets, Pastoralen, Actes-enballet und Comédies en musique ist nicht mehr zu setzen. Nur noch ein Genre bleibt, aus dem der Funke geschla-

gen werden kann für mein feu d'artifice: Rameaus tragédie lyrique — aber nicht in überarbeiteten Neufassungen.
Die Erfahrung hat gezeigt, daß diese durchweg wider-
spruchslos, sogar wohlwollend aufgenommen werden.
Mithin kommt nur eine Erstfassung in Frage, und das
heißt: es muß gelingen, mit Hilfe der Opern-Direktion
den greisen Rameau zu überzeugen, noch einmal eine
Tragédie zu componiren. Man müßte versuchen, sich auch
an Cahusac zu pirschen, seinen konformistischen Librettisten. Es heißt ja, er arbeite schon an einem Buch zu
Abaris, ou Les Boréades. Wie kann sich Rameau mit einer
so konformen Dichtung begnügen? Der geistreiche Mar-
tinoty hat mir gesagt, dieser habe zu lange auf seine
Stunde gewartet, um seine Revolution mit jemandem
teilen zu können. Es lebe in ihm etwas von einem Terro-
risten, der nichts so sehr fürchtet wie eine Lockerung
der verhaßten Diktatur. Er brauche die Zwingburg des
Immobilismus, das stolze Symbol der herrschenden Ordnung, um seine Bombe werfen zu können, diese Musique,
die ihrem Text sich erst nähert, folgt und angleicht, um
ihn dann ganz zu verzehren, zu verschlingen.

Dennoch wird es nicht leicht seyn. Das Genre hat
Patina angesetzt und Rameau ist alt, erschöpft, resignirt,
verwendet all seine verbliebene Kraft zur schriftlichen
Widerlegung der Theorien seiner Gegner: ein ermüden-
der Wechselgesang, der geht schon ewig hin und her.
Aber er ist unser Mann — ohne es zu ahnen.

Voraussetzung ist ferner, daß anhand der Noten, des
Librettos und der Proben, über die mich meine Infor-
manten vom Personale zu unterrichten haben, annähernd
genau abzusehen ist, wann und in welcher Scene mit
Tumulten zu rechnen ist. Meine musicalische Intelligenz
wird mich bei dieser Berechnung nicht trügen. Ja, mein
Plan ist perfect, ingeniös! Unsere Schläfer können warten. Wir üben uns in Geduld. Der Tag des Zorns wird
kommen. Nicht jeder Helfer wird dem heiligen Terreur

mit heiler Haut entrinnen. Doch wen das Martyrium ereilt im Inferno, auf den werden siebenmal siebenzig englische Jungfrauen warten in paradiso.

12. Bild

D'ÉPINAYS LANDGUT LA CHEVRETTE, MONT-MORENCY, 1762.

Er haßt die Großen, er haßt ihren Stand, ihre Härte, ihre Vorurteile, alle ihre Laster; er würde sie noch mehr hassen, wenn er sie weniger verachtete. Es war auch Ihr Umgang mit den Großen, Baron, der Sie ihm verdächtig und verachtenswert gemacht hat.«

»C'est vrai, Madame. Um so erstaunlicher, daß es fortwährend diese Großen sind, die ihn von Schloß zu Schloß herumreichen, ihm, wie der Duc de Luxembourg, Asyl boten oder ihm, wie Prinz Conti, rechtzeitig zur Flucht verhalfen. Wo stünde unser Bär jetzt, wenn nicht Lord Maréchal Keith ihm in Neuchâtel Exil verschafft hätte und Preußens Friedrich höchstselbst die schirmende Hand über ihn hielte.«

»Nur, bedenken Sie, Baron —: je größer der Succurs, desto größer auch die Demütigung. Womöglich war dies die Wurzel auch unseres Zerwürfnisses mit ihm. Jede Acceptation von Hülfe ist das Eingeständnis eines Autonomieverlusts. Die Schmach, auf Beistand angewiesen gewesen zu sein, ist dann nur durch forcirte Undankbarkeit zu tilgen.«

»Vous soupirez, Madame. Sie lieben Jean-Jacques immer noch, trotz allem, was vorgefallen?«

»Wie könnte ich es leugnen, Baron.«

Vor einem verwunschenen Gartenhaus am Waldrand von Montmorency stehen Baron Grimm und seine Freundin, die Marquise d'Épinay; er hat ihr sacht die Hand auf die Schulter gelegt. Schweigend stehen sie versunken in den Anblick der von Weinlaub und Flieder schon halb überwucherten Eremitage, hinter der das mannigfache Grün üppigbelaubter Wipfel sich vor dem Sommerhimmel bauscht, bis Madame wieder zu sprechen anhebt.

»Er selbst hatte das Häuschen sich ausgesucht und Freundschaft selber hatte es ihm angeboten. Ich hatte gehofft, daß es ihm die grausame Idee nehmen könnte, sich von mir zu entfernen und nach Genf zurückzukehren. Er war zu Thränen gerührt. Seine einsamen Spaziergänge, Baron! Jene herrlichen Tage beim Schlagen der Nachtigall, beim Plätschern der Bäche in der Umgebung des Hauses. Vor Tagesanbruch erhob er sich, um den Sonnenaufgang in seinem Garten zu betrachten, und wenn er sah, daß es ein schöner Tag werden würde, war sein erster Wunsch, es möchten weder Briefe noch Besuche kommen. Er suchte im Walde irgendeinen wilden Fleck, ein verlassenes Plätzchen in tiefer und köstlicher Einsamkeit, inmitten von Gehölz und Gewässer, beim Gesang aller Arten von Vögeln, umgeben vom Duft der Orangenblüten —«

»— Die ihm leider nie seine Misanthropie vertreiben konnten, seine Reizbarkeit, die ihn schwierig machte, krankhaft empfindlich, unhöflich, ungesellig, undankbar, argwöhnisch, eifersüchtig. Es bedurfte wahrlich keiner Madame d'Houdetot, ihn uns zu entfremden, n'est-ce pas, Madame?«

»Ungesellig wären Sie auch gewesen, Baron, wenn Sie gearbeitet hätten wie er, Tausende von Seiten geschrieben im Zustand des Siedens, der Efferveszenz, wie im Fieber —«

»Ja, aber nicht bei uns. Excusez-moi, Madame, doch Sie werden sich vielleicht noch erinnern, daß Sie ihm vor viereinhalb Jahren nahelegten, die Eremitage zu verlassen. Daß er, dem Hinauswurf aus eigenem Entschluß zuvorkommend, die folgende Zeit abwechselnd im Anwesen Mont-Louis und im Petit-Château des Duc de Luxembourg gelebt und erst dort die Neue Héloïse, den Contrat social und den Émile geschrieben hat, diese Unglücksbücher.«

»Unglücksbücher, Baron? Ihr Gehalt ist in seinem Reichtum und seiner Widersprüchlichkeit unerschöpflich und wird Generationen von Lesern und Exegeten beschäftigen. Formal ist ihre experimentelle Mischung aus Essai und Erzählung von einer kühnen Freizügigkeit, einer Offenheit, von der künftige Autoren nie genug werden lernen können.«

»Der Hirtenbrief des Erzbischofs von Paris war abweichender Auffassung, Madame. Erstaunlich finde ich immerhin, daß es offenbar *nicht* Passagen wie die folgenden waren, die zur Verurteilung durch das Parlement führten, zur Konfiszierung durch die Polizei, zum Autodafé der Bücher im Hof des Justizpalastes und zum Haftbefehl gegen ihren Autor. Hören Sie nur: *Wir nähern uns einem kritischen Zustand und dem Jahrhundert der Revolutionen. Ich halte es für unmöglich, daß die Monarchien von Europa noch von langer Dauer sein werden; alle haben ihre Glanzzeit gehabt, und jeder Staat, der glänzt, ist im Abnehmen begriffen.* So steht es im Émile, und im Contrat social heißt es: *Wollt ihr dem Staat eine feste Grundlage geben, so duldet weder übertrieben Reiche noch Bettler. Diese beiden, natürlich unzertrennlichen Stände sind gleichermaßen unheilvoll für die öffentliche Wohlfahrt; aus dem einen gehen die Helfershelfer der Tyrannen hervor, aus dem anderen die Tyrannen; zwischen ihnen spielt sich stets der Schacher mit der öffentlichen Freiheit ab; der eine kauft und der andere verkauft.* Wie es scheint, hat sich das Mandement de Monseigneur l'Archevêque de Paris *daran* nicht gestoßen.«

»Was in der Tat remarquable ist, Baron, wenn man bedenkt, wie visionär Rousseau die künftige Connexion zwischen Freiheit und Öconomie ins Auge faßt, wie ewig actuell seine Warnung davor bleiben wird, daß öffentliche Freiheit nichts anderes mehr sein werde als ein im Spiel der Wirtschaftsinteressen, der Productions- und Distributionsstrategien hin- und hergeschlagener Federball.«

»Ich achte das Maß an Repression in unserem Königreich, beim Jupiter!, nicht für gering, Madame. Umso wichtiger ist es mir, auf der Annahme zu beharren, daß ›die Großen‹ bei Hof und im Staat tolerant genug gewesen wären, ihrem erklärten Feind kein Haar und seinen Büchern kein Blatt zu krümmen, wenn sie nicht vom Klerus, von den Jesuiten zumal, dazu aufgehetzt worden wären.«

»Dem sey, wie ihm wolle, Baron. Aber lassen Sie uns doch weitergehen. Daheim erwartet uns Baron d'Holbach zum Café. Sie gestatten?« Baron Grimm reicht ihr den Arm; die Marquise hakt sich bei ihm ein, und Seite an Seite schlendern sie fürder zum Landschlößchen der d'Épinays, vor dem der Baron unversehens stehenbleibt, um zu horchen.

»Hören Sie, Madame? Ich glaube, Jean hat soeben den flügelschlagenden Automat, der in Ihrem Boudoir auf der Console steht, aufgezogen und vergnügt sich nun am Nachtigallenschlag, den ihm das Spielwerk aus dem Vogelbauer flötet.«

»Sie irren, Baron. Was Sie hören, ist die lebendige Philomele in den Spalierhecken. Aber ja, wir ersetzen sie bereits durch rossignols artificiels und dürfen sicher seyn, daß die Zukunft sie durch virtuelle Nachtigallen ersetzt.«

Auf der Gartenterrasse wartet schon Baron d'Holbach; er beugt sich zum Handkuß über die ihm dargereichte Rechte der Marquise, macht mit Grimm die Honneurs und läßt sich zum Setzen vor einem Tischchen einladen, auf dem Jean, der in Schwermut ergraute Livrierte, Gebäckteller, silberne Kännchen und Porcellanschalen für den Café arrangirt.

»Was für ein schöner Sommer, nicht wahr. Wie lang uns unser Bonheur wohl noch blüht?«

»Wer kann das wissen, Madame.«

»Welche Neuigkeiten bringen Sie uns aus der Stadt, Baron?«

Holbach schlürft den Café aus der Schale, setzt sie ab, hebt die buschichten Braunen und spricht »M:me Dupin hat Briefe erhalten aus Neuchâtel. Ich durfte sie einsehen. Über die Umstände der Flucht hat Sie M:me la Duchesse de Luxembourg ja gewiß informirt. Nachts um zwei Uhr ließ man Rousseau aus dem Bett holen; Prinz Conti hatte zumindest erreicht, daß er, sollte er fliehen, nicht verfolgt werden würde. Im Morgengrauen des 9. Juni verließ er Montmorency in einer Kutsche des Herzogs; unterwegs kam ihm eine Chaise mit vier schwarzvermummten Männern entgegen, die ihm freundlich zuwinkten. Er erkannte in ihnen die Gerichtsbüttel, die ihn arrêtiren sollten, und winkte ihnen im Vorbeifahren ebenfalls freundlich zu. Die Flucht sollte, über Yverdon, nach Genf gehen. Dort hatte man indes auch bereits den Bannfluch über seine Bücher und ihren Autor gesprochen. Seiner Heimatstadt galt er nun als persona non grata. So führte ihn die Flucht auf preußisches Territorium, in die Exklave von Neuenburg. Rousseau schreibt, der Gouverneur, Lord Maréchal George Keith, sei wirklich rührend um ihn besorgt. Als gebürtiger Schottländer wisse dieser, was es heiße, als Emigré in der Fremde und auf der Flucht zu seyn, und mache sich anheischig, ihm in Caledonia Asyl zu vermitteln.«

»Tiens! Eine bizarre Vorstellung, Baron —: Unser Bär an der Felsenküste der Hebriden gegen den brausenden Sturmwind gelehnt, und täglich spielt ihm zum Thee ein Dudelsackpfeifer auf.«

»Nun, vorderhand hat ihm Madame Boy de la Tour ein Bauernhaus überlassen in Môtiers-Travers, einem gottverlassenen Kaff im Jura.«

»Wie lebt er dort?«

»Darüber schreibt er ausführlich, Madame. Die Levasseur führt ihm den Haushalt. Sein Actionsradius hat sich verengt. Sein Lebensinhalt beschränkt sich nun auf Musik und ziellose Rêverie. Er schreibt und compilirt ein Lexikon der Musik; außerdem schultert er täglich die Botanisiertrommel und hat begonnen, mit Linné zu correspondiren und ein Herbarium anzulegen, das es auf zweitausend Blätter bringen soll. — Aber Sie haben mich nach Nouveautés aus der Stadt gefragt. Nun denn, von Diderot circulirt die Abschrift eines sehr wunderlichen Textes, den er soeben erst abgefaßt hat, aber noch für keiner Veröffentlichung wert hält. Sein Titel ist *Rameaus Neffe*, und vraiment!, ich wüßte nicht zu sagen, welchem Genre ich ihn zuweisen könnte. Ist's ein Essai, ein Dialog? Sollte ich es ein scenisch inspirirtes Raisonnement über den Amoralismus des Genialischen nennen? In höchst vitaler, drastisch bizarrer Manier finden Sie darin alles, was unseren Philosophen auszeichnet, die sociale Kritik ebenso wie die Öffnung des Schlagbaums zwischen dem Naturwahren und dem Kunstwahren. Stilistisch ist kein größerer Gegensatz zu Rousseau denkbar; nur in den Passagen über die italienische oder französische Musik ist der Einfluß unseres Genfer Citoyen unübersehbar.«

»Wie hat Rameau auf das Werk respondirt?«

»Er hat es nicht zur Kenntnis genommen, wiewohl seine Vertraute, M:me Deshayes, ihm davon berichtet haben wird. Vorderhand existirt es ja nur in privaten Abschriften. Ich bezweifle, ob es ihn je bekümmern wird; die sardonische Leidenschaftlichkeit Diderots wird ihm incommensurable seyn; außerdem ist er alt und grämlich geworden, componirt seit den Paladins vor zwei Jahren nichts Neues mehr — allerdings .....«

»Sie zögern, Baron?«

»Nun denn, es fällt mir schwer, Madame, aber ich kann Ihnen nicht verschweigen, wie mich die neue Inscenirung

der *Fêtes d'Hébé* ergriffen hat, die vorgestern in der Académie gegeben wurden. Der alte, nach den Maßstäben
unseres Jahrhunderts steinalte Rameau war anwesend
und sah die Feste seiner Göttin der Jugend bejubelt wie
nie zuvor. Nach dem Prolog werden die drei Talents lyriques — Dichtung, Musik und Tanz — nacheinander ge-
feiert in drei Entrées, in denen die Glücksgöttin Ihnen
statt anämischer Allegoresen ein Füllhorn von plein air
musique ausschüttet. Kaum zu glauben, daß im gleichen
Jahr, da solches componirt ward, bloß wenige hundert
Meilen weiter östlich, unser Leipziger Landsmann Bach
in seiner Vocal-Musique diesen pietistischen, erbaulichen
Bettelsang plärren ließ mit Arien und Chorälen, die sich
in Andacht, Sündenqual und Höllenbuße winden.«

»Das ist Preußen, Baron. Was wollen Sie.«

»Ein karges Land, ein protestantisches Land, wohl
wahr, dafür liberal genug, um religiösen oder philosophi-
schen Dissidenten offenzustehen. Was ich damit sagen
will: Unsere Philosophen attackieren die Wunder — denken Sie an Diderots Pensées philosophiques — und schlagen damit den Sack, wo sie den Esel meinen. Das Wunderbare Rameaus wird verhöhnt, weil es mit Illiberalität
unauflöslich verschränkt scheint; man strebt nach Freiheit, Aufklärung, empirischem Réalisme und Tolérance,
doch wo diese verwirklicht, zumindest angestrebt scheinen, wie in Preußen, wird man nach Wundern der Art,
wie ich sie vorgestern erlebte, vergeblich suchen müssen
und statt ihrer nur den muffigen Staub der Provinzkanto-
reien riechen und den Rohrstock der Lateinschulen zu
spüren bekommen. Le merveilleux, Madame! Sehen Sie
die Feste der Hebe! So reich möchte die Oper Sie be-
schenken, daß Sie beim Hinausgehen wähnen, von Gold-
staub überrieselt und mit einer unsichtbaren Krone gekrönt zu sein, erfüllt von einem bonheur, das Sie nicht
fassen können. Nehmen Sie nur das Victoire!-Ensemble
im 2. Entrée. Da haben Sie die Dreiklangsfanfaren, die

wir aus dergleichen Battaglien kennen, durch die Raffinesse des musicalischen Satzes jeder Trivialität entkleidet zugunsten eines ungemein glücksdurchstrahlten Glanzes, wie er so erfüllt auch bei Rameau kaum je begegnet. Das Martialische, angewiesen auf rhythmisches und periodisches Regelmaß, wird von zwei überzähligen Dehnungstakten, in denen der corps sonore, einatmend, sich streckt, triumphal gesprengt, mit überwältigendem Effect. Et respice finem operis, Madame: Da feiert keine Affirmation sich selbst, sondern ein einzelner, einsamer Montagnard, der als Merkur nur sich tarnt, singt, wie verloren zum Abschied, eine heitere, unsagbar wehmütige Forlane, deren Nachsatz zwischen den Instrumentengruppen octavirt hin- und widergerufen wird wie ein Echo zwischen Felswänden. Der Schluß gehört Merkur: ein ganz kurzer, mercurialer Tambourin, quecksilbrig wirbelnd über der Trommel gespielt von einem dünnen schrillen Pfeifchen, immer leiser werdend, bis es zuletzt im Dunkel entschwindet wie ein Mäuseschwänzchen im Loch und der Vorhang fällt. Ich muß gestehen, daß mich überall bei Rameau diese hektisch bis panisch wieselnden, verzweifelt aufgedrehten Gavotten und Tambourins nicht erheitern, sondern beunruhigen. Vielleicht, weil sie hinunterweisen, zurück zu einer Sphäre der Gaukler, Spaßmacher, Exzentriker und Grimassenschneider, zu einem uralten Theatermilieu, wo ein über zwei Fässer gelegtes Brett genügte, um auf dem Jahrmarkt die Welt zu bedeuten. Vielleicht bewährt sich Rameaus Größe gerade auch an solchen Tiefenschichten einer collectiven Erinnerung.«

»Sie sind offenkundig dabei, sich von unserer Partey der Buffonisten zu verabschieden, Baron.«

»La Querelle hat sich erschöpft, Madame. Ihr Jahrzehnt ist dabei, sich von uns zu verabschieden. Aber seien Sie getrost; die nächste steht gewiß schon vor der Tür.«

»Glauben Sie denn, daß künftige Generationen das gewaltige intellectuelle Feuer, das unser Streit um die Oper entzündet hat, nurmehr kopfschüttelnd als ein Strohfeuer, ein sinnlos verpufftes feu d'artifice ansehen werden; als Parteiengezänk um des Kaisers Bart, das nutzlose Scharmützel nutzloser, gelangweilter Privilegirter, die offenbar nichts Wichtigeres zu tun hatten; als ein typisch französisches Product eifernder Rechthaberei, Geschwätzigkeit und unbändiger Lust zum Schleifen rhetorischer Messer am Wetzstein der Dichotomien?«

»Viel spricht dafür, Madame. Mit der historischen Distance pflegt die Neutralisirung von Gedanken zu wachsen, denen es einmal um Leben und Tod ging. Argumente, die einst das Gefüge des Staates in seinen Grundfesten erschüttern mochten, werden dereinst hinter Glas hängen, als wären's Gemälde von Liotard im Louvre. Erkämpftes, Umstrittenes, mit Herzblut Durchlittenes verblaßt zu Zitaten in Schau-Vitrinen, so hübsch und kurios wie Sèvres-Teller.«

»Und was prophezeien Sie Rameaus Werken, Baron?«

Holbach zuckt mit den Achseln. »Ich bin kein Dorfwahrsager, Madame. Nur soviel: Da fürs erste Italien bei den Preußen, Habsburgern, den Engländern sowieso, und wohl selbst bei uns daheim den *victoire du goût* davontragen wird, werden jene wohl in Vergessenheit geraten für eine lange, sehr lange Weile. Irgendwann in ferner Zukunft mag man sie wieder hervorkramen aus dem Staub der Archive, und wer weiß, ob Franzosen es sein werden, die den Schatz bergen, und nicht Americaner, Japaner, Inder oder Chinesen? Aber es ist die Frage, ob ohne den polemischen Stachel unserer Gegenrede das Specifische ihrer Nouveauté dann noch wird wahrgenommen werden können. Neutralisirt zu einem Glied in der langen Kette wechselnder Moden und Stile, werden sie vielleicht wieder gefallen — aber nie wieder Menschen so ärgern, reizen, rühren, erschüttern, begeistern, bestürzen oder erschrecken wie uns, die wir jeden ihrer Tacte als actuellen Reflex auf — und Eingriff in — unsere Epoche begriffen und commentirten.«

Baron Melchior Grimm, der dem Discours die ganze Zeit über schweigend gelauscht, räuspert sich vernehmlich, um zu resumiren:»Jedenfalls darf Rameau nun, da sein erbitterter Widersacher das Hasenpanier ergriffen hat, erleichtert aufatmen, dünkt mich.«

Baron d'Holbach hebt erneut die buschichten Braunen, schüttelt den Kopf, und spricht:»Sie werden überrascht sein, mein Lieber, zu hören, daß jener unter allen Pariser Intellectuellen der einzige gewesen ist, der sein Ansehen und seine Autorität in die Waagschale geworfen hat, um vor dem Parlement gegen die Indizierung der Bücher seines erklärten Gegners und gegen die angekündigte Verhaftung ihres Autors vehementen Protest einzulegen.«

Quatrième Entrée
LA GRÂCE

1. Bild

PARIS, 1763–1764.

Während am 10. November 1763 ein Salzburger Kapellmeister mit seiner Tochter Nannerl und seinem noch
nicht achtjährigen Sohn Wolfgang Amadé im Hôtel des
Comte van Eyck Quartier nimmt, schreibt auf ein Buch,
das mutmaßlich von Cahusac stammt, der achtzigjährige
Rameau noch einmal, nach langer Zeit wieder, eine
Tragédie lyrique mit dem Titel Abaris, ou les Boréades.
Unterdem berichtet der fürstbischöfliche Kapellmeister
nach Salzburg, das Abscheulichste in Paris sei das Trink-
wasser, das aus der Seine geholt werde. Es gebe einige
Wasserträger, die das Privileg hätten und etwas an den
König zahlen müßten; folglich müsse alles Wasser bezahlt
werden. »Wir haben es im Hause, Es wird auf der gasse
ausgeruffen: de l'eau. Wir sieden uns alles Trinckwasser,
und lassen es abstehen, dann wird es schöner.« Fast jeder
Fremde bekomme anfänglich, schreibt er, vom Wasser
etwas Durchfall; er und die Kinder hätten ihn gleichfalls
bekommen, wenn auch nicht stark.

Derweil komponiert »le géomètre« Rameau zum 5. Akt
ein Präludium, das die Kraftlosigkeit der Winde malt und
das in seiner Polyrhythmie auf Igor Strawinsky und in
seinem aufgelösten Pointillisme auf Anton Webern vor-

ausweist, eine Textur, gewoben aus Zufall und Berechnung wie im Stochasmus des Mathematiker-Komponisten Iannis Xenakis. Überm Horizont seines Spätwerks geht die Moderne auf wie ein Mond, und im Verlauf der Composition solchen Mondgesteins schreibt aus Versailles der Salzburger Kapellmeister, es sei hier nicht üblich, dem König oder jemandem aus seiner Familie durch Beugung des Hauptes oder der Knie Ehrenbezeugungen zu erweisen, sondern man bleibe aufrecht ohne die mindeste Bewegung stehen und habe in solcher Stellung die Freiheit, den König und seine Familie ganz dicht bei sich vorbeigehen zu sehen. Außerdem habe er, wie er am 1. Februar '64 schreibt, in der Versailler Hofkapelle Musik gehört: »Alles was mit einzeln stimmen war und einer Arie gleichen sollte, war leer, frostig und elend folglich französisch, die Chor aber sind alle gut, und recht gut.«

Rameau glaubt, daß er nun mehr Geschmack als zuvor, aber kein Genie mehr habe. Dennoch will er es allen noch einmal zeigen und sich selbst beweisen, was er kann. Indes — »la musique se perd« — der Geschmack wechselt jeden Augenblick — und schon vor Jahren hat ein gewisser M:r Ducharger aus St. Malo angefragt, wann denn der neue Traktat erscheinen werde, mit dem sich Rameau gegen Rousseaus Anwürfe zur Wehr setzen wolle. Jener antwortet:

Monsieur, das fragliche Buch ist z.Z. im Druck; sein Titel lautet *Observations sur notre instinct pour la Musique.* Ich habe weder Zeit zum Schreiben noch Gesundheit zum Denken; verzeihen Sie, Monsieur, ich bin alt, Sie sind jung, und ich bin

Ihr ergebenster und gehorsamster Diener. Rameau.

Unterdes schreibt der Salzburger Kapellmeister nach Hause, daß man hier die schlechten Früchte des letzten Krieges allerorten ohne Augenglas sähe, denn die äußerliche Pracht wollten die Franzosen unbedingt fortführen;

folglich sei niemand so reich wie die Pächter; die Herren hingegen seien hochverschuldet. »Der gröste Reichtum steckt etwa unter 100 Personen, die sind einige grosse Banquiers und Fermiers generaux; und endlich das meiste Geld wird auf die Lucretien, die sich nicht selbst erstechen, verwendet.« Und fügt bei, man werde nicht bald einen Ort finden, der mit so vielen elenden und verstümmelten Personen angefüllt sei. »Sie sind kaum eine Minute in der kirche, und gehen kaum durch ein paar Strassen, so kommt ein blinder, ein lahmer ein Hinkender, ein halb verfaulter bettler, oder es liegt einer auf der strasse dem die schweine als ein Kind eine Hand weggefressen, ein anderer der als ein Kind /: da der nährvatter und die seinigen im Felde bey der Arbeit waren: / in das Camin=feuer umgefallen und sich einen halben arm weggebrannt etc: und eine Menge solcher Leute, die ich aus Eckl im Vorbeygehen nicht anschaue.«

So streift der Blick des Kapellmeisters über das Pflaster von Paris, und durch Jean Devins Augen sehen wir, wie Rameau das Libretto Cahusacs mehrere Male durchliest, es überdenkt und sich vordeklamiert, um die Geduld des Autors mit zahllosen Änderungswünschen zu strapazieren. Beim Komponieren hält er eine Violine in der Hand oder sitzt am Cembalo — wehe dem Eindringling, der jetzt die Arbeit unterbräche! Denn der harsche, grantige Sinn des greisen Maître verwandelt sich beim Schreiben in Elevation und Enthousiasme — solange das Genie noch antwortet.

Respondiert es aber nicht mehr, dann packt den Komponisten ein furioser Chagrin. Davon merkt und weiß unser Salzburger Flaneur nicht das geringste. Er notiert, was immer ihm auffällt. Etwa, daß man eine Tote in die Truhe gelegt, eingenagelt und begraben habe, »ohne das sich iemand die Mühe genommen hätte, sie in die Fußsohlen zu stechen, und zu versuchen, ob sie wohl würcklich Todt ist«. Nichts entgeht seinem wandernden, schweifenden Auge. Den ganzen Winter über, sagt er, sehe man alle Boutiquen offenstehen; bei jedem Wetter schaue man in die offenstehenden Läden der Schneider, Schuster, Sattler, Messerschmiede, Goldschmiede, die von 6, 7, 8 bis 10 Lichtern, dazu von Wandleuchtern oder einem Kronleuchter illuminiert seien; die meisten Geschäfte seien bis gegen 10 Uhr offen, die Boutiquen der Eßwaren bis 11 Uhr. »Hier haben nun die Frauenzimmer nichts als chaufretten unter den füssen: das sind kleine hölzerne und mit blech gefütterte Kästchen die durchlöchert sind, darin ein gliender Ziegel, oder heisser Aschen, oder erdene Kästl mit Glut gefüllt sind.« Und er kritisiert, daß der weltliche Arm hier ein bißchen gar zu groß sei; hingegen liefen die Geistlichen einzeln auf der Gassen herum, nähmen die »Kutten bis unter die Achseln hinauf«, setzten den »Hut nach der Seyte«, und unterschieden sich in nichts von einem »weltlichen Gassentretter«. Unterdes beendet Rameau die Komposition mit einem Entrée de Polymnie (IV, 4), das in seiner erhabenen Müdigkeit ein musikalisches Testament formuliert. Mit schmerzlich resignativer, grandioser Gebärde gibt die Hand den Rest jener Stoffmassen frei, die sein musikalisches Säkulum vorgab und die nach ihm nicht mehr formstiftend sein können. Er legt die Feder aus der Hand. Er hat den Kiel ins Fäßchen mit der Eisengallustinte gesteckt und bleibt reglos, aufrecht, dürr, knochig wie ein Skelett, mehr Gespenst denn Mensch, vor dem Clavecin sitzen. Von hinten nähert sich ihm Marie-Louise, seine Gattin, legt ihm zart eine Hand auf die Schulter und reicht ihm stumm ein Glas Limonade.

Monsieur, bittet sie. Fragend wendet er sein Sorgenantlitz ihr zu. Madame?

Ist es nun genug, Monsieur?

Das ist es nie, Madame.

Am 4. März '64 preist der Salzburger Kapellmeister die modernen »englischen Abtritte«, die man in fast allen

Hôtels finde. Auf beiden Seiten befänden sich Wasser-
düsen, die man nach der Execution umdrehen könne; die
eine lasse das Wasser, das auch warm sein könne, aufwärts
spritzen, die andere abwärts; im übrigen seien diese Ca-
binette die schönsten, die man sich nur vorstellen könne.
Im allgemeinen seien Wände und Fußböden mit holländischem Majolika gekachelt; auf einigen lackierten, weiß-
marmorierten oder alabasternen Stellen stünden »die
Pots de chambre von dem schönst gemahlten und an dem
Ranfte vergoldeten Porcellain, auf andern solchen Stellen
einige Glässer mit wohlriechenden Wässern, dann auch
grosse Porcellainene Töpfe mit wohlriechenden Kräutern
gefüllet; dabey findet sich gemeiniglich ein hüpsches
canapè, ich glaube für eine gähe Ohnmacht.« Die musikalischen Auftritte der Kinder unseres Kapellmeisters
finden in Baron Grimms literarischer Korrespondenz ein
fassungsloses Erstaunen.

Die Proben zu Abaris, ou Les Boréades, beginnen im
Sommer in der Maschinenhalle der Tuilerien. Ende April
ist der Salzburger mit seinen Kindern über Calais und
Dover nach London weitergereist; der Name Rameaus
erscheint auf den vielen Seiten seiner Briefe aus Paris
kein einziges Mal. Während der Proben erkrankt Rameau
schwer; sie müssen abgebrochen werden. Rameau stirbt;
die Premiere wird abgesagt; das Werk verschwindet vom
Spielplan; die Noten verschwinden für zweihundert Jahre
in den Archiven der Oper. Der Verstorbene erhält ein
pompöses Begräbnis, zu dem tausendsechshundert Gäste
namentlich geladen werden, und mehrere Bitt- und Ge-
denkgottesdienste in St.-Eustache und anderswo.

Der Brandanschlag in der Oper wäre ohnedies nicht
verübt worden.

EIN BULLETIN, PARIS,
SEPTEMBER 1764.

I M NAMEN DES KÖNIGS! Præfectur und Parlement von
Paris geben bekannt und zu wissen:

Der Vorsicht des allmächtigen Gottes unsers HErrn hat
es gefallen, das Reich und unseren Herrscher & aller=
durchläuchtigste Exzellenz, Frankreichs König, vor einem
monstreusen Anschlag auf sein höchst=werthes Leben
zu bewahren, Soli Deo Gloria! Dank beizeitiger Obacht,
Gewissenhafftigkeit & information etwelcher wachsamer
indicateurs de police, sind am 30ème Juillet d. J. allhier
fünf Subiecta von der Garde du Palais arrêtirt und in
Hafft nommen worden, welchselbigen der Capitain der
Garde, ohngeacht besagtes abscheuliches Delictum fruhe
konnte vereitelt werden, bey Arrêtirung folgende horrible
crimes capitales vorgehalten:

— in der Académie Royale einen Brand & verheerendes
Feuer stifften zu wollen;

— par allumer & mettre le feu mittels besagter incendie
terrifiante ein attentat zu begehen auf Leben und Gesundheit unseres aller=durchleuchtigsten Herrschers & Königs
Ludwig XV mitsamt Gemahlin und weiteren membres de
sa famille, so in der Oper sich befunden;

— den Tod durch Verbrennen der nebst=anwesenden
Herren Ministers, Hof=Geistlichen, Sub=Ordinirten &c
&c mitsammt des weiteren Publici billigend in Kauf zu
nemmen;

— bey besagtem terriblem homicide niemand nicht zu
schonen, vielmehr die Ordnung des Staates zu confundi-
ren, Recht & Gesetz zu nihiliren, Gesellschaft & Nation in
Wirrnis und Gefahr des Zerfalls zu bringen, darzu ohn-
ermeßlichen Sach=Schaden sans scrupule zu causiren.

Besagte Subiecta sind, nach Namen, Alter, Rang &
Stand und Herkunfft, diese:

1. Bresson, Pierre, 39 aetate suo, Putzmacher=Meister,
6 rue Vermeille, aus Rouen

2. Omely, Patrick, 81, Coulissen=Schieber,
9 rue St.-Antoine, geb. Angl. (immigr. 1703)

3. Paressier, Hugo, 44, Coulissen=Schieber,
17 rue de Bretagne, aus Paris

4. Préval, Hector, 27, Coulissen=Schieber,
119 rue St.-Honoré, aus Paris

5. Charenton, Hercule, 25, Coulissen=Schieber,
40 rue de la Verrerie, aus Lyon

Auf peinliches Befragen haben besagte Subjecta den
Namen des Anstiffters preisgegeben, als da heiße Desmartin, Abbé; doch konnte besagtes subjet criminel bis
anjetzt nicht arrêtirt werden, da vorzeitig gewarnt und die
Flucht ergriffen, alsdenn Steckbrief und Ordre erlassen
worden an alle Gränz=Stationen, *Douane*, Zoll und Police=
Wachen zu Lande und zu Häfen.

Da Verdacht auf weitere, zahl=reiche involvirte Subiecta lautgeworden, hat Præfectur noch mehrers peinliches Befragen angeordnet, auf welches alle fünf sus-
pecte individua reuig und einsichtig sich erzeiget, auch zu
ihrem Beystand laut GOtt angeruffen, dannenhero die
Streck=Tortur ihnen erlassen und kurzer Proceß angeordnet, in deme Delinquenten buss=fertig und zu allen Aus-
künften bereit sich gezeigt, auch ihre Schuld un=umwun-
den erklärt und sich der Gnade des HErrn und des
Hohen Gerichts gäntzlich anheimgegeben, welches am
5. Septembris d. J. nächstfolgendes Urteil & Sentenz zu
fällen geruht:

Das Parlement von Paris erklärt alle fünf Angeklagten,
dazu den Anstifter in absentia, für schuldig des Hoch-
verrats, des geplanten Régicide, des versuchten vielfachen
Mordes und der versuchten gefährlichen Brandstiftung.
Im Namen des Königs ergeht folgendes Urteil: Die fünf

Angeklagten werden dazu bestimmt, von glühenden Zangen gezwickt, aufs Rad geflochten, an allen Gliedern zerschlagen und sodann von je 4 Pferden zerrissen zu werden; ihr Besitz werde eingezogen zugunsten der Staatskasse, ihre Asche verstreut auf dem Schindanger, ihr Name getilgt aus dem Gedächtnis der Menschheit. Möge der HErr ihren Seelen gnädig seyn!

Vollstreckung des Urtels ward angesezt auf Decembre 14, 1764, Place Vendôme, 10 h ff.

Unser aller=durchlauchtigster Herr Sa Majesté der König hat heute indes in seiner unermeßlichen Gnade & Güte geruht, in Ansehung Seines höchst=Hohen Namenstages sowie aus respektvoller Trauer über den Hinschied des Tonsetzers M:r RAMEAU, Compositeur pour le cabinet du Roy, auch aus aller=leutseligster Huld gleichwie in Anbetracht der aufrichtigen Reue der Delinquenten, Gnade ergehen zu lassen und, ohngeacht seines Abscheuchens vor dem geplanten crime capital, besagte Subiecta wie folgt zu pardoniren:

Es solle der Omely Patrick, Anglais, abgeschoben werden nach Engelland; es solle der Bresson Pierre, der Paressier Hugo, der Préval Hector und der Charenton Hercule in die Westindischen Colonien ausgewiesen werden und, bey Strafe des Todes, nicht dörffe zurücke kehren; es solle der flüchtige Desmartin Abbé auf der Place Vendôme in effigie verbrannt werden, auf daß er des Feuers teilhaftig werde, das er sich ersehnt. Vive le Roi!

Und Jean Devin ergänzt mit einer Bleistiftnotiz auf der Rückseite dieses Anschlagzettels, er habe sagen hören, der König habe, als er vom Ableben Rameaus erfuhr, geseufzt »Wenn ein großer Componist stirbt, sterben eine Menge Noten mit ihm« und bei Unterzeichnung des obigen Gnadenerlasses nur müde gemurmelt »Es sind schon zu viele gestorben«. Und ihm sei, nachdem er seinen royalen Namen unter das Papier gekratzt, hinterbracht worden, daß M:me Pompadour soeben, mit allen geistl: Sakramenten versehen, in Christo verschieden sey.

3. Bild

RUE DES BONS ENFANTS,
SEPTEMBER 1764.

Mon nom est Sophie Mangot, je suis la sœur de Babette, et de Marie-Louise, épouse de M:r Rameau.
Habe Nie richtig schreiben gelernd in der Schule, will
aber izt so gut ich kan nach Monsieurs Todt berichten wie
alles geschahe ano 1764 unsers Herrn geträulich nach der
Erinerung wie es sich zugetragen als wir seiner Pflegten.

Nun als Monsieur Erkrankte machten Babette und ich
ihm die Nacht Chemisen, welche Er Vorwärts anzihen
könte weil er sich vermög geschwulst nicht trehen könte,
und weil wir nicht wusten wie Schwehr Kranck er seie,
machten wir jhm auch einen Watirten Schlaf Rock /: wozu
uns allen das Zeig seine gute Frau meine liebste Louise
gab:/ daß wen Er aufstehete er gut versorgt sein mögte.

Und so Besuchten wir jhn fleisig er zeigte auch eine
Herzliche freude an dem Schlafrok zu haben. Ich ging
alle Täge uber die Île de la Cité jhn zu besuchen.

Und als ich ein mahl an einem Sonnabend hinein kam,
sagte Monsieur zu mir Nun chère Sophie sagen Sie der
Frau Babette daß es mir recht gut gehet, und daß ich jhr
noch in der Octave zu jhrem Namensfeste komen werde,
ihr zu Cradulieren, wer hatte eine größere Freude als ich
meiner Schwester eine so frohe Nachricht bringen zu
können, nach deme Selbe die Nachricht immer kaum erwarten könte, ich Eillte dahero nach Hauße sie zu Beruhigen, nach deme er mir wircklich auch selbsten sehr
heiter und gut zu sein schin.

Den Andren Tag war also Sonntag: ich war wie ich gestehen muß Eidel — und buzte mich gerne, mögte aber
aufgepuzt nie gerne zu Fuß über die Ponts hinüber gehen
zur Rue des bons Enfants, und zu fahren war mir ums
Geldt zu thun, ich sagte dahero zu unserer Guten Schwe-

ster, chère Babette heute gehe ich nicht zu Rameau — er
war ia gestern so gut so wird jhm wohl heute noch beßer
sein, und ein Tag auf, oder ab, daß wird wohl nichts
machen, Sie sagte darauf, weist du waß, mache mir eine
Schalle Chocolade, und nach deme werde ich dir schon
sagen, waß du thun solst, Sie war zimlich gestimmt mich
zu Haußee zu laßen den die schwester weiß, wie sehr ich
immer bey jhr bleiben mußte, ich ging also in die Küche,
Kein Feuer war mehr da, Ich mußte ein Licht anzünten,
und feuer machen.

Monsieur ging mir den doch nicht aus dem Sinn, meine
Chocolade war fertig, und mein Licht brande noch, Nun
sah ich wie Verschwenderisch ich mit meinem Licht geweßen, so Viel Verbrand zu haben, daß Licht brande noch
hoch auf, jez sah ich star in mein Licht und dachte ich
mögte doch gerne wißen waß Rameau macht, und wie ich
dis dachte und ins licht sahe Leschte daß Licht aus und
so aus als wen es Nie gebrand hätte. Kein Fünckgen blib
an dem großen Tochten, keine Luft war nicht, dis Kan ich
beschwehren, ein schauer überfil mich, ich Lief zu unserer Schwester, und erzahlte es jhr, Sie sagte genug Zihe
dich geschwinde, an und gehe hinein, und bringe mir
aber gleich nachricht wie es jhm gehet, halte dich aber ia
nicht lange auf, ich eillte so geschwinde ich nur könte,
hélas wie Erschrak ich nicht als mir meine halb Verzweif-
lende, und doch sich Modoriren wollende Louise entgegen kam, und sagte Gott Lob Chère Sophie dass du
da bist, heute Nacht ist er so schlecht geweßen, daß ich
schon dachte er erlebt diesen Tag nicht mehr, bleibe doch
nur heute bey mir den wen er heute wieder so wird so
Stirbt er auch diese Nacht, gehe doch einwenig zu jhm,
waß er macht, ich suchte mich zu faßen, u ging an sein
bette, wo Er mir gleich zu rüffte, ach gut Chère Sophie
daß Sie da sind, Sie müßen heute Nacht da bleiben, sie
müßen mich Sterben sehen, ich suchte mich stark zu
machen, u jhm es aus zu reden allein er erwiederte mir

auf alles, ich habe ia schon den Todten geschmack auf der Zunge, und wer wird den meiner Marielouis beystehen wen Sie nicht hier bleiben, ia cher Monsieur ich muß nur noch zu unserer Schwester gehen, und jhr sagen, dass Sie mich heute gerne bey sich hätten sonst gedenkt sie es seie ein Unglück geschehen, ia daß tuhen Sie aber komen Sie ia balt wieder.

Gott wie war mir dazu Muthe, die arme Marielouis ging mir nach und bat mich um Gottes Willen zu denen geistlichen bey St.-Eustache zu gehen, und Geistlichen zu bitten, Er mögte komen so wie Von Ungefehr, dis dat ich auch allein Selbe weigerten sich Lange, und ich hätte Vile Mihe einen solgen Geistligen Unmenschen dazu zubewegen.

Nun Lief ich zu der mich ängstVoll erwardenden Babette es war schon finster, wie Erschrak die Arme und sagte lauf nur geschwinde zuruck, und ich Lief wieder was ich Konte zu meiner Trost Loßen sœur Marie-Loise, da war der Sänger Jélyotte bei Monsieur am Bette dan Lag auf der Deke die Spart von der Opéra Appariß ou les Boreades und Rameau Explicirte jhm wie die Proben weiter gehen solten.

Japardin der Dokter wurde Lange gesucht, auch im Theater gefunden allein Er muste erst daß Ende der Pièce abwarten — dan kam er und Verordnete jhm noch Kalte Umschlage über seinen Glühenden Kopfe welche jhn auch so erschitterten, daß Er nicht mehr zu sich Kam bis er nicht Verschieden, sein Letztes war noch wie Er mit der Hand den Abarris tacktierte und mit dem Munde die Fagotten aus Trüken wolte, daß höre ich noch iezt.

Nun kam gleich M:r Simon aus dem Kunst Cabinett, und Trückte sein Bleiges erstorbenes Gesicht in Gibs ab.

Wie Kranzen Loß Elend seine Treue Gattin sich auf jhre Knihe warf und den AllMachtigen um seinen Beystand anrüfft, ist mir unmöglich zu beschreiben, sie konte sich nicht Von jhm trenen so sehr ich sie auch bath.

Wen jhr Schmerz noch zu Vermehren geweßen wäre, so müste er dadurch Vermehret worden sein daß den Tag auf die schauervolle Nacht, die Menschen scharen weiß Vorbey gingen u Laut um jhn weinten, und schrien.

Und Devin zählt auf — warum, wissen wir nicht —, was auf dem Toilette=Tisch der M:me Marie-Louise Rameau, geb. Mangot, am Tag des Hinschieds ihres Gatten gelegen:

Eine goldene Tabatière, eine kleine goldene Uhr, ein silbernes Reiseschreibzeug, eine goldene Zahnstocherbüchse, eine ungemein feine schildkrötene Tabatière, mit Gold eingelegt, ein in Gold gefaßtes Carniol-Ringlein mit einem Antique-Kopf, Degenbänder, Armmaschen, Blümlein und Halstüchlein zur Hauben, eine rote Dose mit goldenen Reifen, eine in Gold gefaßte Dose aus einer glasartigen Materie, dazu eine Büchse aus Laque Martin mit den schönsten Blumen von gefärbtem Gold und verschiedenen Hirten-Instrumenten eingelegt, in welcher 12 Louis d'or Taler sich befunden.

Divertissement

JEAN-JACQUES ROUSSEAU
AN M:R JAMES BOSWELL, ESQ.
NEUCHÂTEL, 3o. SEPT. 1765.

Monsieur,
j'accuse! Wen klage ich an? Mich selbst. Wessen beschuldige ich mich? Eines Irrtums, einer erbärmlichen Verirrung des Gefühls, die ich nicht zu allererst dem Einfluß meiner Pariser Freunde, sondern der eigenen Verblendung und Verhärtung, meiner Rancune, und meinem Neid auf einen Tonsetzer anrechnen muß, der, wie kein verständiger Mensch leugnen kann, der größte unserer Epoche gewesen ist.

Oui, j'abjure un erreur, ich schwöre ihm feierlich ab, meinem Irrtum, mit dem ich nicht nur an einer Sache und ihrem Schöpfer, sondern vor allem à mon âme-même gefrevelt habe. Daß ich dieses Unrecht nun büße, in einem Exil, das mir Désespoir und Enchantement gleichermaßen bereitet — die Hoffnungsleere des Ausgestoßenen, mais aussi die Verzauberung durch ein köstliches Asyl — ist nur zu gerecht. Ah, wie bitter kann uns, Monsieur, die Einsamkeit ankommen — auch wenn die Abgeschiedenheit, die ich auf dieser Insel im Bieler See mit M:me Levasseur, meinem Hund, meiner Katze und meinen Quartiergebern teile, mir zum unwillkommenen Abschied von allen Freunden die willkommene Ankunft einer Menschenferne fügt, die mich, je beseeligender sie wirkt, desto schmerzlicher empfinden läßt, daß ich die Hand der Sympathie, die M:r Rameaus Werk mir ausstreckte, nicht ergriffen, sondern verschmäht, ja mit Hochmut zurückgewiesen habe. Wie die Bieler Gazetten erst jetzt berichten, ist M:r Rameau, der seit dem 23. August vergangenen Jahres an Faulfieber und Skorbut litt, am 12. Septembre, da ich in Môtiers noch geborgen mich wähnte, unter den Proben zu seiner letzten Oper Abaris verschieden. Daß es mir nun nicht mehr gegeben sein soll, ihm im Leben noch Genugtuung widerfahren zu lassen, reut mich von Herzen.

Ich habe, Monsieur, *während der Ereignisse eines langen Lebens eingesehen, daß die Zeiten größter Freuden nicht diejenigen sind, deren man sich mit größter Rührung erinnert. Diese kurzen Augenblicke, so heftig sie auch sein mögen, sind nur sehr dünngesäete Punkte auf der Lebensbahn. Sie sind zu selten und zu flüchtig, um einen bleibenden Zustand zu bilden. In ihrer Flüchtigkeit und Volatilität gleichen sie vollkommen dem Unverweilten der Musik. Nichts auf Erden behält seine feste unveränderliche Form, und unsere Neigungen, die sich an äußerliche Dinge hängen, vergehen und wechseln notwendigerweise wie sie. Immer uns voraus, oder hinter uns her, rufen sie die Vergangenheit zurück, die nicht mehr ist, oder warnen vor der Zukunft, die häufig gar nicht eintritt. Auch kommt in unsern höchsten Genüssen wohl kaum ein Augenblick vor, wo das Herz uns wirklich sagt: Ich wollte, dieser Augenblick währte immerdar.* Denke ich heute zurück an meine erste Begegnung mit M:r Rameaus Pastoralen und Ballettopern — an unsere rotseiden tapezierte Loge in der Académie Royale, aus der d'Alembert, Diderot, der Baron und ich allen französischen Gesang unten auf der Bühne so lange mit Geschwätz und Gelächter überzogen, bis die Garde eingreifen mußte — an die Jahre der Querelle, da wir mit unserer Parteinahme für die Buffa uns selbst zu Buffonen machten — oder spiele ich mir auf dem verstimmten Clavichord, das mir mein Gastgeber auf meine Kammer hat tragen lassen, aus dem Gedächtnis einige Piècen aus Zaïs oder den Fêtes d' Hébé vor, so wird mir bewußt, daß ich in jenen Momenten, da das Drama den Atem anhielt, da zum Divertissement Schäfer und Hirten die Musette anstimmten, da die unter Rasseln und Knirschen verschobenen Kulissen mit dem Prospect sich zu einem Phantasma Arkadiens staffelten und die Tänzer zu einer in sich bewegten doch zeitenthobenen Sternsymmetrie sich gruppierten gleich der Ausfaltung einer Blüte, denn doch insgeheim, wider alle Grundsätze, zu solchem Augenblicke oft gesagt habe, er möge verweilen, er sei doch so schön.

Ausgerechnet in meinem Schweizer Asyl nun habe ich gefunden, was jene Musik mir verhieß. Bedarf es immer erst des Exils, daß uns bewußt wird, welches Geschenk wir in knäbischem Trotz zurückgewiesen haben? Welche Ironie des Geschicks, daß es erst der Androhung meiner Verhaftung, der Haßpredigten eines calvinistischen Schwarzrocks und der Steinwürfe aufgehetzter Dorfbewohner bedurfte, um mich auf dieses gesegnete Eiland gelangen zu lassen! Dabei hat mich ja von allen Wohnorten noch keiner so wahrhaft glücklich gemacht, als die

St.-Peters-Insel hier im Bieler See, deren Lage besonders geeignet ist für das Behagen eines Menschen, *der sich zu umgrenzen liebt.*

Die Ufer des Bieler Sees sind wilder und romantischer, als die des Genfer Sees, weil die Felsen und Wälder hier näher an das Wasser treten, aber sie sind nicht weniger freundlich. Hier ist mehr natürliches Grün vorhanden; hier sind mehr Wiesen, mehr von Gebüschen umschattete Wohnstätten, mehr Kontraste und Abwechselung der Landschaft; und da es an diesen Ufern keine bequemen Fahrwege gibt, so wird die Gegend wenig von Reisenden besucht. Kein anderes Geräusch unterbricht ihre Stille als das Rauschen der Gießbäche, die vom Berge herunterstürzen, und das Zwitschern der Vögel, die mit ihrer Sprache vom Glück des Universums künden so, wie es M:r Rameau in seinem Temple de la Gloire singen läßt in einem dichtvernestelten, schwerelosen Gezweig von Stimmen aus Violine, Viola und Traversière. Ces oiseaux par leur doux ramage embellissent nos concerts; ils annoncent dans leur langage le bonheur de l'univers. Ja, damals! Wie unglaubwürdig erschien uns da eine Dramaturgie, die solchen Gesang nicht einer belle bergère in den Mund legt, sondern — dem Kaiser Trajan! Und wie ridicul, diesen Heros im Haute-contre einer fistelnden mijaurée singen zu lassen statt in der natürlichen Stimmhöhe des Mannes! Was war dieser Monsieur — nicht Madame? — Jélyotte doch für ein auguster Herrscher! —: odorirt und parfumirt, tänzelnd und fächerpatschelnd mit Huch! und Hach! — Wie unnachahmlich pflegte er sich zum Encore!-Geschrei seiner Claque die Schönheitspflästerchen abzupflücken und diese zum Dank mit kußspitzem Munde aus der Hand in die Reihen seiner juchzenden Galane zu pusten wie Konfetti; man denke: ein Kaiser Trajan, äffisch und gespreizt, mit Luft- und Handkuß freigebiger als jede Dirne mit ihren Lippen!

Und wie fern liegt nun schon diese Welt, hier in der unschuldigen Landschaft meiner Einsiedelei. Dieses

schöne Wasserbecken des Sees von beinahe runder Form enthält in seiner Mitte zwei kleine Inseln, von denen die eine
bewohnt und bebaut ist, die andere, kleinere, öde und brach
liegt. Auf der großen Insel gibt es nur ein Haus, das aber ge-
räumig, hübsch und behaglich ist; in ihm habe ich Zuflucht
gefunden. Im übrigen findet man hier Felder, Weinberge,
Wälder, Obstgärten, fette Weiden, beschattet von Gebüsch
und Strauchwerk aller Art, das durch die Nähe des Wassers
frisch gehalten wird; eine hohe, mit zwei Reihen von Bäumen
bepflanzte Terrasse umgibt die ganze Langseite der Insel, und
inmitten dieser Terrasse hat man einen hübschen Saal erbaut,
in dem sich die Bewohner der benachbarten Ufer versammeln
und während der Weinlese sonntags zu tanzen pflegen. Es
sind schwerblütige Ländler, Contretänze und Rigaudons
zum Schnarren von Drehleier, Fiedel und Dudelsack, die
das Bergvolk dort walzt — doch sollte ich, geschult an den
Divertissements der Oper, wo auf unvergleichlich kunst-
reichere Weise uns der Vorschein solcher amourösen
Schwärmerei und sehnsüchtiger Simplicité beglückte,
keinen Blick, kein Ohr haben für die unschuldigen Zer-
streuungen unserer Montagnards? Finde ich sie, modo
grosso, verwandelt, ins wirkliche Leben überführt, hier
nicht wieder? Wahrscheinlich wird man mich kaum zwei
Monate auf dieser Insel zubringen lassen, aber ich möchte
zwei Jahre, zwei Jahrhunderte, ja die ganze Ewigkeit dort ver-
leben und weiß schon jetzt, daß ich diese zwei Monate dereinst für die glücklichste Zeit meines Lebens halten werde.

Sie haben bei Ihrem Besuch, mit dem Sie, Monsieur,
mich im Vorjahr in Môtiers beehrten, gesehen, wie frugal
ich wohnte. Hier ist es nicht anders. Ein Stuhl, ein Tisch,
ein Bett, ein Kanapee bilden das ganze Meublement meiner Kammer. Eine Falltür erlaubt mir, vor unliebsamen
Besuchern zu fliehen. Kein Robinson Crusoe könnte zu-
friedener sein. Sie sollen auch wissen, daß es mir ein Vergnügen gemacht hat, nichts auszupacken und meine Kisten
und Koffer stehen zu lassen, wie sie gekommen waren, so daß

*ich in dem Logis, wo ich mein Leben zu beschließen gedenke,
wie in einem Wirtshaus lebe, wo ich am andern Morgen ab-
reisen soll. Eine meiner größten Wonnen besteht darin, meine
Bücher stets wohl eingepackt zu lassen und kein Schreibzeug
zu haben. Von einem Deutschen heißt es, er habe ein Buch
über ein Streifchen Zitronenschale geschrieben* — aber wäre
mir auch alle Weisheit Salomos und Aristarchs zugleich
gegeben — ich bin der Fron des Bücherschreibens jetzt
von Herzen müde und besteige lieber *mein Boot, das ich
bei ruhigem Wasser bis in die Mitte des Sees rudere; und
dort, in meiner ganzen Länge im Boot ausgestreckt, die Augen
gen Himmel gerichtet, lasse ich mich sacht von den Wellen
treiben,* manchmal viele Stunden lang, oder rudere an
den grünenden Ufern der Insel entlang auf den klaren
Wellen unterm schattigen Laubdach und singe das, was
mir ein jedes Mal von selber dort in den Sinn kommt: den
Schlußchor von Naïs, dem M:r Rameau ein stilles sehn-
süchtiges Bonheur verliehen hat. Coulez, ondez, coulez,
mêlez votre murmure a nos accords harmonieux. Plaisirs,
faites régner cette volupté pure que vous répandez dans
les cieux.

Sie kennen diese Musik nicht, Monsieur; Sie werden
sie in Ihrem fernen Nebelland nie zu hören bekommen
und daher nicht erfahren, wie sie klingt, fünfstimmig,
reich instrumentiert in kontrastierenden Farben, Streicher gegen Bläser, Holz gegen Blech, Diskant gegen Baß,
im Wohllaut paralleler Sexten, doch mit ausdrucksvollen
Dissonanzen im Innern der harmonischen Bewegung, die
der freie polyphone Satz erzeugt, die unabhängige rasch-
wechselnde Führung der Stimmen im Gekräusel ihrer
Verzierungen bei stetigem ruhigem Tempo im Dreiviertel-
takt, toujours lent et tendre. Ach, wenn Sie dergleichen
nie erleben werden, sollte ich dann nicht besser von meinen Spaziergängen erzählen unter Weiden, Faulbäumen
und Gesträuchen aller Art, meinen Wanderungen auf die
Terrassen und Anhöhen, die von Rasen, Thymian und

Klee bedeckt sind? Gern setze ich mich dort *nieder, wo ich die Blicke über das herrliche Landschaftsbild des Sees und seiner Ufer schweifen lasse, die auf der einen Seite von nahen Bergen bekrönt, auf der anderen von reichen fruchtbaren Ebenen eingefaßt sind, über die das Auge bis zu den fernen bläulichen Bergketten fortblickt, die sie begrenzen.*

Wenn der Abend naht, steige ich von den Höhen der Insel hinab und setze mich gern am Gestade des Sees an einer verborgenen Stelle nieder; dort fesseln das Rauschen der Wellen und die Bewegung des Wassers meine Sinne und versetzen die Seele in eine Träumerei, bei der mich die Nacht oft überfällt, ohne daß ich es merke. Das fortdauernde, aber durch Abstände unterbrochene Geräusch dieses Wassers genügt für Auge und Ohr, um mich mit Vergnügen meine Existenz empfinden zu lassen, ohne daß ich zu denken brauche. Von Zeit zu Zeit taucht eine schwache und kurze Reflexion über die Unbeständigkeit der Dinge dieser Welt in mir auf, zu der die Oberfläche der Wellen mir das Bild darbietet; aber diese leichten Eindrücke verwischen sich bald in der Einförmigkeit der fortdauernden Bewegung, die mich einschläfert.

Ah, süßes Nichtstun, Monsieur! Gewiß, dieses dulce otium kennen auch Sie; bei Ihnen darf ich hoffen, eine concordante Saite anzureißen über dem Resonanzboden der Sympathie. Ah, Ruhepunkt der Seele! — wo sie sich *gänzlich ausruhen und ihr ganzes Wesen sammeln kann, ohne die Vergangenheit zurückzurufen oder in die Zukunft einzugreifen; wo die Zeit nichts für sie ist; wo die Gegenwart ewig währt, ohne gleichwohl ihre Dauer fühlbar zu machen, und ohne eine Spur von Länge, und ohne irgendeine andere Empfindung von Entbehrung oder Genuß, Freude oder Schmerz, Wunsch oder Furcht, als nur die einzige unserer Existenz, und wo dies Gefühl sie ganz auszufüllen vermag —, so ist das ein Zustand, der, solange er dauert, dem darin Befindlichen gestattet, sich glücklich zu nennen.* Ewigwährende, stillgestellte Gegenwart, Ausruhen und Sammeln, délassement et détente, eine wahrhaft narkotische tranquillité: ja, diese fand ich auch in M:r Rameaus Musetten, die wie Inseln im Meer jener menschlichen Handlungen und Leidenschaften liegen, die uns des Glückes berauben, seien sie wirklich oder nur vorgestellt, nur gesprochen oder gesungen. Dabei zweifle ich nicht, daß Sie, wenn Sie seine Musik zu hören je Gelegenheit hätten, in ihrem pastoralen Traum nicht nur Frieden, sondern auch Verstörung wahrnähmen — als wäre die Expression zu stark, um nur tranquil sein zu dürfen — als wäre das Opiat ihrer Sehnsucht zu kräftig, um Trost und Ruhe zu schenken — als wären die Bitterkeit ihrer Dissonanzen und das Gekräusel ihrer Ornements zu schmerzlich, um dem Glück des Hörens nicht auch den Wunsch und die Trauer beizumischen.

Eh bien, solange der Glückszustand dauert, von dem ich sprach, *genügt man sich selbst, wie Gott.* Ich rede nicht von Erstarrung. Gewisse Vorbedingungen müssen vorhanden sein. *Es ist weder absolute Ruhe nötig, noch zuviel Aufregung, sondern eine einförmige gemäßigte Bewegung ohne Erschütterungen. Ohne Bewegung ist das Leben nur eine Lethargie. Wenn die Bewegung ungleichmäßig oder zu heftig ist, erregt sie; wenn sie uns auf die umgebenden Dinge aufmerksam macht, zerstört sie den Reiz der Träumerei und entreißt uns unserer Innerlichkeit, um uns sofort unter das Joch des Schicksals und der Menschen zu beugen und uns der Empfindung unseres Unglücks wiederzugeben. Eine absolute Stille hingegen führt zur Traurigkeit. Sie bietet ein Bild des Todes dar; daher wird die Hilfe einer heiteren Phantasie notwendig.* Diese Art von Träumerei kann man überall genießen, wo man ruhig sein kann, und ich habe oft gedacht, daß ich *in der Bastille oder selbst in einem Gefängnis, wo kein Gegenstand sich meinen Blicken aufdrängte, ruhig zu träumen* vermocht hätte.

Aber man muß gestehen, daß sich dies *besser und angenehmer auf einer fruchtbaren und einsamen Insel* machen läßt. Daher werden Sie mir verzeihen, Monsieur, daß mich meine idée fixe immer wieder auf ein und dasselbe zurückführt, auf die Analogie dieser Landschaft zu einer Musik, die ich, verführt vom schlechten Geschmack meiner einstigen Mitstreiter, hinter dem nichts anderes stand als politische, nicht ästhetische Opposition, verlockt auch von der kantablen Simplicité des goût italien, und vergiftet vom Ressentiment des Fuchses, dem die Trauben zu hoch hingen, abgelehnt und verurteilt habe in Wort und Schrift.

Gewiß, das dramatische Rezitativ erregt, weil es heftig ist, und entreißt uns jener Innerlichkeit, die das höchste Bonheur ist — nun wohl, welchen anderen Zweck sollte es haben? Aber war es nicht eine geniale Invention der französischen Oper, immer wieder auf dem Siedepunkt der Affekte denn doch innezuhalten, Atem zu schöpfen und der Rêverie einen Ort zu öffnen? Wir schmähten dies als Verstoß gegen die Einheit des Affekts und die Geschlossenheit des Dramas. Als läppischen Tribut an das Zerstreuungsbedürfnis des genußsüchtigen Prassers, für den musikalische Zeit just so vergeudet wird, wie er selber seinen Reichtum verschwendet. Als Observanz einer steinalten, erstarrten Gattungstradition. Ja, der Tanz in der Oper! Der Franzose wird wohl selbst beim Jüngsten Gericht noch in Ballettschuhen vor seinen Allmächtigen treten! Allein — sollte, wer jemals, wie ich, auf der Flucht sich befunden hat, solchem Eskapisme nicht verständig sich öffnen? Unter schweren Lidern schlägt diese Musik die Augen auf — ihr überwältigendes Opiat macht Träume, die wahrsprechen, fügt dem Glück auch Sehnsucht und Trauer bei, und überführt das Merveilleux des Geschehens seiner eigenen Unglaubwürdigkeit. Wo sie vom Wunderbaren spricht, von Feerien, von Landschaften, die Lorrain nicht schöner gemalt hat, von Götter- und Geistererscheinungen, Waldnymphen, Satyrn, Meerfabelwesen, ja von Atmosphäre, Licht, Luft und Schatten, und das alles im elegischen Schreiten des ballet figuré überm schnarrenden Bordun der Cornemuse, von dissonanter Wehmut durchbittert und in müder Gravitation zum Grundton — spricht sie nicht dort just am wahrsten, Monsieur? Ich bitte Sie, der Sie bei diesem Gegenstand ganz auf meine unzulängliche Beschreibung angewiesen sind: verraten Sie mir, warum ich, verblendet, dieses Wahren im Unglaubwürdigen nicht innegeworden bin, als es noch nicht zu spät war.

Wenn ich jetzt aus meinem Traum erwache, *mich von Laubwerk, Blumen und Vögeln umgeben sehe und meine Blicke fernhin schweifen lasse über die romantischen Ufer, die einen weiten Spiegel klaren, kristallenen Wassers umrahmen, dann verschmelze ich alle diese freundlichen Dinge mit meinen Erdichtungen, und wenn ich endlich stufenweise wieder zu mir selbst und meiner Umgebung zurückgeführt werde, dann vermag ich den Trennungspunkt zwischen Wahrheit und Dichtung nicht mehr festzustellen, so sehr wirkt alles gleichmäßig zusammen, um mir das nachdenkliche und einsame Leben teuer zu machen, das ich an diesem schönen Aufenthalt führe.* Warum kann es nicht ein ums andere Mal neu beginnen? *Warum kann ich nicht meine Tage auf dieser geliebten Insel beschließen, ohne sie jemals wieder verlassen oder irgendeinen Bewohner des Festlandes wieder zu sehen, der die Erinnerung an die Mißgeschicke aller Arten in mir wachriefe, die seit so vielen Jahren sich förmlich ein Vergnügen daraus machen, mich heimzusuchen? Wenigstens werden es die Menschen nicht verhindern können, daß ich mich täglich auf den Flügeln der Phantasie dorthin tragen lasse, um während einiger Stunden dieselbe Freude zu genießen, als ob ich sie noch bewohnte. Das Süßeste, was ich dort tun könnte, wäre, nach meinem Belieben zu träumen. Wenn ich nun träumen werde, dort zu sein, tue ich dann nicht dasselbe?*

J'accuse, Monsieur. Wen klage ich an? Mich selbst. Wessen beschuldige ich mich? Der Unwahrheit Ihnen gegenüber in einem Punkte. Keineswegs habe ich hier das Schreiben gänzlich aufgegeben. Aus dieser Behauptung sprach der Wunsch, nicht die Tatsache. Ein ums andere

Mal muß ich mir von meinem Gastgeber Tinte und Federn erbitten. Das Denkwerk läßt sich nicht anhalten. Ich studiere nicht nur das Reich der Pflanzen, ich schultere nicht nur die Botanisiertrommel, trage nicht nur mein Schmetterlingsnetz, projektiere nicht nur eine Flora Petrinsularis — ich notiere, schreibe, formuliere. Die im Kopf sich drehenden Räder lassen sich nicht anhalten. Sie korrespondieren der auf dieser Insel kreisenden Zeit. Aus älteren Aufzeichnungen und Encyclopédie-Artikeln kompiliere ich ein Dictionnaire de Musique, das kommende Historiker als aufschlußreiche Quelle unserer Musikanschauung ansehen werden, ein Wörterbuch wie ein Pamphlet, strotzend von Gegenrede und Streitlust. Diese ist ein Ausfluß meiner Vergangenheit, meiner Raison. Mein Sentiment hat daran keinen Anteil mehr. Wenn es sich in Worte fassen läßt, dann nurmehr so intim, wie es diese Briefzeilen an Sie verstatten. Meine Worte und meine Vernunft haben sich meinem Unglück verschwistert. Mein Glück, wie ich es Ihnen nun geschildert, ruht in der Suspension all dessen zugunsten der reinen Empfindung und der Rêverie, meinen Träumen eines einsamen Spaziergängers. Diese werden mich weiter begleiten, ja an allen künftigen Orten auf noch angenehmere Weise umgeben, als es hier gewesen sein wird — auch wenn schon jetzt mir das Gedächtnis manchen Streich spielt, die Phantasie schwächer und der Körper mit seinen Gebrechen mir immer beschwerlicher wird. *Ach, ja! Wenn man beginnt, seine sterbliche Hülle zu verlassen, dann fühlt man sich am meisten von ihr belästigt.*

Sie kennen die schweigenden Blicke, Monsieur, die in meinem Briefroman La Nouvelle Héloïse die Harmonie der Seelen bekunden, und fast will mir scheinen, dieser Sprachlosigkeit, diesem Verstummen entspräche in M:r Rameaus Bühnenwerken jener zaubrische Moment, da das Drama erlischt und das Divertissement beginnt. Ja, die Resignation, die über den folgenden Instrumentalsätzen und Chören selbst dann noch schwebt, wenn sie sich ›gai‹, also heiter nennen, ist so sehr zu meiner eigenen geworden, daß ich Innen und Außen, Welt und Bewußtsein, Gegenstand und Wahrnehmung nicht mehr zu trennen vermag. Indem ich träume, scheint mir das Erinnerte selbst von Traum und Erinnerung zu sprechen, und da ich mich nicht nur zurück-, sondern auch vorauszuträumen verstehe, will mir so scheinen, als nähmen M:r Rameaus arkadische Landschaften aus Pappeln, Tempel, Weidengebüsch, Schäfern, antikem Grabmal und stillgestellter Zeit etwas voraus von jenem Parc du Souvenir, den mir dereinst vielleicht irgendein freundlicher Marquis auf einer Insel zur Grabstätte wird einrichten wollen, in Ermenonville, oder wo auch immer es sei.

Sollten Sie, womit ich nicht rechne, mich einmal wieder besuchen wollen, Monsieur, so werden Sie entschuldigen müssen, daß ich Ihnen nicht mehr als eine Viertelstunde meiner kostbaren Zeit einräumen kann. Lassen Sie uns ein Billet zukommen, sobald Sie am jenseitigen Ufer stehen, und lassen Sie sich von M:me Levasseur sagen, wann ich Sie zu empfangen wünsche. Mein Patron wird dann zur vereinbarten Zeit einen Charon schicken, der Sie nicht nur herüber- sondern auch wieder hinüberrudern wird. Ich versichere Sie meiner Hochachtung,

et je suis,

Monsieur,

votre serviteur,

Jean-Jacques Rousseau.

* * *

JAMES BOSWELL AN M:R JEAN-JACQUES ROUSSEAU — EDINBURGH, SCOTLAND, 19.DEZ. 1765

Dear Sir, verehrter Maître,

Sie sagen es selbst: ich verstehe zu wenig von Musik, um Ihren Gedanken immer ganz folgen zu können. Soviel immerhin glaube ich begriffen zu haben: daß Ihre Reue aus aufrichtigem Herzen erfolgt; und daß sich Ihr Widerruf aus der divinatorischen Einsicht speist, daß Naturnähe und Simplicity von Musik eher dort zu finden sind, wo in Stadt und Salon ein kultivierter Kunstverstand seine Sehnsucht ausdrückt, als auf dem Lande, wo man Drehleier und Musette de cour als städtische Sentimentalität verhöhnen würde.

Was mich betrifft, so kann ich dazu nicht viel beitragen; ich frequentire hier selten die Oper und noch seltener die Salons*; statt dessen habe ich die letzten Wochen in einer abgeschiedenen Gegend Südwestirlands verbracht, wo die wilden Eingeborenen noch das keltische Idiom ihrer Vorfahren pflegen, das mit dem Ersischen meiner Heimat, der Sprache Fingals und Ossians, wenig Ähnlichkeit hat. Dort habe ich meine eigenen Eindrücke von musikalischer Simplicité gesammelt, die ich Ihnen schildern möchte, weil sie sich mit den Ihren gerade dort überschneiden, wo sie ihnen scheinbar am fernsten stehen.

Zunächst bitte ich Sie, sich den Character einer Gegend auszumalen, die so gar keine Ähnlichkeit hat mit der Ihnen vertrauten. Ausoniens Goldfrüchtewälder, Frankreichs Myrtenlauben, die rauschenden Forste und spitzzackichten, schneebedeckten Firne der Schweiz: Wie ferngerückt scheinen sie dort, im äußersten Westen Europas, wo nicht Morgenfrühe ist, nicht rüstiges Beginnen, sondern ewiger Abend. Das Spinnennetz niedriger Trockensteinmauern wirft lange Schatten über ein tiefgrünes, baumloses Weideland. Die scharfe Luft, die vom Atlantik weht, ist klar wie Glas. Die Stille legt sich auf die Ohren als ein Seidentuch. Die Silhouetten von Häusern, Sträuchern, Masten sind aus der blauen Dämmerung des Himmels wie mit dem Rasiermesser geschnitten.

Wie der Zufall es wollte, begegnete mir auf der Poststation von Killarney ein betagter Bramarbas, der eine

<hr />

* *Randnotiz Rousseaus:* Lüge!

Woche zuvor im Packetboot von Bristol nach Wexford gesegelt war und mir erzählte, er habe viele Jahrzehnte in Paris als Kulissenschieber an der Opéra gearbeitet, sei in ein Komplott verwickelt gewesen, verhaftet und verurteilt, doch zuletzt begnadigt und abgeschoben worden. Dieser geistig wie körperlich bemerkenswert rüstige Greis, mit dem ich mich rasch anfreundete, hieß O'Malley; er entbot sich, mich als Guide auf meinem Ritt zu einer der Desmondschen Besitzungen zu begleiten, die zum Herrschaftsbereich der Fitzgeralds auf der Halbinsel Corkaguiney zählen.

So zogen wir los und machten, vom Regen durchnäßt, an einem Gasthof in einem elenden Dorf namens Aunascaul halt, um die Pferde versorgen zu lassen, uns am Kamin zu trocknen und an einem Krug Ale zu stärken. Die Schenke hieß *The Royal Oak;* das Wirtsschild knarrte an einem bucklichten, efeubewachsenen Gemäuer, aus dem schon auf der Schwelle Musik, Bierdunst und Stimmengebrodel den eintretenden Gast anwehten.

Als wir den Schankraum betraten, erfaßte mich, ich weiß nicht, warum, das Gefühl einer unbestimmten Schwermut. Denn nichts dünkt mich trauriger als verstreute, achtlos beiseitegelegte Musikinstrumente. Hier lehnte aufrecht, wie eine Countess auf dem Thron, eine bäurische Laute, mit Schnitzwerk, und reich intarsiert — dort hatte sich eine Fiedel auf dem Fensterbrett ausgestreckt wie ein Fuhrmann in der Koje. Noch heute denke ich, Monsieur: Wer solche Figur des Schweigens zu lesen verstünde, hätte das, was erklang, wirklich begriffen.

Dessen Äther war der säuerliche Dunst, der von den mit Stroh ausgelegten und mit Bierpfützen und Pfeifenasche bedeckten Dielenbrettern aufstieg und sich condensirte in der Kälte, in all dem Schäbigen, Rauchgebeizten und Wurmstichigen dieser Schenke. Wir hockten uns vor den Kamin, ließen uns je einen Krug Ale und ein Glas Porter bringen und sahen zu, wie der Fiddler seine Geige

gegen die Schulter stemmte, anstatt sie, wie ein Kunst-
geiger, unters Kinn zu klemmen. O'Malley kannte seinen
Namen und wußte mir zu berichten, daß er, Seamus »the
one-eyed« Gavin, auf einem Einödhof in den Slieve Mish
Mountains mit seiner Mutter im behaglichsten Inzest
lebe.

Ein Kindergesicht hatte er, glatt, rundlich, mit einem
Paar kalter, trauriger Augen darin. So sehen Puppen aus,
die auf dem Dachspeicher vergessen werden. Wenn Sie,
Monsieur, nun nach Seele, Geist, Leben fragen? —: die
waren ins Instrument geflüchtet, tobten und kochten
darin, wollten als Ton ins Freie. Tatsächlich können iri-
sche Musiker während ihres Spiels, als ginge sie dieses
nichts an, ein Gespräch führen. Ist so ein Automatism
erst einmal losgelassen und in Gang gesetzt, sehen Sie in
ihren Mienen nichts von der Intensität, die Sie in ihren
zitternden, fliegenden Händen gewahren könnten und in
dem, was diese erzeugen. Sie sehen Medizinmänner beim
Ritus einer Beschwörung; Kartenspieler, die sich nicht
ins Blatt schauen lassen. Daß Rausch so in Askese um-
schlagen kann, verstörte mich zutiefst.

Ein weiterer Musiker — Patsy »the Ape« MacDonagh —
griff nach einer runden, mit Ziegenfell einseitig bespann-
ten Trommel; den Rhythmus, den er auf dieser Bodhrán
mit einem Doppelschlegel schlug wie ein sechsarmiger
Hindu-Gott, war der Hammer, der das verknäuelte Band
der Melodie in einen Eisblock meißelte, wo sie eine Ini-
tiale formte gleich denen, die Sie im Evangeliar of Armagh
bewundern könnten. Das Blätter-, Chimären- und Ran-
kenwerk dazu zupften auf Guitarre und Laute zwei weitere Musiker, ein »halbschwachsinniges Zwillingspaar aus
dem Black Valley«, wie O'Malley mir zu berichten wußte.

Und diese eisige Arabeske nun begann im erhitzten
Ohr des Zuhörers alsbald zu schmelzen, zu tauen so, daß
es ihm aus den Augen tropfte — woran freilich auch der
bernsteingelbe Whiskey hätte schuld sein können, der,

wie der Bernstein die Fliege, Erinnerungen zugleich löst wie fossiliert — zu Petrefakten, welche die Musik aus der Geröllhalde des Gedächtnisses ans Licht zu sprengen vermag. Ja, ich gesteh's nur, Sir: ich trank viel an jenem Abend, und so wurde mir jede Pause zwischen zwei Stücken zum Treibholz, das den Whiskeykatarakt hinabgeschwemmt wurde. Und so kreischten die Jigges und Reels und Hornpipes, und Paare traten hinzu, um einen Set Dance zu stampfen mit geschlenkerten Beinen, reglos aufrechtem Oberkörper und Armen, die in schlaffer Lässigkeit zu seiten des Körpers baumelten, während der Kopf in aufrechtem Stolz getragen wurde.

Dann pausierten die Musiker, tranken ein Ale und rauchten eine Pfeife. Mit der Geringschätzung von Virtuosen spuckten sie aus und leerten ihre Asche in die Bierlachen zu Füßen der träumenden Instrumente: als Opfer oder Votivgabe an eine Kunst, die mehr Leben hat als so viele Menschen.

Aus dem Kreis der bezechten Zuhörer erhob sich hie und da jemand, um eine unbegleitete gälische Ballade vorzutragen; »sean-nos singing nennen sie das«, flüsterte mir O'Malley zu. Wer so ein uraltes Lied hört, das ein zahnloser Greis krächzt, verliert schnell die Geduld. Es geht ihm wie dem Kärrner, der vor einer Schranke warten muß, bis eine Karawane dutzender schwerbeladener Ochsenkarren passiert hat, Wagen für Wagen, Strophe für Strophe.

Zwei weitere Musiker gesellten sich hinzu. Einer hatte eine schnaufende Concertina mitgebracht. Jacky »Jesus« Fogarty, wie er hieß, hatte ein schönes, sanftes Heiligenantlitz; traurig lächelnd verzieh er den Sünden seiner altersschwachen Harmonika. Beim Spielen neigte er sich besorgt zu ihr hernieder, als hätte er da ein krankes Kind auf dem Schoß, horchte, ja kroch förmlich in sie hinein. Selten huschte ein faunisches Grinsen über sein Gesicht, das hatte dann etwas Irres, Irrlichterndes. Breit und ge-

messen saß Kevin »the Viking« Daly daneben: ein be-
häbiger Waldschrat mit struppigem Bart und einem Frei-
beuterantlitz, dem nur noch die Augenklappe und der
Totenschädel auf einer Piratenmütze fehlten. Seine Drehleier war der Enterhaken, mit dem das Narrenschiff der
Musik sich willig kapern ließ: eine gemächlich winselnde,
kratzbürstige Musik mit unwirsch geschnarrten Vor- oder
Überschlagsfiguren, die sie hier »cranning« nennen.

Anders hörte es sich an, als Fogarty allein spielte: etwas
asthmatisch, aber doch so glatt und blank und glänzend
wie die silbernen Beschläge auf seiner Concertina, Lettern, die sich zum Namen des Instrumentenmachers füg-
ten: *Paolo Soprani.* Sie, der Sie die Musik der Welschen
lieben, sollten sich, Monsieur, den Namen so langsam im
Mund zergehen lassen wie eine Veilchenpastille. Diese
Süße des Namens teilte sich der Musik mit, die so *sweet &
mellow* war, daß sie den Haufen der Schenkengäste zur
vorübergehenden Harmonie legirte und mit sanfter Hand
über die zerfurchte Landschaft jener verwegenen Gesichter fuhr, die da im Dämmerschein des Torffeuers
glommen. Ab und an nahm sich der Spieler seine Pfeife,
paffte drei Tabakwölkchen wie indianische Rauchzeichen
in die Luft, bevor er wieder mit den Stiefelsohlen auf den
Dielen den Takt angab. Die Falten seines Gesichts wett-
eiferten mit denen seines Lederbalgs, der sich im Puls
der Musik blähte und zusammenknitterte, während seine
flinken Finger wie Mäuse über die Tastatur huschten.

Unterdes hielt und wendete vor der Schenke die Dili-
gence aus Trá Lí. Der letzte Fahrgast dieser Postchaise
war schon anderswo ausgestiegen. Dem Kartographen ist
das *Royal Oak* eine der westlichsten Poststationen Europas, dem Metaphoriker eine brennesselüberwucherte Re-
mise. Modrige Coupés im Regen: Das sind die brütenden,
träumenden Gäste mit ihren Kegs of Ale or Stout. Das
Bewegte kommt da zur Ruhe, Musik selber ist in ihre Endstation gefahren. Signalfeuer über der Meeresstraße ist

der Leuchtturm von Daingean; er sendet eine melismatische Depesche *aus Licht* über den Atlantik. Endet die Musik, hat sie nicht aufgehört — wir hören sie nur nicht mehr.

Die Landschaft dieser Insel prägt sich am reinsten in der Musik des irischen Dudelsacks aus. Dessen Bordun ist die waagerechte Scheidegrenze von Wasser und Wolken, der Horizont, wo Himmel und Meer, unbestimmt, zur Indifferenzlinie verschwimmen. Das Bestimmte dagegen, das deutlich Abgesetzte von Inseln, Klippen, Hügeln ist die Melodiepfeife, die den Umriß der eigentlichen Landschaft Laut werden läßt. Die Kontur aber gewinnt ihre Prägnanz wiederum erst vor ihrem Hintergrund, dem Meereshorizont. In der Musik ist diese Spannung zwischen Kurve und Gerade eine harmonische: die von Biegsamkeit, von möglichem Beziehungsreichtum in der Melodie gegen die sture Unverwandtheit des einen, einzigen, beharrlichen Begleittons. Ich zweifle nicht, daß auch Sie, Sir, auf dieses Angespannte mit Gereiztheit antworten würden. Nun, das sollte bei unserer schottischen Union Pipes auch so sein. Die ist ein Kriegsinstrument, dessen schrilles Timbre die verfeindeten Clans auf den Hochmooren von Inverness in die Schlacht trieb und an den Gräbern der Gefallenen ein Lament blies: als Totenklage, die ins Mark schneiden sollte. Weniger näselnd, der Klarinette ähnlicher, sind die Pipes aus Northumbria: bukolische Schäfersackpfeifen ganz so wie die Cornemuses in den Musetten Ihres Monsieur Rameau. Die irischen Uillean Pipes aber sind ausgetüftelte kleine Orgeln mit sonorem Timbre, auf denen sich sogar Dreiklänge spielen lassen; erst in unserem Jahrhundert ist man darauf gekommen, den Luftsack nicht aus Mund und Lunge, sondern wie einen Blasebalg mit beständigem Drücken des Uillean, des gälischen Ellbogens, gegen den seitlichen unteren Brustkorb füllen zu lassen.

Aber da sich nun in der Musik nie etwas harmonisch löst, rundet, entspannt, ist die Horizontlinie zugleich eine

Scheidegrenze: zwischen der Perhorreszenz der einen —
und der Ausfahrt der anderen. Ausfahrt nach Arkadien,
wo Pan die wilden Schafe hütet und Dionysos an O'Fla-
hertys Wirtstisch mit rotgesträubtem Haar in einem Meer
aus Ale and Porter badet, derweil ihm Bacchanten und
Mänaden einen Kranz flechten aus Gerste und Brombeer-
gezweig.

Ein weiterer Musiker, den selbst O'Malley nicht kannte,
spielte eine Tin Whistle. Das sind Kobolde, pfeifende
Murmeltiere, jederzeit auf dem Sprung, nach einem Warn-
pfiff in einer Westentasche zu verschwinden. In hohen
Lagen singen sie wie der böige Wind an Masten und
Hausecken. Das Billige, Schäbige ihres Materials — sie
sind, wie der Name sagt, aus Zinn — rechnet zur Substanz
ihres Charakters. Es ist Musik der Tinker und Kesselflicker, im Weichbild von Galway oder Limerick im Regen
zu spielen, am Straßenrand.

Und die Harfe, das legendäre Instrument der Barden
und Chronisten am Hof der Hochkönige zu Tara? Noch
immer ziehen zahllose fahrende Harfner, viele von ihnen
blind, von ihrer Tochter an der Hand geführt, durchs Land
und verdingen sich an den Herrensitzen adliger Gönner.
Der Berühmteste unter ihnen heißt Turlough O'Carolan;
mein Freund behauptet, dieser habe bei Geminiani in
London seine Kunst gelernt und ebenfalls schon früh
das Augenlicht verloren — was seinem musikalischen
Gedächtnis nur förderlich sei. Beim Spielen trage sein
blindes Gesicht den verzückten Ausdruck eines Sehers,
eines Propheten. Man verehrt hier diese Musiker sehr
und sieht in ihrem Instrument ein passendes Emblem für
das Wappen des Landes. Kennen Sie, verehrter Maître,
ein weiteres Land auf der Welt, das ein Musikinstrument
im Wappen führt?

Jedenfalls erhob sich nun auch mein Freund, nachdem
er wiederholt aufgefordert worden war, sein Scherflein
beizutragen zum informellen Balladenvortrag, lockerte

sich die Kehle mit einem Schluck Porter und stimmte einen Gesang an, von dem ich nur noch die letzte Strophe im Gedächtnis bewahrt habe: *Aux regards découvertes / Son souris virginal / Par toute l'île verte / Lui servit de fanal. / Aussi l'as-tu bénie / Des harpes doux pays, / Celle qui se confie / A l'honneur de tes fils.*

Es wurde spät, bis die letzten Gäste und Musiker in der sternflimmernden Stille der Nacht ihren Heimweg angetreten und wir uns in einer Dachstube auf Strohsäcken zur Ruhe gebettet hatten. Vor dem Einschlafen wagte ich — verzeihen Sie die Indiskretion; man nennt mich ja nicht grundlos eine Klatschbase — meinem Reisegefährten von Ihren Erinnerungen an die Pariser Oper zu erzählen, und er, dem Ihr Name und Ihre Schriften selbstverständlich nicht unbekannt waren, kommentierte die Eindrücke, die er selber von Mr. Rameaus Werken an seinem Arbeitsplatz gewonnen, mit der abgeklärten Vision, am Ende werde es wohl in aller Welt auf eine Musik hinauslaufen, die von Gut und Böse nichts mehr wüßte; nur daß vielleicht noch irgendein Schifferheimweh, einige zärtliche Schwächen und goldene Schatten über sie hinwegliefen; dann sei es recht. Darauf schlief er ein.

Am Morgen setzten wir unseren Ritt nach Westen fort. Die Sonne strahlte so gleißend vom reingefegten Himmel, daß wir vor dem Licht des tiefstehenden Gestirns, in das wir geradewegs hineinzureiten schienen, ein ums andere Mal die Augen schließen und, wie erblindet, uns auf den Instinkt unserer braven Lasttiere verlassen mußten.

Und als ich so die Augen zusammenkniff, kam mir, unter geschlossenen Lidern, im Dunkeln und doch im Hellen, Ihr Wunsch, cher Maître, in den Sinn, auf einer grünen Insel dereinst Ihre letzte Ruhestätte finden zu dürfen; verzeihen Sie einem sentimentalen doch gutherzigen Freund, wenn ihn in jenem Moment dünkte, dieses gesegnete smaragdene Eiland hier könnte Ihnen die Erfüllung Ihres Wunsches wahrscheinlich inniger

garantieren als jedes andere. Ein Stadt- und Zivilisations-
flüchtling wie Sie träfe hier auf gerade die Herzenseinfalt,
Freundlichkeit und bescheidene Lebensklugheit, die als
æquitas animæ, als »Zufriedenheit« das Sehnsuchtsziel so
vieler antiker Dichter und Philosophen gewesen ist und
in den monstreusen verkommenen Agglomerationen der
Menschen ohnmöglich noch wird gefunden werden können. Wie es dort, in den großen Städten, wohl in zweihundert oder zweihundertfünfzig Jahren aussehen wird?
Mich dünkts zu horribel, sich dies auch nur auszumalen.

I am looking forward, kind Sir, to my next visit: on
St Peter's Island in Switzerland, feeling obliged to give
my sincerest regards to Madame Levasseur to whom our
gracious Lord might be as benevolent as he is to

your obedient servant and friend:
James Boswell, Esq.

4. Bild

THÉÂTRE NATIONAL
DE L'OPÉRA DE PARIS, 1.7.2003.

Der Tag der Aufführung war gekommen. Die Generalprobe am Abend zuvor hatte ich versäumen müssen,
aber die Premiere *mußte* ich sehen, à tout prix. Ich
verordnete mir eine Roßkur aus einer doppelten Dosis
Chinintropfen, der ich noch zwei Aspirintabletten hinter-
herwarf, und tappte ins Badezimmer, um mich zu rasieren
und danach in den Smoking zu zwängen, den ich mir für
diesen Anlaß mitgenommen.

Aus dem Badezimmerspiegel stierte mir, gnadenlos
neonerhellt, ein Antlitz entgegen, das ich noch nie hatte
leiden können: Das blasse, verquollen-blauäugige, teigig-
aschblonde Gesicht eines sinnlosen Menschen mit einem
sinnlosen Job, die Stimme seines Herrn, ein Mädchen

für alles und nichts, ein Durchschnittstalent, mit solider Halbbildung, zum Gähnen vernünftig, reserviert, geradlinig, nüchtern, unauffällig und langweilig, ein Goj, ein Boche und ein Bourgeois, kein Künstler. Mit Ingrimm klatschte ich das Rasierwasser meiner Wangenhaut ein, steckte mir das Handy in den Smoking, ließ mir die Schuhe von den Rollbürsten des Putzautomaten im Flur polieren, fuhr mit dem Lift ins Parterre, bestellte mir am Empfangstresen ein Taxi und hatte alldieweil noch zu kämpfen mit Schwindelgefühlen, weichen Knien und einem Empfinden, als wären die Rezeptoren meiner Sinneswahrnehmung gedämpft, ausgepolstert, mit Watte verstopft.

Der Taxifahrer, ein grämlich dreinschauender Baskenmützenträger, der, während ich mich in seinen altersschwachen Peugeot klemmte, abwechselnd an einer Gitane sog und von einem Stangenbaguette abbiß, fragte, wohin die Fahrt gehen solle. Auf meine Bitte »Zur neuen Bastille-Oper« ächzte er nur »O je«, legte unter Knirschen den Gang ein und steuerte sein betagtes Gefährt behutsam, beinahe im Schrittempo nur, über die Straßen. Bei jedem Halt vor einer Ampel spähte er, mit einem Ausdruck gespanntester Furchtsamkeit, nach rechts und links, blickte sich auch beim Fahren immer wieder über die Schulter, irrte mit den Augen zwischen Seitenspiegeln, Rückspiegel und Frontalsicht hin und her, bis ich ihn fragte, wovor er Angst habe. Statt zu antworten, fragte er mich »Haben Sie ein Billet, Monsieur?« — »Pourquoi?« — »Weil wir ohne Eintrittskarte nicht den Sicherheitskordon durchfahren dürfen, den die Polizei um die Oper gelegt hat. In den Banlieues ist ein Aufruf zur Erstürmung der Oper gefunden worden, wußten Sie das nicht? Für die Verlierer da draußen ist sie das Symbol für Macht und Reichtum schlechthin. Fackelt sie ab, die Bastille!, schreits aus den Handzetteln, die da überall in den Wohnsilos der Vorstädte rumliegen, sie beleidigt unsern Glauben. Verrückt, was? Sie werden sehen, Monsieur, die Polizei hat die Oper zur Festung ausgebaut. Wasserwerfer und ganze Hundertschaften der CRS mit Tränengas stehen bereit; sogar Scharfschützen sind postiert auf den umliegenden Dächern, für alle Fälle. Man weiß ja nie. Findige Anwohner haben schon ihre Balkone an Schaulustige vermietet. Zehn Euro die Stunde, pro Person.«

Na großartig, seufzte ich. Wahn, Wahn, überall Wahn. Große Oper, für die Medien vor allem. Was zählten da noch der Luxus vereinter Kunstfertigkeit, der Anspruch auf Wahrheit durch Schönheit, die Würde eines Jahrhundertwerks, Autonomie und Gnade? Die Resignation, die mich überwältigte, ließ mich ins Polster des Wagens zurücksinken — und dann ging alles ganz schnell.

Wir hatten uns soeben einer Querstraße genähert, als aus ihr unversehens ein Trupp kapuzenvermummter, schwarzgekleideter junger Leute auf elastischen Turnschuhen in raschen, fast elegant zu nennenden Sätzen hervorpreschte und stumm, ohne Ruf oder Rede, mit Baseballschlägern, die sie in den Händen geschwenkt, in sinnloser Rage jählings auf das Taxi einzudreschen begannen. Instinktiv duckte ich mich unter dem Dröhnen der Schläge auf das Wagenblech tief in den Rücksitz, krümmte den Oberkörper ein und schirmte mir, als ins metallische Hämmern hinein das Splittern und Klirren eines Seitenfensters sich vernehmen ließ, die Augen ab, so daß ich gerade noch erkennen konnte, wie mein Taxifahrer in einer Art Übersprungshandlung erst heftig von seiner Baguette abbiß und dann noch einen Zug aus der Gitane nahm, ehe er knirschend den Gang einlegte und ohne Rücksicht auf diejenigen, die das Auto umringten, Gas gab mit kreischenden Reifen und triumphal aufröhrendem Motor. Wie ein Kampfstier schaufelte die Kühlerhaube die Prügler zur Seite und zu Boden; ein mörderisches Gebrüll stieg auf, als das Fahrzeug hier einen Arm, dort ein Bein eines Gestürzten schnöd überrollte, bis der Weg frei war. Im Rückspiegel war noch zu sehen, wie die vermummte Hetzmeute uns Flüche und Drohungen hinterhergrölte, ihre Baseballschläger schwenkte und zwei oder drei gar noch dem Taxi nachschleuderte, ohne es jedoch zu treffen. Dann bogen wir um eine Ecke, und mein Fahrer durfte zur Beruhigung wieder in seine Baguettestange beißen. »Könnte es sein, daß Sie einige Leute soeben schwer verletzt haben?« wagte ich ihn zu fragen. Zu meiner Verblüffung gab er in aller Seelenruhe zurück: »Ein Verbrecher kann sich über Unrecht nicht beklagen, wenn man ihn hart und unmenschlich behandelt. Sein Verbrechen war ein Eintritt ins Reich der Gewalt, der Tyrannei. Maß und Proportion gibt es nicht in dieser Welt, daher darf ihn die Unverhältnismäßigkeit der Gegenwirkung nicht befremden. Sagt Novalis, im Blütenstaub-Fragment Nr. 100.« — »Sie lesen deutsche Literatur?« fragte ich erstaunt. — »Oui, Monsieur. Ich habe mich in Germanistik habilitiert, mit einer Arbeit über Eichendorff. Ich übersetze aus dem Deutschen und schreibe Bücher. Nicht um zu Geld, Ruhm, Erfolg zu kommen, sondern um endlich die Bücher zu erschaffen, die ich selber gern läse.« — »Und können Sie von Ihrem Beruf leben?« — »Schon lange nicht mehr, Monsieur. Das hat zwei Ursachen. Die erste ist in meiner Person begründet. Das heißt: in meinem Alter, und das heißt: in meiner nachlassenden Anpassungsfähigkeit. Die Annahme, das Alter mache nachsichtiger, toleranter und flexibler, ist ja ein Irrglaube. Härter und kantiger macht es, radikaler und unversöhnlicher. In der Jugend sind wir prägbar wie weiches Wachs. Im Alter sind wir ungeduldig geworden; die Lebenszeit verrinnt; das Maß an Häßlichkeit und Dummheit, das wir in der Jugend bekämpfen zu können wähnten, wird nicht geringer, sondern wächst stetig, und mit ihm wächst unser Unwille, überhaupt noch Kompromisse zu schließen, da sich unsere Maßstäbe und Kriterien im Verlauf der Jahrzehnte bewährt und bestätigt haben. Und dies reibt sich nun mit den Anforderungen des Betriebs — eine ungleiche Friktion, da dieser immer stärker ist und uns am Ende aufgerieben, im Faktischen resigniert, im Ideellen aber noch mit einer guten Portion Zorn und Widerspruchsgeist zurückläßt, die sozusagen das Gnadenbrot ist, das uns bleibt.

Die zweite Ursache gründet in der Entwicklung unserer Volkswirtschaft, die das kontemplative Vakuum, in dem der autonome Geist frei sich entfalten könnte, peu à peu schließt. Diese Ökonomie vernichtet Arbeitsplätze, treibt die Preise in die Höhe, entwertet das Geld, schnürt die Geldzirkulation so ab, daß gerade in einer teuren Stadt wie Paris kaum ein Schriftsteller mehr überleben kann. Haben Sie je erlebt, was Armut heißt, Monsieur?« — Ich mußte verneinen.

»Ich will versuchen, es Ihnen zu schildern, Monsieur. Ich spreche jetzt nicht vom Elend der Dritten Welt, auch nicht von den pittoresken Formen von Armut, die es dem Schafhirten auf Korsika wenigstens noch gestatten, den Blick ungehindert über Himmel, Berge und Meer schweifen zu lassen und den Duft einzusaugen des blühenden Rosmarins. Ich spreche von der Armut in den großen Städten Westeuropas, in denen von der Oper bis zur öffentlichen Toilette alles durch das Geld vermittelt ist, über das immer mehr Wissenschaftler, Künstler und Intellektuelle nicht mehr verfügen; den Städten, die selbst den freien Blick, sofern es ihn noch gäbe, am liebsten mit einer Gebühr belegen würden. Die Wahrheit ist konkret, Monsieur, und sie beginnt mit den Mietzinsen, die so gestiegen sind, daß die Menschen, von denen ich rede, sich mit wenigen Quadratmetern in tristen Quartieren begnügen müssen. Sagen Sie mir, wenn ich larmoyant werde, Monsieur; das will ich nicht sein. In kleinen, schäbigen Wohnungen können Sie nicht wirklich gastlich sein; und da Sie auch am Essen und Trinken, wie überhaupt an allem, sparen müssen, hören Sie auf, Gäste generös zu bewirten und werden selber kaum mehr eingeladen. Und da Sie auch an Kleidung, Hygiene und Kosmetik sich einschränken müssen, verlieren Sie an Attraktivität. Sie beginnen zu vereinsamen. Geselligkeit und Diskurs, das Lebenselixier des Intellektuellen, schwinden. Sie sparen am Papier, am Briefporto, am Telephon, am Caféhausbesuch, an Kommunikation selber. Mit den Kontakten schwinden Aufträge und Einnahmequellen. Die mähliche Isolation macht Sie depressiv, hypochondrisch, anfällig für Krankheiten, die wiederum Kontakte, Arbeit und Produktivität behindern. Sie versuchen, die Vereinsamung mit Produktivität wettzumachen. Aber auch diese läßt nach, da sie auf *Erlebtes,* auf Erfahrungen angewiesen ist, die Sie nicht mehr machen können, da diese ebenfalls durch Geld vermittelt sind. So zieht eins das andere nach sich. Sie können es sich nicht mehr leisten, zu reisen, Bücher zu erwerben, ins Theater zu gehen oder Ausstellungen zu besuchen. Ihr Lebens- und Aktionsradius verengt sich zunehmend. Sie sparen an guter, gesunder Ernährung, versuchen, mit einer Baguettestange zwei Tage auszukommen, ziehen sich Mangelkrankheiten zu, gehen aber nicht mehr zum Arzt, da Ihre Versicherung, selbst wenn Sie sie noch haben, die vollen Behandlungskosten nicht mehr trägt. Sie gehen überhaupt nirgendwo mehr hin. Denn was fänden Sie da draußen in der Stadt — außer der omnipräsenten Aufforderung zum Konsum, zum Äquivalenztausch zwecks Antriebs einer Konjunktur, die sich gar nicht mehr antreiben läßt, weil die Äquivalenz fehlt. So bleiben Sie daheim und haben das Gefühl, ganz langsam zu ersticken. Jede Verbesserung, jeder Ausweg, jede Option wäre vermittelt durch Geld. Sie sind fleißig, talentiert, gebildet, qualifiziert, und lernen am Ende Ihres Lebens, daß es auf all dies nicht ankommt. Zum Schluß gewinnen Sie den Eindruck, daß Staat und Gesellschaft den kritischen, verwertungsspröden Geist als einen *Feind* ansehen, dem sie zwei Wege offenlassen: Überleben qua Anpassung an ihre Machtstrategien oder Untergang qua Verweigerung, Heteronomie versus Autonomie. Aber wir sind da, Monsieur. Sind Sie so gut und halten Sie bitte Ihre Eintrittskarte zum Vorweisen bereit?«

Das Taxi rollte im Schrittempo auf einen Checkpoint zu, an dem ein Bewaffneter der CRS, die Maschinenpistole im Anschlag, eine schmale Passage zwischen Abstellgittern kontrollierte, indem er von den Insassen jedes Fahrzeugs, das um Durchfahrt anstand, die Papiere zu sehen verlangte, die zu ihr berechtigten. Ich reichte dem Uniformierten meine Pressekarte, und während er sie mit einer Taschenlampe bestrahlte, um ihre Echtheit zu prüfen, gewahrte ich zu seiten des Taxis vor einer Absperrung drei Herren, die in eine Unterredung vertieft schienen. Alle drei trugen Schlapphüte, zwei einen Trenchcoat; einer wirkte neben seinen Kollegen ungewöhnlich klein und schmächtig; ein anderer sprach in sein Handy. »Unsere Agents provocateurs«, stellte der Taxichauffeur, der meinen Blicken gefolgt war, im Weiterfahren ungerührt fest. »Verstellung ist ihr rechtschaffenes Gewerbe. Ehrbar folgen sie dem Ruf des Theaters, schminken und camouflieren sich, spielen ihre Rolle, werden als Rampensau erkannt und fallen als Knallcharge durch. Ein schlechter Spitzel kann kein guter Mime sein; mag er auch singen können, sollte sich trotzdem nicht die Oper ihm öffnen, es wäre denn für die Prügelfuge im II. Akt Meistersinger. So, da wären wir.«

Ich bat ihn, mich an einem der Künstlereingänge aussteigen zu lassen, entlohnte ihn mit einem guten Trinkgeld, wünschte ihm das Glück, das ihm bisher nicht hold gewesen, und rief ihm, bevor er davonfuhr, durchs zertrümmerte Seitenfenster noch zu: »Bewahren Sie sich Frankreichs Widerspruchsgeist, Monsieur le Professor«, doch ich bezweifle, ob er meinen Zuruf noch hörte. Dann wies ich dem Securité-Personal, das sich in martialischer

Pose vor dem Eingang aufgepflanzt hatte, erneut meinen Ausweis vor, suchte mir durch die teppichgedämpften Gänge und Treppenhäuser zwischen Künstlergarderoben, Notausgängen, Schmink- und Probenräumen meinen Weg zum Parkett, wo in der 3. Reihe links der Sitz Nr. 14 meiner harrte — und fast hätte ich mich beim Herumirren im Labyrinth der Personalflure wieder einmal verlaufen, hätten nicht plötzlich Klaus Demuth, Janneke van t'Hoog und Trevor Jones meinen Gang gekreuzt. Sie trugen noch nicht ihre Konzertgarderobe, wirkten nervös, waren in großer Eile, beschrieben mir die Richtung und sagten, sie seien auf dem Weg in die Schminkgarderoben. »Wozu denn das?« — »Keine Ahnung. Auf unerforschlichen Ratschluß und Befehl von Erlkönig. ›Meine Töchter sollen dich warten schön‹. See you later.«

Das war sonderbar. Aber seltsam war ja vieles an dieser Bühnenarbeit gewesen von Anfang an, von der albernen Geheimniskrämerei um Beleuchtung, Kostüme, Bühnenaufbauten bis hin zur Informationsblockade gegenüber der Presse, soweit es um Tannenbaums Regie ging. Je nun. Ich beschloß, mir darüber nicht weiter den Kopf zu zerbrechen, sondern mich überraschen zu lassen wie von einem Weihnachtsgabentisch.

Als ich durch eine Glastür ins Parterre-Foyer kam, wehte mich aus ihm eine Wolke aus Parfüm an, in der ich die Düfte von Maiglöckchen, Nelke, Zitrone und Rose unterschied, wie sie aufgestiegen sein mochten aus Pelzen und Handtäschchen, aus graziösen, eleganten Schultern in ärmellosen Abendkleidern, aus Haar, Wangen und Schläfen der Besucher, die vor den Türen zum Parkett um Einlaß anstanden, im Programmheft blätterten, gedämpft plauderten oder einfach stolz darauf waren, sich zu zeigen, jene unvergleichliche Aura aus disziplinierter Erregung, kontrollierter Nervosität, Neugier, Freude und Erwartung, die nie so deutlich als ein Fluidum des Merveilleusen zu spüren ist wie in der Oper. Ich schob mich durch die Reihe der Klappfauteuils bis zu meinem Sitz, gab Necker die Hand, der mit seiner Gattin rechts neben mir Platz genommen hatte, stellte fest, daß die Presseplätze für die Kollegen aus Deutschland vakant geblieben waren, lehnte mich zurück, atmete tief durch und horchte auf das — wie mir schien — störend laute Klopfen meines Herzens, das bislang noch jedem Konzert ›meines‹ Ensembles vorangeschlagen hatte wie eine friedliche Kriegstrommel. Merkwürdig nur, daß der Saal geheizt schien. Jetzt, mitten im Sommer?

Dann musterte ich, mich umdrehend, das Publikum. Necker hatte mich bereits auf Prominenz hingewiesen: de Villepin mit Gattin und Tochter, von Leibwächtern flankiert, in der 1. Reihe; Glucksmann, ganz vorn in einer Loge im 2. Rang; Houellebecq, unrasiert, blaß und unscheinbar wie immer, ganz rechts in der 5. Reihe; Pascal Quignard im 1. Rang links. Ich bedauerte, daß Grünspan nicht hatte kommen können. Ob ich Lizbeta und den Doktor erspähte? Tatsächlich meinte ich aus einer der hinteren Reihen ein mächtiges Rundhaupt mit kurzen Kräusellöckchen und rundlichen Ohren herausragen zu sehen, aber der Platz daneben schien unbesetzt zu sein — was indes daran liegen mochte, daß Haase, in Ermangelung eines Kissens, so tief zu sitzen hatte, daß er den weißhaarigen, vollbärtigen Herrn vor ihm nicht nur weder zu überragen noch zu überblicken imstande war, sondern auch selber von diesem zur Unsichtbarkeit verurteilt wurde, so daß er es vielleicht bereits vorgezogen hatte, die Augen zu einem Schläfchen zu schließen, statt sich etwa durch Winken bemerkbar zu machen.

Das erste Klingelzeichen, das jetzt die Säumigen zum Einnehmen ihrer Plätze aufforderte, hielt mich nicht davon ab, die Blicke weiter schweifen zu lassen. Hinter mir saßen unbeweglich drei, vermutlich streng erzogene, junge Mädchen in tadelloser Haltung neben ihrer *maman*, daneben die mutmaßlichen Zöglinge eines erlauchten

Collège, Produkte einer hochformalisierten Education, die bis heute nie den Blick aufs Normative, Klassische und Maßstäbliche verloren hat. Neben diesen Gymnasiasten reihte sich die ganze Typologie der Konzertbesucher, wie sie mir vertraut war aus den Großstädten Europas: der kritische, bebrillte Endvierziger mit scharfen Gesichtszügen, die Partitur zum Mitlesen auf den Knien; das Liebespaar, das, ineinander versunken und der Welt abhanden gekommen, den erfüllten Augenblick genießt; die alte Dame unterm wunderlichen Schleierhütchen mit Krokotäschchen und Operngucker; der wahnsinnig gutaussehende, gebräunte, gestählte und gestylte Beau, dessen schwarzes, kräftig gegeltes und nach hinten gekämmtes Haar in einem Lagerfeld-Zopf ausläuft; der ergraute Snob im Frack mit arrogant hochgezogenen Brauen über der aristokratischen Hakennase; die südliche Schönheit, fingerspitzelnd am Platinschmuck überm offenherzigen Décolleté; das vergnügte Diplomatenpaar aus Schwarzafrika, er im Smoking, sie in quietschbunter Stammestoga; der japanische Musikstudent mit dem ernsten, ausdruckslos verschlossenen, konzentrierten Blick im Puppengesicht; der schwärmerische Vierzehnjährige, der, was noch keiner weiß, daheim schon eine Symphonie komponiert hat; die Klavierlehrerin von der École supérieure, schön, gefährlich schön und so zwangsneurotisch wie Isabelle Huppert in ihren besten Rollen; der neoexistenzialistische Schriftsteller und Zyniker aus Profession, in schwarzen Jeans und schwarzem Rollkragenpullover, mit den stechenden Augen im depilierten, wie poliert glänzenden Schädel, die Geliebte daneben, in deren Madonna-Mandarin-Täschchen, inmitten von Kreditkarten, Parfüm-Flacons und Lippenstiften denn auch das obligatorische Bataille-Bändchen steckt. Die Rage auf den Champs de Bataille: Ob sie derweil schon wütete, draußen vor der Oper, unbemerkt von den privilegierten Spectateurs der Scene, die ich der Reihe nach gemustert?

Diese müssen wir nun einmal die Gebildeten nennen, sagte ich mir; und sie verdienen den Namen, im Guten wie im Schlimmen. Und als die Pausenklingel zum zweiten Mal schellte, fiel mir Hausenstein wieder ein, der am Pariser Theaterpublikum einen unfehlbaren, unveräußerlichen Sinn für Maß und Norm registriert hatte, jene gebildete Liebe zu Form und Klassizität, die Grünspan gewiß zu einem elevierten »Sehen Sie, Walter? Wie schön!« hingerissen hätte. Erneut hatte ich Grund, sein Fernbleiben zu bedauern, und hoffte nur, dieses Publikum, dem meine tiefe Sympathie galt, werde in seiner Neigung zu einer gleichsam diplomatischen, nicht gänzlich unmittelbaren sondern eher ›gesellschaftlichen‹ Art des Theaterspielens von der Aufführung nicht enttäuscht werden.

Erneut fiel mir unangenehm auf, daß der Saal nicht bloß geheizt schien, sondern geradezu überheizt wirkte. Dann aber ertönte die Klingel ein drittes Mal, die Türen zum Parkett und zu den Rängen wurden leise geschlossen, und als das Licht im Zuschauersaal rasch sich verdunkelte, während im Orchestergraben die Pultleuchten der Musiker zuunterst des schweren samtenen Bühnenvorhangs warm aufglommen, begann auch mein Herz wieder kräftig zu schlagen vor Freude und Spannung. Denn nun traten, peu à peu schlendernd, in gespielt beiläufiger Nonchalance und von freundlichem Klatschen begrüßt, nacheinander die Musiker ein und begaben sich, die Instrumente in den Händen, zu ihren Notentischen und Sitzbänken, sofern sie nicht auf jenen Hockern Platz nahmen, vor denen Violone, Kontrabaß, Cembali und Pauken schon bereitgestanden hatten.

Dieux, quel moment! Was für ein Anblick! Ich wagte meinen Augen nicht zu trauen. Deswegen also der Ruf in die Schminkgarderoben. Mon Dieu, was für ein alberner Mummenschanz! War es der Einfall Tannenbaums oder die Caprice der Kostümbildnerin Suzan Pollok gewesen, das Ensemble in Kleider und Perücken des Dix-Huitième zu stecken? Stellte man sich so in Philadelphia ein ›Barockorchester‹ vor? Waren wir noch in Paris, oder schon in den Studios von Metro-Goldwyn-Mayer?

Immerhin: Die Rekonstruktion der historischen Parure und Coiffure schien, soweit ich das von meinem Platz aus sehen konnte, penibel zu sein, und je genauer ich hinschaute, während die Musiker noch einmal einstimmten, desto mehr mußte ich anerkennen, daß Schneider, Friseure und Schmink-Assistenten ein erstaunliches Maß an Akkuratesse hatten walten lassen. Ist die Rekonstruktion von Bauten und Kunstwerken schon diffizil genug, so krankt ja jegliche Nachbildung eines historischen Menschen, wie sie in den Gainsborough-Schinken der Filmindustrie und im Kostümtheater ausnahmslos enttäuscht und verstimmt, an der Unmöglichkeit, die genetischen Veränderungen der menschlichen Physis in den letzten 250 Jahren zu kaschieren, die Einflüsse der gewandelten Lebensweise, Ernährung, Hygiene und Medizin auf Körperbau und Physiognomie zu leugnen sowie den Zusammenhang zwischen Kleidung und Körperhaltung, Bewegung, Gestik und Mimik so wiederherzustellen, als wäre er nicht längst zerrissen und neufiguriert. Der beste Schauspieler wird in einem Kostüm, etwa des Rokoko, sofort als solcher erkannt. Er ist zu großgewachsen, zu gesund, zu gut genährt, um ein Mann der Vergangenheit zu sein; sein Gesicht ist einfach zu glatt, zu gut rasiert, zu sehr durchformt von den Prägungen und Erfahrungen der Moderne; sein Körper kennt nicht die Leiden und sein Geist nicht die Empfindungen der versunkenen Epoche; man sieht es den Bewegungen seiner Arme, Beine und Hände an, daß er es nicht von früh auf, wie selbstverständlich, gewohnt ist, einen Degen zu tragen, in Schnallenschuhen zu gehen, in einer Kniebundhose und einem Justeaucorps über dem Spitzenhemd sich so zu wenden und zu drehen, daß es bequem, elegant, manierlich ist. Die Desillusion folgt auf dem Fuße.

Dennoch war anzuerkennen, daß an diesem Abend der Teufel im Detail erkannt und nach bestem Vermögen gebannt worden war. Kleine Unreinlichkeiten der Kleidung, hier ein Riß, dort ein Fleck oder ein fehlender Knopf verwiesen auf den geringen sozialen Stand von Orchestermusikern einst. Künstliche Schnittwunden stumpfer Barbiermesser, täuschend echte Warzen oder Blatternarben aus einer Zeit, die noch keine Pockenimpfung kannte, mühten sich um Rekonstruktion des Gewesenen. Selbst die Perücken sahen teilweise verfilzt und grindig aus, als könnten Läuse in ihnen nisten, und der ein oder andere Körper schien von Krankheiten wie Podagra, Frieselfieber oder Franzosenseuche gezeichnet, die heute kaum mehr dem Namen nach bekannt sind.

Trotzdem war mir bei der Maskerade unbehaglich zumute. Sollte sich in diesem Mummenschanz schon Tannenbaums Regiekonzept ankündigen : das eines illusionistischen Hypernaturalismus? Necker zwinkerte ironisch und konnte sich nicht enthalten, mir zuzuflüstern: »Kein Historismus, wie? Entstaubte Moderne, oder?«

Ehe ich ihm antworten konnte, brandete erneut freundlicher Begrüßungsapplaus auf, da Erlmayr, das österreichische Haupt unter einer formidablen Louis-Quinze-Perücke gebeugt, wie ein greiser theresianischer Kanzleirat ans Pult schlich, vor dem Publikum kurz sich verneigte, wieder umdrehte und die Arme reckte, die Augen weit aufriß und mit einem Schritt vorwärts, fauchenden Atems, den Einsatz gab zur Ouverture.

Die Musiker hatten ihre Lektion gelernt — zu gut vielleicht. Oder lag es an der Akustik der Oper, die gedämpfter, distanzierter war als im Aufnahmestudio der Salle Olympique? Nein, immer wieder erlebe ich es ja : daß die äußerste Intensität des Probenspiels bei der Aufführung einer nachlassenden Spannung weicht, einem Anflug von Routine, von gelassener Perfektion, die vielleicht gerade, weil sie allen Anweisungen des Dirigenten folgt, des

Wichtigsten jetzt ermangelt: des sich Abarbeitens am Material, des *Widerständigen* unterm Überdruck verbalisierter Explikation und Anfeuerung, des *imprévu* jenes Augenblicks, in dem die musikalische Herausforderung ihre erste spontane Antwort und Lösung findet. Freilich — präzis und sauber war die Execution auf jeden Fall, und da ich mich nunmehr ganz der Musik hingeben wollte, lehnte ich mich zurück, versuchte mich zu entspannen und nahm mit aller Freude vorweg, was meiner harren würde: Pracht, Illusion, Phantasmagorie, Dekoration, Flugmaschinen, Kulissen und Prospekte, Donnerblech und Windmaschine, Götterwolken, Geisterbeschwörungen, Epiphanien und Apotheosen, Triumphe, Lanzen, Murmeln, Glorien und Viktorien.

Ja, ich freute mich auf die Aufflüge der bewaffneten Amoretten, die diskrete Poesie des ballet figuré, den Auftritt der vier Nationen und der Kriegsgöttin, der Hebe und Terpsichore, im pastoralen Prolog; freute mich auf die Sturmszene, die Dialektik von Freiheit und Sklaverei, das stämmig-kettenrasselnde Air für die afrikanischen Sklaven, die Gnade Osmans und die glückliche Ausfahrt nach Kythera unter Rigaudons und Tambourins im i. Entrée, dem Türken-Akt. Ich war gespannt auf den peruanischen Akt im 2. Entrée mit der düsteren Adoration du Soleil der fanatischen Zeloten, mit Loure und Gavotte, Erdbeben und Vulkanausbruch; gespannt auf das blühende Prélude zur persischen Fête des 3. Entrée (»Les Fleurs«), auf Zaïres nur vom Continuo und einer Flöte begleitete Arie »Amour, Amour, quand du destin j'éprouve la rigueur«, die eine Liebe zart besingt, der allein gegeben ist, aus einer Esclavage eine Souveraine zu machen. Ich freute mich auf den gedämpften, verhuschten Marsch vor dem elegischen Chor zur Abenddämmerung, da die Blumen erwachen und zu duften beginnen, und auf den Gesang ›Triumphiert, Blumen! Streut Farben und Arom!‹ mit dem anschließenden Divertissement, sempre très beau

et tendre; freute mich endlich auf den letzten Akt bei den
Wilden der westindischen Colonien, auf das satirische
Duett über die Eifersucht des Spaniers gegen die Flatter-
haftigkeit und Unbeständigkeit des Parisers, auf den so
innigen, zerbrechlichen Zwiegesang des »Viens! Viens!«

und am Ende jenes Finale aus Grand Calumet, kriegerischem und zugleich glücksdurchströmtem Menuett, Triumph-Arie und Chaconne, das unser grantiges Genie Erlmayr bei den Proben so gut wie möglich auszuleuchten versucht hatte.

Dann endete im Graben die Ouverture. Der Vorhang hob sich.

Und es war, als wehte in diesem Moment ein eisiger Hauch durch die Reihen der Zuschauer und Zuhörer, als ginge unhörbar — nur zu spüren — ein einziges kollektives Atemholen durch das Publikum, ein Einatmen und Schlucken, aus Bestürzung, Enttäuschung, Indignation, wenn nicht Zorn oder Schrecken. Tatsächlich? Oder sollte sich in dem Tuscheln und Raunen, das im Auditorium kurz laut ward, um rasch zu verebben, zum befremdeten Staunen auch noch so etwas kundtun wie Faszination? Zumindest schien fürs erste niemand den Saal verlassen zu wollen.

Die Bühne war mit Weißlicht schattenlos ausgehellt und vollkommen leer. Es gab, bis zu den Notausgängen der Hinterbühne, keine Kulissen, keine Soffitten, keinen Prospekt, keinen Aufbau und keine Requisiten. Bis hin zum Bühnenboden, auf dem die Markierungen der Versenkungsschächte mit Klebeband gekennzeichnet waren, war alles ebenmäßig kahl und ausgebleicht. Die Sänger und Sängerinnen waren vollkommen unbekleidet, ihr Kopf-, Scham- und Achselhaar abrasiert (deswegen also die Heizung!). In oratorischer Starre standen Chor und Solisten, nackten Schaufensterpuppen gleich, vis-à-vis und *en face* der Spectateurs, und verharrten so, wie bei einer konzertanten Aufführung, bis zur großen Pause nach dem 2. Entrée. Bewegungs- oder Richtungswechsel fanden nicht statt. Die Choreographie der Tänze beschränkte sich auf minimale Gebärden der Hände, Arme und Schultern, wobei eine Unterscheidung der Tanztypen nicht erkennbar war und Rameaus geniale rhythmische

322

Differenzierung keine Entsprechung im Gestischen und Körperlichen fand. Eine Übersetzung der musikalischen Affekte in Mimik schien ebenfalls tabu zu sein. Die Mienen der Solisten blieben starr wie Gesichter sprechender Puppen auf einer japanischen Elektronik-Fachmesse.

Fairerweise war zuzugeben, daß Chor und Solisten nicht wie Maschinenmenschen, sondern wie Engel sangen, makellos, ohne Patzer noch Indisposition, lupenrein, glasklar, beseelt und, wie das Klischee es will, zugleich so sinnlich und verführerisch, daß mir unter der physischen Innervation des Hörens ein ums andere Mal ein Schauer über den Rücken lief. Mutmaßlich diese Gesangsleistung war es denn auch, die das Publikum nicht nur zu freundlichem Szenenapplaus, sondern am Ende des 2. Entrée bereits zu herzlichem, anhaltend prasselndem Beifall anhielt, während die Lichter angingen, die Türen sich öffneten und die Habitués vor den Büffets schon um Sekt und Scampi-Canapés sich anstellten.

Mir stand nicht der Sinn nach dergleichen. Aufgewühlt, verstört, um nicht zu sagen verletzt, suchte ich die Künstlergarderoben auf, fragte mich zur Dirigenten-Lounge durch und fand dort beim Eintreten Erlmayr, Tannenbaum, Suzan Pollok, den koreanischen Bühnenbildner Kim Lee Pok und die Choreographin Delphine Charbonnier, die auf einer Sitzgruppe aus Stahlrohr und schwarzem Leder im Gespräch saßen, Sekt tranken und rauchten. »Ah, Walter«, begrüßte mich Erlkönig, »komm, setz dich zu uns. Nimm dir ein Canapé, die Pâte au foie hier ist köstlich.« Dann stellte er mich der Runde vor; ich gab jedem die Hand und nahm Platz.

Tannenbaum, in Jeans und weißem Hemd, ein blonder, noch nicht dreißigjähriger Schwiegermutter-Traum mit einem Lockenschopf à la Rattle, musterte mich spöttisch, während Madame Charbonnier es sich angelegen sein ließ, mich zu fragen, wie mir die Inszenierung gefalle. Ich schluckte kurz und sagte so entgegenkommend, wie ich nur konnte:»Ich fand es schon remarquable, Madame, wie Sie aus einem Menuett eine Roboterparty gemacht haben, aber noch viel bemerkenswerter, wie Mr. Tannenbaum das Problem der Opernregie dadurch lösen will, daß er die Regie wegläßt.« Tannenbaum lehnte sich zurück, verschränkte selbstsicher die Hände hinterm Nacken und fragte:»Was? Sie wollen bei Rameau auch noch was *sehen?*«— »Vielleicht schon, wenn auch nicht das Märchen von des Kaisers neuen Kleidern, dessen *fabula docet* sich Mr. Pok und Mrs. Pollok etwas eigenwillig auslegen.« — »Herr Mardtner vermißt Degen, Dreispitz und Rocaillen, wie betrüblich«, höhnte Tannenbaum in die Runde. »Wagner befriedigt ihn nur mit Stierhelm, Bärenfell und Met-Horn. Man wird darauf Rücksicht zu nehmen haben.« Den Impuls, ihm mein Weinglas überm blütenweißen Hemd auszugießen, gerade noch zügelnd, entgegnete ich mit gepreßter Stimme:

»Ich will Ihnen was erzählen. Ich war etwa neun Jahre alt, als mein Vater mich einmal in den Freischütz mitnahm, in Frankfurt, glaube ich. Ich hatte mir anhand des Librettos und des Klavierauszugs schon eine Vorstellung von dem Werk gemacht und freute mich jetzt wie ein Schneekönig auf den Spuk der Wolfsschlucht. Nicht, daß die übrigen Szenen mir gleichgültig gewesen wären. Aber ich glaubte — und glaube es immer noch —, daß diese Szene, die selber eine tiefe, dunkle Schlucht durch die Werkmitte gräbt und deren biedermeierliche Bildwelt sich der allegorischen des Barock erinnert, wirklich das Beste der Oper sei — gesetzt, daß das Versprechen, das sie macht, auch eingelöst wird. Ebendies war nicht der Fall. Die Inszenierung verlegte den *locus terribilis* auf einen Autobahn-Parkplatz zur Mittagszeit. Die Sonne schien, Kaspar trat auf in SA-Uniform, Max in Damenkleidung. Hirschfänger, Totenkopf, Gießkelle, Feldsteine und glimmende Kohlen wurden ersetzt von Kfz-Schrott. Agathes Geist flimmerte aus einem portablen Fernseher. Der schwarze Eber, der verkrüppelte Baum, der Mond und die Wilde Jagd fielen einfach weg. Als ich auch die glühenden Augen der Eule nirgendwo sah, fühlte ich mich ums Beste betrogen und fing, fassungslos, an zu weinen. In dieser Eule barg sich, für mich, die ganze Oper.«

»What a moving story«, seufzte Suzan Pollok, ohne Ironie. »Aber hat Ihr Vater Ihnen nicht erklärt, daß Inszenierung immer auch Interpretation ist und sich nicht abwenden darf von den Problemen der Gegenwart? Daß sie kein Guckkastenmuseum für naive Gemüter mehr sein kann, sondern kritisch auf Aufführungsgeschichte und Werktradition antworten muß?« — »Natürlich hat er das. Und da ich ihn als klugen Menschen verehrte, akzeptierte ich, was er zur Rechtfertigung des Gesehenen vorbrachte. Trotzdem blieb ein Unbehagen, das ich damals noch nicht deutlich in Worte fassen konnte. Es blieb das Gefühl, daß es an die Substanz des Bühnenwerks geht, wenn man mit der Tilgung seiner Aura auch sein Menschliches tilgt.«

»Das verstehe ich nicht; was meinen Sie mit dem ›Menschlichen‹?« fragte Kim Lee Pok.

»Das ist ja das Schlimme: Daß Sie gar nicht mehr wissen, wovon ich rede. Verstehen Sie mich nicht falsch, ich schätze das musikalische Regietheater; ich habe gesehen, wie Peter Sellars seinen Don Giovanni in die drogenverseuchte Bronx und seinen Don Alfonso in Despina's Highway-Imbiss schickte; ich war Zeuge, wie Konwitschny seinen Stuttgarter Siegfried auf einem hölzernen Steckenpferdchen ins Reich der Gibichungen galoppieren ließ und Brünnhilde nicht ins Feuer jagte, sondern von der Bühne schlendern ließ, während statt Weltenbrand und Götterdämmerung Wagners Regieanweisungen wie die Credits eines Movie als endloser Text-Abspann auf einen Gazeschleier projiziert wurden. Ich schätze den Anspielungswitz und die selbstreferentielle Ironie der Chéreau, Bondy, Castorf, Dorn, Neuenfels. Dennoch ist Interpretation mindestens auch Sache des

Zuschauers und insofern angewiesen auf Adäquanz zwischen Buchstaben und Erscheinung des Textes, will sagen, auf eine Verwirklichung des Musikdramas, die primär Darstellung oder Erfüllung, und erst in zweiter Linie Auslegung wäre, und über deren Rang und Qualität nicht der Conceptualism der Inszenierung befände, sondern deren Affinität zum *musikalischen* Sinngehalt des Werkes.«

»Und wonach bemißt sich der?« höhnte Tannenbaum. »Da draußen fackeln sie die Stadt ab, da draußen herrscht Krieg — und Sie hängen Ihrem bildungsphiliströsen, reaktionären Traum von einer heilen Welt auf der Bühne nach?« — »Die Welt der Poesie und des Traums ist keine heile, Monsieur. Die plane inszenatorische Verdoppelung des Schäbigen, diese antiauratische bloße Abbildlichkeit des Alltäglichen und gewalttätig Realen, all diese Popmusik-Einlagen, Blutkübel und Video-Projektionen sind tautologisch. So eine Bühnenwelt büßt an Provokation ein, was sie an *correctness* gewinnt. Sie fühlt sich bemüßigt, sagen wir: Hans Sachsens deutschnationales Pathos zu entlarven — und entmündigt damit das Publikum, indem sie Interpretation mit Didaktik verwechselt, lästig am Ärmel zupft und mit der Verdunkelung des Erwartungshorizontes der Zuschauer deren Bestes preisgibt – ihre Imaginationskraft. Und Sie, Tannenbaum, sind nun offenbar schon in der Post-Postmoderne angekommen und sprechen mit Ihrer Imaginationsverweigerung, die man nicht einmal mehr Minimalismus nennen möchte, ein Bilderverbot aus, das sich eitel vor den Gehalt des Werkes schiebt.«

»Es ist ein mosaisches Gebot, *Herr* Mardtner.« — »An dem Mahomets Jünger mehr Freude haben als Aaron, nicht wahr? Die kritische Aufklärung aber bedarf der Bilder, Tannenbaum. Sie ist nicht möglich ohne Traum, Poesie, Illusion und Phantasma. Sie verlangt: Du sollst dir ein Bildnis machen. Ein Bild des Wunderbaren, Unerhörten und Niegesehenen, ohne das Aufklärung nie gelingen wird. Der Traum der Oper, mit dem je Äußersten an Mitteln, an Aura und Bildsuggestion alles aufzubieten, was zur Transcendance bereitliegt, ist noch nicht ausgeträumt.« — »Dieser Traum ist Ihr Privattraum, Mardtner, und er ist ungefähr so spannend wie der, den einem die Freundin beim Frühstück erzählt. Sind Sie wundergläubig? Katholik?« — »Höchstens dann, wenn die Leere, die Mr. Poks Zen-Buddhismus als Anschauungsform des Nichts anstrebt, auf der Bühne als Leere eines unmöblierten Hirns sich verrät und sich über das sinnliche Scheinen der Idee stellt.« — »Und welche wäre das? Ihre Glaubensidee?«

Doch weiter kam ich nicht, da die Klingel das Ende der großen Pause anzeigte. Ich stand auf, um zu gehen, und Erlmayr erhob sich ebenfalls aus seinem Lederfauteuil, um mir noch bis zur Tür das Geleit zu geben. Unterwegs flüsterte er mir zu: »Du hast völlig recht, Walter; ich bin in allem deiner Meinung. Dannys Regie war eine fixe Vertragsklausel der Pariser Oper. Wir mußten diese Kondition annehmen, sonst hätten wir die Bühne hier nicht gekriegt. Deswegen die Presseblockade: Danny ging es um den Überraschungscoup, und ich — no ja, ich hab mich geschämt. Nimms nicht tragisch. Mach auf deinem Platz einfach die Augen zu und stell dir vor, du säßest daheim vor dem Stereo.« — »Ich bin nicht nach Paris gefahren, um hier die Augen zu schließen«, erwiderte ich trotzig, aber Erlmayr klopfte mir tröstend auf die Schulter und brummte »Is scho recht. Es san halt allerweil die lautesten Krakeeler, die sich zur Prominenz hochboxen. Ihre Begabung besteht vor allem darin, sich so oft wie möglich in die Medien zu bringen. Nur im penetranten sich Aufmascherln liegt ihr Talent. Der Danny prahlt ja damit, daß er nicht mal Partitur lesen kann. — Kummst morgen im Flugzeug mit uns nach Genf? Ah naa, i waaß, du fährst lieber mit der Bahn. Jo, bis nacher dann.«

Ich begab mich wieder zu meinem Sitz Nr. 14 in der 3. Reihe, nahm auf ihm Platz und drehte mich um. Hatte der Saal sich geleert? Offenkundig nicht. Alle Besucher, die ich zu Beginn der Vorstellung gemustert, saßen wieder, teils angeregt plaudernd, teils im Programmheft lesend, auf ihren Plätzen. Lizbetas großer runder Kopf ragte in der Ferne aus ihrer Reihe hervor, und der Sitz neben ihr sah weiterhin so aus, als sei er unbesetzt. Wahrscheinlich hielt der Doktor wieder einmal die Augen geschlossen. Er hat recht, dachte ich; er ist wirklich hochbegabt; vielleicht sieht nur der noch scharf, der die Augen verschließt vorm Unsäglichen.

Die folgenden, letzten zwei Entrées brachten keine Modifikation der inszenatorischen Mittel. Die Augen zu schließen, wie Erlkönig mir empfohlen, blieb mir zwar verwehrt; dafür drängte die Erinnerung an die vermißte Eule im Freischütz sich auf und versetzte mich in eine resignierte Trance, die keinen Raum mehr ließ für Empörung. Musikalisch gewann das Spiel des Orchesters von Szene zu Szene an Intensität. Erschöpfung war an die Stelle von Routine getreten und forcierte nun endlich die Widerständigkeit, aus der das Musizieren seine Spannung bezog.

Auch Szenenapplaus ließ nun öfter und lauter sich hören, zumal nach der letzten Arie »Régnez, plaisirs et jeux!«, in der das Indianermädchen Zima gegen die goldgleißenden Spitzentöne von Iain Blairs Trompete ihre eigene, nicht minder mörderische Lage triumphal, in durchdringendem Jubilando zu behaupten hatte; und nachdem zum Schlußakkord der Chaconne Mark Arkenside, wie verabredet, seinen Paukenakzent einen winzigen Bruchteil zu früh gesetzt hatte und der schwere Vorhang gefallen war, brach aus dem Publikum ein Beifallsorkan hervor, wie ich ihn so begeistert, so frenetisch noch nie erlebt hatte.

Erst wars nur ein klatschendes Geprassel, das anhielt, bis der Vorhang zum erstenmal sich auftat. Dann aber, als die Solisten, die unterdes mit Decken und improvisierter Bekleidung ihre Blößen bedeckt hatten, an den Händen sich faßten und an die Rampe traten, um der Reihe nach sich zu verneigen, schwoll das Klatschen, unterstützt vom Getrampel unzähliger Sohlen auf dem Parkett, zu einem dröhnenden Rumor an, der schwächer ward, als der Vorhang wieder niederging, aber sogleich wieder an Volumen gewann, als die Sänger nun, je einzeln, aus dem Vorhang hervortraten und ihren Einzelapplaus ernteten, für den die Herren mit einer knappen Verbeugung, die Damen mit Knicks und Kußhand sich bedankten. Als sie dann wieder vereint, in einer Reihe, vor der offenen Bühne sich gruppierten, mischten sich neue Laute ins Tosen des Beifalls, ein Röhren oder Grölen aus Bravo- und Hoch-Rufen, eine durch den Saal brandende Woge von Begeisterung, die ihren sichtbaren Ausdruck in großen zellophanumhüllten und mit roten Schleifen umwundenen Blumensträußen fand, die den Sängerinnen jetzt zwei junge Mädchen überreichten. Nach weiteren fünf Vorhängen trat nun auch Erlmayr hinzu, wurde von Valérie Château und Michèle Foucher in die Mitte genommen, umarmt und geküßt, und ich glaubte zu sehen, daß ihm, als er sich vor der Huld des Auditoriums nicht minder als vor dem Genie Rameaus verbeugte, die Tränen rannen übers glückliche, erschöpfte Gesicht, die er sich schnell mit der Hand abwischte, um den Musikern im Graben drunten ein Zeichen zu geben.

Und ich werde den Anblick nie vergessen, und auch mir stiegen die Tränen in die Augen, als jene nun ebenfalls, unterm Dröhnen der Bravos, die Instrumente zum Teil noch in der Hand, aus einem Seiteneingang auf die Bühne kamen und in einer Reihe an die Rampe traten, nachdem sie sich ihrer Perücken entledigt und sich notdürftig die Schminke aus dem Gesicht gewischt, und etwas linkisch, aber stolz und fast ungläubig gegen die Gnade dieses Jubels sich bei den Händen faßten und verneigten, einer nach dem andern. Auch Tannenbaum wagte sich kurz auf die Bühne und erhielt aus dem Publikum zwei Buhs und einen schüchternen Pfiff, die im anhaltenden Röhren, Grölen, Trampeln und Prasseln so untergingen wie Kiesel im Ozean. Er winkte einmal salopp in den Saal und verschwand im Seiteneingang, während Erlmayr sich bei Yoshika (links) und Henrike (rechts) einhängte, die beide so ungläubig strahlten wie die Gesichter der Blumen, die hier und da aus dem Publikum auf die Bühne geworfen wurden. Noch einmal heischten die Sänger um Einzelapplaus, noch einmal faßten sie sich bei den Händen und machten in einer Reihe an der Rampe nacheinander Knicks und Verbeugung, und als der Vorhang zum vierzehnten Mal sich schloß und wieder auftat, geschah etwas Unerwartetes.

Das Publikum erhob sich von den Sitzen, erst nur vereinzelt hier ein Herr, da ein Paar, dort eine Gruppe, dann wie eine anschwellende Dünung von Reihe zu Reihe, bis in Parkett und Rängen das gesamte Auditorium stand, applaudierte, hier und da kleine Fähnchen mit der Trikolore schwenkte und Bravo! rief und Vive Rameau! und Vive la France! Das Orchester, das sich unterdes schon entfernt hatte, wurde von Erlmayr erneut mit energisch bittenden Gesten auf die Bühne gerufen, und so standen sie alle denn zuletzt wieder vereint zu einem Schlußtableau, ganz hinten die Choristen, davor die Solisten, vorn, mit Erlmayr in der Mitte, erschöpft, glücklich strahlend, lachend, winkend oder sich verneigend, die Musiker des Ensembles Les Encyclopédistes, am 1. Juli 2003, ein Gruppenbild, das mir wie eine historische Photographie meine Erinnerung jederzeit vor das innere Auge halten kann:

Nick Wilson, 38, aus London: Clavecin. Hélène Sauvé, 31, aus Rouen: Contrebasse. Peer ter Linden, 25, aus

Utrecht: Flûte traversière et Flageolet. Guy van der Zwart, 28, aus Brügge: Basson. Wim van Daelen, 22, aus Den Haag: Basson. Anton Mitterer, 40, aus Innsbruck: Fagott. Jacques Ravoux, 39, aus Paris: Basson et Flûte traversière. Alan Clarke, 37, aus Birmingham: Oboe. Clare Potter, 25, aus London: Oboe. Dominique Callot, 27, aus Paris: Hautbois. Luc Puisset, 32, aus Brüssel: Hautbois. Duncan Peacock, 28, aus Bristol: Violoncell. Yoshiko Tawada, 39, aus Kobe: Clavecin. Christoph Erlmayr, 61, aus Krems: künstlerischer Direktor. Cathrin Moore, 29, aus London: Viola. Martha Willcox, 34, aus London: Viola. Janneke van t'Hoog, 32, aus Rotterdam: Alto. Eleanor Winter-bottom, 41, aus Oxford: Violin. Gillian Steele, 30, aus Sheffield: Violin. Erwin Volkert, 42, aus Essen: Violine. Henrike Zilberstijn, 39, aus Den Haag: Violon. Marijke Beukelaer, 28, aus Amsterdam: Violon. Else van Zui-derma, 23, aus Antwerpen: Violon. Yoko Kitazato, 20, aus Osaka: Violin. Riko Kimura, 22, aus Tokyo: Violin. Klaus Demuth, 36, aus Berlin: Violine. Trevor Jones, 38, aus Swaffham: Violone and Double-Basse. Iain Blaire, 41, aus Glasgow: Trumpet and Horn. Brigitte Glantschnigg, 38, aus Graz: Trombe e Cornu. Mark Arkenside, 29, aus New-castle: Percussion. Als sie spielten, bildeten sie die Répu-blique, von der die Utopien träumten.

Ich konnte nicht ahnen, daß ich sie alle nie wieder-sehen würde. Als nach dem siebzehnten Vorhang der Jubel erstarb und das Publikum eher zögerlich begann, sich aus dem Saal zu entfernen und zu den Garderoben zu drängen, war mir klar, daß ich, statt an der Premieren-feier teilzunehmen, lieber mit dem Taxi ins Hotel fahren würde, um meine Eindrücke zu überdenken und den Text für das Kündigungsschreiben zu formulieren, das ich am nächsten Morgen beim Trägerverein des Ensembles ein-zureichen gedachte.

EINE ALLEGORIE.

E in Inventarverzeichnis aus der Requisite vom 3o. März
1767, das sich im Archiv der Pariser Oper befindet,
zählt auf :

Kulissen des Hafens von Marseille. Ein alter Bastkorb.
Eine Kulisse der Gärten und eine des Röhrichts aus
Platée. Zwei Altarreliefs. Die Leuchterkrone der Moschee
aus *Scanderbeg*. Ein Ritterhelm aus Pappmaché. Der Ker-
zenleuchter aus *Anacréon*. Eine Sonne aus Drahtgeflecht
und Goldgaze. Drei Gegenstände, welche Soldatenköpfe
und Spieße aus *Alceste* darstellen. Der Geist Hektors, auf
Gaze gemalt. Die Machine der Iris aus dem Ballet in *Les
Sens*. Zwei hölzerne Balustraden. Drei Indianerperücken,
mit Kunstfedern geschmückt. Ein Stück Wolke, auf Papier
gemalt. Der fliegende Drache aus *Amadis*. Der Uhu aus
Platée. Schätzwert 8o Livres. *Non, non, dans nos retraites /
les hautbois, les musettes / ne chanteron jamais.*

Die Requisiten »Röhricht« und »Uhu« finden sich noch
in den Inventarlisten von 1768 bis 1771. Die Eule scheint
ein letztes Mal im Register von 1780 auf.

So blieb, wie Jean Devin sein Heft mit einem Zitat von
Charles Malherbe schließt, in der Pariser Oper, durch
sonderbares Walten des Geschicks, im Gerümpel einer
Requisitenkammer, unter all jenem wertlosen, namenlosen Strandgut und Plunder zuletzt einzig Athenens
Vogel übrig, um Zeugnis abzulegen von der alten gelehrten, versunkenen Gloire Rameaus auf der Bühne.

FÊTE PERSANE, TEHERAN, 1979.

Vor einer hunderttausendköpfigen Menge predigt Ajatollah Ruholla Chomeini. »Musik ist ghenaï. Musik ist verderbt, verkommen. Musik ist Sünde. Demjenigen, der Musik hört, wird in der Hölle heißes Blei in die Ohren gegossen.« Die Menge jubelt.

5. Bild
JARDIN DES TUILERIES, 2.7.2003.

Die Sonne brannte von einem azurblauen, wolkenlosen Himmel, als ich beim Frühstück saß. Fieber und Schwindelgefühle waren vergangen. Das Zimmer hatte ich bereits geräumt, die Rechnung beglichen und an der Rezeption darum gebeten, mein Gepäck in einem Abstellraum noch so lange deponieren zu dürfen, bis am Nachmittag das Taxi mich zum Gare de l'Est brächte, den mein Nachtexpreß Richtung München um 17:39 verlassen sollte. Jetzt tauchte ich ein Croissant in den Kaffee und blätterte in der Zeitung. Erlmayr und das Orchester warteten derweil auf dem Aéroport Charles de Gaulle wohl schon auf ihren Abflug nach Genf. Dort und in der Zürcher Tonhalle wollten sie die Indes Galantes konzertant aufführen, danach für drei weitere Bühnenaufführungen nach Paris zurückfliegen. Damit hatte ich nichts mehr zu schaffen. Noch vor dem Frühstück hatte ich via E-Mail meine Kündigung avisiert; sie war angenommen worden; alles weitere solle brieflich erfolgen, hieß es.

Beim Durchblättern der Zeitung — *Le Monde*, wie ich glaube — fiel auf Seite 6 mein Blick auf ein Foto mit der Bildlegende »Drei Polizeiagenten bei der Lagebesprechung«, das im Hintergrund die Bastille-Oper erkennen ließ, während im Vordergrund, vor einer Absperrung, im Blitzlicht drei Herren nebeneinander und en face zu sehen waren, von denen der eine, zur Linken, sogleich meine Aufmerksamkeit erregte. Dieser wirkte, neben seinen athletischen Kollegen im Trenchcoat, ungewöhnlich klein und schmächtig und schien einen sandbraunen, schon unzählige Male geflickten Anzug zu tragen. Das Gesicht war unter seinem Schlapphut, und im groben Raster des Zeitungsdrucks, nicht zu erkennen. Sollte dies etwa der versatile, um nicht zu sagen hochbegabte Doktor gewesen sein? Grünspan würde mich aufklären müssen. Ich hatte vor, die letzten Stunden bis zur Abfahrt mit ihm am Bücherstand zu verbringen, mir von ihm das neu geheftete Konvolut abzuholen und ihm das Geld für dessen »Beschaffungskosten« zu überreichen, ihm zu danken für alles, was er für mich getan, mich von ihm in aller Freundschaft so zu verabschieden, wie das Herz es mir eingab, und ihm Abschiedsgrüße aufzutragen für Lizbeta und Haase.

Ich faltete die Zeitung zusammen und brach auf, froh, der Hitze entkommen und hinunter fliehen zu können ins stygische Dämmer der Métro. Auch heute wieder war es Mozarts Pariser Symphonie, komponiert im Todesjahr Rousseaus und Voltaires, die aus den verborgenen Lautsprechern das Kassen-Entrée beschallte, so daß ich erneut daran denken mußte, daß Vater Leopold, im Todesjahr Rameaus, aus Paris an die Hagenauerin in Salzburg schrieb: »Hier ist ein beständiger Krieg zwischen der Italiänischen und französischen Musik. Die ganze franz: Music ist keinen T— werth; man fangt aber nun an grausam abzuändern: die franzosen fangen nun an stark zu wanken, und es wird in 10 bis 15 Jahren der französische Geschmak, wie ich hoffe, völlig erlöschen«; und auch dies fiel mir ein, während ich meine Rückreise im Zug nach München im Geiste vorwegnahm: daß, zum Münchner Carneval '81, der Sohn eine Versöhnung des metastasianischen Geschmacks mit dem französischen stiften würde, die Oper eines Vaterkonflikts, Idomeneo, ein Werk mit Tempête und Orakel, mit Chaconne und Divertissements, in denen Anfitrite, Najaden und Tritonen auf Muschelwägen, von Delfinen gezogen, die Wogen pflügen des Meeres von Kreta, eine Oper, deren Kritik am Opfermythos den Religionsfanatiker dazu würde reizen können, mit einer Bombendrohung ihre Absetzung vom Spielplan zu erzwingen. Und so, wie der Sohn im Schäferspiel von Bastien et Bastienne dem Dorfwahrsager Rousseaus neues Leben eingehaucht habe, würde er später in seinem Bassa Selim sich des Turc généreux von Rameau erinnern, und noch später in seinem Sarastro des Rameauschen Zoroastre, vielleicht weil eben doch, wie Schumann es gehofft hat, durch alle Zeiten ein geheimes Bündnis verwandter Geister waltet: »Schließt, die Ihr zusammengehört, den Kreis fester, daß die Wahrheit der Kunst immer klarer leuchte.....«.

Allein je weiter mich auf dem Quai d'Orsay die Schritte dem Bücherstand meines Freundes entgegentrugen, desto stärker umklammerte mir eine unheimliche Faust aus Besorgnis und Unruhe das Herz, ohne daß ich gewußt hätte, warum. Und erst, als ich mich Moshe Grünspans Standplatz, mit zunehmend rascheren Schritten, zuletzt rennend, so weit genähert hatte, daß ich in der Wirrnis vor mir die Einzelheiten klar unterscheiden konnte, wußte ich, was mir diese unguten Vorahnungen eingegeben hatte.

Der Standplatz war von Markierbändern der Polizei weitläufig abgesperrt worden. Ein Feuerwehrwagen stand am Straßenrand. Ein erbärmlicher Gestank nach durchnäßter Asche stieg aus den verkohlten Resten dessen auf, was einmal ein buntbemalter Antiquariatskarren gewesen war. Von den Büchern und Zeitschriften war nur noch ein ruß- und graphitschwarzes Gefächel übriggeblieben, ein hie und da noch qualmender, im Wind zitternder Flaum aus verbrannten Blättern und Deckeln, aus dem ab und zu ein Flöckchen sich löste und davontrieb. Räder und Untergestell des Karrens waren so weit verschont geblieben, daß die Hakenkreuze, die die Söhne maghrebinischer Einwanderer ihnen mit weißer Spray-Farbe aufgesprüht, sichtbar geblieben waren zum Zeichen dessen, wem dieses Werk der Zerstörung gegolten hatte und warum.

Ein Mann stand vor den Absperrbändern, der sich, als ich ihn nach dem Vorgefallenen fragte, als Antiquar zu erkennen gab, dessen Bouquiniste-Stand zwar nur hundert Meter entfernt, aber unversehrt geblieben sei. Er spuckte aufs Pflaster und knurrte, er sei, wenn es nach ihm ginge, für die Reinthronisation der Guillotine; bevor es freilich soweit sei, genüge es auch, die Hunde, die das verbrochen, an den Laternenschwengeln der erstbesten Hausecke aufzuhängen. Auf meine Frage, ob er wisse, wo Grünspan sich aufhalte, zuckte er nur mit den Schultern, sagte »irgendwo unterwegs«, und spuckte noch einmal aufs Trottoir, ehe er sich zum Gehen wandte. Auch die Besatzung des Feuerwehrwagens, die auf restliche Glutnester zu achten hatte und gerade beim Frühstück saß, konnte mir nichts verraten über den Aufenthaltsort meines Freundes. So blieb mir, da ich mir seine Telefonnummer nicht gespeichert, nur die Hoffnung, er selbst werde mich zu erreichen suchen, wenn ihm der Sinn danach stünde.

Dies tat er nicht. Bis heute habe ich nie wieder etwas von ihm gehört. Ich denke oft an ihn; dann mache ich mir Vorwürfe, daß ich, statt mich in der Oper zu vergnügen, ihm nicht zur Seite stand, als er hilflos zuschauen mußte, wie Pascal und Montaigne, Molière und La Fontaine verbrannten im Autodafé, und dann stelle ich ihn mir so vor wie einst zu Beginn: als einen Hausierer des Geistes, als Kutscher unter einer Regenplane auf nassen, namenlosen Itinéraires, rastlos, heimatlos trottend von Kreuzweg zu

Kreuzweg, und wie er, den Zigarrenstumpen im Mund, mit den Worten »Wie schön!« auf die Abendwolken weist überm Horizont und ein breites, backenbartumsäumtes Lächeln sehen läßt, in dem ich heute nichts anderes mehr zu erkennen vermag als Verzweiflung.

Das Devin-Konvolut habe ich nie zurückerhalten. Wahrscheinlich hat es sich im Wagen befunden und ist mit dessen Bücherfracht ein Opfer der Flammen geworden. Das Wenige, das ich mir daraus exzerpiert habe, steht auf diesen Seiten.

Benommen, wie vor den Kopf geschlagen, machte ich kehrt und suchte mir über den Pont de la Concorde einen Weg aufs jenseitige Seine-Ufer. Ich überquerte den Quai, passierte die Orangerie und gelangte binnen kurzem in den Jardin des Tuileries. Der Himmel hatte sich unterdes mit einem Hauch feinsten Dunstes überzogen; mit der Hitze war auch die Schwüle gestiegen; die Sonne stand nun im Zenith ihres milchigen, doch immer noch einigermaßen transparenten Gazeschleiers und warf kurze Schatten. Ein berauschender Duft stieg aus den Blumenrabatten und wehte über die mit feinem Kies bestreuten Wege, auf denen außer mir niemand zu wandeln schien.

Erst in dem Moment, da ich auf einer Wegkreuzung kurz haltmachte, gewahrte ich in der Perspektivflucht zur linken einen Spaziergänger. Langsam, wie im Traum, kam er auf mich zu. Er ging gebeugt und trug die Kleidung und Haartracht des Dix-Huitième. Ab und zu blieb er stehen und murmelte etwas zu den Blumen am Wegrand. Er hatte eine Botanisiertrommel geschultert, und als er sich meiner Kreuzung weiter genähert, sah ich, daß seine einstmals schönen, stolzen, optimistischen Züge hart und argwöhnisch geworden waren. »Wenn die Kraft fehlt, wenn alles klein und verzettelt ist, dann ist keine Hoffnung«, murrte er im Näherkommen. »Will niemand anerkennen, daß *mein* Pigmalion besser componirt ist als seiner? Die Franzosen sind ein schäbiges Volk.« Ich wollte ihn ansprechen, ihm widersprechen, ihm sagen, dieses wunderbare Volk sei die Hoffnung Europas, aber er schien meiner nicht zu achten und knurrte nur: »Ich lebe in einer selbstgeschaffenen Hölle, einer Welt von Gedankengespinsten. Lesen will ich noch gern in den Herzen der Menschen, aber reden nur noch mit Pflanzen.« Dazu blickte er mir argwöhnisch über die Schulter.

Ich folgte seinem Blick, indem ich mich umwandte, und erspähte am Ende der entgegengesetzten Perspektivflucht einen anderen Mann. Auch er schien die Kleidung und Coiffure des achtzehnten Jahrhunderts zu tragen; auch er kam mir langsam entgegen. Er war hager, storchendürr, hochgewachsen; sein Gesicht war eine tragische Maske aus spottendem Lächeln und trauernden Augen unter einer hohen, faltenreichen Stirn. Und auch ihn sprach ich an — was ihn erschreckte, als wären seine Gedanken weit weg gewesen; er schien mich nicht zu erkennen, obwohl ich meinen Namen nannte und ihn daran erinnerte, daß ich zwei Wochen lang mit ihm gesprochen und daß ich wisse, daß er hier täglich spazierengehe, in Grübeleien versunken, und mit niemandem rede, es sei denn mit der Dame, deren Hündchen ihn hier auf jedem Spaziergang mit seinem Gebell belästige (»Madame, de grâce faites taire cet animal; il a la voix on ne peut plus désagréable!«).

Er aber antwortete hierauf nichts, sondern richtete, ebenso wie der Herr zur anderen Seite der Wegkreuzung, den Blick auf die Zielgerade des Weges, auf dem ich gekommen, so daß mein Blick nun gleichfalls den Fluchtlinien meines Weges folgte, auf dem, etwa fünfzig Meter vor mir, ein Mann stand, den ich allenfalls flüchtig schon einmal gesehen. Sein Gesicht sagte mir nichts. Aber er trug eine silbergraue Perücke mit ailes de pigeon, kunstvoll frisiert à la Catogan und im Nacken geschürzt zu einem schwarzen, gummierten, mit einer Schleife versehenen Crapaud. Und mit leichthin-souveräner, eleganter und verächtlicher Geste warf er die Hände empor aus

zurückgeschlagenen Spitzenärmeln, so daß weißer Puder
aufblitzte in Myriaden von Punkten und glühenden Par-
tikeln im Licht, ein Sternentanz, schwebend und sprühend, ein feu d'artifice, verpuffend und stäubend, dann
allgemach sinkend zu Grund.

Chaconne

Die gläserne Schiebetür öffnet sich. In der gläsernen
Kabine zu seiten der Tür sitzt ein uniformierter Paß-
und Zollbeamter. Die Schiebetür schließt sich und öffnet
sich gleich wieder. Ein Mann im Trenchcoat tritt heraus.
Er zieht einen Rollkoffer hinter sich her. Die Schiebetür
schließt sich wieder. Der Beamte sitzt reglos in seiner
Kabine. Would Mr. O'Malley please come to the Informa-
tion Desk in the Arrivals Hall. Mr. O'Malley, please. Die
Schiebetür tut sich auf. Geschwinden Schritts, den Blick
gesenkt, tritt ein Herr im Nadelstreifenanzug, in der einen
Hand einen Aktenkoffer, heraus. Ihm folgt, zögerlich, mit
einem Gesicht voll gespannter Erwartung, eine ältere
Dame, die ein Hündchen im Arm trägt. Sie blickt sich
suchend um. Die Schiebetür schließt sich wieder. Air
France is announcing the arrival of Flight 129 from Paris.
Die Flügel der Schiebetür gleiten zur Seite. Eine Gruppe
uniformierter Offiziere tritt lachend heraus. Alle ziehen
Rollkoffer hinter sich her; einer spricht in ein Handy. Die
Flügel der Schiebetür gleiten zusammen und öffnen sich
gleich wieder. Ein Paar mit zwei Kindern, das eine noch
im Rollwagen, tritt heraus, schaut sich um, lacht, ruft und
winkt einem in der Ankunftshalle Wartenden zu. In seiner Kabine sitzt reglos der Uniformierte. Die Schiebetür
schließt sich. Die Schiebetür tut sich auf. Eine Gruppe
junger Männer und Frauen in lebhaftem Gespräch tritt
heraus. Sie tragen Instrumentenkoffer unterschiedlicher
Größe und Gestalt. Sie lachen und gestikulieren. Die

Schiebetür schließt sich. Die Flügel gleiten wieder auseinander. Arm in Arm tritt ein Liebespaar heraus. Die
junge Frau trägt in der freien Hand einen Geigenkasten,
der junge Mann einen Cellokoffer. Die Flügel der Milchglastür gleiten einander entgegen und schließen sich
wieder. Would Mrs. Baer-Mildenburg please come to the
Information Desk in the Arrivals Hall. Mrs. Baer-Mildenburg, please. Auf der Schiebetür steht No ENTRY und
DOUANE / CUSTOMS. Sie öffnet sich wieder. Ein junger
Mann im Anorak mit Rucksack tritt heraus, gefolgt von
einem älteren Ehepaar, das vor der Tür stehenbleibt
und in wunderbarer Ungläubigkeit sich umblickt. Die
Schiebetür schließt sich. Der Zoll- und Paßbeamte sitzt
reglos in seiner gläsernen Kabine. Die Schiebetür öffnet
sich. In rascher Folge treten nacheinander Menschen
heraus, alte und junge, hier vornehm, dort ärmlich gekleidet, die einen ernst und in sich gekehrt, die anderen strahlend und von einer großen Vorfreude erfüllt,
manche mit Handgepäck, manche mit schwerem, auf
einem Trolleykarren gehäuften Reisegepäck, das voran-
geschoben wird auf quietschenden Rädern. Die Tür
schließt sich und tut sich gleich wieder auf. Eine Frau im
Pelzmantel tritt auf hochhackigen Schuhen heraus und
schwenkt einen Blumenstrauß. Sie bleibt stehen und
breitet die Arme aus zur Begrüßung. Hinter ihr tritt ein
Herr in Leinenhose und Flanellhemd heraus. Er trägt
eine Lesebrille an einem Bändel auf der Brust. Am einen
Arm führt er eine junge Dame aus Japan, am anderen eine
junge Dame mit großen kreolischen Ohrreifen. Die Dame
aus Japan lächelt, die Dame mit den Ohrreifen blickt
streng. Die Flügel der Schiebetür gleiten einander entgegen und schließen sich. Air France is announcing the
Arrival of Flight 037 from London-Stansted. Stumm sitzt
in seiner Kabine der uniformierte Beamte. Die Flügel der
Milchglastür gleiten zur Seite. Ein Mann, an der Hand
seine kleine Tochter im roten Mantel, tritt heraus. Er zieht

einen Rollkoffer hinter sich her und spricht in ein Handy. Das Mädchen schwenkt einen schlafenden Stoffhasen in der Hand. Would Mr. Grünspan please come to the Information Desk in the Arrivals Hall. Mr. Grünspan, please. Die Flügel aus Milchglas schließen sich. Die Schiebetür öffnet sich wieder. Eine Gruppe von drei älteren Damen tritt heraus. Sie bleiben stehen und blicken sich in grenzenlosem Erstaunen um. Sie reiben sich den Schlaf aus den Augen. Sie reihen sich, so wie alle anderen Passagiere vor ihnen, in die Schlange der Wartenden ein, die in endloser Zahl ihres Aufstiegs harren. Die Schlange zieht sich in unabsehbaren Scharen den Berg hinan bis zur goldenen Pforte hoch über dem Gipfel. Eins nach dem andern tritt ein durch die Pforte, von Engeln gesegnet, dort in der Höhe, wo Jerusalem prangt, ihr leuchtendes Zion.

GLOSSAR

französischer und englischer Textpassagen.

Motto Rameau: Eine Wolke überquert, von Nordwinden geleitet, die Bühne.

Seite 10–13: Fliegt, Liebesgötter, fliegt, fliegt auf! ... Herr van Daelen und Frau Willcox möchten sich bitte zum Abflugsausgang begeben; Ihre Maschine steht zum Einsteigen bereit ... Flieg auf, Liebesgott, bekräftige deinen Ruhm, umwinde unsere Herzen auf ewig ... Air France bittet um Entschuldigung für die Verspätung ihres Fluges Nr. 129 nach Genf wegen technischer Probleme; Fluggäste werden gebeten, die tatsächliche Einstiegszeit von den Monitoren im Abflugswartebereich abzulesen ... Fliegt, Amoretten, überquert die weitesten Meere ... schießt eure Pfeile ... schießt eure siegreichen Feuer, triumphiert ... tragt eure Waffen und eure Lanzen bis zu den entferntesten Küsten ... Fliegt, überquert die weitesten Meere, Liebesgötter!

33: Es ist viertel nach sieben, guten Morgen, mein Herr.

41: Wir haben beschlossen, in ein paar Minuten zu beginnen; erster Aufnahme-Abschnitt bis Takt 227 ... Kabinenmannschaft! Noch fünf Minuten bis zum Abheben.

52: einem Leid- und Triumphbogen ... Frische Austern, frisch von der Küste! Frische Miesmuscheln, lilienweiß! Frische Herzmuscheln, frische fette Herzmuscheln!

Frische Heringe, fette frische Heringe! Frische Scholle, Makrele, frischer Schellfisch! Frischer Rochen!

58: Wehe! Meine Eifersucht bringt mich um!

60: 'S ist wirklich eindrucksvoll ... In Ordnung, Chris, los gehts, spielt die Ouvertüre runter!

76: Ein Streit, in dem es um abstrakte Ideen geht, ist immer schwierig zu lösen.

87: Ein absoluter Monsieur, formvollendet, von sich selbst überzeugt und eitel, der alles und jedermanns Können, bis auf sein eigenes, niedermacht ... wie sie [die Musiker des Königs] weder Melodie noch Tempo halten könnten noch von irgendwas eine Ahnung hätten, und wie der Franzose Grebus, des Königs Musikmeister, nichts kapiere, keinerlei Instrument spielen könne, daher nicht komponieren könne usw.

92: Warum nicht? / Es ist nicht wichtig, gnädige Frau.

94–95: Welche Bequemlichkeit! ... eine Region in der Nachbarschaft der französischen und der spanischen Kolonien.

102: Den Gipfel krönt ein vulkanischer Krater aus verkohltem und mit Aschen bedecktem Gefels.

119: Der Vulkan speyt flammendes Gestein aus, das den Übeltäter Huáscar vernichtet.

122: eine ganz neue Gattung.

124: Ich bin ein Rebell gegen den Staat.

152–153: Ich hatte gewagt; hatte Glück; machte weiter ... Übertreibung ... Exzesse ... falsche Brillanz ... Stets besorgt um die schöne Deklamation und die schöne Gesangsweise, wie sie im Rezitativ des großen Lully walten, bin ich — nicht als knechtischer Nachahmer, sondern als Nachfolger! — bestrebt, mir, wie er, die schöne und schlichte Natur zum Vorbild zu nehmen.

164–165: Die Kunst des guten Gesangs ... Tanz der Großen Friedenspfeife, ausgeführt von den Wilden.

167: Himmel, du schufst sie [unsere Rückzugsorte] für die Unschuld und für den Frieden ... Freuen wir uns in

345

unseren Einsamkeiten, freuen wir uns der schönen Stätten der Stille!

180: Ehrgeiz, Stolz, Hochgefühl, Liebe Ruhm ... Streit.

190: Comisches Ballett in 3 Akten, denen ein Prolog vorangeht, dem König dargeboten in seinem Schloß zu Versailles am Mittwoch, d. 31. März.

215: Verliebte Nachtigallen, antwortet unserer Stimme mit der Süße eures Gezwitschers!

225: Urteil vermöge Empfindsamkeit und Sensualität ... Klatscht Beifall, Freunde, die Komödie fängt an.

231–233: Lehre von der Harmonie, bezogen auf ihre natürlichen Grundlagen. Neues System der Musiktheorie. Fragen an einen Vortrag über Musik. Antwort auf die Entgegnung des Autors des Vortrags. Kurzer Abriß einer neuen Methode des Akkompagnements auf dem Clavecin. Brief des Herrn*** an Herrn*** zur Musik und Erläuterung der Carte générale des Generalbasses. Erörterung der verschiedenen Methoden des Akkompagnements auf dem Clavecin oder der Orgel. Brief an Père Castel. Ursprung der Harmonie. Anmerkungen des Herrn Rameau zum Auszug seines Buches mit dem Titel ›Ursprung der Harmonie‹, den das Journal de Trévoux gegeben. Brief an Herrn de Saint-Albine. Aufweis der Grundlagen der Harmonie. Neue Erwägungen des Herrn Rameau zu seinem Aufweis der Grundlagen der Harmonie. Brief Herrn Rameaus an den Autor des Mercure. Gedanken zur Art und Weise der Stimmbildung. ... Beobachtungen zu unserem Instinkt für die Musik. Musikalische Irrtümer in der Enzyklopädie. Eine Reihe von musikalischen Irrtümern in der Enzyklopädie. Antwort Herrn Rameaus an die Herren Herausgeber der Enzyklopädie. Regeln der musikalischen Praxis. Neue Gedanken zu den Grundlagen des Tönens. Brief an Herrn d'Alembert über die Meinungen, die er in seinen Enzyklopädie-Artikeln ›Generalbaß‹ und ›Tonleiter‹ vertritt. Antwort Herrn d'Alemberts auf Herrn Rameau und Antwort Herrn Rameaus auf den Brief

346

des Herrn d'Alembert. Brief an die Philosophen ... Seit etwa hundertfünfzig Jahren bin ich der einzige, der auf wissenschaftliche Weise, sey es gut oder schlecht, über Musik geschrieben hat, sieht man von denjenigen ab, die meinen Principien nacheifern.

234: Bringt mich zum Weinen, mein Freund.

245: Ja, bitte hier entlang, gnädige Frau.

250: guter Geschmack, eine gewisse Sensualität, Talent, Herz, Einbildungskraft, Genie, Empfindsamkeit, Inspiration.

281: Durch Inbrandsetzung & Anzünden mittels besagten entsetzlichen Feuers.

288: ich schwöre einem Irrtum ab ... an meiner eigenen Seele.

290: Diese Vögel versüßen mit ihrem Gezwitscher unser Concert; in ihrer Sprache künden sie vom Glück des Universums.

292: Rieselt, wogt, kräuselt, mischt euer Murmeln in unsere harmonischen Akkorde. Freuden!, laßt eure reine Lust regieren, die ihr am Himmel verströmt.

306–307: Den neugierigen Blicken diente / ihr jungfräuliches Lächeln / auf der ganzen Grünen Insel / als Leuchtfeuer. / Auch hast du gesegnet, / du, süßes Land der Harfen, / die, welche sich anvertraut / der Ehre deiner Söhne ... Ich freue mich, lieber Herr, auf meinen nächsten Besuch auf der St.-Peters-Insel in der Schweiz und fühle mich verpflichtet, aufrichtigste Grüße zu bestellen an Frau Levasseur, der unser gnädiger HErr ebenso gewogen seyn möge, wie er es Ihrem ergebenen Diener und Freund ist.

338: Ich bitte Sie, gnädige Frau, bringen Sie dieses Thier zum Schweigen; es hat eine Stimme, wie sie mißfälliger nicht seyn kann.

NACHWEISE UND DANK

Für die Abfassung des vorliegenden Buches bin ich einigen Wissenschaftlern, Übersetzern und Herausgebern zu Dank verpflichtet.

Zuvörderst der noblen Gelehrsamkeit Cuthbert Girdlestones, des englischen Doyens der Rameau-Forschung, schulde ich Einsichten ins Werk des Komponisten. Stellvertretend für die wenigen deutschen Musikologen, die über Rameau geforscht und publiziert haben, seien Michael Zimmermann und Regine Klingsporn dankbar genannt.

Von den vorliegenden Rousseau-Übersetzungen überzeugten den Autor die Übertragungen Hedwig Jahns; nur ein deutsches Zitat aus den Confessions stammt von Ernst Hardt (Insel). Eine wichtige Quelle war Dorothea und Peter Gülkes Auswahl der musikalischen Schriften Rousseaus, die 1984 bei Reclam Leipzig erschien.

Etliche fromme Historien aus dem zu Recht vergessenen Minerva-Lexikon Prof. Burg-Schaumburgs feiern im vorliegenden Buch ihre zweifelhafte Auferstehung. Nicht ausgewiesene historische Zitate stammen von Samuel Pepys, Johann Sebastian Bach, Julie Bondeli, Mozart, Goethe, Karl Kraus, Adorno und belegen den wahllosen Eklektizismus des Autors. Ein ganz kurzer, unzulänglich übersetzter Auszug aus dem Konvolut des Jean Devin

(falsch transkribiert zu ›Duron‹) fand sich zu meiner Überraschung im Booklet der Harmonia Mundi-CD 901257.59.
Zwei Zitate im vierten Entrée, die der Leser als überlang
tadeln wird, möchten Geschichte revidieren, bleiben aber
in mattem Plagiieren befangen; der Autor verdankt sie
Otto Erich Deutschs Mozart-Dokumenten (NMA X/34,
Bärenreiter) sowie einer Rousseau-Anthologie, die 1912
bei Diederichs herauskam. Dem Leser, der im Schluß-
bild dieses vierten Entrée den Einfluß van der Weydens
zu walten glaubt, sei versichert, daß dem Autor hier eher
Mark Wallingers Video-Installation »Threshold to the
Kingdom«, die er 2001 im Britischen Pavillon der Biennale
von Venedig sah, durchs Hirn geisterte.

Nicht unerwähnt bleibe, daß die Idee zu Rousseaus
›Revocation‹ in besagtem viertem Entrée dem Autor nicht
gekommen wäre ohne die Lektüre von W. G. Sebalds
Rousseau-Essay aus dem Sammelband »Logis in einem
Landhaus« (Hanser 1998); und daß der ganze Roman nicht
entstanden wäre, hätte der Autor nicht die klingenden
Rehabilitationen auf CD gehört, die mit dem Ensemble
»Les Arts florissants« unter William Christie von den
Firmen Erato und Harmonia Mundi France veröffentlicht
worden sind. Diese auch sängerisch phänomenalen Auf-
nahmen widerlegen nichts von dem, was Rousseau gegen
Rameau vorbrachte, aber alles, was andere gegen den
Komponisten könnten vorbringen wollen.

Die Encyclopédie-Auswahl von Wieland/Selg sowie
Philipp Bloms Studie über die Encyclopédie (»Das ver-
nünftige Ungeheuer«), beide in der ANDEREN BIBLIOTHEK
bei Eichborn erschienen, gaben nützliche Hinweise. Den
Kunsthistoriker Wilhelm Hausenstein ließ ich einige Pan-
egyrika auf Frankreich ins Buch hinein sprechen, die den
Leser womöglich mit dem Schwulst befremden, mit dem
sie den Autor faszinierten.

Ähnlichkeiten mit lebenden Personen der Zeitge-
schichte ließen sich nicht ausschließen. Dies gilt für

Herrn Dr. Haase und Frau Lizbeta Baer-Mildenburg nicht minder wie für Chirac, Houellebecq oder de Villepin, deren Übereinstimmung mit Chirac, Houellebecq und de Villepin nicht zu vermeiden war. Betont sei jedoch, daß die Notate von Erlmayrs Proben nicht auf diejenigen anspielen, die Sabine Gruber unlängst im Salzburger Residenz-Verlag veröffentlicht hat, als vielmehr *eigenen* Eindrücken von öffentlichen Proben eines sehr bedeutenden österreichischen Dirigenten sich verdanken. Glücklich wäre der Autor, wenn sein Porträt im Buch etwas von der Sympathie und hohen Verehrung bezeugte, die er für ihn hegt.

Katrin Grünepütt sage ich von Herzen Dank für mannigfache Inspiration, Hinweise und Korrekturen. Ihr ist das Buch gewidmet.

Arbeitsstipendien des Berliner Senats und der Stiftung Preußische Seehandlung haben seine Abfassung gefördert.

Wolfgang Schlüter, 2006.

ILLUSTRATIONEN

Vor- und Nachsatz: *Anon.*, Photographie um 1890, Versailles – Grandes Écuries, anciennes Écuries de Roi. Postkarte, a. d. Besitz d. Verf.

Seite 7: *Johann Rudolf Schellenberg* (1748–1806), Schattenrißmaschine, Bleistift- und Pinselzeichnung (Sammlung Lavater), Österreichische Nationalbibliothek, Porträtsammlung.

203: *Dr. Everard, &c.*, Panacea; or The Universal Medicine, Being A Discovery of the Wonderful Vertues of Tobacco Taken in a Pipe, With Its Operation and Use both in Physick and Chyrurgy. London, Printed for Simon Miller at the Star in St. Pauls Church-yard, near the Westend, 1659. Frontispiz und Titel (recto), a. d. Besitz d. Verf.

238: *Mozart-Idomeneo.* 5 Finest Cigars, 100% Tobacco, No 1. Zigarillo-Schachtel (recto), a. d. Besitz d. Verf.

321: *Meytens-Schule* um 1762/63, Theateraufführung anläßlich der Vermählung Josephs II. mit Isabella von Parma, 1760. Kunsthistorisches Museum, Wien.

345: *Charles-Antoine Coypel*, Portrait des Schauspielers Jélyotte in Frauenkostüm. Paris, Musée du Louvre.

347: *Jean-Baptiste Greuze* (1725 bis 1805), Jean-Philippe Rameau. Dijon, Musée des Beaux Arts.

349: *Jacques Caffieri*, Jean-Philippe Rameau, Terrakotta-Büste. Dijon, Musée des Beaux Arts.

INHALT

355

WOLFGANG SCHLÜTER

wurde 1948 in Königslutter, Niedersachsen, geboren.
Nach Studium und Promotion arbeitete er
für die Arno-Schmidt-Stiftung. Seit 1993 lebt er
als freier Übersetzer und Autor in Irland, Wien
und Berlin. Ausgezeichnet wurde der Autor
mit dem Blaise-Cendrars-Preis und für seinen
Prosaband *John Field* (1998) mit dem Dedalus-Preis.
Für die ANDERE BIBLIOTHEK übersetzte Wolfgang
Schlüter John Aubreys *Lebens-Entwürfe* (1994).
Weitere Veröffentlichungen:
Eines Fensters Schatten (1984); *Walter Benjamin,
der Sammler* (1993); *Brendans Inseln* (1997);
William Cowper, Die Aufgabe (1998); *My Second
Self* (2003); *James Thomson, Die Jahreszeiten* (2003);
John Field (1998); *Marlowes Sämtliche Dramen* (2000);
Dufays Requiem (2001).

ANMUT UND GNADE
von Wolfgang Schlüter ist im Januar 2007
als zweihundertfünfundsechzigster Band
der ANDEREN BIBLIOTHEK im Eichborn Verlag,
Frankfurt am Main, erschienen.

Dieses Buch wurde in der Korpus Didot Antiqua
von Wilfried Schmidberger in Nördlingen gesetzt
und bei der Fuldaer Verlagsanstalt auf 80 g/m² holz-
und säurefreies mattgeglättetes Bücherpapier
der Papierfabrik Schleipen gedruckt.
Der Einband stammt von der Buchbinderei
G. Lachenmaier, Reutlingen.
Ausstattung und Typographie
von franz.greno@libero.it

1. bis 6. Tausend, Januar 2007.
Von diesem Band der ANDEREN BIBLIOTHEK
gibt es eine handgebundene Lederausgabe mit
den Nummern 1–999; die folgenden Exemplare
der limitierten Erstausgabe werden
ab 1001 numeriert.

DIESES BUCH TRÄGT DIE NUMMER:

✳   3647

VERSAILLES — *Gr*